GRAMMAIRE

DE

LA LANGUE ZENDE

PAR

ABEL HOVELACQUE

DEUXIÈME ÉDITION

PARIS

MAISONNEUVE ET Cie, LIBRAIRES-ÉDITEURS

25, QUAI VOLTAIRE, 25

1878

GRAMMAIRE

DE

LA LANGUE ZENDE

PAR

ABEL HOVELACQUE

DEUXIÈME ÉDITION

PARIS
MAISONNEUVE ET Cie, LIBRAIRES-ÉDITEURS
25, QUAI VOLTAIRE, 25
1878

INTRODUCTION

On peut distinguer trois périodes dans l'histoire des langues éraniennes.

La période contemporaine, dans laquelle il faut ranger le persan actuel, l'ossète, le kourde, le béloutche, l'afghan, l'arménien moderne.

La période du moyen âge, comprenant l'idiome dans lequel fut traduit l'ancien texte de l'Avesta, à savoir le huzvârèche (une des formes du pehlvi), le parsi, beaucoup moins chargé que le pehlvi d'éléments sémitiques, et l'arménien ancien ou classique.

Enfin, la période antique comprend la langue des rois Achéménides ou ancien perse, idiome de la première colonne des inscriptions cunéiformes, parlé aux VIe, V^e, IVe siècles avant l'ère chrétienne, et le zend, idiome de l'ancien texte de l'Avesta.

Le nom de *langue zende* est purement conventionnel. A proprement parler cette expression de *zend* veut dire commentaire, interprétation, et s'applique à la version du vieux texte en langue huzvârèche, version qui date du moyen âge. On a supposé — et non sans raison — que

*

la langue zende avait été parlée en Baktriane et dans les contrées avoisinantes, et on lui a donné le nom de baktrien, d'ancien baktrien. Cette dénomination paraît acceptable ; elle est reçue par d'excellents auteurs, mais l'habitude est tellement prise, en France du moins, d'employer le mot *zend*, que l'auteur du présent volume s'est soumis à cette coutume. Ces termes de *zend* et de *langue zende* sont ceux dont se servaient ANQUETIL-DUPERRON à qui l'on doit, sinon la découverte, au moins les premiers essais d'interprétation de l'Avesta, et EUGÈNE BURNOUF, le véritable fondateur de la grammaire zende et de la critique des vieux textes mazdéens.

On s'est demandé si la langue des inscriptions cunéiformes perses était plus ancienne par sa phonétique et par ses formes que la langue de l'Avesta, ou si cette dernière, au contraire, l'emportait, sous ce rapport, sur l'idiome des Achéménides. Les auteurs qui ont tranché la question dans un sens ou dans l'autre, se sont également trompés. Les deux idiomes sont frères. L'un était parlé plus à l'ouest, le perse, l'autre plus à l'est, le zend ; mais chacun d'eux a des caractères linguistiques de supériorité et d'infériorité. Lorsque, par exemple, le perse laisse tomber la consonne *h* (représentant *s* organique) dans *Auramazdâ*, Ormuzd, *amiy*, je suis, *amâkham*, de nous, il le cède au zend *Ahurô mazdâo*, *ahmi*, *ahmâkem*. Mais, par contre, il l'emporte lorsqu'il dit *gausa-*, oreille, *aiva-*, un, tandis que le zend, changeant en *ao* la diphthongue organique *au* et en *aê* la diphthongue organique *ai*, dit *gaoṣa-*, *aêva-*.

L'auteur a traité dans un écrit antérieur de la découverte et de l'interprétation de l'Avesta, ainsi que de la bibliographie de ce sujet[1]. Il se contentera de faire observer ici que ce qui distingue son livre de l'essai incomplet de Haug[2], des tableaux si utiles de M. Justi[3], et de la grammaire très-complète de M. Spiegel[4], c'est qu'il a étudié l'idiome zend dans l'unité linguistique indo-européenne. Il a donc cité presque à chaque page le *Compendium* de Schleicher, les deux *Revues* de M. Kuhn, et les autres périodiques de même nature; il a cherché à éclairer perpétuellement les faits de la phonétique et de la morphologie du zend, par l'étude comparée des autres idiomes indo-européens.

Les personnes compétentes auront à décider si cette nouvelle édition répond suffisamment aux progrès qu'a faits depuis une dizaine d'années l'étude de la langue zende.

Juillet 1878.

1. *L'Avesta. Zoroastre et le mazdéisme.* Première partie. Paris, Maisonneuve, 1878.
2. *Outline of a grammar of the zend language.* Pages 42—119 du volume: *Essays on the sacred language, writings and religion of the Parsees.* Bombay, 1862. Deuxième édition, Londres, Trübner, 1878.
3. *Handbuch der zendsprache.* Leipzig, Vogel, 1864. Pages 357—402.
4. *Grammatik der altbaktrischen sprache, nebst einem anhange über den Gâthâdialekt.* Leipzig, Engelmann, 1867.

TABLE SOMMAIRE

LIVRE PREMIER. PHONOLOGIE.

Page

Chapitre 1er. Les voyelles 3
Chapitre 2. Les demi-voyelles ou demi-consonnes 42
Chapitre 3. Les consonnes 51

LIVRE DEUXIÈME. MORPHOLOGIE.

Première section. La formation des thèmes 99
Première sous-section. De la dérivation . . . . —
Chapitre 1er. Notions générales. Théorie de la dérivation 100
Chapitre 2. Dérivation pronominale primaire 106
Chapitre 3. Dérivation pronominale secondaire 119
Chapitre 4. Dérivation verbale 130
Chapitre 5. Dérivation par éléments obscurs 132
Chapitre 6. Formes dérivatives exprimant le désir, la causalité, la notion inchoative, la notion passive 134
Chapitre 7. Comparatif et superlatif 145
Chapitre 8. Les noms de nombre 151
Chapitre 9. Racines et éléments simples 170
Seconde sous-section. De la composition 178
Seconde section. Les terminaisons indiquant les cas et les personnes 185
Déclinaison 187
Première division. Déclinaison nominale. . . . . —
Chapitre 1er. Thèmes consonnantiques fixes 190
Chapitre 2. Thèmes en s *(h)* 194
Chapitre 3. Thèmes en **t, nt, ns** 199
Chapitre 4. Thèmes en **n** 206
Chapitre 5. Thèmes en **r** 211
Chapitre 6. Thèmes diphthonguiques 215
Chapitre 7. Thèmes en **î, û** 216
Chapitre 8. Thèmes en **u** . . . . —

Page
Chapitre 9. Thèmes en i 222
Chapitre 10. Thèmes en a 228
Chapitre 11. Thèmes excentriques 238
Seconde division. Déclinaison pronominale 239
Chapitre 1er. Pronoms personnels . . . . —
Chapitre 2. Pronom réflexif 241
Chapitre 3. Pronoms démonstratifs 244
Chapitre 4. Pronoms relatifs 250
Chapitre 5. Pronom déterminatif 252
Troisième division. Supplément à la déclinaison 254
Des comparatifs en **yah-** . . . . —
Du vocatif 256
Locatif et génitif du duel 257
Quatrième division. Formes nominales réputées verbales 258
Chapitre 1er. Infinitifs . . . . —
Chapitre 2. Participes 260
Chapitre 3. Gérondifs 262
Cinquième division. Formes déclinées fixes 263
Chapitre 1er. Adverbes . . . . —
Chapitre 2. Prépositions 264
Chapitre 3. Conjonctions 268
Conjugaison 269
Première division. Suffixes personnels 270
Seconde division. Les temps 280
Chapitre 1er. Le présent . . . . —
Chapitre 2. Le parfait 283
Chapitre 3. L'aoriste simple 285
Chapitre 4. L'imparfait 287
Chapitre 5. L'aoriste composé 289
Chapitre 6. Le futur 290
Troisième division. Les modes 291
Chapitre 1er. Le mode indicatif . . . . —
Chapitre 2. Le mode conjonctif 292
Chapitre 3. Le mode optatif 293
Quatrième division. Supplément à la conjugaison 296
Chapitre 1er. Le mode impératif . . . . —
Chapitre 2. Le prétendu conditionnel du zend 298
Chapitre 3. Le prétendu parfait participial . . . . . —
Appendice relatif au dialecte des Gâthas 300
Table analytique 303

LIVRE PREMIER

PHONOLOGIE

CHAPITRE PREMIER

LES VOYELLES

§ 1er.

On enseigne généralement que la langue commune indo-européenne ne possédait que trois voyelles brèves, **a, i, u.**

Je pense (et cette opinion est partagée par plusieurs auteurs) que l'indo-européen commun a connu une quatrième voyelle brève, un **r** voyelle. La primordialité de cette dernière voyelle a échappé à la sagacité de Bopp (*Grammaire comparée,* § 1, *Vocalismus,* 157 à 193) et à Schleicher. Je donne plus loin des preuves de son organicisme.

Cette voyelle qui n'est autre que la voyelle ऋ du sanskrit (que l'on transcrit soit *ṛ*, soit simplement *r*, cf. le croato-serbe прст, *prst,* « doigt », крст, *krst,* « croix »), ne doit pas se prononcer *ri;* c'est un *r* purement vocalique comme celui des mots slaves cités ci-dessus, et assez semblable à la seconde syllabe du mot allemand *hadern.* Voyez *Revue de linguistique,* II 456, III 82.

Le son de la voyelle **u** est « *u* » italien et allemand, « *ou* » français.

§ 2.

Ces voyelles organiques, lorsqu'elles n'ont point persisté telles quelles, ont trouvé devant elles deux voies de développement. La première est ordinairement connue sous le nom de gradation vocalique, et consiste en ce fait, qu'un a se préfixe à la voyelle fondamentale.

Dè là les combinaisons suivantes :

a + a = â
a + i = ai
a + u = au
a + r = ar

Cette première gradation reçoit, dans la grammaire hindoue, le nom de *guṇa* (bona qualitas, virtus : Bopp, *Gloss.*). A son sujet il n'y a à remarquer que la variation euphonique *ar* pour *a* + *r* voyelle. Dans les *Beitr.* (III, 461) M. Kuhn cite des passages du Rig-Véda où *a* suivi de la voyelle linguale doit, par raison de métrique, être lu *ar*. Consultez encore Albr. Weber, *Indische studien*, IX, 308.

Naturellement la seconde gradation, la *vṛddhi* (actio crescendi, incrementum : Bopp, *Gloss.*) des grammairiens hindous, n'est que le *guṇa* du *guṇa* :

a + â = â
a + ai = âi
a + au = âu
a + ar = âr

§ 3.

La seconde voie de développement était le simple allongement : â, î, û. La voyelle linguale ne subit cette extension, me semble-t-il, qu'en sanskrit seulement.

Plus loin, au § 24, j'aurai à parler d'une relation frappante de l'allongement et de la gradation proprement dite.

§ 4.

Dans quelle mesure le zend demeura-t-il fidèle au vocalisme commun ? Lorsqu'il l'étendit, à quels procédés eut-il recours ?

En premier lieu, le zend conserva trois des quatre voyelles fondamentales simples, c'est à savoir *a*, *i*, *u*, et leur allongement *â*, *î*, *û*.

Mais, à la différence du sanskrit, il ne put maintenir le son vocalique *r* qu'il étendit toujours en sa première gradation, *ar*.

Si parfois, en présence d'un *r* sanskrit, ऋ, reproduisant la même voyelle organique, nous trouvons, en zend, non pas *ar*, mais bien *er*, le fait doit être attribué à un phénomène spécial qui, ainsi que nous le verrons ci-dessous, § 5, fit, en baktrien, naître de *a* une voyelle brève *e*.

D'autre part, nous aurons à remarquer encore qu'après *ar*, *er* (sauf en deux sortes d'occurrences) apparaît un *e* adventice. Mais cette observation demande à n'être développée qu'en temps opportun; voyez § 20.

Le signe qui représente l'*a* bref zend, est 𐬀. Exemples de lecture (de droite à gauche): 𐬬𐬀𐬗𐬀𐬢𐬵𐬀, *vaćañha*, « avec la parole » ; 𐬠𐬀𐬭𐬀, *bara*, « porte ! »

Exemples de *a* zends représentant la même voyelle organique:

abharat, il porta, il emporta (imparf.), sk. *abharat*, gr. ἔφερε(τ), v. perse *abara(t)*, z. *barat̰* avec perte régulière de l'augment;

vaghati, il conduit, il véhicule, sk. *vahati*, esclav. liturg. *vezetĭ*, goth. *vigith*, z. *vazaiti* avec voyelle épenthétique, § 19;

sama-, le même, sk. *sama-*, gr. ὁμό- (ὁμό-θεν, ὁμο-ῖο-ς), v. perse et z. *hama-*;

ana, non, ne, ne pas, sk. *an-*, *a-*, *na*, gr. ἀνα-, ἀν-, ἀ-, lat. *in-*, *ne-*, *ni-*, got. *in-*, *ni-*, z. *ana-*, *an-*, *a-*, *na-*; consultez *Rev. de ling.* III, 165, Chavée, *Lexiol. indo-europ.* 141, *Franç. et wallon* 170;

abhra-, eau (Schleicher, *Ztschr.* II, 66), sk. *abhra-*, n., nubes, gr. ἀφρό-, m., écume, z. *awra-*, § 42, fn., nuage;

argas-, éclat du jour, gr. ἀργες- (dans ἐναργής, clair, manifeste, évident, ἀργεστής, qui rend blanc [1], etc.), z. *arezah-*, n., le jour clair, la clarté du jour;

kara-, facteur, fabricateur, sk. *kara-* (in fine comp.), faciens, lat. *cero-* (voir Corssen, *Ausspr.* I, 473, Curtius, *Griech. etym.* 147), z. *kara-* (à la fin des composés);

gata-, allé, parti, sk. *gata-*, qui ivit, qui abiit, gr. βατό- (Curtius, *Griech. etym.*, 431), z. *gata-*;

kravas-, sk. *çravas-*, n., auditio, gloria, gr. κλέϝες-, esclav. liturg. *sloves-*, mot, z. *çravah-*, n., mot, prière;

manas-, esprit, intelligence, sk. *manas-*, n., animus, mens, gr. μένες-, z. *manah-*, n.;

akva-, cheval, sk. *açva-*, gr. ἱππο- pour *ἰκϝό-, lat. *equo-*, z. *açpa*, m., § 27;

dargha-, long, sk. *dîrgha-*, gr. δολιχό-, lithuan. *ilga-* (Schleicher, *Cpd.*, 314), z. *daregha-*; le ι du grec et le *e* du zend sont adventices: cf. Walter, *Ztschr.* XI, 434;

gharma-, chaud, gr. θερμό- (sur le θ voyez Curtius, *Griech. etym.*, 450, 602), lat. *formo-* (Corssen, *Ausspr.* I, 159), z. *garema-*, § 36;

takas-, course, gr. τάχες-, vitesse, promptitude (sur le χ pour κ consultez: Grassmann, *Ztschr.* XII, 104), z. *taćah-*, n., course;

nakta-, détruit, tué, sk. *naṣṭa-*, lat. *necto-* (dans *enectus*), z. *nasta-*, anéanti;

nap(a)tya-, gr. ἀ-νεψιό- (pour -νεπτιο-), cousin, goth. *nithja-* (pour **nifthja-*, consultez: Schleicher, *Die formenl. der kirchenslav. spr.*, 125), parent, cousin, z. *naptya-*, n., famille;

patara-, sk. *patra-*, n., ala, gr. πτερό-, n., plume, aile, et πτίλο-, n., plume légère, duvet, aile, panache,

1. Épithète du notus, du zéphir. Cf. « albus notus ». Hor. *odes*, I, 7.

z. *patara-*, n., aile: cf. Fick, *Wörterb. der indogerm. grundspr.*, 107;

bhara-, apportant, sk. *bhara-*, ferens, gr. φόρο-, lat. *fero-* (dans *letifero-*, *aurifero-*, *noctifero-*, *mortifero-*), et *bro-* dans *candelabro-*: consultez Corssen, *Ausspr.* I, 166), v. perse *bara-* (Fick, *Wörterb. der indogerm. grundspr.*, 125), z. *bara-* (à la fin des composés: par exemple dans *nemôbara-*, porteur de vénération, croyant);

marya-, destiné à la mort, gr. μόριο-, sujet à la mort, mortel, z. *mairya-*, mortel, léthal, dangereux, pernicieux;

ayas-, métal, fer, sk. *ayas-*, lat. *aes*, z. *ayah-*;

ava-, pronom de la troisième personne: «il, celui-là», slave liturgique *ovŭ*, ancien perse et zend *ava-*;

vakas-, sk. *vaćas-*, n., sermo, gr. ϝέπες-, z. *vaćah-*, n., discours, mot;

arsan-, mâle, homme, gr. ἄρσεν-, ἄῤῥεν-, z. *arşan-*;

kakra-, cercle, sk. *ćakra-*, m. n., rota, orbis, circulus, gr. κύκλο- (Schleicher, *Cpd.*, 59 rem.; Ascoli, *Corsi di glottol.* I, 90), z. *ćakhra-*, n. roue;

sadta-, assis, sk. véd. *satta-* (la forme classique est *sanna-* pour **sadna-*), lat. *sesso-*, § 37, z. *haçta-*, § 51;

agati-, il pousse, il mène, il conduit, sk. *ajati*, gr. ἄγει, lat. *agit*, z. *azaiti*, avec *i* d'épenthèse;

svapna-, sommeil, sk. *svapna-*, m., gr. ὕπνο-, lat. *somno-* (pour *svopno-*, § 27), z. *qaphna-*, m.: sur *ph* voyez § 40, sur *q* § 27;

nava-, nouveau, sk. *nava-*, gr. νέϝο-, lat. *novo-*, z. *nava-*;

madhya-, medius, sk. *madhya-*, gr. μέσσο-, μέσο- (pour *μεθιο-, Curtius, *Griech. etym.*, 310), lat. *medio-*, goth. *midja-*, z. *maidhya-* avec voyelle épenthétique, § 19;

apa-, sk. *apa*, ab, de, gr. ἀπό, lat. *ab* (avec *b* = *p* final, cf. *ob* = ἐπί, *sub* = ὑπό), goth. *af*, z. *apa*, ab.

Le signe graphique de l'*i* bref zend est 𐬌. Exemples de lecture : 𐬚𐬭𐬌𐬱, *thris*, « trois fois », τρίς ; 𐬠𐬌𐬱, *bis*, « deux fois ».

Exemples de la voyelle *i* du zend, représentant la même voyelle organique :

ki-, qui, quoi ? sk. *ki-*, gr. τί-, lat. *qui-*, z. *ći-* ; Curtius, *Griech. etym.*, 446 ;

ksiti-, position, fondation, établissement, colonie, sk. *kṣiti-*, f. habitatio, gr. κτίσι-, z. *ṣiti-*, f., avec *ṣ* pour *ṣṣ*, *khṣ*, *ks*, § 50[1] ;

upari-, sur, dessus, en haut, sk. *upari*, super, gr. ὑπέρ, goth. *ufar*, v. perse *upariy*[2], z. *upairi*, avec voyelle épenthétique, § 19 ;

idhi, va ! sk. *ihi*, gr. ἴθι, v. pass. *idiy*, voyez la note précédente, z. *idhi* (en composition dans *âidhi*) avec *dh* = *d* = *DH*, § 38 ; dialectal *idî* ;

kiti-, paiement, châtiment, sk. *ćiti-* (dans *apaćiti-* : Fick, *Wörterb. der indogerm. grundspr.*, 41), gr. τίσι-, encore avec *t* pour *k*, z. *ćithi-*, f. ;

tris, trois fois, sk. *tris*, gr. τρίς, z. *thris* ;

gati-, allée, venue, sk. *gati-*, f., itio, itus, iter, gr. βάσι- (Curtius, *Griech. etym.*, 431), z. *gaiti-*, dans *aiwigaiti-*, arrivée ;

visa-, venin, poison, sk. *viṣa-*, mn., venenum, gr. ἰό- pour Ϝισό-, m., z. *viṣa-*, m. (parfois le *i* est long, mais ce n'est là qu'un phénomène secondaire et sans justification possible, on peut dire une incorrection).

ghima-, sk. *hima-*, m., nix, gr. δύσ-χιμο-, pénible, dangereux (δράκοντα δύσχιμον, Eschyle, *Les sept contre Thèbes*,

1. Sur ce changement de *ks* en *kt* consultez : Curtius, *Griech. etym.*, 650 ; Schleicher, *Cpd.*, 209 ; Aufrecht, *Ztschr.* VIII, 72 ; Ebel, *ibid.* XIV, 247, 263 ; Joh. Schmidt, *Die wurzel ak*, 13 ; Kuhn, *Ztschr.*, XV, 450 ; Schweizer-Sidler, *ibid.* XVII, 306 ; Bopp, *Vergl. accent. syst.* 216.

2. Le *i* terminal est rendu en v. perse par *iy* : *açtiy*, il est, *apiy*, encore, etc., excepté lorsqu'il se trouve précédé d'un *h* : *ahy*, tu es.

503, éd. Didot); lat. *bîmo-* pour **bi-himo-*, Ahrens, *Ztschr.* IV, 415, Miklosich, *Beitr.* I, 287, esclav. liturg. *zima*, f., hiems, tempestas, frigus, z. *zima-*, m., hiver, année;

ati, encore, en surplus, sk. *ati* (en comp.), super, supra, trans, ultra, gr. ἔτι, lat. *et*, v. perse *atiy*, au-delà, outre, z. *aiti*, avec voyelle d'épenthèse;

aghi-, serpent, sk. *ahi-*, gr. ἔχι-, z. *aži-*.

La voyelle *u* du zend est rendue par le signe 𐬎. Exemples: 𐬎𐬞𐬀, *upa*, «vers»; 𐬞𐬎𐬚𐬭𐬋, *puthrô*, «fils» (nominatif singulier).

Exemples de *u* zends, représentant la même voyelle organique:

bhâghu-, bras, sk. *bâhu-*, m., gr. πῆχυ-[1], z. *bâzu-*, mf.;

bhudhti-, sk. *buddhi-*, f., animus, mens, intellectus, sententia; gr. πύστι-, pour *πυθτι-, question, enquête, renommée; z. *buçti-*, f., dans *a-paiti-buçti-*. En ce qui concerne le *b* du sanskrit et le π du grec, voyez la note précédente;

naku-, corps mort, cadavre, gr. νέκυ-, z. *naçu-*, mf.;

dhughatr-, fille, sk. *duhitr-*, f. (voyez la note précédente), gr. θυγατέρ- (l'on se serait attendu, toujours d'après la loi de Grassmann, à *τυχατερ-: sur ce mot, et sur θίγμα *Rev. de ling.* I, 302); goth. *daúhtar-* (avec *ht* pour *gt* selon la règle. *Cpd.*, 325), esclav. liturg. *dŭšter-* (pour **dŭgter-*,

1. En sanskrit une aspirée faible, c'est-à-dire organique, *gh*, *dh*, *bh*, perd son aspiration et devient simple explosion, c'est à savoir *g*, *d*, *b*, lorsque c'est une aspirée qui ouvre la syllabe suivante. Le même phénomène se produit en grec, et κ, τ, π, en telle occurrence, apparaissent à la place de χ, θ, φ. Exemples:

rac. **GHUDH,** cacher, sk. *gudhyati*, *gûhati*, gr. κεύθω;
BHUDH, sentir, penser, sk. *budhita-*, gr. πεύθομαι;
BHADH, serrer, sk. *badhnati*, gr. πενθερός;
DHAGH, briller, brûler, sk. *dahati*, goth. *dags*;
BHIDH, lier, serrer, gr. πείθω, lat. *fido*.

Consulter Grassmann, *Ztschr.* XII, 110. Voir également *Rev. de ling.* II, 465.

ibid., 448), lithuan. *dugtèr-*, z. *dughdhar-*, f., §§ 37, 74 quatrième rubrique.

pratu-, large, sk. *prthu-*, latus, magnus, gr. πλατύ-, lithuan. *platù-*, z. *perethu-* (dans ce dernier mot s'est produite la succession *ra*, *r* voyelle, *ar*, *er*);

svakura-, beau-père, sk. *çvaçura-*, m., socer, gr. ἑκυρό- pour *σϝεκυρο-, lat. *socro-*, z. *qaçura-*, m., § 27;

dus, préfixe inséparable péjoratif, sk. *dus, dur, duṣ, duç, duḥ* (selon l'émission subséquente), gr. δυς, goth. *tus, tuz*, z. *dus, duṣ, dus̆*[1];

âku-, rapide, sk. *âçu-*, gr. ὠκύ-, z. *âçu-*;

upari, voyez ci-dessus à propos de la voyelle *i*;

**bhudhna-*, fonds, terrain, sk. *budhna-*, m. (pour la consonne initiale dépourvue d'aspiration, consulter la précédente note), z. *buna-*, m., § 50.

§ 5.

Plus haut déjà il a été dit qu'un *a* organique pouvait, en zend, se changer en *e*. Cette voyelle répond au signe ꞓ; exemples : [zend], *erezavô*, « les doigts » ; [zend], *vehrkem*, « loup » (accusatif singulier). Plus haut également il a été parlé de la série phonétique que voici : *r* voyelle, *ar*, *er*. Exemples :

sk. *krta-*, v. perse *karta-*, z. *kereta-*, fait, opéré;
sk. *bhrta-*, z. *bereta-*, porté;
sk. *rju-*, z. *erezu-*, droit, vrai;
sk. *mrta-*, z. *mereta-*, mort.

Dans les différents mots zends qui viennent d'être cités, le premier *e* seul est né d'un *a* organique : le second est purement adventice, §§ 4, 20. Voyez également Bopp, *Vergl. accent. syst.*, 3; *Vocalismus*, 186.

1. Exemple : *dusmainyu-*, hostile, mal intentionné.

La voyelle qui nous occupe, tient fort souvent lieu de *a* organique devant *m* et *n*, surtout lorsque ceux-ci sont terminaux:

mâtaram-, mère (accus. sing.), sk. *mâtaram*, gr. μητέρα, z. *mâtarem*;

dama-, domaine, demeure, maison, gr. δόμο-, construction, édifice, maison, lat. *domo-*, z. *dema-*, f., habitation (dans *varedema-*, séjour souhaité: sic Justi, *Hdb.*, 160, 269);

agam, je, sk. *aham*, esclav. liturg. *azŭ* (avec *ŭ* pour *a* pour *am*, comme souvent en cet idiome), goth. *ik*, z. *azem*;

(a)santi, ils sont, sk. *santi*, lat. *sunt*, esclav. liturg. *sątĭ*, v. perse *hantiy*, z. *henti*;

(a)santam (accus. sing. m.), étant, sk. *santam*, lat. *prae(sentem)*, z. *hentem*.

§ 6.

Le zend possède deux autres voyelles courtes en certains cas, mais par contre longues en d'autres cas. Les manuscrits offrent pour chacune d'elles un double signe graphique.

La première que l'on transcrit assez communément *ê*, est représentée tantôt par le caractère 𐬈, tantôt par 𐬉. Ce dernier signe ne varie du premier que par le prolongement de sa partie de gauche et semble être purement destiné à être placé à la fin des mots. Exemples: 𐬀𐬈𐬨, *aêm*, « il, lui »; 𐬙𐬉, *tê*, « ils, eux ». On peut rendre les deux caractères par la même lettre latine, *ê*. En tout cas, l'accent circonflexe n'indique pas ici que cette voyelle est forcément longue. Elle est brève, par exemple, dans le groupe *aê* répondant à un *ai* plus ancien, première gradation de la voyelle *i*, comme dans *daêva-*, démon, *daêna-*, loi, *aêiti*, il va, cf. § 14.

La seconde voyelle est la voyelle labiale; on la rend par *o* lorsqu'elle est figurée par le caractère 𐬊, on la rend par *ô* lorsqu'elle est figurée par 𐬋. Exemple: 𐬀𐬊𐬘𐬋, *aojô*,

« force » (nominatif singulier). C'est *ô* qu'il faut écrire (et non pas *o*), lorsque cette voyelle remplace la syllabe terminale *as* (§ 9); lorsqu'elle figure dans le groupe *ôi* remplaçant un *ai* organique (première gradation de *i*, § 14); et enfin en composition, § 126. Dans les autres circonstances, c'est *o* qu'il faut écrire[1].

La voyelle *ô* (𐬋) a été regardée comme longue de nature par Haug, par MM. Lepsius et Justi. M. Spiegel, par contre, la tient en principe pour courte (*Gramm. der altbaktr. spr.*, p. 22), mais pense que dans certaines occasions elle est réellement longue. D'après lui, elle serait courte dans les circonstances où elle remplace un groupe terminal *as :* z. 𐬀𐬯𐬞𐬋, *açpô* = sk. *açvas*, lat. *equus* (nom. sing. masc.); elle serait longue lorsqu'elle tiendrait lieu d'un groupe *an*, soit à la fin, soit à l'intérieur des mots : z. 𐬠𐬀𐬭𐬋, *barô* = sk. *bharan*, gr. φέρων (nom. sing. masc.), *ibid.* M. Friedr. Müller (*Zendstudien* III, 1872) estime au contraire que la voyelle 𐬋, *ô*, est brève et il fournit deux raisons à l'appui de sa manière de voir. En premier lieu il invoque les cas où la voyelle en question tient lieu d'un *a* organique : 𐬞𐬋𐬎𐬭𐬎, *pôuru* (préférable d'après lui à *pouru* avec 𐬊 et non 𐬋), nombreux = v. perse *paru-*, gr. πολύ-, organique p a r u-. — 𐬞𐬋𐬎𐬭𐬎𐬀, *pôurva-* (d'après lui préférable à *pourva-* avec 𐬊), plus ancien, précédent = sk. *pûrva-*, organ. p a r v a (d'ailleurs l'on a également en zend *paurva-*). — 𐬨𐬋𐬴𐬎, *môṣu-*, rapide = sk. *makṣu-*. En second lieu M. Friedr. Müller prend en témoignage la diphthongue 𐬋𐬌, *ôi*, qui répond absolument au sk. *ê* (pour un *ai* organique) et au v. perse *ai;* la fonction de 𐬋𐬌, *ôi*, est absolument

1. M. Kern se refuse à transcrire par *ôi* la première gradation de *i* (§ 14; cf. *Ztschr. der deutschen morgenl. gesellsch.* XXIII 214, note); il écrit *oi*. Sans aucun doute le premier élément de cette diphthongue est bref, mais cette distinction est laissée à la sagacité du lecteur, et l'observance des deux signes graphiques doit être maintenue dans la transcription.

comme celle de 𐬀𐬉, *aê*, de répondre à un *ai* organique, à un *ê* sanskrit.

Je suis pleinement d'accord avec M. Friedr. Müller sur la valeur primordialement brève de 𐬋 dans ces deux hypothèses. Toutefois je n'oserais pas soutenir que dans la suite des temps il ne soit pas devenu long : le zend, on le sait, prend des libertés assez considérables et bien peu explicables avec la longueur et la brièveté des voyelles. Certains allongements sont bien passés chez lui en principe, mais d'autres sont plus ou moins arbitraires et inconstants. Rien donc ne nous dit que 𐬋 primordialement bref ne soit devenu long postérieurement dans la diphthongue 𐬀𐬋 et lorsqu'il tient lieu d'un *a* organique. D'ailleurs, rien ne nous dit davantage qu'il ne soit pas demeuré bref.

En ce qui concerne les circonstances où 𐬋 représente *as*, *an* organiques et répond à un *ô* sanskrit, M. Friedr. Müller proteste d'abord judicieusement contre la tendance à appliquer au zend des explications propres au sanskrit; il démontre aisément que le vieux perse apporte précisément son appui à la thèse de la brièveté de 𐬋 : c'est ainsi qu'au nomin. sing. masc. 𐬠𐬀𐬖𐬋 (*baghô-*, thème *bagha-*, deus), répond le nomin. vieux perse *baga*, lequel a simplement laissé tomber le *s* casuel organique. Il en serait donc de même du zend dont le 𐬋 représenterait, en ces sortes de circonstances, non point *as* mais bien *a*. Voilà une explication nouvelle et à laquelle je cherche vainement quelque objection. — De plus, M. Friedr. Müller argumente de la voyelle 𐬃, dont je parlerai tout à l'heure et qu'il transcrit par le signe $\overset{o}{\text{a}}$, que l'on rencontre en général comme tenant lieu d'un *âs* organique, et qu'il regarde comme un acheminement vers le son ω. De la sorte 𐬋 serait à 𐬃 comme ο à ω.

Voilà sans doute ce qui engage M. Friedr. Müller à transcrire 𐬋 par *o* et non point par *ô*, ainsi qu'on le fait pour l'ordinaire (Bopp, Eug. Burnouf, Lepsius, Schleicher,

Spiegel, Haug, Justi, Kossowicz, Oppert, etc.). Par contre, on ne peut admettre la transcription de 𐬋 par *ô*. Je pense que M. Friedr. Müller est le seul auteur qui en agisse ainsi et j'ai vainement cherché les motifs qui l'y autorisent. Évidemment l'on ne peut dire que 𐬋 soit long dans le groupe 𐬀𐬋, *ao*, gradation de *u*, répondant à *ô* sanskrit et à un *au* organique. M. Spiegel a transcrit 𐬋 par un *o* affecté d'un point souscrit, *ọ* (p. 55 de sa *Grammaire)*, ce dont je ne puis en aucune manière comprendre la portée. — En somme, je reconnais avec M. Friedr. Müller qu'originairement à coup sûr, et peut-être même subséquemment, le signe 𐬊 représentait une brève, que, dès lors, on peut le transcrire par *o*, mais je ne puis avec lui transcrire 𐬋 par *ô*. Tous les deux devraient logiquement être rendus par un simple *o*. (C'est absolument le même fait que pour ض et ظ que l'on peut figurer, l'un et l'autre par *ẑ*.)

Resterait à établir pour quel motif le *o* zend est tantôt rendu par 𐬋, tantôt par 𐬊: M. Friedr. Müller passe cela sous silence, et j'avoue, en ce qui me concerne, n'avoir pu découvrir la raison de cette diversité; en tout cas elle pourrait n'être que purement graphique.

§ 7.

La voyelle *ê* ne se présente pas au commencement des mots.

Dans le corps du mot, souvent *ê* tient lieu de *a* ou *â* après un *y*[1]:

sk. *yadi,* v. perse *yadiy,* z. *yêdhi,* lorsque, si;

sk. *çrâvayati,* z. *çrâvayêiti* (avec voyelle d'épenthèse, § 19), il fait entendre, il chante;

sk. *vêdayâmi,* z. *vaêdhayêmi,* je fais savoir.

1. Même phénomène en lithuanien où, après *j* (id est y organique), *ai* devient *ei*. En telle occurrence l'écriture peut parfois maintenir *ai*, mais la parole opère la variation dont il s'agit. Pour plus de détails, voyez Schleicher, *Cpd.*, 145 in fine, *Hdb. der lit. sprache* I, 68.

Il y a là un phénomène d'attraction : le *y* palatal cherche à palataliser la voyelle qui le suit.

A la fin des mots *ê* répond à un **ai** organique, c'est-à-dire à un *ê* sanskrit :

tai, eux (nomin. plur. masc.), sk. *tê*, gr. τοί, lithuan. *të*, lat. *(is)-tî* (Corssen, *Ausspr.* I, 758), goth. *thai*, z. *tê*;

kaitai, il se couche, il gît, sk. *çêtê*, gr. κεῖται, z. *çaêtê*.

D'autre part, toujours à la fin des mots, *ê* peut représenter un **ya** organique, c'est-à-dire répondre à un *ya* sanskrit :

akvasya, du cheval (génit. sing. masc.), sk. *açvasya*, gr. ἵππου pour *ἴκϝοσιο, z. *açpahê*, avec *çp* = *çv*, § 27;

vaikasya, de la maison, sk. *vêçasya*, gr. οἴκου pour *ϝοικοσιο, z. *vaêçahê* [1].

§ 8.

En principe la voyelle *o*, *ô* est courte, absolument comme *ê*. A coup sûr *o*, *ê* sont courts, lorsqu'ils forment la second part de la première gradation vocalique de *i*, *u* (à savoir *aê*, *ao*). Schleicher a cru pouvoir poser le principe que *ê*, *ô* doivent être tenus pour brefs dans les circonstances où ils procèdent de brèves organiques.

§ 9.

Entre deux labiales, parfois un *a* se labialise en *o* :

parva-, **paru-**, nombreux, plein, sk. *puru-*, gr. πολύ-, v. perse *paru-*, z. *pouru-* avec *u* épenthétique, § 19 ;

1. Je ferai remarquer en passant que le lithuanien use aussi de ce procédé. Voyez les féminins organiquement en *yâ :* Schleicher, *Cpd.*, 145, *Hdb. der lit. sprache* I, 69, 182, 184. — On ne saurait accueillir l'explication de Bopp qui, d'accord avec Eug. Burnouf, invoque la métathèse de *ya* en *ay*, d'où *ai*, *ê*. *Gramm. comp.*, traduct. I, 96.

varu-, large, sk. *uru-* (avec condensation de *va* en *u*, phénomène que nous présentera le zend lui aussi, § 28), gr. εὐρύ-[1], z. *vouru-*, avec *u* épenthétique.

Règle très importante : **as terminal se change en** *ô* :

ya-s, lequel (nomin. sing. masc.), sk. *yas*, gr. ὅς avec esprit rude pour *y* initial, z. *yô* ;

daiva-s, divinité, dieu, démon (nomin. sing. masc.), sk. *dêvas*, lat. *deivus*, *divus*, *deus* (pour * *dêus* : Schleicher, *Cpd.*, 91, Corssen, *Ausspr.* I), lithuan. *dêvas*, z. *daêvô* ;

Inutile de dresser une liste d'exemples : le phénomène dont il est ici question, se présentera, pour ainsi dire, presque à chaque page.

§ 10.

A propos de la voyelle *ô* il importe de bien remarquer que, tandis que le *ô* sanskrit est pour **au** organique, première gradation de **u** (§ 15), jamais semblable fait ne se produit en zend.

§ 11.

Arrivons maintenant aux voyelles longues.

En premier lieu nous avons *â*, représenté par ﻼ :

âku-, rapide, sk. *âçu-*, gr. ὠκύ-, z. *âçu* ;

bhâghu-, bras, sk. *bâhu-*, m., gr. πῆχυ-, z. *bâzu-*, m. f., § 4 ;

dâna-, don, lat. *dono-*, sk. et z. *dâna-*, n.

Dans *è* (ξ) nous n'avons qu'une nuance de *â*[2] :

1. Dans ce mot M. Curtius voit une métathèse ; εὐ serait pour Ϝε ; *Griech. etym.*, 323. Sans être aussi affirmatif, Schleicher incline vers la même manière de voir, *Cpd.*, 70. Je ne puis me rendre à cette opinion : je pense bien plutôt qu'un ε prosthétique aura affecté le digamma primordial.

2. Voyez à ce sujet Friedr. Müller, *Sitzungsber. der akademie der wissensch. zu Wien*, XLIII, 3 à 7. M. Müller se base sur deux sortes d'arguments pour enseigner que *è* est la longue de *e*. En

prâṇa-, plein, sk. *prâṇa-*, lat. *pleno-*, z. *phrèna-*, n., multitude.

(Dans les formes *yè*, *kè*, existant à côté de *yô*, *kô*, organ. yas, kas, nomin. sing. masc., pour arriver à *è*, il faut bien, malgré l'étrangeté du fait, que *as* se soit, plus ou moins directement, transformé au préalable en *â*: comparez les ablat. et dat. du duel et du pluriel des thèmes en *h*, § 144.)

Nous avons *î* (représenté par ꞉) dans *vîra-*, m., homme, héros, sk. *vîra-*. En certains cas nous verrons *î* devenir *i*.

Nous trouvons *û* (꞉) dans *khrûra-*, cruel, acerbe, sk. *krûra-*, saevus, horrificus. De même que pour *î*, il y a en certains cas abréviation de *û*.

C'est encore parmi les sons simples [1] qu'il faut classer la voyelle ꞉ que pour l'ordinaire on représente graphiquement par *âo* et qui, croit-on, affectait la valeur de *aw* anglais dans « law ». Je persiste dans ma répugnance pour la transcription *âo*. Cette transcription a, me semble-t-il, un double défaut. Tout d'abord elle rend par deux caractères un son unique. En second lieu elle peut prêter très-facilement à une confusion dangereuse avec la diphthongue *âu*, seconde gradation de *u*. J'ai adopté, dès la première édition de ce livre, un signe spécial que je maintiens encore aujourd'hui: c'est à savoir *ấ*.

Cette voyelle *ấ* a plusieurs sources.

premier lieu il invoque ce fait que, graphiquement parlant, è est la réunion de deux *e*, de même que *â* est celle de deux *a*, *î* celle de deux *i*, *û* celle de deux *u*. Il se tourne en second lieu vers les raisons phonétiques: 1° Dans les passages où la langue est soumise au mètre, è se présente en tant qu'un *e* allongé; 2° il remplace parfois *a* par l'entremise de *e* allongé; 3° il remplace parfois *â* et se trouve lui être ce qu'est *e* à *a*, etc. Pour plus de détails se reporter à l'ouvrage indiqué.

1. Voyez Friedr. Müller, *Der dual im indogerm. und semit. sprachgebiete*, 6.

En premier lieu elle peut tenir lieu de *â* devant *s* organique (Weber, *Beitr.* III, 400): 1° soit que la sifflante soit tombé, 2° soit qu'elle ait tourné à *h*. Exemples:

**bhânumant-s*, brillant, lumineux (nomin. sing. masc.), sk. *bhânumân*, z. *bânumâo*; le *â* que remplace ici *âo*, était né de *a* par compensation de la perte consonnantique;

**âsâna-*, se tenant assis, siégeant, sk. *âsâna-*, puis *âsîna-*, avec atténuation vocalique, z. *âoñhâna-* (à l'égard de *ñ* voyez au § 12);

**akvâsas*, les chevaux (nomin. plur. masc.), ancienne forme sanskrite *açvâsas* (classique *açvâs*), z. *açpâoñhô*;

**asyâs*, puisses-tu être! sk. *syâs*, gr. εἴης pour *ἐσίης, lat. *sis* avec condensation, z. *qyâo*, § 43 in fine.

En second lieu, cette voyelle peut parfois représenter un *â* devant *n*; exemples: les conjonctifs *bavâonti*, qu'ils sont, qu'ils soient, *jaidhyâonti*, qu'ils prient, *iṣâonti*, qu'ils désirent.

Parfois *âo* tient malencontreusement lieu de *ô* terminal. Exemple: *nâo* = *nô* pour **nas*, nous (accus.) = sk. *nas*. — Voyez également, ci-dessous, les nominatifs masculins des comparatifs en *-yah*.

§ 12.

Toujours parmi les voyelles simples il convient de ranger les voyelles nasales, ou, pour mieux dire, nasalisées.

Une première forme est représentée par *ã* rendant la lettre ⁎. Cette voyelle peut naître de deux façons:

1° ou bien par le rejet d'un *n* sur un *a* qui le précède: mais alors faut-il que le *n* en question ne se trouve pas suivi de *h*, *ç*, *z*, *th*, *ph*;

2° ou bien par substitution à un *â* devant *m*, *n*, surtout si ces nasales se trouvent être terminales.

Voici des exemples de l'une et l'autre hypothèse:

gnâman-, nom, sk. *nâman-*, lat. *nomen-*, z. *nãman-*: (en ce qui concerne le *g* organique, cf. lat. *i-gnobilis*, *co-gnomen*, esclav. liturg. *znamen-*, n., signe):

ganatar-s, l'engendreur (nomin. sing. masc.), sk. *janitâ*, gr. γενετήρ, z. *zãtha*[1];

z. *ãzah-*, n., angoisse, péché = sk. *anghas-*, *añhas-*, n., peccatum;

z. *mãthra-*, n., parole, sainte parole = sk. *mantra-*, n., carmen sacrum;

z. *ãça-*, m., portion = sk. *añça-*, m., même sens;

z. *mãm*, moi (accusat.) = v. perse et sk. *mâm* (seconde hypothèse).

Deux autres signes graphiques nasalisent la voyelle dont ils se trouvent précédés, c'est à savoir *ṅ* (ڎ) et *ń* (ڭ).

Le premier, *ṅ*, nasalise *a* lorsque celui-ci est suivi de *h* = *s* organique, mais encore faut-il que ce *h* se trouve suivi d'une voyelle autre que *i*. Exemple:

manasâm, des esprits (génit. plur.), sk. *manasâm*, gr. μενῶν pour *μενεσων, z. *manaṅhãm*.

Autres exemples de cette nasalisation:

upaṅharezaiti, il jette sur, *upa* + *harezaiti*: en sk. *upa srjati*;

upaṅhaćaiti, il adhère, *upa* + *haćaiti*;

vaṅhana-, n., vêtement, sk. *vasana-*.

Par contre avec *i* suivant *h*:

manas-i, dans l'esprit (locat. sing.), sk. *manasi*, gr. μένει pour *μενεσι, z. *manahi*.

Autre et très-grave principe de nasalisation. Si, toujours précédé de *a* ou de *ê* = *a* (par exemple après *y*, § 7), le *h* est suivi de la demi-consonne *y*, cette demi-

1. Pour **zantha*, **zanitha*, **zanatâ*. Ne pas confondre avec le thème masculin affectant la même forme et signifiant «naissance». Pour celui-ci, d'ailleurs, je suppose un même procédé de nasalisation.

consonne tombe, et il y a lieu à nasalisation, mais alors à nasalisation chuintante, non plus à *aṅ*, mais bien à *aṅ́*:

asyâs, de celle-ci (génit. sing. fém.), sk. *asyâs*, z. *aṅ́hå*, avec *å* = *â* après chute de *s*, § 11;

yasya, duquel (génit. sing. masc.), sk. *yasya*, gr. οὗ pour *ιοσιο, z. *yêṅ́hê*, avec *ê* = *ya* terminal, §§ 7, 28.

Je dois faire observer toutefois que ce principe n'est pas d'une rigueur absolue en ce qui concerne la production de *ṅ́*: il se peut que celui-ci n'apparaisse pas. Ainsi, en face du sk. *açvasya*, nous avons en zend *açpahê* et non **açpaṅ́hê*. En face de *kasya*, duquel, nous avons tout à la fois *kaṅ́hê* et *kahê*.

J'ai dit que *ṅ́* nasalisait seulement *a* et *ê* né de *a*: en effet, après *å* la nasalisation est par *ṅ* et non par *ṅ́*. C'est ce qui apparaît par exemple dans les formes du futur: *râṅhê*, 1re pers. sing. fut. intransit. de *râ*, donner; *påṅhê*, même personne, même temps, même voix, cf. *pâiti*, il protège. Et cependant après le *h* un *y* est tombé: voyez plus loin au sujet de la caractéristique *sya* du temps futur.

Je ferai remarquer d'autre part que si le principe, dans les groupes « *ahy*, *êhy*, », est la chute du *y* et la nasalisation de *a*, *ê* par *ṅ́*, il se peut, par exception, que le *y* ne tombe pas: dès lors il n'y a pas lieu à nasalisation. Ainsi le nomin. sing. masc. du thème *vahyah-*, meilleur, est non pas **vaṅ́hå*, mais bien *vahyå* (à côté du doublet *vaqyå*); le nomin. sing. neutre du même thème offre coexistantes les deux formes *vaṅ́hô*, *vahyô*.

Un autre fait de nasalisation, mais non plus chuintante, est celui-ci: précédant le groupe *hr* la voyelle *a*, la voyelle *å* peuvent se nasaliser par *ṅ*, et le *h* tombe ou demeure « ad libitum »; l'on dit donc:

aṅra- et *aṅhra-*, méchant (*aṅra- mainyu-*, Ahriman);

hazaṅra-, *hazaṅhra-*, mille = sk. *sahasra-*.

Pour l'ordinaire on omet la sifflante.

Plus loin, § 30, il sera parlé du groupe *-aṅuh-*, simple résultat d'une métathèse.

Quoi qu'il en soit, il ne faut pas perdre de vue que les voyelles susceptibles de nasalisation par *ṅ* sont *a* et *ā̊*, et que celles susceptibles de nasalisation par *ń* sont *a*, puis *ê* né de *a*.

D'autre part je ferai remarquer combien peu exacte est la formule courante: «*ṅh* et *ńh* représentent *ṣ* dans tel »ou tel cas»[1]. . . . , formule foncièrement erronée, car, en réalité, c'est *h* seul qui tient ici lieu de *s* organique, et *ṅ*—*ń* ne sont que de simples contre-coups portés à la voyelle qui précède. M. Spiegel a reconnu la justesse de ma proposition (*Heidelberger jahrb.*, 1869, nº 18, p. 275) et j'ai garde de manquer à la revendication de cet appui.

En somme: 1º admettent seules la nasalisation les voyelles *a*, *ā̊*, *ê*; 2º les signes de nasalisation se trouvent être soit ˜ sur *a*, soit *ṅ* après *a*, *ā̊*, soit *ń* après *a*, *ê*.

(A propos du sujet qui nous occupe, M. Weber a écrit les lignes suivantes: «J'identifie la nasale introduite devant »le son aspiré qui remplace *s*, à la nasalisation védique »d'une voyelle finale, dans le but de dissocier cette voyelle »d'avec une voyelle initiale subséquente: je regarde cette »nasale comme un expédient supplémentaire destiné à éviter »le hiatus des deux voyelles, déjà, à la vérité, désunies »par le *h*, mais cela d'une façon trop faible. Si le zend »n'use point de cette nasale devant certaines voyelles, »[spécialement devant *i*], si, d'autre part, il l'emploie dans »des cas où le son aspiré ne se trouve pas suivi d'une »voyelle [par exemple *hazaṅhra* au lieu de *sahasra*], cela ne

1. Exemples: «Le zend a deux lettres pour représenter la »nasale qui vient s'ajouter dans certains cas comme surcroît à un *h* »tenant la place d'un *s* sanskrit». Bopp, *Gramm. comp. trad.*, I, 111. — «*ṅh* au lieu de *h*, pour *s* sanskrit». Pott, *Etym. forsch.*, I, 438. «*ṅh* »pour *h* derrière *a*», *ibid.* — «D'après les lois phoniques *s* se change »en *ṅh*». Joh. Schmidt, *Rev. de ling.*, III, 365. — «*ṅh*, *ńh* = *s*». Schleicher, *Cpd.* 165. — «*s* enim ubique transit in *h*, cui, si *a* vocalis »ei antecedit, et quaepiam vocalis sequitur, saepissime gutturalis »nasalis anteponitur». Bopp, *Nalus*, 3e édit. 202.

» peut guères faire tort à l'explication proposée ». *Beitr.* III, 404. Je ne découvre ni la précision, ni l'opportunité de cette explication. Sans doute le sanskrit a, dans le but d'éviter des hiatus, laissé apparaître des nasales adventices: mais pourquoi le zend en aurait-il fait autant? Était-il dans son génie linguistique de rechercher l'écart des rencontres vocaliques? En aucune façon. Les idiomes éraniens n'ont nullement cette disposition. Nous voyons même, en vieux perse, le *h*, faible barrière au hiatus, tomber parfois totalement. Il faut, me semble-t-il, chercher une toute autre cause à la nasalisation des voyelles.)

§ 13.

Nous nous trouvons maintenant en présence des diphthongues.

Il n'y a rien à dire ici de la gradation vocalique de **r** organique: nous avons vu plus haut que a + **r** voyelle devint *ar*, d'où *er*, or *ar*, *er* ne forment pas diphthongues. Pourtant, étant donné *ar* comme première gradation, nous avons à constater *âr* comme seconde progression par préfixation de *a*, § 2:

sk. *kâra-*, m., nisus, contentio, labor, v. perse *kâra-*, z. *kâra-*, m., action: verbe simple kṛ, faire.

La gradation de *a* n'a pas non plus à nous occuper, car elle ne donne pas davantage lieu à diphthongue:

dhâta-m, ce qui est établi, loi, lat. *fâtu-m*, z. *dâte-m* (nomin. sing. neutre); pour l'idée cf. l'allem. « satzung, gesetz ».

Nous n'avons à envisager les gradations vocaliques que dans la ligne labiale et la ligne palatale, gradations (*guṇa* et *vṛddhi*) de *u* et de *i*.

§ 14.

Gradations de la voyelle palatale *i*.

Le **ai** organique devint en sanskrit *ê*, sans aucun doute par rapprochement de *i* vers *a*, d'où *aê*, puis par absorption de *a* en *ê*. Le grec a tantôt αι, tantôt ει, tantôt οι: il faut bien se garder de ne voir dans ce dernier, comme l'ont fait quelques auteurs, qu'une seconde gradation. Le zend offre pour **ai** soit *aê*, soit *ôi*. Sur le premier de ces groupes je n'ai pas à insister: ce que je viens de dire du sanskrit justifie le fait. En ce qui concerne la seconde diphthongue, à savoir *ôi*, elle est beaucoup plus rare. Voici d'ailleurs une série d'exemples:

vaika-, sk. *vêça-*, m., domus, gr. Ϝοῖκο-, lat. *vîco-*, z. *vaêça-*, m., maison;

(vi)vaida, j'ai vu, je sais, sk. *vêda*, gr. Ϝοῖδα, goth. *vait*, z. *vaêda*;

aiva-, seul, gr. οἶϜο-, v. perse *aiva-*, inscript. d'Alvend, z. *aêva-*;

praista-, le plus nombreux, le plus considérable, gr. πλεῖστο-, z. *phraêsta-*;

aiti, il va, sk. *êti*, gr. εἶσι, lat. *eit*, *it*, lithuan. *eíti*, z. *aêiti*: (le premier *i* est épenthétique, § 19. C'est tout-à-fait à tort que M. Pott regarde le *a* initial du mot zend comme adventice. *Etym. forsch.*, I, 397);

daiva-, divinité, dieu, démon, sk. *dêva-*, lat. *dîvo-*, lithuan. *dëva-*, z. *daêva-*;

kaitai, il se couche, il est couché, il gît, sk. *çêtê*, gr. κεῖται, z. *çaêtê*, avec *ê* = *ai* terminal, § 7;

(vi)vaid(a)ta, tu as vu; id est: tu sais, sk. *vêttha*, gr. Ϝοῖσθα, goth. *vaist*, par dissimilation, z. *vôiçta*, § 51.

L'on trouve encore *ôi* pour *ai* organique fréquemment devant *s* et *t* terminaux:

patayas, d'où **patais**, du maître (génit. sing. masc.), sk. *patês*, lithuan. *patës*, z. *patôis*.

Mais il ne faut pas perdre de vue que *ôi* peut parfaitement représenter un *ai* qui ne soit en aucune façon la gradation de *i*. C'est ce qui arrive par exemple dans:

bharayat, d'où **bharait** (avec condensation de *ya* en *i*), puisse-t-il porter! (potentiel), sk. *bharêt* (gr. φέροι), z. *barôit*;

tai, eux (nomin. plur. masc.), sk. *tê*, gr. τοί, lithuan. *të*, goth. *thai*, z. *tôi* (à côté de *tê*, § 7).

Il n'est pas sans exemple de rencontrer dans les textes zends un mot rendant tantôt par *aê*, tantôt par *ôi*, un ai organique.

Ainsi le thème aiva-, un, v. perse *aiva-*, gr. οἶο-, donne en zend au nomin. masc. *aêvô*, à l'accus. du même genre *ôyum* = **ôium* = **ôivam* avec condensation de *va* en *u*, § 28. Nous trouvons la coexistence de *aê* et de *ôi* dans les deux formes de l'instrumental pluriel du mot *zaçta-*, main: *zaçtôibya* et *zaçtaêibya* (dans cette dernière l'*i* est épenthétique).

La seconde gradation, *a* + *ai*, est en sanskrit et en zend *âi*.

On cite d'ordinaire le thème *thrâya-*, triple, avec *th* pour *t*, § 52: la forme simple nous apparaît dans *thritya-*, troisième, *thridaça-*, treizième [1].

M. Spiegel ne veut accueillir de seconde gradation vocalique, de « vriddhification » que pour le seul sanskrit (*Heidelb. jahrb.*, 1869, nº 18, p. 275). Assurément je me trouve loin de suivre aveuglément l'enseignement de Schleicher en ce qui concerne les gradations vocaliques (surtout en grec et dans les langues germaniques), mais je ne puis pas ne pas reconnaître avec lui une seconde gradation en zend. Je ne veux pas revenir sur la progression *r*, *ar*, *âr*: je me contente de renvoyer le lecteur à ce qui sera dit tout-à-l'heure au sujet de la seconde gradation de *u*, § 15, et, plus loin, à propos des causatifs. Touchant ces derniers, si je ne puis fournir pour la série *i* la justification que je livre en ce qui concerne la série *u*, cela tient uniquement à un manque d'exemples réellement offerts par les textes. Voyez d'ailleurs *Rev. de ling.*, III, 158 à 159. — M. Benfey

1. Les deux thèmes *raê-* et *râi-*, éclat, coexistent; le second n'est qu'une forme vriddhifiée du premier, quelle que soit l'origine de celui-ci.

a émis cette proposition fort peu exacte que le sanskrit et les idiomes éraniens possèdent seuls une seconde gradation : voir *S. gramm.*, 19. (Cf. au sujet du latin Bopp, *Vocalism.*, 198.) En ce qui concerne spécialement cette dernière langue, le latin, voyez Corssen, *Usspr.*, I, 390, 492.

(Les terminaisons, comme par exemple celle du datif singulier masc. **açpâi*[1], sk. *açvâi*, gr. ἵππῳ pour *ἰκϝωι, n'offrent en aucune façon une seconde gradation vocalique. J'ai fait une observation analogue à propos de *ôi* de *patôis*, *tôi* : voyez ci-dessus, p. 23.)

§ 15.

Gradation de la voyelle labiale *u*.

La diphthongue organique **au** est en zend *ao* grâce au rapprochement du second élément vers le premier (cf. *aê*, au paragraphe précédent) : le sanskrit opère la fusion complète et arrive à *ô* (cf. *ê* au paragraphe précédent). En principe le grec offre ici ευ. Exemples :

ghaudhati, il cache, gr. κεύθει, z. *gaozaiti* avec voyelle épenthétique (sur le κ grec voir § 4, note).

Comparez encore, par exemple :

z. *zaotar-*, titre pontifical = sk. *hôtr-* ;

z. *çraotar-*, auditeur = sk. *çrôtr* ;

z. *ctaotar-*, loueur = sk. *stôtr-* ;

z. *baodhayêiti*, il éveille = sk. *bôdhayati* ;

z. *raoćah-*, n., éclat = v. perse *raućis-*, sk. *rôćis-*.

Lorsque, organiquement, *au* se trouvait suivi d'une voyelle, son *u* se changeait naturellement en *v* ; de là :

kravas-, sk. *çravas-*, auditio, gloria, gr. κλέϝες-, esclav. liturg. *sloves* (mot), z. *çravah-* (mot, prière), n. ;

1. Restitué analogiquement, comme d'ailleurs toutes les formes notées d'un astérisque. Cf. le dat. *aredrâi*, au donneur, à celui qui offre ; thème *aredra-*.

pravati, il navigue, sk. *pravati*, gr. πλέϝει, z. *phravaiti* avec voyelle épenthétique. [1]

Cette variation phonique, on le comprend assez, ne change en rien le fond des choses.

La seconde gradation est naturellement *âu*, comme en sanskrit.

Les exemples se saisiront plus aisément par l'exposé de la triple filière dans des mots de la même famille :

çuçruma, j'ai entendu ; *çraotar-*, auditeur ; *çrâvayañhê*, pour annoncer, annoncer (infinitif causal) ;

khṣudra-, n., semence ; *khṣaotha-*, humide ; *khṣâudra-*, von samenfrüchten (Justi, 94 ; Spiegel, *Av. übers.*, I 220) ;

khṣnuyǣ, puisses-tu être heureux ! *khṣnaothra-*, n., satisfaction ; *khṣnâvayêiti*, il rend heureux ;

hu-, m., porc ; *haoma-*, haoma, sôma ; *hâvayêiti*, il exprime.

De même *kavi-*, m., roi, est à la première gradation ; *kâvaya-*, royal, à la seconde (sk. *kavi-*, *kâvya-*) ; — *çnaodhat-*, faisant couler, est à la première, *nâvaya-*, coulant, à la seconde (sk. *nâvya-*, navigabilis) ; — *çtaora-*, gros, est à la première, *çtâvaêsta-*, le plus grand, à la seconde ; — *draonah-*, n., course, est à la première, *drâvayât*, imparf. du conjonct. causal, est à la seconde.

Bien entendu, ces exemples ne sont pas les seuls.

§ 16.

Telles sont les diphthongues en quelque sorte fondamentales. Un phénomène dont il ne tardera pas à être question (§ 19), l'épenthèse, fera naître des accumulations, des groupements de voyelles, mais cette sorte de hiatus d'aventure n'a rien absolument à faire avec l'exposition des deux paragraphes précédents.

1. Le sens est « il va ». Comparez le verbe *sru* en zend « aller » (*çru*), en sanskrit et en grec « couler ». Pourtant la forme zende *thru* (§ 55) offre également ce dernier sens.

§ 17.

Il est temps d'arriver à l'examen de quelques principes vocaliques.

Nous avons déjà vu, § 5, la tendance de *a* à devenir *e* devant les *m*, *n*, surtout lorsque ceux-ci sont terminaux:

abharant, ils portaient, ils portèrent, sk. *abharan*, gr. ἔφερον, v. perse *abara* [1], z. *baren* avec chute régulière de l'augment;

dakama-, dixième, sk. *daçama-*, lat. *decimo-*, z. *daçema-*.

La voyelle *a* devient *i* par atténuation en plus d'une circonstance. J'aurai à insister plus loin sur l'atténuation de *a* en *i*, à propos de la formation des mots. Pour l'instant je ferai remarquer que cette atténuation se présente parfois dans la réduplication, absolument comme dans les autres idiomes:

stastanti, il sont debout, z. *histenti*, gr. ἱστᾶσι (pour *σισταντι), avec variation de sens, mais identité de formation et communauté primordiale.

L'atténuation de *a* en *u* est tout exceptionnelle: l'on cite *hâkurena-*, n., accomplissement.

La voyelle *a* se peut aussi, par une influence labiale, changer en *o*. C'est ce dont il a été question ci-dessus, § 9. J'ai donné comme exemples *pouru-*, nombreux, et *vouru-*, large. L'on peut citer encore la double forme *vañhu-*, § 12, et *vohu-*, bon.

Au même paragraphe, j'ai parlé également de *ô* = *as* terminal. Je n'ai plus à y revenir.

La voyelle *a* se labialise parfois aussi en *ô*, dans la composition, lorsqu'elle termine le premier mot.

1. Pour **abaran*. La chute de la nasale finale donne à cette personne l'apparence de sa correspondante du singulier, à savoir *abara* = ἔφερε = *abharat*. Cette mutilation à la 3e pers. plur. de l'imparf. est malheureusement constante en vieux perse. Consultez Spiegel, *Die altpers. keilinschr.*, 168.

Tel est même le principe courant: de *açpa-*, cheval, et *daênu-*, femelle, est formé *açpôdaênu-*, f.; voyez d'ailleurs au § 126.

Le même phénomène se présente dans la dérivation d'ordre secondaire. Ainsi *çpenta-*, saint, donne au superlatif *çpentôtema-*. Au comparatif même changement la plupart du temps.

En ce qui concerne la nasalisation de *a*, point excessivement grave dans la phonologie zende, je pense ne plus avoir à la remettre en question après les détails dans lesquels je suis entré ci-dessus, § 12.

§ 18.

Nous avons à examiner quelques principes relatifs au heurt des voyelles entre elles.

Premier principe: c'est en un *â* que se confondent deux *a*, ou un *â* et un *â*, ou deux *â* se rencontrant:

phrâçnaoiti, il va en avant, il sort, est pour *phra* + *açnaoiti* (sk. véd. *açnôti*, il pénètre, il obtient);

hazañra-, mille, § 12, plus *âyu-*, n., temps, vie (sk. *âyu-*, m., durée) et en composition «fois» (F. Justi, *Ueber die zusammensetz. der nomina in den indogerm. spr.*, 3), donnent *hazañrâyu-*, mille fois;

drvâçpa-, nom propre fémin., est formé de *drva-*, ferme, pour **druva-*, § 28, et de *açpa-* (sk. *dhruva-*, *açva-*); sur ce nom consultez Windischmann, *Zoroastr. studien*, 64.

Il est incontestable que la non-observation de cette règle — ce qu'il n'est point rare de rencontrer, — est fautive. Pourtant devant *r* apparaît parfois non pas *â*, mais *è*, et cela sans qu'il y ait manque aux principes, vu la nature de *è*, § 11; ainsi nous trouvons:

phrèreti-, f., l'acte de venir, pour *phra* + **areti-* (sk. *rti-*, f., acte d'aller).

Second principe: inversement, dans le heurt de deux *i*, de deux *u* la règle est que $i + i = i$, $u + u = u$; exemples:

paititi-, f., course en arrière, retour, est pour *paiti* + *iti-*, f., marche;

huruthman-, n., bonne croissance, est pour *hu* + *uruthman-*.

Mais *i* + *î* = *î*:

nîrê, je répands, est pour *ni* + *îrê* (cf. sk. *îrayati*, il émet).

Troisième principe: après *a*, s'il se présente soit *i*, soit *u*, on a parallèlement à la première gradation vocalique, §§ 14, 15, *aê* ou *ôi*, puis *ao*, ou bien le hiatus primordial demeure. Ainsi il y a accommodation parallèle à la première gradation dans:

upaêta-, eine welche einen mann erkannt hat, pour *upa* + *ita-*;

phraokhti-, f., l'acte de parler, le parler, pour *phra* + *ukhti-* (sk. *ukti-*, f., sermo, loquela).

Mais il y a maintien du hiatus par exemple dans:

haurva-, m., gardien, pâtre, dont le *u* est épenthétique, § 19, lat. *servo-*: voyez sur cette équivalence Spiegel, *Zeitschr.*, XIII, 369;

paiti-, m., maître, dont le *i* est également épenthétique, sk. *pati-*, dominus, conjux, gr. πόσι- avec σ régulièrement pour τ.

Un *u* pouvant être la condensation de *va*, § 28, nous rencontrerons des cas comme *aora*, en arrière, pour **aura*, **avara* (cf. sk. *avara-*, posterior, inferior): il y a ici, on le voit aisément, application du premier de ces deux derniers procédés.

Quatrième principe: de *a* + *ai* naît *âi*, de *a* + *au (ao)* naît *âu*; cela n'est que l'application de la règle formative de la seconde gradation:

upâiti, il vient, cf. *upa* + *aêiti*.

Cinquième principe: au cas où une voyelle hétérogène se présente après *i*, *u*, deux hypothèses sont admissibles:

Ou bien il y a simplement hiatus et *u* + *i* donne *ui* comme dans *uiti*, ainsi, de cette façon (avec *i* épenthétique,

§ 19), ou bien il y a demi-consonnantisme de la première voyelle, *u* devenant *v* et *i* devenant *y:* ainsi l'on a *garayô,* les montagnes (accus. plur.) pour **garaiô,* de même *tanvê,* au corps (dat. sing.), pour **tanuê.*

§ 19.

Mais les nombreuses diphthongues et même thriphthongues que nous offre le vieux baktrien, et qu'il importe gravement, au point de vue étymologique, de bien discerner d'avec le *guṇa* et la *vrddhi,* gradations vocaliques, § 2, sont en bonne part le résultat d'un phénomène secondaire, l'ÉPENTHÈSE.

Le fait est celui-ci : si une des consonnes *t, th, d, dh, p, b, w, n, ṣ, r* se trouve suivie d'un *i, ê, y,* immédiatement apparaît un *i* devant elle; si l'une de ces consonnes se trouve suivie de *u, v,* immédiatement apparaît un *u* devant elle. C'est ce que rend peut-être plus clair le tableau suivant :

$$\left.\begin{matrix} i \\ u \end{matrix}\right\} \; t,\ th,\ d,\ dh,\ p,\ b,\ w,\ n,\ \d{s},\ r \; \left\{\begin{matrix} i,\ \hat{e},\ y \\ u,\ v. \end{matrix}\right.$$

Au surplus il est bon de donner un certain nombre d'exemples.

Appel épenthétique de *i* par *i :*

gaskati, il va, sk. *gaććhati,* gr. βάσκει, z. *jaçaiti,* § 57;

aiti, il va, sk. *êti,* gr. εἶσι, z. *aêiti;*

pari, sk. *pari,* circum, gr. περί, v. perse *pariy,* autour, à cause de, z. *pairi,* autour, pour, etc.

Appel épenthétique de *i* par *ê:*

bharatai, il se porte, sk. *bharatê,* gr. φέρεται, z. **baraitê* (forme analogiquement restituée, cf. *baraiti,* il porte, *bairê,* je me porte, *barahê,* tu te portes).

Appel épenthétique de *i* par *y:*

marya-, mortel, gr. μέριο-, z. *mairya-;*

madhya-s, mitoyen (nomin. sing. masc.), sk. *madhyas*, gr. μέσσος, μέσος (pour *μεθιος, Curtius, *Griech. etym.*, 310), goth. *midjis*, z. *maidhyô* avec *ô* = *as* terminal.

Appel épenthétique de *u* par *u*:

paru-, nombreux, sk. *puru-*, gr. πολύ-, v. perse *paru-*, z. *pouru-*, avec *o* = *a*, § 9;

varu-, large, sk. *uru-*, z. *vouru-*, § 9.

Appel épenthétique de *u* par *v*:

sarva-, entier, sk. *sarva-*, gr. ὅλο- pour *ὅλλο- (Curtius, *Griech. etym.*, 503) pour *ὅλϝο-, lat. *sollo-* et *salvo-* (sic Corssen, *Ausspr.*, 485; Bopp, *Vergl. accent. syst.*, 169; Leo Meyer, *Die goth. spr.*, 156; contra Curtius, *Griech. etym.*, 503); z. *haurva-*[1].

L'on peut d'ailleurs comparer les mots sanskrits et zends que voici, rigoureusement équivalents:

açnôti, — *açnaoiti*, il atteint;

ajati, — *azaiti*, il mène, il conduit;

abhi, — *aiwi*, *aibi*, vers;

abhitas, — *aiwitô*, du côté de, à l'entour;

anumati, — *anumaiti-*, f., pensée appropriée, avertissement;

arișța-, — *airista-*, non blessé;

arya-, — *airya-*, respectable, fidèle;

arvat-, — *aurvat-*, rapide;

arhati, — *arejaiti*, il mérite;

asatya, — *anhaithya-*, caché, faux;

ișyati, — *ișyêiti*, il envoie;

iććhati, — *içaiti*, il souhaite;

uććhati, — *uçaiti*, il brille;

yûti-, — *yûiti-*, f., jonction;

vênati, — *vaênaiti*, il voit, il connaît;

kârayati, — *kârayêiti*, il fait tailler;

1. Le v. perse dit *haruva-*, avec un *u* intercalaire purement euphonique. Consultez Spiegel, *Die altpers. keilinschr.*, 147.

vasati, — *vañhaiti*, il habite, il demeure;
vâti-, — *vâiti-*, il souffle;
vâti-, — *vâiti*, f., vent;
kati, — *ćaiti*, combien?
khṣayati, — *ṣayêiti*, il commande;
gahi, — *jaidhi*, va!
giri-, — *gairi-*, m., montagne;
garjati, — *garezaiti*, il crie, il se plaint;
hati-, — *jaiti-*, f., coup;
hari-, — *zairi-*, vert;
harita-, — *zairita-*, jaune, vert;
hariṇa-, — *zairina-*, jaunâtre;
dâru-, — *dâuru-*, n., bois;
dahati, — *dažaiti*, il brûle;
pûrva-, — *paurva-*, précédent, antique;
parvata-, — *paurvata-*, m. f., montagne;
pûti-, — *pûiti-*, f., puanteur;
pâti, — *pâiti*, il protège;
pati-, — *paiti-*, m., maître;
préćhati, — *pereçaiti*, il interroge;
prati, — *paiti*, à, vers, contre [1];
bôdhayati, — *baodhayêiti*, il fait savoir;
bhavati, — *bavaiti*, il est;
bandhayati, — *bandayêiti*, il fait lier;
bhûri-, multus, — *bûiri-*, n., foule;
nayati, — *nayêiti*, il mène;
navati-, — *navaiti-*, f., § 90;
naçyati, — *naçyêiti*, il disparaît, il périt;
mêhati, — *maêzaiti*, il urine;
mati-, — *maiti-*, f., pensée;

1. En v. perse *patiy*. La chute de *r* dans les deux idiomes éraniens peut sembler bizarre: pourtant il ne faut pas perdre de vue que le grec possède à la fois προτί ainsi que πορτί et ποτί. M. Curtius rappelle le lat. *pedo* à côté de πέρδω, l'angl. *speak* à côté du bas-allem. *spreken*, etc.; *Griech. etym.*, 267.

madhya, — *maidhya-*, mitoyen;
râti-, — *râiti-*, f., présent;
riṣyati, — *iriṣyêiti*, il périt;
satya-, — *haithya-*, véridique, vrai;
siñćati, — *hinćaiti*, il répand, il arrose;
sûti-, — *hûiti-*, f., expression d'un suc;
sthiti-, — *çtâiti-*, f., position.

Il y aurait bien d'autres exemples à citer, mais le nombre de ceux qui viennent d'être donnés est plus que suffisant.

Je dois faire observer que l'épenthèse de *i* trouve également lieu devant les suffixes *nti*, *ntê* de la troisième personne du pluriel, sinon très-fréquemment, au moins d'une façon peu exceptionnelle:

vyêinti, ils vont en hâte;
haćaintê, ils s'unissent;
uçzayêintê, ils sont enfantés;
kerenvainti, ils font;
ǰvainti, ils vivent.

On trouve parfois des formes coexistantes, l'une avec, l'autre sans l'épenthèse:

bavanti, *bavainti*, ils sont;
skyanti, *skyêinti*, ils habitent.

Il est sans doute inutile de faire remarquer que l'épenthèse de *i* est beaucoup plus fréquente que celle de *u*.

§ 19 *bis*.

On a voulu voir dans l'épenthèse un phénomène d'assimilation (Bopp, *Gramm. comp. trad.*, I, 93; Schleicher, *Cpd.*, 45; Justi, *Hdb.*, 359): je n'en puis convenir. Qu'est-ce en effet que l'assimilation? Une transformation par influence: soit une transformation vocalique[1], soit une transformation

1. Par exemple les phénomènes qualifiés dans la grammaire germanique de «brechung» (influence d'un *a* sur la voyelle de la syllabe précédente), et de «umlaut» (influence d'un *i* sur la voyelle

consonnantique. Or, il n'y a dans l'épenthèse, comme le fait très-bien observer M. Spiegel (*Gramm. d. altb. spr.*, 61), aucune transformation, aucune mutation. Haug est absolument en dehors de la réalité lorsqu'il dit: « so instead » of **barati*, he bears, we find *baraiti* (*ai* instead of *a*, » influenced by the terminating *i*) », *Essays*, 55. L'introduction d'un élément adventice, quelle que soit sa cause, ne relève en aucune façon de l'assimilation.

§ 20.

D'ailleurs il se peut présenter çà et là quelques voyelles adventices, furtives, non épenthétiques au sens spécial du mot.

Ainsi le réflexif impersonnel **sva-** apparaît en zend non-seulement sous la forme *hva-* et sous la forme *qa-*, § 27, mais encore sous la forme complifiée *hava-*, son, sien. Bien que le type **sva-** se trouve être très-vraisemblablement pour **sa** + **va**, je n'en pense pas moins que c'est **sva-** que représente *hava-*, grâce à une intercalation vocalique. De semblables faits sont, au surplus, fort insolites.

Ci-dessus, § 4, il a été dit déjà qu'après *ar*, *er*, représentants de *r*, apparaît un *e* adventice: [1]

sk. *bhrta-*, porté, z. *bereta-*;

sk. *krta-*, fait, z. *kareta-*, *kereta-*.

A ce principe il y a deux sortes d'exceptions régulières.

précédente). Voyez Schleicher, *Die deutsche spr.*, 145; Rumpelt, *Deutsche gramm.*, 88, 85. « Umlaut » et « brechung » n'ont aucun rapport avec l'épenthèse baktrienne.

Il en serait autrement, si, par exemple, un *i* changeait en zend un *a* de la syllabe précédente en *e*, *i*, *ê*; mais cela ne se présente pas.

Il en va différemment de la mutation fréquente de *a* en *ê* après *y*: § 7. Il y a là une attraction réelle.

1. Ainsi que le fait observer Bopp, ce n'est donc pas *are*, *ere* qui correspond à la voyelle linguale du sanskrit, mais simplement *ar*, *er*. *Vocalismus*, 186; *Vergl. accent. syst.*, 3.

Cette voyelle *e* n'apparaît pas lorsque le *r* admet immédiatement devant lui un *h*, § 46: c'est ce qui arrive par exemple dans le génit. sing. *vehrkahê*, du loup, § 7, sk. *vrkasya*, lithuan. *vìlkô* (SCHLEICHER, *Cpd.*, 560; BOPP, *Vocalism.*, 186). De même dans l'accus. sing. fém. *kehrpem*, corps: mais au nomin. sing. *kerephs*, où *h* ne précède point *r*, arrive bien *e*.

D'autre part un groupe *st* subséquent empêche également l'arrivée de la voyelle adventice dont il est question. Comparez les formes sanskrites et zendes que voici:

sṛṣṭa-, — *harsta-*, lancé;
mṛṣṭa-, — *marsta-*, essuyé;
dṛṣṭi-, — *darsti-*, f., vision.

Par contre, on trouve *dâdareça*, j'ai vu, *harezanti*, ils lancent, ils émettent: en sanskrit *dadarça*, *sṛjanti*.

Il arrive aussi, parfois, qu'un *e* purement adventice vient séparer deux consonnes parentes par l'ordre ou la classe:

uçehistaiti, il se dresse, est pour *uç* + *histaiti*.

Cette voyelle adventice est fort brève. M. WESTPHAL dans ses recherches sur la métrique baktrienne, dit: «Le » *e* bref ne compte pour une syllabe qu'autant qu'il corres- » pond à une voyelle en sanskrit; mais non point dans les » formes telles que *hvaredareçô* où il n'est qu'adventice». *Zeitschr.*, VIII, 446.

C'est un phénomène bien connu que celui de la préfixation d'une voyelle purement adventice en grec. Le fait a lieu particulièrement devant les *r*, *l*, *m*, *n*. Exemples:

raghu-, sk. *laghu-*, gr. ἐ-λαχυ-;

mighta-, lat. *micto-*, gr. ὀ-μιχτό-; cf. encore ἐρυθρός, ἐμέ, ὀφρύς, etc. (Consultez SAVELSBERG, *Zeitschr. für die wissensch. der sprache*, IV, 90; CURTIUS, *Griech. etym.*, 531.) Il se passe en zend un phénomène analogue: *i* et *u* se préfixent en effet à un *r* initial suivi soit de *i*, soit de *u*; d'où les groupes *iri*, *iru*. L'appel est, comme on le voit, basé sur la même donnée que l'appel épenthétique. Il suffit de citer *irişyêiti* = *rişyati* du sanskrit; il périt; *urutha-*, n., croissance; *uruthmya-*, croissant (cf. sk. *rurôha*, j'ai grandi). — Ce phénomène se présente rarement ailleurs qu'au commencement des mots. Je citerai pourtant *ćukuruna-*, aveugle; le verbe simple est **sku**, cf. *kavan-*, ayant au fond la même signification, et étant dérivé du même élément verbal. On ne saurait voir là un cas d'épenthèse proprement dit, car le *k* n'est pas une des consonnes nécessaires à la production de ce phénomène (cf. § 19).

§ 21.

En face des annexions vocaliques il convient de placer les disparitions de voyelles.

Sur ce terrain le principe de beaucoup le plus important est celui-ci: *i*, *u* tombent dans les groupes *iy*, *uv*. Je me contenterai de mettre en regard les équivalents sanskrits et zends que voici:

priya-, — *phrya-*, cher, aimé;

kşatriya- [1], — *khşathrya-*, royal;

suvîra-, — *hvîra-*, riche en hommes, en héros;

yajñiya- (note précédente), — *yaçnya-*, ayant trait au sacrifice;

dhruva-, — *drva-*, ferme, solide;

naya-, m., — *nya-*, n., conduite: pour **niya* d'après **naya-* avec atténuation vocalique. [2]

D'autre part, on rencontre çà et là un certain nombre de suppressions vocaliques, auxquelles il n'est guère possible

1. Le second *a* est devenu *i* par atténuation.

2. Il se présente dans les langues indo-européennes un phénomène tout opposé à celui-ci: c'est à savoir l'extension de *y*, *v*, en *iy*, *uv*. Ainsi en lithuanien si *u*, *i* se présentent devant une autre voyelle, ils ne donnent pas lieu à *y*, *v*, mais bien à *iy*, *uv*. Schleicher, *Hdb. d. lit. spr.*, I, 64. L'esclavon liturgique procède d'une façon analogue; *Cpd.* 128. Il n'est pas sans intérêt de confronter ces deux tendances opposées.

d'attribuer d'autre cause qu'une recherche de facilitation toute arbitraire.

Ainsi le thème *zanu-*, m., genou, donne à l'accus. sing. *žnûm*, en supprimant la voyelle fondamentale.

Il en est de même dans *phṣu-*, m., bétail, à côté de *paçu-*. Les variations consonnantiques qui apparaissent dans ces deux exemples seront expliquées à leur temps. (Cf. en grec ταραγμός et θραγμός, agitation).

Entre autres formes doubles offertes par le zend je signalerai les suivantes:

çañhaitê, çaçtê, il se nomme: le thème organique est **kasa-**, la forme verbale est **kasatai**;

hidhaiti, haçti, il siége: organique **sadati**; le *çt* du second mot est pour *dt* par dissimilation;

dadhâiti, daçti, il pose.

Les secondes formes de cas doublets sont tronquées des premières par une élimination vocalique.

Consultez sur cette question mon mémoire intitulé: *Racines et éléments simples dans le système linguistique indo-européen.* On y trouvera une liste de semblables doublets en sanskrit, liste qu'il serait facile, d'ailleurs, d'augmenter d'une façon notable.

On trouve les trois formes nominatives *pata, pita, pta*, père: la seconde offre une atténuation de la première; la troisième en arrive à l'élision complète.

De même *bda-*, m., pied (*abda-*, sans pieds, sans pied; *phrabda-*, m., Fr. Müller, *Beitr.*, III 484) pour **pta-*, par attraction consonnantique, et secondaire à *padha-*, m., pied.

Au surplus ces sortes d'éliminations ne sont pas, en zend, très-fréquentes.

§ 22.

Par contre le vieux baktrien offre dans son vocalisme, sous le rapport de la quantité, une fluctuation souvent très-fâcheuse. Ainsi l'organique **navama-**, neuvième, sk. et v. perse *navama-*, après avoir été régulièrement en zend *naoma-* pour **nauma-*, **navama-*, apparaît sous la forme *nâuma-* pour **nâvama-*. (Comparez les deux gradations de *u*, à savoir *ao*, *âu*, § 15.) — Les deux gradations coexistent également dans *gaoya-*, *gâvya-*, bovinus; *gaozaçta-*, *gâuzaçta-*, ayant de la viande dans la main (Spiegel, *Commentar über das Avesta*, I, 81).

L'allongement de *a* privatif dans *âhita-*, impur = sk. *asita-*, ne saurait être justifié. Il serait aisé de réunir un certain nombre de ces erreurs, par exemple encore l'allongement intempestif d'une voyelle réduplicative dans certaines formes de la conjugaison. — Le thème *katara-*, lequel de deux, sk. *katara-*, gr. κότερο-, πότερο-, lat. *utro-*, goth. *hvathara-*, donne bien la forme *katarem*, mais il offre également *katârem* à l'accus. sing. masc. Benfey, *Gött. gel. anzeig.*, 1853, p. 87.

Toutefois certains allongements sont passés en règle, et ne sauraient dès lors être légitimement omis.

Ainsi devant *m* terminal les *i* et les *u* doivent devenir *î*, *û*, à moins, en principe, qu'ils ne se trouvent précédés d'un *r*, d'une voyelle, ou de *y* (*ôyum*, § 102):

âku-m, rapide (accus. sing. masc.), sk. *âçum*, gr. ὠκύν, z. *âçûm;*

pati-m, maître (accus. sing. masc.), sk. *patim*, [1] πόσιν, z. *paitîm*, avec voyelle d'épenthèse. Dans ces deux exemples les *i*, *u* n'étant précédés ni de *r* ni d'une voyelle s'allongent régulièrement.

daiva-m, brillant, divinité, démon (accus. sing. masc.), sk. *dêvam*, lat. *dîvum*, z. *daêum*, avec condensation de *va* en *u*, § 28;

sarva-m, entier, total (accus. sing. masc.), sk. *sarvam*, lat. *sollum*, *salvum*, § 19, z. *haurum*, avec condensation de *va* en *u*.

1. Ce mot, irrégulier en quelques cas, est régulier à l'accusatif singulier.

Je dois faire observer que la règle est beaucoup moins rigoureuse s'il s'agit d'une précession de *r* que d'une précession vocalique. Ainsi au § 174 nous verrons les accusatifs *gairîm*, montagne, *maoirîm*, fourmi, *vairîm*, mer. — M. Spiegel cite les deux formes accusatives *çrum*, *çrûm* de *çru-*, m., tonneau; *Gramm. d. altb. spr.*, § 66. — En somme il ne faut pas perdre de vue que *m* terminal a une notable influence sur la voyelle qui le précède: de *a* il fait *e*, § 5, de *i*, *u* il fait en principe *î*, *û*.

En sens inverse, à la fin des mots, s'abrège en principe la voyelle longue. C'est ce qui arrive au nominatif singulier des féminins en *î*, lesquels offrent à ce cas non pas *î*, mais bien *i* bref; voyez au § 182. De même les féminins en *â* abrègent cette voyelle et présentent *a* au nominatif singulier.

D'autre part il est bon de relever le fait de quelques abréviations intempestives. Ainsi au sk. *âçiṣṭha-*, au gr. ὤκιστο- répond bien le z. *âçista-*, très-rapide, mais parfois c'est *açista-* que l'on rencontre.

§ 23.

Il faut encore noter l'atténuation vocalique. Nous en avons eu déjà un exemple dans l'assombrissement de *a* en *e*, § 5.

L'atténuation de *a* en *i*, et surtout celle en *u*, sont bien moins fréquentes. On verra plus loin, § 162, que les thèmes tels que *perenin-*, ailé, *gaopin-*, protecteur, etc., ont *i* pour *a* organique; — de même *hadhiṣ-*, n., demeure, etc., § 148. — Au surplus ce procédé est commun aux divers idiomes indo-européens. L'esclavon liturgique non-seulement atténue *a*, mais il atténue encore *i*, *u* organiques en *ĭ*, *ŭ*; Schleicher, *Cpd.*, 161.

Abstraction faite de l'assombrissement de *a* en *e*, le zend use bien moins fréquemment que le sanskrit de l'atténuation vocalique. On peut se rappeler les faits suivants:

z. *tarô*, à travers = sk. *tiras;*

z. *gairi*, m., montagne (le premier *i* est épenthétique) = sk. *giri-*, m.;

z. *dâta-*, posé, établi, constitué, créé = sk. *dhita-*, *hita-;*

z. *mâta-*, mesuré, formé [1] = sk. *mita-;*

z. *çtâta-*, placé = sk. *sthita-;*

z. *çtâiti-*, f., état, position = sk. *sthiti-*, f., status, actio standi, stabilitas;

z. *patar-*, m., père [2] = sk. *pitr-*, m.;

z. *andra-*, m. [3], nom propre démoniaque (Spiegel, *Avesta üb.*, III, XLVII, I, 10, 176; Justi, *Der Bundehesh*, 73) = sk. *indra-*, m., divinité hindoue (Girard de Rialle, *Rev. de ling.*, I, 215);

z. *puthran-*, qui a un enfant, des enfants = sk. *putrin-*, m., liberos habens;

z. *mãthran-*, m., lecteur, raconteur = sk. *mantrin-*, m., consiliarius;

z. *paru-*, *pouru-* (§ 9), plein = sk. *puru-* (v. perse *paru-*, gr. πολύ-, goth. *filu-).*

§ 24.

Ci-dessus, §§ 2 et 3, j'ai parlé du parallélisme des deux voies de progression vocalique, c'est à savoir la gradation proprement dite et l'allongement (Corssen, *Ausspr.*, I, 492). Au fond il y a la même tendance, mais cette tendance est diversement réalisée.

La variation vocalique, que tout-à-l'heure nous avons constatée, § 22, se rencontre évidemment encore dans des remplacements de gradations par des allongements, et inversement.

1. L'on rencontre également *mita-*, la forme atténuée.

2. A certains cas l'on rencontre à côté de *patar-* les formes secondaire et tertiaire *pitar-*, *ptar-*.

3. Et aussi *indra-*, avec atténuation comme en sanskrit. Cf. Justi, *Hdb.*, 55.

Ainsi nous trouvons *kerenûiṣi,* tu fais, alors que nous nous attendons à un **kerenaoiṣi:* le sanskrit védique dit *krnôṣi,* et d'ailleurs nous avons bien en zend la première personne *kerenaomi,* la troisième *kerenaoiti.*

Nous trouvons l'allongement en sanskrit et la première gradation en zend dans les mots suivants:

sk. *sthûla-,* mfn., corpulentus, crassus, z. *çtaora-,* m., animal de gros bétail;

sk. *yûti-,* f., z. *yaoiti-,* f., jonction;

sk. *kṣîṇa-,* z. *khṣaêna-,* détruit, abîmé, amaigri, maigre.

Tant s'en faut que le sanskrit soit toujours, sur ce terrain, le plus rigoureux. Ainsi grâce au zend *gaozaiti* = κεύθει (§ 4, note), il n'y a pas à douter que le *û* du sk. *gûhati,* il couvre, il cache, ne soit la compensation d'une première gradation organique.

Le même phénomène se passe d'ailleurs en gothique, où *û* tient parfois la place de *iu,* gradation de *u.* Schleicher, *Cpd.,* 154; cf. Leo Meyer, *Die goth. spr.,* 650.

CHAPITRE II

LES DEMI-VOYELLES OU DEMI-CONSONNES

§ 25.

Entre l'étude des voyelles et celle des consonnes se place tout naturellement celle des deux éléments que l'on considère d'habitude comme mixtes, mi-voyelles, mi-consonnes, moitié sons, moitié articulations.

Que devinrent en zend la demi-voyelle palatale **y**, la demi-voyelle labiale **v**? Comment, sur ce terrain linguistique secondaire, se comportèrent-elles, et en elles-mêmes, et dans leurs relations avec les autres éléments phoniques?

Cet examen est des plus importants et va nous offrir quelques-uns des plus graves phénomènes de la phonétique baktrienne.

y est représenté par deux signes: 𐬫 (qui est un double *i*) et 𐬪; le premier se trouve dans le corps des mots, le second au commencement: 𐬪𐬀𐬚𐬭𐬀, *yathra,* où, là où; 𐬓𐬫𐬆𐬨, *qyèm,* puissé-je être! Il est difficile d'admettre que les deux signes 𐬫 et 𐬪 n'aient pas représenté en zend un même et unique son; on a cherché, mais sans succès, à donner au dernier de ces caractères la valeur du *j* français (jour, je, jeu). *v* est représenté par 𐬎𐬎 (deux *u*) dans le corps des mots, par 𐬬 au commencement: 𐬠𐬀𐬎𐬎𐬀𐬌𐬙𐬌, *bavaiti,* il est; 𐬬𐬆𐬵𐬭𐬐𐬋, *vehrkô,* le loup (nomin. sing.).

§ 26.

En principe *y* et *v* organiques persistent:

yai, ceux qui (nomin. plur. masc.), sk. *yê*, gr. οἵ, z. *yôi*, § 14;

yâtayati, il tend vers, il cherche, sk. *yâtayati*, gr. ζητέει, z. *yâtayêiti*;

yava-, sk. *yava-*, m., hordeum (gr. ζειαί ζεά, épeautre, triticum spelta: Curtius, *Griech. etym.*, 571; Kuhn, *Die herabk. des feuers*, 98; Legerlotz, *Ztschr.*, VII, 296; Sonne, *ibid.*, XIII, 430), lithuan. *javaí*, pluriel, z. *yava-*, m., hordeum?

yâsta-, ceint, gr. ζωστό-, z. *yâçta-*: Fick, *Wörterb. der indogerm. grundspr.*, 149; Curtius, *Griech. etym.*, 573;

vakas-, parole, discours, sk. *vaćas-*, n., sermo, gr. ϝέπες-, z. *vaćah-*, n.;

vaghati, il conduit, il véhicule, sk. *vahati*, lat. *vehit*, goth. *vigith*, esclav. liturg. *vezetĭ*, z. *vazaiti*;

vaghtr-, véhiculeur, traîneur, conducteur, sk. *vôḍhr-*, m., ductor, lator, taurus (sur *ḍh* = *ght* voir Schleicher, *Cpd.*, 182—183; la variation en *gdh* est plus ancienne: *ibid.*), lat. *vector-*, z. *vastar-*, m., bête de trait, avec *s* = *ç* = *g* = *gh*, § 36;

vaika-, maison, sk. *vêça-*, m., domus, gr. ϝοῖκο-, lat. *vîco-* pour **veico-*, z. *vaêça-*, m.;

sarva-, entier, total, sk. *sarva-*, gr. ὅλο-, lat. *sollo-*, *salvo-*, z. *haurva-*, § 19;

aiva-, un, gr. οἶο-, z. *aêva-*, § 102;

vrsni-, bélier, sk. *vrṣṇi-*, z. *varṣni-*.

§ 27.

Dans ses relations avec les consonnes dont il se trouve précédé ou suivi, le *y* demeure invariable.

Il est loin d'en être ainsi du *v*. Les principes que voici sont de toute gravité.

Après un *ç* le *v* devient régulièrement *p*:

akva-sya, du cheval (génit. sing. masc.), sk. *açvasya*, gr. ἵππου pour *ἰϰϝοσyο, z. *açpahê*, avec *ê* = *ya* terminal, § 7;

kvanta-s, saint (nomin. sing. masc.), lithuan. *szvèntas*, esclav. liturg. *svętŭ*, z. *çpentô*, avec *ô* = *as* terminal, § 9. (Si l'on admet que *svętŭ* ait pour correspondant le goth. *svinths*, fort, sain, il faut alors le séparer de *çpentô*. En effet le *s* esclavon peut bien répondre à un **k** organique ainsi qu'à un **s**, mais le *s* gothique n'admet que la dernière de ces équivalences. Ce qui me paraît trancher la question et faire reporter *svętŭ* à *çpentô*, non pas à *svinths*, c'est le lithuanien *szvèntas* dont le *sz* ne peut rendre un **s** mais simplement un **k**. La rigoureuse équivalence de *svętŭ* et de *svinths* ne serait donc qu'accidentelle. — Au surplus voyez Spiegel, *Heidelb. jahrb.*, 1869, p. 279; *Beitr.*, V, 401; *ibid.* 402 la note de la Rédaction; Miklosich, *Lexicon pal. slov.*, 833; Schleicher, *Beitr.*, II, 482.)

De même *çpânem*, chien (accus. sing.) = sk. *çvânam*. (Il y a ici à noter un fait assez curieux: c'est la condensation en *u*, § 29, à certains cas, du groupe formé par la demi-voyelle labiale et la labiale subséquente. Ainsi l'on dit *çunê*, dat. sing., *çûnãm*, génit. plur.; à côté du nomin. plur. *çpãnaç-ća* se trouve *çûnô*);

çpaêtem, blanc (accus. sing. masc.) = sk. *çvêtam*;

vîçpa-, tout = sk. *viçva-*[1].

1. Le même phénomène se présente en nombre d'idiomes éraniens — dont la parenté avec le vieux baktrien est plus ou moins précisément déterminée. — Ainsi en vieux perse nous trouvons *viçpa-*, tout, dans le composé *viçpazana-*, de toutes races (*khsâyathiya dahyunâm viçpazanânâm*: rex regionum omnes gentes amplectentium; *Inscript. de Naqs-i-Rustam*). En ossète *ph* est fréquent pour *v* après *ç*: Fr. Müller, *Beitr. zur lautlehre des Osset.*, 13. En néo-perse *sp* pour *çv* n'est point rare: *id.*, *Beitr. zur lautl. der neupers. spr.*, 18. En afghan l'on trouve également *sp* pour *çv*; exemples: *spai*, chien, *spîn*, blanc, etc.; *id.*, *Ueber die spr. der Avghânen*, I, 4.

Après *th*, *dh*, le *v* devient *w*:

tvâm, toi (accus.), sk. *tvâm*, v. perse *thuvâm*, lat. *te*, z. *thwãm*;

katvar-, quatre, sk. *ćatvar-* (masc., allonge le second *a* dans la déclinaison), gr. τέτταρ- pour *κετϝαρ-, z. *ćathwar-*: comparez la forme condensée *ćatur-*;

ardhva-, élévé, sk. *ûrdhva-* [1], erectus, altus, lat. *ardvo-*, z. *eredhwa-*, *erethwa-*, § 39.

Comparez encore sk. *adhvan-*, m., via, et z. *adhwan-*, m., même sens.

C'est ainsi que *perethu-*, large (sk. *pṛthu-*), donne *perethwa* au locat. sing. fém., *perethwîm* à l'accus. sing. du même genre. — En composition, formant le premier membre, son *u* terminal peut se changer en *v* devant une voyelle, et ce *v* devient dès lors *w*; de là *perethwarsti-*, qui a une longue lance, nom propre d'un fils de Vîçtâçpa (Spiegel, *Commentar*, II, 614): mais l'on trouve aussi *perethuarsti-*, avec hiatus, ce qui est permis, § 18.

Toutefois il se rencontre quelques exceptions: ainsi *didhvaêṣa*, j'ai tourmenté, sk. *didvêṣa*.

Après *z* le *v* peut devenir *b*:

zbayêmi, j'invoque, je loue, sk. *hvayâmi*;

zbâta-, invoqué, sk. *hûta-* avec condensation.

Le groupe organique sv devient ordinairement soit *hv*, soit *q*.

Il devient *q* par exemple dans:

svapna-, sommeil, sk. *svapna-*, gr. ὕπνο-, lat. *somno-* pour **svopno-* (Corssen, *Ausspr.*, I, 265), z. *qaphna-*, m.;

svakura-, beau-père, sk. *çvaçura-* (pour *svaçura-*, Schleicher, *Cpd.*, 177; Weber, *Ind. streif.*, II, 295; Savels-

1. Voyez toutefois Schweizer-Sidler, *Zeitschr.*, XVII, 144; Ascoli, *ibid.*, 337; Grassmann, *ibid.*, IX 5; Curtius, *Griech. etym.*, 439.

BERG, *Ztschr.*, XVI, 54, XIX, 25); gr. ἑκυρό- pour *σϝεκυρο-, lat. *socro-* (CORSSEN, *Ausspr.*, I, 314), z. *qaçura-*, m.;

sva-, pronom réflexif, sk. *sva-*, lat. *suo-* (CORSSEN, *Ausspr.*, I, 313), gr. ὁ- pour *σϝο-, σφό-, z. *qa-* (CURTIUS, *Griech. etym.*, 366, 532, 579; GRASSMANN, *Ztschr.*, IX, 2).

Comparez encore le z. *qañhar-*, f., sœur, sk. *svasr-*, lat. *soror-* (CORSSEN, *Krit. beitr.*, 447; ALBR. WEBER, *Ztschr.*, V, 235; SCHLEICHER, *Indog. chrestom.*, 358)[1].

Il devient *hv*, c'est-à-dire que **s** se change régulièrement en *h*, par exemple dans:

sva-, réflexif, z. *hva-* à côté de *qa-*, voyez quelques lignes plus haut;

svar-, ciel lumineux, soleil, sk. *svar-* (indéclinable), coelum, z. *hvar-*, n., soleil (irrégulier).

L'on peut citer à côté de *qa-* et *hva-*, coexistants ainsi que nous venons de le voir, la forme *hvâha-*, de sœur, « schwesterlich », *Abân-Yt*, 87.

En tous cas nous verrons plus loin, § 43, que le *q* zend n'a pas seulement la fonction de rendre parfois le groupe **sv**: il peut rendre **s** devant *y*.

Le groupe *dv* peut devenir *b*:

Ici la dentale tombe, mais il faut supposer que cette chute laisse d'elle-même au moins un souvenir. Ce souvenir entraîne la demi-consonne, le *v* à se consonnantifier totalement: elle devient consonne parfaite, mais, bien entendu, dans sa propre ligne phonique, c'est-à-dire consonne labiale, *b*:

1. Un bon nombre d'autres idiomes éraniens — dont les relations de parenté avec le vieux baktrien sont plus ou moins déterminés — nous offrent le même phénomène. Ainsi en ossète. *qur*, soleil (z. *hvar-*), etc.; FR. MÜLLER, *Beitr. zur lautlehre des Osset.*, 10. En kurde: *χaun*, *χâv*, sommeil (sk. *svapna-*); *χo*, même (cf. sk. *svayam*), etc.; *id.*, *Beitr. zur kennt. der neupers. dialekte*, II, 11, III, 9. En afghan: *khûb*, sommeil, *khôr*, sœur, etc.; *id.*, *Ueber die spr. der Avghânen*, I, 4.

dvis, deux fois, sk. *dvis,* gr. δϝίς, z. *bis*[1];

dvitya-, deuxième, sk. *dvitîya-* avec *î* intercalaire (*Cpd.*, 31), gr. δισσό-, double, pour *δϝιτιο- (Curtius, *Griech. etym.*, 225, contra Joh. Schmidt, *Ztschr.*, XVI 437), v. perse *duvitiya-* avec *uv* = *v*, *iy* = *y*, z. *bitya-*.

Mais le *d* tombe devant *v* sans que ce dernier varie, dans *vaêibya,* dat. masc. de *dva-,* deux : § 103. Se reporter à la note précédente.

§ 28.

Examinons maintenant les relations des deux demi-consonnes *y* et *v* avec les voyelles.

Les groupes *iy*, *uv* perdent *i*, *u*.

Il y a dans ce fait de la chute de *i*, *u* dans les groupes *iy*, *uv*, une absorption de la voyelle par la demi-consonne. Déjà ce phénomène a attiré notre attention : § 21. J'ai cité alors cinq ou six exemples. Inutile de les reproduire.

Les groupes *ya*, *va* se condensent parfois en *i*, *u*.

Cette condensation se présente d'une façon régulière devant *m* terminal :

sarva-m, gardien, pâtre (accus. sing. masc.), lat. *servum,* Spiegel, *Ztschr.*, XIII, 369, z. *haurum,* avec *u* épenthétique[2];

daiva-m, divinité, dieu, démon (accus. sing. masc.), sk. *dêvam,* lat. *dîvum* pour *deivom, z. *daêum;*

1. Le latin dit *bis :* cf. *bellum, bonus,* pour *duellum,* **duonus* (*duonoro, Corpus inscriptionum latinarum* de Mommsen, I, 32). Cf. Corssen, *Ausspr.*, I, 124, *Krit. nachtr.*, 172. Schleicher, *Cpd.*, 269. Dans *viginti* le *d* est tombé sans affection en résultant. De même dans *suavis* = sk. *svâdus,* gr. ἡδύς (nomin. sing. masc.). — Le même phénomène (*b* = *dv*) se présente en bavarois dans la série forte : nous voyons ici *p* = *tw*. Ainsi *anpartn* = *antworten,* holland. *antwoorden,* répondre. Cf. Weinhold, *Bair. gramm.*, 125.

2. Se rencontre dans *paçushaurva-,* gardien de bétail, *Vendidad,* XIII, 26, dans *vishaurva-,* gardien de la demeure, *ibid.* 39.

trtya-m ou **tratya-m,** troisième (accus. sing. masc.), lat. *tertium,* z. *thritîm,* avec *th* devant *r,* § 52, et *î* devant *m* terminal, § 22.

Il suffit d'ailleurs de mettre en regard de quelques thèmes leur accus. masc. du singulier:

maṣya-, m., homme (sk. *martya-,* § 58, v. perse *martiya-),* — *maṣîm;*

phrya-, cher (sk. *priya-,* § 21), — *phrîm;*

mairya-, mortel (gr. μόριο-), — *mairîm;*

ya-, lequel (sk. *ya,* gr. ὅ-), — *îm,* en concurrence avec une autre forme;

anya-, autre, — *ainîm* avec voyelle d'épenthèse, en concurrence avec une autre forme;

khstva-, sixième, — *khstûm.*

Avec *ao* = *au,* § 15 (Cf. Benfey, *Trîtônid Athânâ,* 8), l'on peut citer:

mainyava-, spirituel, céleste, — *mainyaom;*

grava-, m., bâton, — *graom.*

De même, avec *aê* = *ai,* § 14, voici *aêm,* celui-ci (nomin. sing. masc.).

La condensation dont il est ici question ne se présente pas seulement devant *m* terminal. Je citerai les exemples suivants:

navama-, neuvième, sk. et v. perse *navama-*[1], z. *naoma-*[2];

z. *aora-* (adv.) en descendant: cf. sk. *avara-,* posterior, inferior;

z. *vaonare,* ils ont battu (parfait transitif), pour **va-vanare;*

1. D'après Schleicher (*Cpd.,* 510) le latin *nôno-* serait pour **novno-,* **novino-,* **novimo-* grâce à une assimilation de *m* à *n.*

2. Dans le glossaire de son volume sur les inscriptions perses M. Spiegel cite la forme zende *nâuma-:* celle-ci existe en effet (*Vendidad,* XIV, 39), mais la forme directe est *naoma-.* — Voyez d'ailleurs au § 22.

z. *vaonuṣãm*, d'eux ayant battu, d'eux victorieux (génit. plur. masc.), pour **vavanuṣãm*: le nomin. sing. masc. est *vavanvāo*, § 153.

Souvent *ya* se change en *yê*.

C'est ce qui a déjà été remarqué au § 7. Les exemples de ce fait sont très-fréquents. Pourtant le groupe *ya* se condense parfois en *i*, ainsi que nous venons de le voir, et parfois il demeure.

Parfois *ya*, *yâ* terminaux sont remplacés par *ê*.

Il a été parlé de ce phénomène également au § 7:

ka-sya, duquel (génit. sing. masc.), sk. *kasya*, z. *kaṅhê*, et parfois *kahê*, contrairement aux principes de nasalisation, § 12;

kanyâ, jeune fille (nomin. sing. fém.), sk. *kanyâ*, *kanî* avec condensation, z. *kainê* avec voyelle d'épenthèse[1]. Cf. § 182.

§ 29.

La demi-consonne *y* est parfois furtive, c'est-à-dire purement adventice. C'est ce dont nous verrons un exemple au datif des thèmes nominaux en *u*, aux locatif et génitif du duel des thèmes en *a*.

J'ai regardé autrefois le *y* du nominatif féminin duel *duyê*, deux, comme furtif. En cela je suivais l'opinion courante. (Consultez, par exemple, Bopp, *Gramm. comp. traduct.*, I, 96.) C'était une méprise. Voyez à la section des noms de nombre, § 103; ce *duyê* n'est en aucune façon l'équivalent morphologique du sk. *dvê*[2].

1. C'est sous le thème *kanya-* qu'il faut, bien entendu, chercher dans le vocabulaire la forme *kainê*, et non pas sous le thème *kainin-*.

2. Le lithuanien, sinon généralement, du moins en certaines régions de son domaine, lorsqu'un mot finissant par une voyelle en précède un autre commençant par une voyelle, unit les deux

§ 30.

J'ai à placer ici une observation déjà prévue au § 12. Elle a trait à une métathèse de demi-consonne.

Soit un a organique suivi de sv : que devrions-nous trouver en zend ? le groupe *aṅhv*, § 12. Eh bien, c'est *aṅuh* que nous avons.

Les exemples se tirent en bonne part de la seconde personne singulier de l'impératif intransitif :

çnayaṅuha (lave-toi !), lave !
vazaṅuha (mène-toi !), mène !
pereçaṅuha (interroge-toi !), interroge !

Nous verrons que *-hva* répond ici au sk. *-sva-*, au gr. -σϝο. sk. *dhatsva* = τίθεσϝο, place-toi !

Voici d'ailleurs des exemples pris en dehors de la conjugaison :

z. *vaṅhu-*, bon, *vaṅuhi* (nomin. sing. fém.);
z. *aṅhu-*, monde, *aṅuhê* (dat. sing.).

mots par un *j*, c'est-à-dire un y, furtif. Voyez Schleicher, *Hdb. d. lit. spr.*, I, 66,

CHAPITRE III

LES CONSONNES

§ 31.

L'on peut dire que la grande caractéristique du consonnantisme baktrien est un luxe extraordinaire de sifflantes.

Avant tout il est bon de jeter un coup d'œil sur le tableau suivant, lequel représente le consonnantisme zend (moins la vibrante _r_). Je fais observer toutefois que ce tableau est purement empirique, puisqu'il ne se réfère pas au système consonnantique commun indo-européen.

L'astérisque donne à entendre que l'articulation est une sifflante.

Palatales [1] _k_ . . . _g_ . . . _gh_ . . . *_kh_ . . . .
Chuintantes _ć_ . . . _j_ . . . . *_ç_ . . . . *_ž_ . . .
Dentales _t_ . . . _d_ . . . *_dh_ . *_ṭ_ . *_th_ . . . . . *_s_, *_ṣ_ . *_z_ . . _n_
Labiales _p_ . . . _b_ . . . . *_ph_ . . . . _m_
Gutturales . . . . *_q_ . . . _h_ . . . .

Si nous ajoutons la consonne _r_ et les demi-consonnes *_y_, *_v_, *_w_, nous voyons que le zend possède quinze sifflantes, neuf explosives, deux nasales, une vibrante linguale.

1. _Palatales_ et non point _gutturales:_ c'est ce que le moindre examen démontre sans difficulté. Cette observation a déjà été faite par différents auteurs.

J'ai grand soin de le répéter, le schème ci-dessus est purement empirique et ne peut être dressé que si l'on tient compte du seul système baktrien isolé de ses congénères.

§ 32.

A l'égard de la prononciation, il n'y a rien à dire touchant *k, g, t, d, p, b*; les *ć, j* affectent la même valeur qu'en sanskrit, à savoir, le premier, celle de *c* italien devant *e, i*; le second, celle du *g* de la même langue devant les mêmes voyelles.

Les *kh, th, ph* ont la valeur des χ, θ, φ du grec moderne, non pas celle du grec ancien. (*Revue de ling.*, I, 290; Curtius, *Griech. etym.*, 383.) Si j'adopte pour le dernier signe la transcription *ph*, au lieu de *f* habituellement reçu, c'est uniquement pour maintenir le parallèle graphique: *kh, th, ph*.

Je regarde *gh* comme une explosive, cela peut-être à tort. Il se pourrait que *gh* lui aussi fût arrivé à l'état de sifflante, mais je n'en trouve pas de preuves assurées.

Il en va différemment de *dh* dont nous verrons plus loin l'échange avec d'autres sifflantes, § 39. Cette aspirée fut sans nul doute sifflée à une certaine époque. Il convient de lui attribuer la valeur du *đ* germanique, *th* anglais doux (*thus, that*).

Le *ç* doit être distingué de *s*: il convient peut-être de le prononcer comme la sifflante douce terminale de «ich, mich». Voyez Lepsius, *Das ursprüngliche zendalphabet*, 350. Haug lui donne (mais grâce à quelles preuves?) la valeur du *ç* français; *Essays*, 56. (Au sujet du *ç* sanskrit voir *Revue de ling.*, II, 460; J. Vinson, *ibid.*, III, 82; Kuhn, *Ztschr. für die wissensch. der sprache*, II, 166; R. von Raumer, *Aspirat. und lautversch.*, 38.)

L'on regarde *ṣ* et *ž* comme les correspondants fort et faible. Le second admettrait la prononciation du *j* français, le premier celle de *sh* anglais. Nos mots «je, geôle» présenteraient *ž*: nos vocables « cher, schisme » présenteraient *ṣ*. Il n'y a aucune certitude en ce qui concerne la valeur de ce dernier, et c'est précisément cette indécision qui m'empêche de le rendre par *š*, le vrai correspondant fort du faible *ž*. Ma préférence pour le signe *ṣ* est basée sur le fait de l'équivalence extraordinairement fréquente de cette articulation avec le *ṣ* sanskrit: sur ce dernier consultez ma *Note sur la prononciation et la transcription des deux sifflantes sanskrites*, 1869. Concernant la naissance de *ž* voyez Ascoli, *Ztschr.*, XVII, 258; Joh. Schmidt, *ibid.*, XVI, 234.

Nulle difficulté pour *s* et *z*: le premier siffle comme les *s*, *c*, *ç* des mots français « sire, cire, maçon », le second comme les *s*, *z* de « trésor, azur ».

J'arrive à *ṭ*. Cette articulation est singulièrement difficile à préciser. Depuis la première édition de cet ouvrage j'ai cherché bien souvent à m'en rendre un compte exact: j'ai passé en revue bien des possibilités et j'avoue n'être arrivé à rien de véritablement rigoureux. En tous cas, je reconnais une sérieuse portée aux observations que m'a adressées M. Justi sur ce point; *Gött. gel. anz.*, 1869, p. 442. Les faits que l'on peut tenir pour avérés sont, à mon sens, les suivants.

Les thèmes en *t* (aux cas forts thèmes en *nt*) perdent aux cas moyens (dat. abl. instr. du duel et du pluriel, locat. du plur.) soit *n*-soit *t*. Ils perdent le *t* par exemple dans:

berezen-bya, à eux deux élevés (dat. duel);
ṭbisyan-byô, à eux tourmentant (dat. plur.).

S'ils conservent le *t*, ce n'est pas sous sa forme directe, c'est en le remplaçant par *dh* ou par *ṭ*:

hadh-bis, par eux étant (instr. plur.);
amavaṭ-byô, à eux forts (dat. plur);
avaṭ-byô, d'eux (ablat. plur.).

Ce fait nous enseigne la relation de *ṭ* avec l'aspirée *dh*. Le premier serait un substitut du second: ce dernier remplace lui-même un *d* (§ 38), lequel est pour un *t* plus ancien que la labiale suivante *(b)* a changé de fort *(t)* en faible *(d)*.

Le mot *âdhbitîm*, deux fois, nous apparaît également sous la forme *âṭbitîm*. De même comparons *Haêčaṭaçpa-*, nom propre, avec *Haredhaçpa-*, également nom propre; puis *Phrâdaṭphṣu-* (n. pr.) avec *Phradadhaphṣu-* (n. pr.): Justi, *loc. cit.*, 443.

A côté des ablatifs singul. ordinaires tels que *qaphnâṭ* (thème *qaphna-*, m., sommeil), *aṣyâṭ* (thème masc. *aṣya-*, pur), *çraoṣât* (thème *çraoṣa-*, m., obéissant), nous trouvons des formes telles que: *qaphnâdha*, *aṣyâdha*, *çraoṣadha*. Ces trois exemples sont loin d'être les seuls.

M. Justi pense que *-dha* est ici la forme la plus ancienne et que l'*a* terminal est purement adventice. (Windischmann s'exprime à ce sujet en ces termes: « eine öfters » vorkommende erweiterung des ablativs; das umgekehrte » der endung *âaṭ* ». *Mithra*, 52.) Je ne puis me ranger à cette opinion et préfère demeurer dans l'incertitude. Au surplus, pour témoigner des rapports de *dh* et de *ṭ*, il suffit largement de l'exemple fourni par les cas moyens des thèmes en *t*.

D'autre part, deux raisons nous engagent à voir dans *ṭ* une sifflante. L'une de ces raisons est tirée des formes *akunaus*, il faisait, il fit, *adarsnaus*, il osait, il osa, du vieux perse, où *s* est pour *t* organique. La seconde raison est précisément dans la relation en zend de *ṭ* à *dh*: il est bien connu, en effet, que d'une aspirée le zend fait facilement une sifflante.

(On sait que dans le dialecte de Gâthas *i* devient long devant *s* terminal: il est bon de remarquer que ce même allongement se produit devant *ṭ* terminal. Schleicher, *Cpd.*, 38.)

Mais cette sifflante *ṭ* est-elle faible ou forte? se rapproche-t-elle du *þ* ou du *đ*? M. Justi en se référant au *dzal* arabe, ذ, se range à la seconde hypothèse. Assurément on peut avancer, pour soutenir cette opinion, le rapport même de *ṭ* et de la faible *dh*. Mais ne voyons-nous pas *dh* être en intime relation avec la forte *th*? §§ 37, 38. Au surplus je ne vois pas qu'il y ait eu réelle nécessité pour le *t* de passer par *dh* pour atteindre *ṭ*. Cette assertion demanderait au moins à être appuyée d'une preuve.

En somme, l'articulation *ṭ* me semble avoir la valeur soit de *þ*, soit de *đ*.

(Bopp la transcrit par *ḍ* et la regarde avec Anquetil comme une moyenne; *Gramm. comp.*, § 39. Eug. Burnouf la transcrit *ṭ* et pense que la différence d'avec *t* est minime; *Comment. sur le Yaçna,* LXXVI. M. Lepsius y voit en certains cas le néo-grec δ, en d'autres θ sifflant. *Das urspr. zendalph.*, 382. M. Spiegel la rend par δ et semble la tenir pour *d* suivi d'un léger retentissement vocal; *Gramm. der altb. spr.*, 39. M. Kuhn pense à *đ*; *Ztschr.*, XVIII, 397. M. Benfey voit dans *ṭ* une articulation excessivement rapprochée du sifflement; *Ueber einige pluralbildungen,* 24. Schleicher transcrit par *ṭ* et ne se prononce pas sur la différenciation ou non d'avec *t*; *Cpd.*, 36.)

La distinction de *v* et de *w* est fort malaisée. Il convient à certains auteurs de les prononcer l'un et l'autre comme le *w* anglais. (Dans la *Grammaire* de Bopp, nous lisons à ce sujet: « Quant à la prononciation du *w*, je crois, » comme Burnouf paraît l'admettre aussi, qu'elle se rapproche » de celle du *w* anglais. C'est aussi la prononciation du *v* » sanskrit après les consonnes. Toutefois, Rask attribue » inversement au *w* la prononciation du *v* anglais et à *v* » celle du *w* ». *Trad.* I, 98.)

A l'égard de *y*, M. Spiegel semble ne pas m'approuver lorsque je rends par ce seul signe, *y*, deux caractères baktriens, l'un initial, l'autre interne (*Heidelb. jahrb.*, 1869, p. 275). M. Spiegel n'en agit pas autrement lui-même: *Gramm. der altb. spr.*, 7, 55. Toutefois, p. 42, il rapporte l'opinion de Ebel, émise dans les *Beitr.*, III, 44. Dans ce dernier passage nous lisons: « Il est vraisemblable que » le double signe rendait des sons différents; qu'il avait » initialement la valeur de la spirante allemande *j*, et dans » le corps du mot celle plus douce de la demi-voyelle. Les » mots tels que *vahyô*, *zãhyamna*, *ahmya*, *yêçnya*, *nyâkô*, » *vâçtryô*, ne peuvent se prononcer qu'avec *y* demi-voyelle » et tranchent la question pour la valeur de *y* dans le corps » du mot. . . . . Par contre, initialement, le son a dû être » celui de la spirante, le *j* allemand. Sans parler de la » pluralité même des signes, une raison en est puisée dans » le changement de *yûṣmaṭ* en *khṣmaṭ*, expliqué par Bopp » beaucoup trop artificiellement, et qui se conçoit d'une façon » fort aisée du moment que l'on tient *y* pour la spirante » palatale faible, *kh* pour la forte ». Tout cela me paraît plus que subjectif, et quand bien même *khṣmaṭ* proviendrait de *yûṣmaṭ* « durch ausstossung des *û* » (*Heidelb. jahrb.*, 278), il faudrait encore bien d'autres faits pour donner à l'assertion des deux *y* quelque spécieuse tournure de vraisemblance. (M. W. Scherer tient la forme *khṣmâ* [nomin., idiome gâthique] vous, comme provenant de **yukhṣmâ* pour **yug-ṣmâ*: *Zur gesch. der deutsch. spr.*, 235.

L'argument tiré de la pluralité des signes ne demande même pas de réfutation. Dans tous les systèmes graphiques il y a eu, ou même il y a encore, des variétés souvent considérables pour la reddition de telle ou telle articulation, selon qu'elle se présente initiale, interne, terminale.

§ 33.

Arrivons à l'étude des variations consonnantiques de l'indo-européen commun au zend. Les mutations directes nous occuperont naturellement avant les mutations dues à des influences secondaires.

Le système indo-européen commun offrait neuf explosives:

fortes	**k**	**t**	**p**
faibles	**g**	**d**	**b**
aspirées	**gh**	**dh**	**bh**;

de plus deux nasales, **m**, **n**, la première labiale, la seconde dentale; — une sifflante, **s**, *s* français de « son »; — une vibrante, **r**.

§ 34.

k. — Avec la sifflante, c'est cette consonne qui a subi en zend le plus grand nombre de transformations.

1° Il peut demeurer : ꞷ (*k*) = k.

katara-, qui de deux (comparat.), sk. *katara-*, gr. κότερο-, πότερο-, lat. *utro-*, Corssen, *Krit. nachtr.*, 26, z. *katara-*, parfois faussement *katâra-*, § 22 ;]

aku-, pointe, lat. *acu-*, z. *aku-*, m., Joh. Schmidt, *Die wurzel ak*, 42.

2° Il devient souvent *ć* palatale chuintante forte : (sur le passage de *k* en *ć* consultez Chavée, *Fr. et wall.*, 18 ; Schleicher, *Hdb. der litauisch. spr.*, I, 18, 19, note ; Joh. Schmidt, *Beitr.*, V, 467, VI, 145 ; Curtius, *Griech. etym.*, 417 ; Ascoli, *Corsi di glottol.*, I, 41 ; Grassmann, *Ztschr.*, IX, 33 ; Fr. Müller, *Beitr. zur kenntn. der pâli-spr.*, I, 15, etc.).

Le caractère répondant à *ć* est ꞷ.

ka, et, sk. *ća*, gr. τέ, lat. *que*, goth. *-h*. Curtius, *Griech. etym.*, 444 ; Ebel, *Ztschr.*, VIII, 242 ; L. Meyer, *Die goth. spr.*, 33 ;

kiti-, amende, pénitence, gr. τίσι-, Curtius, *ibid.*, 429, z. *ćithi-*, f. ;

katvar-, quatre, sk. *ćatvar-*, *ćatur-*, avec condensation de *va* en *u*, gr. τέτταρ-, πέτταρ-, πίσυρ-, pour *κετϝαρ-, Curtius, *ibid.*, 445, z. *ćathwar-*, *ćatur-*, § 27 ;

vakas-, mot, parole, discours, sk. *vaćas-*, n., sermo, gr. ϝέπες-, z. *vaćah-*, n. ;

kakra-, cercle, roue, sk. *ćakra-*, gr. κύκλο-, z. *ćakhra-*.

3° Labialisation en *p* comme en grec[1]: « Ce cas est » rare, comme en sanskrit. Exemples: racine *pać*, cuire = » sk. *pać*, forme organique *kak*, comparez lat. *coquere*; *panćan-*, » cinq = sk. *pañćan-*, forme organique *kankan*, comparez » lat. *quinque*; thème *ap*, eau, nomin. sing. *âphs*, accus. sing. » *âpem*, génit. *apaç-ća* (avec *ća* = *que*) = sk. thème *ap*, » donnant par exemple au nomin. plur. *âpas*, comparez lat. » *aqua*, goth. *ahva* = * *ahvâ*, fleuve, lequel témoigne bien » de l'organicisme d'un *k* ». SCHLEICHER, *Cpd.*, 186, avec nos *ph* et *ć* représentant *f* et *k* de l'auteur.

Le caractère répondant à *p* est 𐬞. Exemples: 𐬁𐬞𐬆𐬨, *âpem*, l'eau (accus. sing.); 𐬁𐬞𐬅𐬨, *âpãm* (génit. plur.).

4° Il devient souvent *kh*, dont le signe est 𐬑; et cela, en principe, devant *r*, *t*, *s*[2]. Exemples:

z. *ukhta-*, appelé = sk. *ukta-*;

z. *ukhṣan-*, m., taureau = sk. *ukṣan-*;

z. *khrûra-*, acerbe, malfaisant = sk. *krûra-*.

De même devant *m*, témoins *taokhman-*, n., semence, *takhma-*, rapide, fort.

5° Il se siffle maintes fois en *ç*, dont le signe est 𐬯. Exemples:

âku-, rapide, sk. *âçu-*, gr. ὠκύ-, z. *âçu-*;

akva-, cheval, sk. *açva-*, gr. ἵππο-, lat. *equo-*, z. *açpa-*, m., p. 27;

kaitai, il gît, sk. *çêtê*, gr. κεῖται, z. *çaêtê*, § 7;

vaika-, sk. *vêça-*, maison, gr. ϝοῖκο-, lat. * *veico-*, *vico-*, z. *vaêça-*, m., maison;

naku-, corps mort, cadavre, gr. νέκυ-, z. *naçu-*, mf.;

1. Par exemple dans ϝέπος, ἧπαρ, ἐπέτης, ἵππος, λείπω, ὄψις, πέντε, πεπτός, πῶς, τρέπω (CURTIUS, *Griech. etym.*, 415 ss.), cf. lat. *vocare*, *jecur*, *sequor*, *equus*, *linquo*, *oculus*, *quinque*, *coquo*, *quo*, *torqueo*. — Cf. ASCOLI, *Studj critici*, 25.

2. Le *k* devenant *kh* peut ne pas représenter directement un **k** organique, mais être né par assimilation.

kvanta-s (nomin. sing. masc.), saint, esclav. liturg. *svętŭ*, lithuan. *szwèntas-*, z. *çpentô*, avec *çp* = *çv*, § 27, et *ô* = *as* terminal. — Le goth. *svinths* n'a rien à faire ici: *Revue de ling.*, III, 171;

svakura-, beau-père, sk. *çvaçura-*, beau-père, gr. ἑκυρό- pour * σFεκυρό-, lat. *socro-*, z. *qaçura-*, avec *q* = *sv*, § 27;

akman-, pierre, sk. *açman-*, m., lapis, gr. ἄκμον-, m., enclume, lithuan. *akmèn-*, m., v. perse et z. *açman-*, m., pierre, ciel: Roth, *Ztschr.*, II, 44; Spiegel, *Die altpers. keilinschr.*, 187; *Comment. über das Avesta*, I, 447; Joh. Schmidt, *Die wurzel ak*, 62; Kuhn, *Ztschr.*, XV, 451; Curtius, *Griech. etym.*, 127.

Il arrive parfois qu'un seul et même mot possède plusieurs **k** organiques et que chacun d'eux se trouve diversement traité. Ce fait se présente dans *ćakhra-*, n., roue = sk. *ćakra-*, m. n. = gr. κύκλο-, avec atténuation de *a* en *u*, Bopp, *Gloss.*, 128, Schleicher, *Cpd.*, 59: cf. Sonne, *Ztschr.*, X, 130; — dans *çukhra-*, rouge = sk. *çukla-*, albus, *ibid.*, 390; — dans *khraoçôit*, puisse-t-il crier! = sk. *krôçêt*; — dans *panćanãm*, des cinq = sk. *pańćânãm*; cf. πέντε, πέμπε, *quinque*, goth. *fimf*.

§ 35.

g. — Les variations sont encore importantes.

Parfois il demeure, ɕ (*g*) = **g**, mais cela est rare:

gavâm, des bœufs (génit. plur.), sk. *gavâm*, gr. βοFῶν [1], z. *gavãm*;

gari-, montagne, sk. *giri-*, m., z. *gairi-*, m., avec voyelle épenthétique. (Cf. esclav. liturg. *gora*, f., montagne; Miklosich, *Lex. pal. slov.*, 136.)

1. Avec *b* pour *g*, comme par exemple dans βαρύς, βίος, βιβρώσκω, etc. (Curtius, *Griech. etym.*, 431 ss.), cf. lat. *gravis*, *vivo*, *voro*. — Au sujet (inverse) de *g* pour *b* en cypriote moderne, voyez Kind, *Ztschr.* XV, 183.

Il arrive plus souvent que l'explosive s'aspire; g devient 𐬖 *(gh)*:

bhaga-, divinité, v. perse *baga-*, z. *bagha-*, m. (cf. esclav. liturg. *bogŭ*, dieu);

z. *aghra-*, premier = sk. *agra-*, insignis, eximius;

z. *ughra*, fort = sk. *ugra-*, durus, terrificus.

Dans ces exemples et dans quelques autres analogues l'aspiration est provoquée par la vibrante subséquente, § 52.

Dans *ghena-*, f., femme (sk. véd. *gnâ*, cf. gr. γυνή [1], βανά), il se peut que le *e* ne soit qu'adventice et que l'aspiration ait été provoquée par la nasale, § 52, à une époque où celle-ci était en contact avec l'explosive faible. D'ailleurs, à certains cas le thème est purement *gena-*, à savoir au nomin. sing., aux nomin. et instrum. du pluriel.

Le chuintement en *ǰ* se présente plus fréquemment. Le signe équivalant à *ǰ* est 𐬘:

z. *aoǰah-*, n., force = sk. *ôǰas-*, n., robur, potestas;

z. *ǰaçaiti*, il va = sk. *gaććhati*, § 57;

z. *ǰeni-*, f., femme = sk. *ǰâni-*, f., uxor, etc., etc.

Quant au sifflement en *z*, dont le signe est 𐬰, il est de tous les instants. Exemples:

agam, je (nomin. sing.), sk. *aham*, v. perse *adam*, gr. ἐγώ, esclav. liturg. *azŭ*, goth. *ik*, z. *azem*, avec *e* = *a* devant *m* terminal;

agati, il mène, sk. *aǰati*, gr. ἄγει, lat. *agit*, z. *azaiti*, avec voyelle d'épenthèse;

z. *erezu-*, droit, vrai = sk. *r̥ǰu-*;

z. *zâta-*, né = sk. *ǰâta-*;

z. *zâmâtar-*, m., beau-fils = *ǰâmâtr-*;

1. Peut-être avec condensation de *va* en *u*, ce mot serait-il pour *γϝανη, forme amplifiée. Le βανά éolien n'aurait pas admis ce *v* furtif par la raison qu'il avait déjà changé *g* en *b*. Il ne faut pas perdre de vue le dialectal γάνα. Voyez d'ailleurs *Ztschr.* I, 129, *Or. occ.* I, 422, 517; Curtius, *Griech. etym.*, 166, 437, 667; Bopp, *Vergl. accent. syst.*, 211; Legerlotz, *Ztschr.* VIII, 118, 119; Grassmann, *ibid.*, IX, 30; Leo Meyer, *Die goth. spr.*, 4; Ascoli, *Corsi di glottol.* I, 124.

z. *baêṣaza-*, n., remède, action curative = sk. *bhêṣaja-*, n., medicamentum;

z. *zusta-*, goûté, apprécié, aimé = sk. *juṣṭa-;*

z. *vazra-*, m., massue = sk. *vajra-*, mn., fulmen;

z. *vareza-*, m., acte d'opérer = gr. Ϝέργο-, n., ouvrage, opération.

L'échange de sifflantes, phénomène dont il sera question plus loin, § 55, pouvant amener *ç* pour *z*, il s'en suit qu'un *ç* arrive parfois à tenir indirectement lieu d'un g organique. C'est ce qui se présente notamment dans *yaçna-*, m., offrande, prière pour le sacrifice = sk. *yajña-*, m., sacrificium. Le changement est peut-être amené par la nasale subséquente. Dans *yaça-*, m., prière, il n'y pas de cause apparente du passage de *z* (pour g) à *ç*.

C'est dans la section consacrée à l'examen des lois de mutations phonétiques qu'il y aura lieu de parler de *ž* (ﻉﻝ) remplaçant *z* (pour g) devant *n*, § 53.

§ 36.

gh. — Le principe est la perte de l'aspiration et le renforcement en *g*. Ainsi que le dit M. Spiegel, *Beitr.* V, 368, les aspirées organiques ne se représentent pas dans le vieux baktrien: les *gh*, *dh* qu'offre cet idiome, ne sont en réalité qu'un développement spécial et tout secondaire d'après *g*, *d;* que ceux-ci rendent **g**, **d** organiques, ou **gh**, **dh** avec perte de l'aspiration, peu importe[1].

La métamorphose directe, à savoir la variation en *g*, est rare:

gharma-, chaud, gr. θερμό-[2], lat. *formo-*, z. *garema-*, avec *e* adventice après *r*, § 20;

1. Le même phénomène de l'aspirée devenant simple explosive faible, se présente dans les idiomes aryens de l'Anatolie. Consultez W. Sonne, *Ztschr.* XV, 138.

2. Le gh est restitué incontestablement par le sk. *gharma-*, m., chaleur, le v. perse *garmapadahya*, génit. sing., nom d'un mois, etc.:

ghandharva-, Gandharva, Centaure, sk. *gandharva-*, *gandarva-*, gr. κένταυρο-, z. *gandarewa-*, m.; *Revue de ling.* II, 465.

De gh par *g* procède *j*: voyez au paragraphe précédent. Schleicher cite ici l'accus. *drujem*, nom féminin de démon, au nomin. *drukhs*, dont le thème est *drug-*, pour dhrugh. Le sanskrit possède la racine *druh* pour **dhruh*, § 4 en note, l'allemand nous donne *trug*, tromperie; le hollandais, moins avancé d'un degré dans la progression des explosives [1], *bedrog*, déception.

La variation gh—*g*—*z* est fort importante. Exemples:

bhâghu-, bras, sk. *bâhu-*, § 4 en note, gr. πῆχυ-, z. *bâzu-*, m. f.;

vaghati, il véhicule, il conduit, sk. *vahati*, lat. *vehit*, esclav. liturg. *vezetĭ*, goth. *vigith*, z. *vazaiti*;

z. *azan-*, m., jour = sk. *ahan-*, n.;

z. *ãzah-*, n., angoisse, péché = sk. *aṁhas-*, n., peccatum;

z. *maêzaiti*, il urine = sk. *mêhati*;

z. *zaotar-*, m., prêtre = sk. *hôtr-*;

z. *zairi-*, jaune = sk. *hari-*, viridis, gilvus;

z. *zaçta-*, m., main = sk. *hasta-*.

Parfois *z* est remplacé par *ž* (ژ). Exemples:

aghi-, serpent, sk. *ahi-*, m., serpent, gr. ἔχι-, z. *aži-*, m.;

dhaghati, il brûle, sk. *dahati*, § 4 en note, z. *dažaiti* avec voyelle d'épenthèse.

Le gh, par *g*, par *z* peut devenir *ç*: racine **magh**, rendant l'idée de grandeur, sk. *mah* dans *mahân*, magnus (nomin. sing.), goth. *mag* dans *magan*, pouvoir, esclav. liturg. *mog* dans *mogąti*, dominus, *mogątĭnŭ*, potens, z. *maç* dans *maçita-*, grand, *maçah-*, n., grandeur. Contra Delbrück, *Liter. centralbl.*, 13 mars 1869. Cf. Ascoli, *Ztschr.* XVII, 274.

en grec θ est donc pour χ. Voir sur ce fait tout exceptionnel Curtius, *Griech. etym.*, 450.

1. Voyez mon mémoire sur *La théorie spécieuse de lautverschiebung*, 10.

§ 37.

t. — Il demeure souvent : ᛉ *(t)* = **t.** Exemples :

asti, il est, sk. *asti*, v. perse *açtiy*, § 4 en note, gr. ἐστί, lithuan. *ésti*, z. *açti;*

maghti-s, puissance (nomin. sing.), esclav. liturg. *moštĭ* pour *mogtĭ, Cpd., 303, goth. *mahts*, ibid., 305, z. *maçtis*, f. [1];

praista-, le plus considérable, gr. πλεῖστο-, z. *phraêsta-;*

pratara-, précédent (plus élevé, supérieur), gr. πρότερο-, z. *phratara-;*

yâsta-, ceint, gr. ζωστό-, z. *yâçta-;*

pati-, maître, sk. *pati-*, m., dominus, conjux, gr. πόσι-, époux, lithuan. *patĭ-* (nomin. sing. *pàts*), etc., z. *paiti-;*

sadta-, assis, sk. *satta-* par assimilation, lat. *sesso-* [2], z. *haçta-*, § 51;

tai, ils, eux (nomin. plur. masc.), sk. *tê*, gr. τοί, lithuan. *tĕ*, goth. *thai*, z. *tôi, tê*, §§ 14, 7.

A la fin des mots **t** devint *t*, ᛉ, peut-être indirectement ; voyez au § 32. Exemples :

adhât, il posa (aor. simple), sk. *adhât*, v. perse *adâ* perdant la caractéristique personnelle, tout comme le gr. ἔθη, z. *dâţ* avec chute régulière de l'augment ;

akvât, du cheval (nomin. sing. masc.), sk. *açvât*, lat. *equod* [3], z. * *açpâţ* [4];

Il a déjà été dit, § 32, que les thèmes en *t* (aux cas forts thèmes en *nt*) perdent aux cas moyens (dat., abl. instr. du duel et du pluriel, locat. du pluriel), soit *n*, soit *t*,

---

1. Restitué, à ce cas, par analogie. On possède l'accus. sing. *maçtĭm*, Yaçna, IX, 58.

2. Cf. *gresso-* pour **gredto-*, avec *gradior; fisso-* pour **fidto-*, avec *fidi; cesso-* pour **cedto-*, avec *cedo.*

3. Avec *d* pour *t.* Cpd., 553; Corssen, *Ausspr.* I, 192, 734.

4. Restitué, à ce cas, par analogie. Les analogues réellement offerts par les textes zends sont loin de faire défaut. Voyez au § 179.

et que, lorsqu'ils conservent le dernier, ce n'est pas sous sa forme directe, mais bien avec l'une des deux variations *dh*, *ṭ*. J'ai insisté sur ce point et n'ai pas à y revenir. — Je ferai simplement observer qu'il en est de même pour les thèmes en *tât* dont il sera parlé plus loin.

Dans quelques mots on rencontre *ṭ* initial, par exemple dans:

ṭkaêṣa-, m., observance;

ṭbaêṣah-, n., tourment, cf. sk. *dvêṣa-*, m., odium;

ṭbiṣis-, n., phalange digitale (?), jarret.

Je ne puis me résigner à proposer les trop vagues hypothèses que me suggère l'ensemble de ces mots. En tout cas l'on peut consulter: Bopp, *Gramm. comp.*, *trad.* I, 91; Schleicher, *Cpd.*, 188; Justi, *Hdb.*, 137, 138; Spiegel, *Gramm. der altbaktr. spr.*, 39, *Comment. üb. d. Avesta*, I, 193, *Beitr.* IV, 309; Haug, *Abhandl. für die kunde des morgenl.*, II, 178; Eug. Burnouf, *Journ. asiat.*, mars 1846, p. 248.

Le **t** peut se changer en *th*, dont le signe est ϭ. Ce fait se présente fort souvent devant *r*, § 52, puis devant *v* lequel devient dès lors *w*, § 27, parfois devant *n*, § 52, enfin quelquefois entre deux voyelles. Exemples:

tris, trois fois, sk. *tris*, ter, gr. τρίς, z. *thris*;

bharatra-, charge, acte de porter, gr. φέρετρο-, z. *barethra-*, n.

Comparez encore entre autres exemples:

thwakhṣentê, ils sont actifs, empressés, ils se hâtent, *thwakhṣa-*, empressé, *thwakhṣah-*, n., activité: — cf. sk. *tvakṣati* (à côté de *takṣati*), facere (védique, Bopp, *Gloss.* 161);

perethwa, locat. de *perethu-*, large = sk. *pṛthu-*, gr. πλατύ-, lithuan. *platù-*;

khṣôithni-, brillant, resplendissant.

En bien des cas le sanskrit développe également *th* d'après *t*; il n'y a donc point à s'étonner d'exemples tels que ceux du sk. *patha-*, m., via, regio, du z. *pathana-*, étendu, large, possédant l'un et l'autre *th* pour *t*, cf. le *t* du lat. *patere*, *pontifex*, du gr. πάτος, sentier, πέταλος, développé.

Une autre évolution, évolution secondaire, est la métamorphose de **t** en *dh* par l'entremise de *th*. L'explication n'en est pas difficile. Avant d'être sifflé, c'est-à-dire avant de posséder la valeur du *th* gothique (þ), anglais (dur), néo-grec, le *th* zend n'était qu'une explosive forte aspirée. De fort il devint faible. Peut-être même cette évolution s'opéra-t-elle quand *th* était déjà une sifflante.[1] En somme :

vakhedhra-, n., mot, parole, est pour **vakhethra-*, sans doute avec un *e* furtif : le suffixe est *-tra*, § 71 (comparez *taphedhra-*, n., fusion ; *raphedhra-*, n., joie ; *hakedhra-*, n., compagnie, association) ;

berekhdha-, favorable, est pour **berekhtha-*, **berekhta-* ;

dughdhar-, f., fille, est pour **dugthar*, **dugtar-* : sk. *duhitr-* pour **dhughitr-*, *Revue de ling.*, I, 303, gr. θυγάτερ- pour *τυχατερ- pour *θυχατερ-, *ibid.*, 302, goth. *daúhtar*, *ibid.*, 303 ;

ukhtha-, *ukhdha-*, parlé, dit, coexistent : sk. et organique *ukta* ; ces exemples ne sont pas les seuls à citer.

§ 38.

d. — Souvent il demeure, surtout au commencement des mots. Le signe graphique est ﻭ. Exemples :

daiva-, divinité, dieu, démon, sk. *dêva-*, lat. *deivo-*, *dîvo-*, lithuan. *dëva-*, z. *daêva-* ;

dakama-, dixième, sk. *daçama-*, lat. *decimo-*, z. *daçema-* ;

dus, préfixe inséparable péjoratif, sk. *dus*, *dur*, *duç*, *duṣ*, *duḥ*, gr. δύς, goth. *tus*, *tur*, z. *dus*, *duṣ*, *duž* ;

1. Ainsi qu'il en advint, et qu'il en advient chaque jour, sur le terrain des langues germaniques. Voyez mon mémoire cité plus haut, dans une note au § 35.

daksina-s (nomin. sing. masc.), dexter, sk. *dakṣiṇas*, dexter, urbanus, meridionalis, esclav. liturg. *desĭnŭ*, dexter (avec *s* = *ss* = *ḳs*, SCHLEICHER, *Cpd.*, 299), z. * *daṣinô* (avec *ṣ* = *ṣṣ* = *khṣ* = *ks*, § 50, et *ô* = *as* terminal). Le nominatif est restitué, mais l'on rencontre l'accusatif *daṣinem*, l'ablatif *daṣinâṭ*, etc.

Il peut devenir *dh* (dont le signe est 𐬜) surtout entre deux voyelles:

sadas-, situation, séance, siége, n., coetus, conventus, sk. *sadas*, gr. ἕδες-, v. perse *hadis-*, z. *hadhis-*, n., avec atténuation vocalique;

z. *dadhãmi*, je donne = sk. *dadâmi*;

z. *padha-*, m., mot, chant = sk. *pada-*, n., versuum sectio, BOPP, *Gloss.*, 229;

z. *zaredhaya-*, n., cœur = sk. *hrdaya-*, n.;

z. *tadha*, alors = sk. *tadâ*: le zend a *a* pour *â* terminal, § 22.

Un troisième mode est *th*. Tout à l'heure, au § 37, nous avons eu variation de forte à faible, ici nous avons variation de faible à forte. La forme radicale **vid** (lat. *videre*, goth. *fra-veitan*, voir, savoir, esclav. liturg. *vidĭ*, aspectus) apparaît non-seulement avec *dh* = *d* dans *vidhvãoñhem*, sachant (accus. sing. masc.) = sk. *vidvâm̃sam*, mais encore avec *th* = *dh* = *d* dans *vithuṣi* (nomin. fémin.) = sk. *viduṣî*. — Selon M. SPIEGEL (*Comment. üb. d. Avesta*, I, 66), *thwyat-*, effrayant, offre également *th* pour *d* primordial, et est parent du sk. *dvêṣṭi*, il hait. M. ALBR. WEBER en juge différemment et renvoie à *tu*; *Indische streif.*, II, 483.

La variation en *z* a lieu par la filière *dh*, **d**. Au § 39, in fine, il sera parlé de cette évolution. Nous verrons plusieurs **dh** organiques arriver par *d*, *dh* à *z*. Le fait est ici absolument le même. Je citerai:

z. *yêzi* = v. perse *yadiy* = sk. *yadi*, si. Cette forme *yêzi*, avec *ê* = *a* après *y*, § 7, est la plus usitée dans les textes baktriens, mais, chose curieuse, on rencontre également le plus correct *yêdhi*, et *yêidhi* avec voyelle d'épenthèse. Voyez Spiegel, *Comment. üb. d. Avesta*, I, 6.

§ 39.

dh. — Le principe est qu'il perd son aspiration comme en esclavon liturgique, en lithuanien, en gothique et (au milieu des mots) en latin, — cela au commencement des mots:

z. *daênu-*, f., femelle nourricière = sk. *dhênu-*, f., vacca lactaria;

z. *dažaiti*, il brûle = sk. *dahati* pour *dhaghati*, § 4 en note;

z. *dâtar-*, m., fondateur, créateur = sk. *dhâtr-*, m., creator;

z. *dughdhar*, f., fille = sk. *duhitr-* pour **dhughitr-*, § 37;

z. *deretar-*, m., teneur, qui tient = sk. *dhartr-*;

z. *dâta-*, créé = sk. *dhita-*, *hita-*;

z. *drva-*, ferme, sain = sk. *dhruva-*, certus.

En principe, dans le corps des mots, le **dh** organique est rendu en zend par *dh*, grâce à l'entremise de *d*. Voici encore une série d'équivalents sanskrits et zends:

z. *baodhayêiti*, il éveille = sk. *bôdhayati* pour **bhôdhayati*, § 4 en note;

z. *bandha-*, m., lien = sk. *bandha-*, m., vinculum, pour **bhandha-*, § 4 en note;

z. *maidhya-*, moyen, mitoyen = sk. *madhya-*, medius;

z. *daidhyãm*, puissé-je placer! = sk. *dadhyâm*;

z. *adhara-*, inférieur = sk. *adhara-*, inferior;

Ainsi dans ces différents exemples le *dh* est pour un *d* équivalant, lui, légitimement à un **dh** organique que rendent régulièrement les *dh* du sanskrit.

Par l'entremise de ce *dh* secondaire arrive, grâce à la variation d'élément faible à élément fort, un *th*. Voyez déjà la production de ce phénomène au paragraphe précédent. C'est ainsi que, répondant au gr. τίθεται, sk. *dhattê* pour **dadhtê*, il se place, nous trouvons en zend *dathaitê* pour **dadhaitê* pour **dadaitê*, ce dernier rendant par *d* le **dh** organique, θ en grec.

Une autre évolution est due au phénomène de la mutation des sifflantes (mutation si fréquente en zend), bien que dans l'occurrence actuelle aucune cause n'en soit apparente, le *dh* (*đ*) ainsi changé en *z* se trouvant entre deux voyelles, c'est-à-dire à l'abri de toute influence consonnantique :

radhas-, solitude, abandon, lieu secret, sk. *rahas-*, n., secretum, locus occultus, Bopp, *Gloss.*, 320, cf. gr. *ληθεσ- (dans ἀ-ληθής, sans secret, vrai), z. *razah-*, n., solitude, retraite : voyez Ascoli, dans la *Ztschr.*, XVII, 259;

ghaudhati-, il cache, gr. κεύθει, § 4 en note, z. *gaozaiti* [1];

nadhta-, noué, attaché, sk. *naddha-*, z. *nazda-* avec *d* pour *t* [2] par attraction de la faible *z*. (Cf. gr. νήθω, je file. Voir toutefois Curtius, *Griech. etym.*, 295.)

§ 40.

p. — En principe il demeure. Le signe équivalent est ɒ. Exemples :

api, sur, dessus, au-dessus, en sus, sk. *api*, etiam, igitur, autem, v. perse *apiy*, § 4 en note, gr. ἐπί, lat. *ob*, z. *aipi* avec voyelle d'épenthèse ;

pati-, maître, sk. *pati-*, m., dominus, conjux, gr. πόσι-, lithuan. *patì-*, z. *paiti-*, m., avec voyelle d'épenthèse ;

apa, ab, de, sk. *apa*, gr. ἀπό, lat. *ab*, goth. *af*, z. *apa*.

Il devient *ph* (rendu par ઇ), parfois entre deux voyelles, devant *n*, mais surtout devant *r*, § 52 :

svapna-, sommeil, sk. *svapna-*, m., somnium, gr. ὕπνο-, lat. *somno* pour **svopno-*, z. *qaphna-*, m., § 27 ;

1. En sanskrit, au lieu de la gradation, nous trouvons simple allongement de la voyelle : *gûhati*. Voyez au § 24.

2. Je dois faire observer qu'il est possible d'assigner à *nazda-* une autre explication. Voyez au § 60.

pratara-, prior, gr. πρότερο-, z. *phratara-*;

praista-, le plus nombreux (superlatif), gr. πλεῖστο-, z. *phraêsta-*, avec *aê* = *ai*, § 18;

z. *çapha-*, m., sabot = sk. *çapha-*, n., ungula (equi), avec semblable aspiration (cf. allem. *huf*, angl. *hoof*, holland. *hoef*);

z. *taphnu-*, m., chaleur, cf. lat. *tepidus*, esclav. liturg. *toplŭ*, calidus;

z. *vapus-*, n., fin, limite = sk. *vapus-*, n., corpus, forma, species.

L'on trouve encore *ph* pour *p* en d'autres circonstances, mais alors d'une façon toute insolite. Ainsi z. *taphta-*, enflammé, fougueux = sk. *tapta-*, calefactus, dolore confectus, tortus.

§ 41.

b. — Il n'y a pas à douter de la réalité d'un b organique. Et pourtant aucun exemple ne pourrait être cité d'une façon bien positive. Voyez Schleicher, *Cpd.*, 164. Cf. *Ztschr.*, XVIII, 19.

§ 42.

bh. — En principe l'aspiration se perd, § 36, et l'on a simplement *b*, figuré par ﺏ. Exemples:

bharati-, il porte, sk. *bharati*, gr. φέρει, z. *baraiti*;

bhudhti-, science, connaissance, sk. *buddhi-*, f., animus, intellectus, sententia, gr. πύστι- pour *πυθτι-, z. *buçti-*, f., par dissimilation. Voyez Fick, *Wörterb. der indogerm. grundsprache*, 130; Curtius, *Griech. etym.*, 246. De plus voyez ci-dessus § 4 en note;

bhrâtr-, frère, sk. *bhrâtr-*, v. perse *brâtar-*, lat. *frater-*, goth. *brôthar-*, z. *brâtar-*;

bhâghu-, bras, sk. *bâhu-*, gr. πῆχυ-, z. *bâzu-*, mf.

Comparez encore: z. *taêibyô*, à eux (dat. plur. masc.), sk. *têbhyas*; cf. esclav. liturg. *tĕmŭ* (Schleicher, *Die formenl.*

der kirchenslav. spr., 261; *Cpd.*, 296); lithuan. *têmus, têms* (*id.*, *Cpd.*, 315; *Handb. der lit. spr.*, I, 173, 195); goth. *thaim* (*id.*, *Cpd.*, 331; Leo Meyer, *Die goth. spr.*, 273).

Il n'est pas rare de rencontrer *w* (figuré par le signe ᭑), sans doute par l'intermédiaire de *b*. Exemples:

z. *garewa-*, m., fétus = sk. *garbha-*, gr. βρέφο-, Curtius, *Griech. etym.*, 436;

z. *aiwi*, vers (l'on trouve également *aibi*) = sk. *abhi*, ad, versus, v. perse *abiy*;

z. *bâzuwê* = *bâzubya*, par les deux bras (instrum. duel, formes coexistantes) = sk. *bâhubhyâm*: dans la première forme baktrienne *ê* = *ya* terminal, § 7;

z. *gaoṣaiwê*, par les deux oreilles.

A son tour *w* peut devenir *v* (»): ainsi à côté de *aiwi*, cité ci-dessus, l'on trouve non-seulement *aibi*, mais encore *avi*. De même l'on rencontre coexistantes les deux formes dat. plur. *gaêthâvyô*, *gaêthâbyô*, aux mondes, où *-byô* est pour -bhyas caractéristique casuelle.

Par *bh*, *b*, *w*, *v*, *u* l'on arrive à **o** dans le dat. plur. *raçmaoyô*, du thème *raçman-*, ainsi qu'on le verra au § 158. Il en est absolument de même dans *daoyamna-*, dupe, qui est pour **dabhyamna-*: cf. sk. *dabhati*, il lèse, il blesse. — La forme *aiwyô*, aux eaux, est également très-légitime: **apbhyô*, **apbyô*, **apwyô*, **awwyô* par assimilation, puis **awyô* d'après la défense de gémination, § 50, enfin *aiwyô* avec voyelle épenthétique, § 19.

§ 43.

s. — Ici les variations sont nombreuses. C'est principalement à la fin des mots, lorsque, d'ailleurs, elle est précédée d'une voyelle autre que *a* ou *â*, que la sifflante organique persiste: ᭑ (*s*) = **s**. C'est ce que nous constaterons d'une façon frappante dans la déclinaison. Par exemple, les thèmes masculins en *u* et ceux en *i* présentent *s* comme élément du nominatif singulier, tout comme en sanskrit, en grec, en lithuanien, en gothique, en latin. Exemples :

aghi-s, serpent, sk. *ahis,* gr. ἔχις, z. *ažis;*
naku-s, cadavre, gr. νέκυς, z. *naçus.*

Entre deux voyelles dont la première est autre que *a* ou *â*, la plupart du temps **s** se change en *ṣ*, figuré par le signe 𐬴. Exemples:

z. *iṣu-*, m., pieu = sk. *iṣu-*, mf., sagitta, v. perse *içu-*, avec échange de sifflement, Spiegel, *Die altpers. keilinschr.*, 189;

z. *phraêṣyêiti,* il chasse, pour *phra* + *iṣyêiti* = sk. *iṣyati;*

z. *ṭbaêsah-*, n., § 37, affliction, tourment, cf. sk. *dvêṣa-*, m., odium;

z. *baêṣaza-*, n., remède = sk. *bhêṣaja-*, n., medicamentum;

z. *viṣa-*, m., poison = sk. *viṣa-*, mn., gr. ἰό- pour *ϝισο-, m.;

z. *aêṣa-*, m., celui-ci = sk. *êṣa-;*

z. *gaoṣa-*, m., oreille = v. perse *gausa-;*

z. *uṣah-*, f., aurore = sk. *uṣas-*, n., diluculum, etc.

Cette variation est de règle après *kh* = **k**. Comparez par exemple:

z. *khṣathrya-* (§ 21), royal, de caste royale = sk. *kṣatriya-;*

z. *khṣaya-*, m., demeure = sk. *kṣaya-*, m., domus, domicilium;

z. *khṣuçta-*, écrasé, pilé, cf. sk. *kṣuṇṇa-*, formation parallèle;

z. *vakhṣyâ,* je parlerai, je dirai, sk. *vakṣyâmi.*

Mais à l'ordinaire le groupe *khṣ* arrive à la réduction en un simple *ṣ*: c'est ce que l'on verra à temps opportun, au § 50. Cette évolution est fort importante.

Précédé de *r* et suivi d'une voyelle, *s* devient en principe *ṣ*:

arsan-, mâle, gr. *ἄῤῥεν-*, *ἄρσεν-*, z. *arṣan-*, m., homme; z. *karṣa-*, m., acte de tirer = sk. *karṣa-*, m., aratio, cf. *karṣaṇa-*.

Devant *t*, il arrive fréquemment que *s* se métamorphose en *ç*:

asti, il est, sk. *asti*, v. perse *açtiy*, gr. *ἐστί*, lithuan. *ésti*, z. *açti*.

z. *çtôtar-*, m., donneur d'éloges, louangeur = sk. *stôtṛ-*;

z. *çtareta-*, étendu, gisant = sk. *stṛta-*;

z. *çtar-*, m., étoile = sk. véd. *stṛ-*;

z. *çtâiti-*, f., position, état = sk. *sthiti-*, f., status, stabilitas;

z. *çtâna-*, m., lieu = sk. *sthâna-*, n., locus = v. perse *çtâna-*, n.;

z. *açti-*, m., os = sk. *asthi-*, n. (pour la déclinaison de ce dernier voyez Oppert, *Gramm. sans.*, p. 40).

Devant *n* le même fait se produit de temps à autre: ainsi dans *çnâta-*, lavé, baigné = sk. *snâta-*.

Il y a plus de régularité dans la variation du groupe *sć* en *çć*: il y a là une espèce d'assimilation. L'on peut donner comme exemple: z. *çćindayêhi*, tu brises, *çćindayêiti*, il brise (cf. sk. *ćhinadmi*, scindo, avec *ćh* = *sk*: voyez sur ce phénomène Ascoli, *Ztschr.*, XVI, 442, *Corsi di glottol.*, I, 208, et comparez le lat. *scindo*. — La forme adverbiale instrumentale *paçća*, ensuite, après, est moins pure que sa coexistante ablative *paçkâṭ*: dans cette dernière il n'y a pas eu changement de *k en ć*, mais pourtant le *s* du thème primordial (a)**paska-** est déjà devenu *ç*. Le lithuanien a l'adverbe *paskùi*, ensuite, la préposition et postposition *páskui*, après: Schleicher, *Donaleitis*, p. 258.

La question de la prononciation des deux premiers substituts de **s** dont nous venons de parler, à savoir ش *(s)* et ݜ *(ṣ)* est encore fort obscure. On pense communément que le premier, *s*, avait la valeur du *ch* français (chercher), du *sh* anglais, du *š* croate. Sic Spiegel, *Gramm. der alt-*

baktr. spr., 45; Hübschmann, *Ein zoroastrisches lied*, 81; Fr. Müller, *Zendstudien*, IV, 6. On suppose que *ṣ* avait également, ou à très-peu près, la même valeur; M. Spiegel est disposé à croire qu'il correspondait à un *ś* précédé d'une aspiration, M. Fr. Müller à un double *š*. Toutes ces opinions sont vraisemblables et acceptables, mais il est d'autre part tout-à-fait assuré que primitivement 𐬯 *(s)* avait la valeur de **s** dont il procède directement. La sifflante 𐬴 *(ṣ)* ne s'est produite que secondairement.

Devant les voyelles, devant les demi-voyelles apparaît *h* pour *s*. Le signe équivalant à *h* est 𐬵. Exemples:

sarva-, entier, total, sk. *sarva-*, v. perse *haruva-*, gr. ὅλο-, lat. *sollo-*, *salvo-*, z. *haurva-*: pour ces différents mots voir au § 19;

sadas-, siége, lieu de séance, de résidence, sk. *sadas-*, n., coetus, gr. ἕδες-, n., v. perse *hadis-*, n., z. *hadhis-*, n., avec atténuation vocalique, comme en perse;

sana-, vieux, âgé, sk. *sana-*, natu grandis (Curtius, *Griech. etym.*, 290), gr. ἕνο- (*ibid.*), lithuan. *séna-*, z. *hana-*;

sant-, étant, m. (thème fort, § 149), sk. *sant-*, lat. *sent-* (ab-sent-s, prae-sent-s), z. *hent-*;

sama-, même, le même, sk. *sama-*, similis, aequalis, aequus, gr. ὁμό-, goth. *sama-*, v. perse et z. *hama-*;

manas-i, dans l'esprit (locat. sing. neutre), sk. *manasi*, gr. μένει pour *μενεσι, z. *manahi*;

sadta-, assis, sk. *satta-*, lat. *sesso-*, z. *haçta-*, § 37;

sva-, pronom réflexif, sk. *sva-*, gr. ὅ-, lat. *suo-*, z. *hva-*: voyez au § 27;

akva-sya, du cheval (génit. sing. masc.), sk. *açvasya*, gr. ἵππου pour *ἱκϝοσyο, z. *açpahê*, avec *çp* = *çv*, § 27, et *ê* = *ya* terminal, § 7 [1].

1. Nous retrouvons *h* pour *s* en plus d'un idiome. Le fait, par exemple, se présente parfois dans le dialecte bavarois: voyez Weinhold, *Bairische gramm.*, 193.

On trouve également *h* pour *s* devant *m*:

z. *ahmi*, je suis = sk. *asmi*, gr. εἰμί pour *ἐσμι, lithuan. *esmì*;

z. *kahmâi*, à qui, auquel (dat. sing. masc.) = sk. *kasmâi*.

Il faut se garder de dire, comme on le fait communément, que la sifflante organique, **s**, est parfois remplacée en zend par *ṅh* (𐬢𐬵), *ńh* (𐬣𐬵), car dans ces deux groupes de lettres le *h* seul répond à la sifflante primitive. Ici *ṅ* et *ń* ne font que nasaliser la voyelle qui précède le *h*. Voyez à ce sujet § 12.

Plus haut, au § 27, j'ai déjà eu l'occasion de dire que la sifflante *q* (𐬓), dont la prononciation est assez difficile à déterminer, équivalait à un groupe organique *sv*. Elle a parfois un autre rôle, et remplace *s* devant *y*[1]. Cf. Eug. Burnouf, *Observations sur la partie zende de la grammaire de Bopp*, 26, 27. Exemples:

asyât, puisse-t-il être! (potentiel), sk. *syât*, gr. εἴη pour *ἐσιητ, lat. *siet*, *sit*, z. *qyât*;

z. *nemaqyâmahi*, nous honorons, nous implorons = sk. *namasyâmas(i)*;

z. *daqyu-*, f., circonscription, cercle = v. perse *dahyu-*. L'on trouve également en zend le thème *dańhu-*, f., d'après un principe formulé au § 12.

§ 44.

m. — La labiale persiste (𐬨). Il suffit de rappeler les formes du pronom personnel:

mãm, *mâ*, moi (accus.);

mê, *môi* (locat.); etc.

1. Ce phénomène n'est pas particulier à l'idiome des Gâthâs, ainsi que le paraît admettre M. Fr. Müller: *Zur suffixlehre des indogerm. verb.*, 6, note; *Zwei sprachwiss. abhandl. zur armen. gramm.*, 4. Voyez par exemple *Yaçna*, VIII, 13, 15; *Visp.*, XII, 29; *Vend.*, XX, 18.

§ 45.

n. — En principe cette consonne demeure, figurée par la lettre 𐬥. Exemples:

nava-, nouveau, sk. *nava-*, gr. νέϝο-, lat. *novo-*, z. *nava-*;
naku-, cadavre, gr. νέκυ-, z. *naçu-*, mf.;
svapna-, sommeil, sk. *svapna-*, m., somnium, gr. ὕπνο-, lat. *somno-* pour **svopno-*, z. *qaphna-*, §§ 27, 40.

Mais lorsqu'il se trouve devant *th, ç, ph, z, h,* et qu'il est précédé de *a,* il se rejette sur ce dernier, et de là naît la voyelle nasale *ã,* figurée par 𐬄. On peut se reporter au § 12, où sont donnés quelques exemples de ce phénomène très-important.

Je dois faire observer que par le signe de transcription *n* je rends deux signes graphiques zends, 𐬥 et 𐬧. Dans la *Gramm. der altbaktr. spr.* de M. Spiegel (p. 50) nous lisons: « Le vieux baktrien n'a vraisemblablement eu dès » l'origine qu'un seul *n,* mais les manuscrits nous en offrent » deux: l'un (𐬥) toujours initial et final, et dans le corps » des mots se présentant entre les voyelles et devant les » demi-voyelles *y, v,* ainsi qu'après la plupart des consonnes; » l'autre (𐬧) n'apparaissant qu'à l'intérieur des vocables » devant les consonnes des trois premières classes[1] . . . . . » La différence entre *n* et *ñ*[2] semble être récente. . . . . » En ce qui concerne la valeur auditive, je pense que *n* » avait la valeur de cette nasale ordinaire et que *ñ* s'accom- » modait à la consonne subséquente. En somme je tiens » la distinction entre *n* et *ñ* pour inutile: le premier de ces » deux signes aurait pleinement suffi. »

Schleicher néglige totalement cette différenciation et ne recourt qu'au seul caractère *n.* *Cpd.,* 198; *Indogerm. chrest.,* 119. Dans la *Grammaire comparée* de Bopp nous

1. C'est-à-dire palatales, palatales chuintantes, dentales.
2. C'est ainsi que M. Spiegel transcrit la deuxième figure.

lisons : « Comme ces deux nasales se distinguent suffisamment l'une de l'autre par la place qu'elles occupent dans le mot, nous n'avons pas besoin de les marquer d'un signe distinct dans notre système de transcription ». *Traduct.*, I, 110.

Évidemment, si tant est qu'il y ait eu une différence entre *n* et *ñ*, cette différence n'a été que secondaire, et, à un moment donné, *n* a dû seul exister. Il importe peut-être ici de remarquer ce fait signalé par M. Spiegel (*Avesta*, I, 15) que dans les plus anciens manuscrits zends avec traduction en huzvârèche, le signe ꞁ se présente souvent là où l'on se serait attendu à trouver le signe ⁕.

§ 46.

r. — Le zend le reproduit constamment et n'en connaît pas, chose curieuse, la forme secondaire *l* [1].

Il suffit de renvoyer le lecteur aux exemples déjà cités en bon nombre ;

haurva-, entier, § 19 ; — *ćathwar-*, *ćatur-*, quatre, § 27 ; — *qaçura-*, beau-frère, § 27 ; — *katara-*, qui de deux, § 34 ; — *gairi-*, m., montagne, § 35 ; — *garema-*, chaud, § 36 ; — *thris*, trois fois, § 37 ; — *razah-*, n., solitude, abandon, § 39 ; — *paru-*, *pouru-*, nombreux, § 40 ; — *baraiti*, il porte, § 42 ; — *arṣan-*, m., mâle, homme, § 43 ; — *perethu-*, large, § 4 ; etc. . . . . .

1. Dans son *Mémoire sur l'alphabet zend*, M. Lepsius parle d'un *l* baktrien (324 à 329), mais les manuscrits n'en offrent aucune trace, pas plus d'ailleurs que ne présentent trace de cette consonne les monuments du vieil idiome perse si rapproché du zend. Si l'on objecte les noms propres baktriens rendus avec un *l* par des langues étrangères, il faut peut-être penser avec M. Spiegel que le *r* zend comportait une prononciation mixte, tenant tout à la fois de *r* et de *l*, *Beitr.*, IV, 305.

En général, les idiomes éraniens de la seconde et de la troisième époque se plurent à atténuer la vibrante *r* en *l*. Je citerai notamment l'ossète et le néo-perse. Consultez à ce sujet Fr. Müller, *Ueb. die stellung des osset.*, 9 ; *Beitr. zur lautlehre der neupers. spr.*, I, 19.

Ainsi qu'on l'a déjà vu ci-dessus, lorsque *r* est suivi de *k, p*, on le fait immédiatement précéder de *h*. Je rappelle le fait pour mémoire, et renvoie d'ailleurs au § 20.

§ 47.

Nous pouvons dès à présent jeter un coup d'œil en arrière et constater par le tableau suivant les rapports des diverses consonnes baktriennes à celles du type commun indo-européen.

L'astérisque indique que la consonne organique n'est atteinte qu'indirectement par son représentant baktrien :

k	**k**	*th*	**t, *d, *dh**
t	**t**	*ph*	**p**
ṭ	**t (*?)**	*z*	**g, *gh, *d, *dh**
p	**p, v**	*ž*	***g, *gh**
g	**g, gh**	*ç*	**k, sk, s, *g, *gh**
d	**d, *dh**	*s*	**s**
b	**bh, dv**	*ṣ*	**s, ks**
gh	**g, *gh**	*h*	**s**
dh	**d, *t**	*q*	**s, sv**
ć	**k**	*m*	**m**
j	**g, *gh**	*n*	**n**
kh	**k**	*r*	**r**

La moindre attention portée à l'examen des diverses métamorphoses, révélera le motif de la présence des groupes **dv, sk, ks, sv** dans le schème ci-dessus.

§ 48.

Nous voici en présence de certains faits d'influence secondaire.

Le zend, bien différent en cela du sanskrit, ne se permet l'application de règles euphoniques relatives aux consonnes, que lorsque le thème des mots est en contact avec des éléments dérivatifs et des terminaisons casuelles, puis lorsqu'il y a liaison avec quelques enclitiques et préfixes.

§ 49.

Assimilation. — On sait que sous cette qualification générale il faut entendre deux sortes de phénomènes: l'attraction, l'identification.

L'attraction n'est que l'assimilation d'ordre ou de classe: ainsi dans *scriptus* le *p* est pour *b* grâce au *t*, cf. *scribere*; en d'autres cas c'est le premier élément qui attire à lui le second.

L'identification surenchérit sur l'attraction: dans *sollus* pour *solvus*, § 19, le premier élément s'est identifié le second; mais inversement dans *summus* pour *supmus*, cf. *superior*, c'est le second qui s'est identifié le premier.

L'assimilation n'est pas rare en zend, mais elle peut parfaitement ne pas se réaliser.

Exemples de simple attraction. Devant *t* les *g*, *ć*, *j* passent à *kh* (pour *k*, § 34, 4°):

ukhta-, dit, prononcé, est pour **ućta-*, cf. *vaćah-*, n., parole, mot, *vavaća*, il parla, il dit (sk. *ukta-*, *vaćas-*);

hikhti-, f., acte d'arroser, est pour **hićti-*, cf. *hinćaiti*, il arrose = sk. *sińćati*;

drukhta-, trompé, est pour **drujta-*, cf. *drujentem*, trompeur (accus. sing. masc.).

Sans que le *t* suivant provoque l'aspiration de l'explosive qui le précède, on peut citer:

gerepta-, saisi, cf. *gerewyêiti*, il saisit;

napta-, mouillé, pour **nabta-*, cf. νέφος, *nubes*: Grassmann, *Ztschr.* XVI, 167; contra Corssen, *Ausspr.* I, 435. Voyez toutefois Schweizer-Sidler, *Ztschr.* XVIII, 305;

dapta-, trompé = sk. *dabdha-* pour **dabhta-*.

(Le *g* [=*gh*] ne devient pas *kh* devant *t*, mais bien *ç* dans les mots *ãçtar-*, m., oppresseur, *ãçtah-*, n., oppression [pour **ançtar-*, **ançtah-*, § 12], cf. *angor*, ἄγχω, je serre, mais on peut supposer qu'ici le *g* était déjà devenu *z*, cf. z. *ãzah-*, n., resserrement, angoisse, et qu'il n'y a eu qu'un changement légitime de *z* en *ç* devant *t*.)

Devant *t*, *th* nous voyons en plus d'une circonstance la labiale *m* passer à la série dentale, c'est-à-dire devenir *n*:

tãthra-, obscur, est pour **tanthra-*, § 12, pour **tamthra-*, **tamtra-*, cf. *temah-*, n., obscurité = sk. *tamas-*, n., caligo.

De même la dentale *n* a la faculté de se labialiser devant une labiale: dès lors elle devient *m*. Ainsi:

çkemba-, m., pilier, coexiste avec *çkanba-*.

Comme présentant influence du premier élément sur le second, l'on peut citer:

dughdhar-, f., fille, pour **dughthar-*, **dughtar-*, **dugtar-*, § 4, p. 9.

§ 50.

L'on aura sans doute remarqué que dans ces différents exemples l'assimilation n'est jamais qu'incomplète, c'est-à-dire qu'il n'y a jamais d'attraction.

C'est qu'en effet l'identification ne se présente pas en zend, non pas qu'elle n'ait point trouvé lieu, mais bien par ce fait, qu'elle n'a été, là où elle s'est réalisée, que le premier pas vers un autre phénomène. Le principe est celui-ci:

D e u x c o n s o n n e s s e m b l a b l e s s e h e u r t a n t, l'une est seule écrite, seule prononcée.

ksiti-, position, colonie, sk. *kṣiti-*, f., habitatio, gr. κτίσι-, Curtius, *Griech. etym.*, 149, 650, z. *ṣiti-*, f., pour **ṣṣiti-*, assimilé de **khṣiti*: plus loin, § 56, il sera parlé des importants principes euphoniques relatifs aux sifflantes;

**bhudhna-*, fonds, terrain, sk. *budhna-*, § 4 en note, z. *buna-*, m., pour **bunna-* assimilé de **budhna-*.

De même *âberet-*, apportant l'eau, est pour **âbberet-* pour **âpberet-*, après attraction du second élément sur le premier. Cf. Joh. Schmidt, *Die wurzel* **ak**, 5, 25.

Le dat. plur. de *ap-*, *âp-*, f., eau, à savoir *aiwyô*, s'explique par le même phénomène. Il est pour **awyô*, **aiwyô* assimilé de **apwyô*. La désinence *-wyô* est pour *-bhyas* avec *ô* = *as* terminal.

Quelques lignes ci-dessus l'on vient de voir comment *ṣiti-* est pour *ṣṣiti-*, **khṣiti-*, *kṣiti-*. Plus haut, § 43, j'avais déjà fait remarquer que la sifflante *s* devient régulièrement *ṣ* après *kh* = *k*, mais que, si parfois le groupe *khṣ* subsistait (*khṣaya-*, *khṣathrya-*, vide loco citato), en thèse générale il se réduisait à un simple *ṣ*: *ṣiti-*. Voici d'autres exemples de ce phénomène très-important:

z. *ṣôithra-*, n., domicile, possession territoriale = sk. *kṣêtra-*, n., campus;

aṣi-, œil = sk. *akṣi-*, n., oculus (voyez Oppert, *Gramm. sans.*, p. 40);

z. *ṣuda-*, m., faim, cf. sk. *kṣudhâ-*, f., *kṣudh-*, f., fames;

z. *ṣaêta-*, n., or, le même que z. *khṣaêta-*, brillant;

z. *daṣinu-*, dexter, sk. *dakṣiṇa-*, slave eccles. *desĭnŭ*.

Il n'est pas rare de trouver deux formes coexistantes, l'une avec *khṣ*, l'autre avec *ṣ*:

z. *khṣata-*, *ṣata-*, blessé = sk. *kṣata-*;

z. *baokhṣna-*, *baoṣna-*, f., pureté;

z. *urvâkhṣaṭ*, *urvâṣaṭ*, il se trouvait bien, il était joyeux;

z. *khṣayamna-*, *ṣayamna-*, dominant.

§ 51.

Dissimilation. — Ce phénomène est fort important. Devant *t*, les *t*, *d*, *dh* deviennent *ç*. Exemples:

sadta-, assis, sk. *satta-*, par assimilation, lat. *sesso-*, § 37, z. *haçta-*;

bhudhti-, connaissance, sk. *buddhi-*, f., animus, intellectus, sententia, gr. πύστι-, z. *buçti-*, § 42;

(**vi**)**vaid**(**a**)**ta**, tu as vu, id est: tu sais; sk. *vêttha*, gr. Ϝοῖσθα, goth. *vaist*, z. *vôiçta*, § 14;

z. *viçta-*, su, connu = sk. *vidita-*: forme fondamentale **vidata-*, *Racines et éléments simples*, pp. 12, 18;

z. *viçti-*, f., science = sk. *vitti-*, f., inquisitio, cognitio, assimilé de **vidti-*;

z. *(ava)paçti-*, f., chute = sk. *patti-*, f., motus, gressus;

z. *amavaçtema-*, très-fort, est pour **amavattema-*: cf. le positif *amavat-*, fort;

z. *aṣavaçtema-*, très-pur, très-honnête, est pour **aṣavattema-*;

z. *(ava)jaçti-*, f., prière, est pour **jadti-*, cf. *jaidhyêmi*, je prie;

z. *baçta-*, lié, v. perse *baçta-*, sk. *baddha-*, pour **badhta-*, pour **bhadhta-*, § 4, note;

z. *qaçta-*, mangé, cuit, est pour **qadta-*, pour **svadta-*: *Revue de ling.* III, 172; Ascoli, *Beitr.* V, 85, note.

Il y a ici des formes doubles qu'il est bon de prendre en considération.

Ainsi à côté de *hidhaiti*, il siége, nous trouvons *haçti*. *Racines et éléments simples*, 13.

De même à côté de *dadhâiti*, il pose, nous avons *daçti*. *Ibid.*, 14.

(Je ferai remarquer en passant qu'en lithuanien les groupes *dt*, *tt* deviennent *st* par dissimilation: ainsi l'on dit *vedù*, je conduis, mais *vèsti*, conduire[1]. Schleicher, *Hdbch. der lit. spr.* I, 70. Comparez encore dans Kurschat, *Beitr. zur kunde der litt. spr.* II, 145, ss. passim, un certain nombre de semblables infinitifs.)

§ 52.

Aspiration. — L'aspiration n'a pas laissé que de jouer en zend un rôle considérable.

J'ai déjà dit que la nasale *n* faisait parfois aspirer l'explosive dont elle se trouvait précédée[2]: de *k*, *t*, *p*, *g*, *d*,

1. Cf. Fr. Müller, *Beitr. zur lautlehre der neupers. spr.*, 15.
2. Kuhn, *Ztschr.* XIV, 224.

elle fait *kh, th, ph, gh, dh*. Que ces aspirées arrivent à un moment donné à l'état de sifflantes, cela n'est pour l'instant d'aucune importance[1].

svapna-, sommeil, sk. *svapna-*, m., gr. ὕπνο-, z. *qaphna-*, m., § 27;

ãkhna-, f., bride, cf. ἀγκύλη, Justi, *Hdbch.*, 74;

highnu-, sec, cf. *haêčayât*, qu'il faisait, fit sécher (causat., imparf. au mode conjonctif);

aphnañhat-, aqueux, Spiegel, *Comment. üb. d. Avesta* II, 529. cf. *ap-*, f., eau;

taphnu-, m., chaleur, cf. lat. *tepidus*.

Le même fait se produit parfois devant *m*:

takhma-, rapide, fort: cf. *taka-*, courant;

bereghmya-, désiré: cf. *bereja-*, m., désir;

taokhman-, n., semence; etc.

Une sifflante fait parfois naître devant elle l'aspiration (d'où le sifflement):

z. *ukhṣyêiti*, il grandit, *vakhṣa-*, n., croissance (cf. sk. *vakṣati*, crescit);

z. *khṣathrya-*, royal = sk. *kṣatriya-*;

z. *phṣu-*, m., bétail, tronqué de *paçu-*, m.;

z. *âphs*, eau (nomin. sing. fémin.), cf. *âpem* (accus. sing.);

z. *qaphçan-*, m., sommeil: cf. *qapta-*, endormi = sk. *supta-* (pour *q* = *sv* voyez § 27);

z. *vâkhs* (nomin. sing. masc.), parole, discours: cf. accus. *vâčem*, nomin. plur. *vâčô*.

Grâce à ce phénomène préalable, une assimilation complète de sifflantes devient possible: on atteint dès lors, avec le principe de la défense de gémination, § 50, à un troisième degré. Je n'insiste pas sur ce fait qui se trouvera expliqué à temps opportun au § 56 avec l'exemple *hãç*.

1. J'ai déjà fait allusion à la même évolution en grec, où les χ, θ, φ, anciennement aspirés, arrivèrent à un moment donné à être sifflés.

Devant un *r* l'aspiration est de règle[1]:

pratara-, premier de deux, gr. πρότερο-, z. *phratara-;*

tris, trois fois, sk. *tris,* gr. τρίς, z. *thris;*

dvip(a)ra-, duplex, gr. δϝιπλό-, z. *biphra-,* cf. Joh. Schmidt, *Ztschr.* XVI, 430;

kakra-, cercle, roue, sk. *ćakra-,* m., orbis, circulus, discus, gr. κύκλο-, z. *ćakhra-,* m., § 34[2];

§ 53.

L'on ne peut dire assurément que *ž* soit aspiré de *z*. Pourtant un *n* subséquent fait de *z* un *ž*.

Ainsi le thème *zanu-,* m., genou (= lat. *genu),* offre à l'accusatif plur. la forme *zanva,* mais à l'accusatif sing. la forme *žnûm:* dans cette dernière la voyelle fondamentale est tombée[3].

1. Ce n'est point un phénomène particulier à l'éranisme que l'aspiration provoquée par *n* et *r*. En grec, le fait s'offre d'une façon remarquable. Le suffixe tra est θρο dans βάθρον, marche, degré; κοιμήθρα, lieu pour se reposer; γενέθλη, origine. L'on trouve coexistants θρίναξ et τρίναξ, trident; θρυγονᾶν et τρυγονᾶν, frapper doucement à une porte. Dans la ligne labiale φρουρός, garde, est pour προ-οὖρος; de même τέφρα, cendre, parent du lat. *tepidus, tepere.* Enfin *kh* est pour *k* dans βλαχρός, ἀβληχρός, doux, faible. Voir Curtius, *Griech. etym.*, 456, 304. Il y aurait dans les trois lignes bien d'autres exemples à citer. Devant *n,* voici l'aspiration dans πρόχνυ, avec les genoux (γόνυ); λύχνος, lumière (λευκός); ἀράχνη, araignée (Walter, *Ztschr.* XII, 377); τέχνη, art (τοκεύς). L'aspiration parfois même a lieu devant *m* (Curtius, loco citato). — Consultez Roscher, *Studien zur griech. und lat. gramm.* (Curtius), I, 63.

2. Un exemple bien frappant de la puissance d'aspiration de *r* se trouve en grec dans la coexistence des formes ταραγμός, θραγμός, agitation: la seconde est tronquée de la première. Au surplus, ce fait est loin de se trouver isolé.

3. Comme dans la forme coexistante et secondaire de *paçu-,* § 52. — D'ailleurs, en grec précisément, l'on a, avec chute de la voyelle radicale, les formes γνύξ, à genoux, πρόχνυ, à genoux: cf. Kuhn, *Beitr.* III, 465, Curtius, *Griech. etym.*, 474. Contra Kissling, *Ztschr.* XVII, 226.

Remarquez également *žnâtar-*, m., connaisseur = sk. *jñâtr-*; — *dereževanti*, ils osent = sk. *dhrṣṇuvanti* (avec *ž* = *z* = *s*).

§ 54.

Il convient de noter à l'égard des sifflantes quelques faits très-importants.

Le *ç* ne se présente que devant les fortes, devant les nasales, devant la vibrante :

spaktr-, inspecteur, lat. *(in)-spector-*, z. *çpaçtar-*, m.;

yâsta-, ceint, gr. ζωστό-, z. *yâçta-*;

Comparez encore :

z. *çnâta-*, baigné, lavé = sk. *snâta-*;

z. *çtaotar-*, m., loueur = sk. *stôtr-*;

z. *çtareta-*, étendu = sk. *strta-*;

z. *çtâiti-*, f., état = sk. *sthiti-*;

z. *çnaêženti*, il neige (3e personne plur., cf. z. *vârenti*, il pleut) : cf. lithuan. *snìgti*, neiger;

z. *çrvat-*, mn., s'écoulant : cf. sk. *sravati*, fluit, effluit, occidit.

En général *s* ne se rencontre que devant *k*, *t*, *n*, *m* :

bharista-, le plus secourable, le meilleur, gr. φέριστο-, z. *bairista-*, avec voyelle d'épenthèse;

dusmanas-am, ayant un mauvais esprit (accus. sing. masc.), sk. *durmanasam*, gr. δυσμενῆ pour *δυσμενεσα, z. *dusmanañhem*; etc., etc.

Devant *n* apparaît très-fréquemment *ṣ* :

z. *raṣni-*, f., vérité : cf. *erezu-*, vrai, véridique;

z. *bãṣnu-*, m., profondeur : cf. *bãzah-*, n., grandeur, profondeur;

z. *varṣni-*, m., bélier = sk. *vrṣṇi-*;

z. *aṣnaoiti*, il obtient = sk. véd. *açnôti*;

z. *phraṣnu-*, ayant le genou courbé = sk. *prajñu-*; le mot zend est pour **phražnu-* avec mutation de sifflement: le *ž* était pour *z* devant *n*, § 53, et le *z* tenait lieu d'un G organique, § 35;

z. *phraṣña-*, m., interrogation = sk. *praçna-*, m.; etc., etc.

Devant *m* et *n* le *z* devient *ç*. — Ainsi le g organique que nous voyons devenir *z* dans *yazemna-*, honorant, puis *s* dans *yasta-*, honoré, *yastar-*, m., adorateur, se trouve, par l'entremise de *z*, représenté par *ç* dans *yaçna-*, m., sacrifice = sk. *yajña-*;

z. *maêçman-*, n., urine: cf. z. *maêzaiti*, il urine = sk. *mêhati*;

z. *urvâçman-*, m., récréateur: cf. *urvâza-*, amical, *urvâzeman-*, m., récréateur;

z. *açnya-*, ayant rapport au jour: cf. *azan-*, m., jour = sk. *ahan-*, n., dies, pour **aghan-*.

§ 55.

Un fait bien digne de remarque est l'échange de sifflantes, sans qu'il y ait raison apparente de cette mutation, c'est-à-dire sans qu'il y ait influence d'une consonne concomitante. On peut citer, entre autres, les exemples suivants: [1]

1. La permutation de *th* ou *dh* avec *s*, *ç*, etc., démontre à l'évidence que ces consonnes, jadis aspirées, en arrivèrent dans le parler baktrien à l'état de sifflantes; voir Spiegel, *Die altpers. keilinschr.*, 135; *Beitr.*, IV, 308, V, 369. Au tome V du même recueil, 383, l'on verra comment le sk. *satya-*, véridique, le z. *haithya-*, le v. perse *hasiya-*, témoignent par leurs *t*, *th*, *s*, d'un *t* organique. — Voyez également Eug. Burnouf, *Journal asiat.*, janv. 1846, p. 46 en note; Ascoli, *Studj irani*, 10; Schweizer-Sidler, *Ztschr.*, XVII, 138; Kern, *Ztschr. der deutsch. morgenl. gesellsch.*, XXIII, 230. Fr. Müller *Beitr. zur lautl. der neupers. spr.*, II, 2.

C'est là un phénomène qu'il ne faut d'ailleurs pas attribuer au seul rameau éranien. Le fait se présente maintes fois dans des idiomes bien particuliers. J'ai déjà cité (§ 43, note) la substitution occasionnelle d'un *h* à un *s* en bavarois: dans ce même dialecte nous voyons parfois *s* pour *ch* (*is* = *ich*, je); *ss* pour *sch* (*zwissen* = *zwischen*, entre); etc. Weinhold, *Bair. gramm.*, 161, 159, 392.

z. *gaozaiti*, il cache = gr. κεύθει, § 39;

z. *razah-*, n., solitude = sk. *rahas-*, n., secretum, locus occultus, § 39;

z. *ratha-*, *raça-*, m., char = sk. *ratha-*, m., currus;

z. *thanvara-*, f., arc, cf. sk. *dhanvan-*, mn., arcus;

z. *vîžvanć-*, allant partout = sk. *viçvać-*, *viçvańć-;*

z. *thamanah-*, n., guérison, cf. sk. *çama-*, m., tranquillitas: Spiegel, *Comment. üb. das Avesta,* I, 457; Justi, *Hdb.*, 292, 138, 364;

z. *aêçma-*, m., brandon, pour **aêdhma-*, cf. gr. αἴθω, je brûle, sk. *êdhas-*, n., lignum;

z. *daçman-*, m., don (Justi) pour **dathman-*, **dadhman-*, **dadman-;*

z. *thraota-*, m., torrent = sk. *srôta-*, n., flumen, cursus. — A propos de ce mot, M. Spiegel, *Comment. üb. das Avesta,* I, 406, s'en réfère soit à la comparaison faite par Windischmann avec le lat. *trudo,* je pousse violemment, soit à celle proposée par Rückert avec le sk. *trâukê,* eo, et repousse comme inusité le rapprochement avec *srôta-;* sans chercher même à réfuter les opinions de Rückert et de Windischmann, je ferai simplement observer que la concordance de sens est trop forte entre les mots zend et sanskrit pour laisser place à quelque doute, et que la variation de sifflement peut parfaitement n'avoir pas été directe, mais bien ne s'être opérée que graduellement selon la filière *s, ç, th.* M. Albr. Weber accepte la parenté de *thraota-* et du sk. *sravâmi,* fluo, *Ind. streif.*, II, 484, mais il paraît admettre avec M. Kuhn que le verbe sanskrit *sru,* fluere, est pour **stru*: le zend aurait donc laissé tomber sa sifflante initiale; voyez Kuhn, *Ztschr.*, XIV, 223, Förstemann, *ibid.*, IX, 278. Quand même cette dernière hypothèse *(sru* pour *stru)* serait conforme à la réalité des choses, assurément ce ne serait pas de la forme zende qu'elle aurait tiré quelque appui, car *thru* s'explique trop naturellement par **sru,* sk. *sru,* pour qu'il soit nécessaire de remonter à un *stru.*

§ 56.

En principe, *s* jouit d'une faculté d'attraction sur les explosives fortes qui le précèdent. De *k, t, p* il fait *kh, th, ph;* voyez ci-dessus § 52.

Dans la ligne labiale, par exemple, l'on ne dit pas **kereps*, corps, mais bien *kerephs* (nomin. sing. fém.).

Dans la ligne palatale *vâkhs* (nomin. sing. masc.) est pour **vâćs*, cf. le génit. *vâćô.*

Dans la ligne dentale il se présente une complication. L'on n'eut point *t* + *s* = *ths*, ni *d* + *s* = *ths;* mais *ts, ds* donnèrent simplement *ç*. Comment cela? Il est probable, à mon sens du moins, que *s* se changea en *ç*, qu'une assimilation se produisit de *tç, dç* en *çç*, et que dès lors on aboutit à *ç*, § 50. Au lieu de la série ci-dessus indiquée l'on pourrait même admettre celle de *ts, ths, thç, çç, ç* en admettant que le *s* ait, au second degré, fait de *t* un *th* par assimilation. Au bout du compte, les deux suppositions arrivent au même résultat, et je ne vois aucun motif de préférer l'une à l'autre. Exemples:

z. *hãç*, étant (nomin. sing. masc.), est pour **hanç*, § 12, **hançç*, **hanthç*, **hanths*, **hants* = **sant-s** (lat. **absent-s, absens).*

z. *dregvaçu*, locat. plur. de *dregvat-*, méchant, est pour **dregvat-su;*

z. *daçva*, place-toi! (voix intransitive), est pour **dad-sva:* le grec dit τίθεσϝο, le sk. *dhatsva* (pour **dadhsva).* En sanskrit et en zend la voyelle fondamentale est élidée. A propos de *daçva* Windischmann dit: « Devant *sva* le *t* devint » *ç*, et, partant, la sifflante suivante tomba ». *Mithra*, 32; c'est admettre la filière **dadsva*, **datsva*, **daçsva*, *daçva.* Il est plus simple, à mon sens, et plus naturel, de supposer la série **dadsva*, **dadçva*, **daççva*, *daçva* (peut-être même avec **dadhçva*, **dathçva* entre le troisième terme et le quatrième).

§ 57.

Une assimilation de sifflantes se présente encore dans la rencontre de *ç*, *z* avec *s*. C'est ce dernier qui s'assimile les autres: *çs* devient *ss*, d'où *s*, § 50, et *zs* devient *ss* d'où également *s*. Exemples:

çpas, espion (nomin. sing. masc.), est pour **çpas-s*, **çpaç-s*, cf. accus. *çpaç-em*, nomin. plur. *çpaç-ô*;

hvares, opérant bien (nomin. sing. masc.), est pour **hvares-s*, **hvarez-s*. Le thème est *hvarez-* pour **huvarez-*, § 21: il est formé de *hu*, bien = sk. *su*, et de **varez-*, *verez-*, f., ouvrage, cf. *vareza-*, m., ouvrage = sk. Fέργο-, n., cf. allem. *werk*.

Dans les inchoatifs, § 91, nous verrons, non plus le groupe *çs*, mais bien le groupe *sç*: par l'assimilation en *çç* l'on arrive à *ç*, § 50:

gaskati, il va, sk. *gaćhati*, puis *gaććhati*, gr. βάσκει, § 35 en note, z. *jaçaiti*, avec voyelle d'épenthèse.

(Il se passe en lithuanien un fait bon à signaler ici. Les *sz* et *ż* du lithuanien, c'est à savoir les *ch*, *j* français, étant suivis d'une autre sifflante s'assimilent à cette sifflante, et comme la gémination est défendue en lithuanien ainsi qu'en zend, § 50, il advient que ces *sz*, *ż* disparaissent sans laisser de trace. Ainsi le groupe graphique *szż*, par exemple, doit être prononcé simplement *ż*. Consultez Schleicher, *Handb. der lit. spr.*, I, 28.)

§ 58.

Voici quelques autres faits relatifs aux consonnes en général, non plus spécialement aux sifflantes.

M. Fr. Müller signale dans les *Beitr.*, V, 382, le singulier passage de *rt* en *ş* (cf. Haug, *Essays*, 118; Ascoli, *Studj irani*, 13, 16; Hübschmann, *Ein zoroastrisches lied*, 76). Exemples:

z. *maṣya-*, m. homme = v. perse *martiya-*, sk. *martya-*, m., mortalis, homo;

z. *meṣa-*, mort = sk. *mṛta-*, mortuus: cf. *ameṣa-*, *amṛta-*, immortel: Fr. Müller: *Beitr. zur declination des armenischen nomens*, 2;

z. *peṣana-*, f., n., bataille = sk. *pṛtanâ-*, Fr. Müller, *Beitr.*, V, 382;

z. *peṣu-*, m., gué, passage, cf. z. *peretu-*, f., pont: Windischmann, *Zoroastr. stud.*, 4;

phravaṣi-, f., Phravashi, cf. *varentê*, ils se tournent vers (Consultez Haug, *Essays on the sacred language . . . of the Parsees*, 181; Justi, *Hdb.*, 199; Schweizer-Sidler, *Ztschr.*, XVII, 140; Fr. Müller, *Erânica*, 9);

bâṣar-, m., souteneur, porteur (soutien) = *baretar-*, forme coexistante: Windischmann, *Mithra*, 23; Justi, *Handbuch*, 214.

M. Spiegel (*Comm.*, I, 377) pense que *kâṣayêiti* doit être expliqué en prenant pour point de départ le *kaṣa-*, conducteur, porteur, qui se trouve dans le composé *naçu-kaṣa-*, m., porteur de cadavres: *Vendid.*, VIII, 31. — D'après Haug (*Sitzungsber. der bayer. akad.*, 1868, II, *heft* IV, p. 529), les Destours actuels donnent à ce verbe le sens de faire traverser, faire transpercer: « D'après son origine, » c'est le dénominatif d'un mot *kaṣa*, le même peut-être que » *kaṣa*, rive, mais que l'on ne peut plus retrouver avec » certitude. On a traduit ce mot par *porter*, ce qui assuré- » ment ne peut être admis. Il doit avoir signifié quelque » chose comme *manier, brandir*. . . . » — Je crois avoir obtenu une explication plus exacte et plus précise. Je tiens *kâṣayêiti* pour causatif d'un thème *kaṣa-* que je retrouve, sous une forme plus organique, dans *kareta-*, m., couteau. Le *e* dans le second mot n'est qu'adventice. Quant à l'allongement de *a* dans la forme verbale c'est précisément sur lui que je m'appuie pour voir ici un causatif: cf. ce même *â* gradation de *a* dans les causatifs *hãm-bârayêinti*, *kârayêiti*, opposés à *ava-barenti*, *kerenaoiti* pour * *karenaoiti*, etc. Le sens est donc, selon moi: «il fait couper». Faire une coupure avec un couteau c'est au bout du compte se servir d'un couteau, et c'est là ce que veut dire le texte dont il s'agit: «Il y en a beaucoup qui portent le *paiti-*» *dhâna*, qui . . ., qui se servent du couteau . . ., etc.» Ainsi lorsque Haug emploie dans sa traduction l'expression «handhabt», c'est à savoir «il manie, il manœuvre», il rend vraiment l'idée du texte, mais la transmet d'une façon très-large. Au surplus si Haug est dans le juste quant au sens, c'est bien par pur hasard car sa donnée étymologique est complétement inexacte.

Un certain nombre d'auteurs voient dans le z. *aṣa-* l'équivalent du sk. *ṛta-*, verus (Fr. Müller, loco cit.; Albr. Weber, *Ind. streif.*, II, 478, *Beitr.*, IV, 292; Schweizer-Sidler, *Ztschr.*, XVII, 140; Windischmann, *Mithra*, 18, 44; Oppert, *L'Honover*, 18; Haug, *Sitzungsber. der bayer. akad.*, 1868, II, 527; Roth, *ZDMG.*, XXV, 19). En se fondant sur cette base purement linguistique l'on doit traduire le mot en question par «honnête» ou quelque terme équivalent. Une autre opinion a en vue, au contraire, le sk. *aććha-*, clarus (Justi, *Hdb.*, 39; Joh. Schmidt, *Die wurzel* ***ak***, 31; Fick, *Wörterb. der indogerm. grundspr.*, 243; Eug. Burnouf, *Comment. sur le Yaçna*, 16). Ce dernier avis me semble devoir être accepté pour ce motif, qu'en ne blessant pas les principes phonétiques, il est pleinement d'accord avec la tradition. Comment, en effet, dans sa version sanskrite, Nériosengh rend-il le mot *aṣa-*? Par *puṇyâtman-*, qui a une âme pure, par *puṇya-*, pur. On sait que ce dernier mot a la même base que le lat. *puro-*: Bopp, *Gloss.*, 243, 245; Corssen, *Ausspr.*, I, 370. — Il convient d'ailleurs d'avoir autant que possible tous les faits sous les yeux: ainsi le qualificatif *aṣavazaṅhô* (génit. sing. masc., *Yaçna*, X, 3), qui s'applique à Haoma (cf. *ibid.*, XI, 24), ne supporte point l'interprétation par le mot «honnête» ou quelque équivalent. Considérons encore cet enseignement de l'Avesta *(ibid.*, X, 14, 15, 16, 17) que l'« impureté » disparaît là où il y a expression du suc haomique. . . . . Tout s'accorde, me semble-t-il, à imposer la version « pur ».

Voyez encore WINDISCHMANN, *Mithra*, 27, à propos de *apaṣa*; HAUG, *Abhandl. für die kunde des morgenl.*, II, 217.

Cette évolution, dont l'on possède tant d'exemples frappants, ne saurait, me semble-t-il, être légitimement contredite et je ne pense pas qu'on l'ait encore autrement repoussée que par une répugnance non fondée *(Heidelb. jahrb.*, 1869, p. 276). En tout cas, de ce que l'on ne peut fournir l'explication de ce phénomène, il n'y a rien à conclure, évidemment, contre sa réalité.

§ 59.

BOPP, dans sa *Gramm. comp.*, I, 112 de la traduct. franç., dit: « La nasale labiale *m* ne diffère pas du *m* sanskrit, mais il est remarquable qu'elle prend quelquefois la place du *b*. Du moins avons-nous la racine *brû*, parler, qui fait en zend *mrû*; la forme sanskrite *abravît* qui est régulière et qui devrait faire **abrôt* pour **abraut*, correspond au zend *mrauḍ* (lisez *mraoṭ*), il parla ». La restitution de BOPP est peut-être juste. EBEL, dans quelques mots malheureusement accidentels, compare lui aussi le sk. *brû*, le z. *mrû*, le gr. Ϝερ et Ϝρε (ἐρέω, ῥήτωρ), le lat. *verbum*, le goth. *vaúrd*; *Beitr.*, III, 4. A mon sens, la prudence est encore de s'abstenir. En tout cas, il ne faut point perdre de vue l'esclav. liturg. *mlŭviti*, troubler par des cris, et ses congénères *mlŭvljenije*, tumulte, *mlŭvĭno* (adv.), en tumulte. M. BICKELL admet le passage de *m* en *b* à l'égard du sanskrit, *Ztschr.*, XIV, 426. — M. SPIEGEL tient *mru* pour allié à *mar*, *mere*, se souvenir *(Heidelb. jahrb.*, 1869, p. 279): c'est encore regarder le *b* du sanskrit comme secondaire. — Voyez SCHLEICHER, *Die formenl. der kirchenslav. spr.*, 126.

§ 60.

Je ne saurais décider s'il faut à propos de *ubda-*, tissé (= sk. *upta-* pour **vapta-*), admettre la filière **uptha-*, **updha-*, **upda-*, *ubda-*, ce dernier par attraction du second élément, ou bien s'il convient de penser à un revirement de fort à faible comme celui que nous offre ἕβδομο-, septième, en face du sk. *saptama-*, lat. *septimo-*, et que présente également ὄγδοϝο-, huitième. — Il se pourrait que *nazda-*, noué, reçut également son explication d'après ce dernier phénomène. Voyez au § 39. De même *azda-*, celui vers qui l'on tend, désiré, serait pour **açta-*, cf. *asnaoiti*, il atteint = sk. véd. *açnôti*.

§ 61.

Métathèse. C'est là en zend un fait bien exceptionnel. A propos d'une métathèse de demi-voyelle voyez au § 30.

On peut citer comme exemple d'une transposition de consonne certains composés de *ćatur-*, quatre:

ćathrudaçan-, quatorze, avec *th* pour *t* devant *r*, § 52, = sk. *ćaturdaçan-*; etc. (Cf. en latin les composées avec *quadru-* pour premier élément.)

On voit encore une métathèse dans *âthwya-*, habitant l'eau, qui serait pour **âptya-* (Spiegel, *Av. übers.*, II, 70; Justi, *Hdb.*, 364; Benfey, *Trîtônid Athânâ*).

§ 62.

Chute de consonnes. Ce phénomène se produisit principalement au commencement des mots, et dans les accidents de cette espèce la comparaison avec les idiomes congénères amène aisément la restitution légitime. Au surplus ce fait n'est qu'accidentel. Il est même souvent peu commode de distinguer si la chute en question est ou non pré-éranienne.

Point de difficulté lorsque coexistent des formes intactes et des formes mutilées. Ainsi en présence de *maremna-*, remémorant, *marenti*, il récitent, on peut placer la forme *hismarat-*, se souvenant, qui a conservé la sifflante organique: cf. sk. *smarati*, recordatur, *smṛti-*, f., memoria.

Comparez *paitipaçti-*, f., action de regarder, à *çpaç-*, m., inspecteur: cf. sk. *spaça-*, m., explorator, mais aussi *paçyati*, videt.

Une sifflante initiale est encore manifestement tombée dans *nâvaya-* (sk. *nâvya-*), coulant, navigable: cf. sk. *snâumi*, fluo, stillo.

Le thème *dva-*, deux, perd son *d* initial à certains cas: voyez au § 105. — Le *d* tombe encore devant *v* dans *vaêṣah-*, n., mal, peine (accus. sing. *vaêṣô*, avec *ô* = *as* terminal). On possède la forme plus organique *dvaêṣah-* (instrum. sing. *dvaêṣañha*), d'où provient également *ṭbaêṣah-* (accus. sing. *ṭbaêṣô*, instrum. *ṭbaêṣañha*).

§ 63.

Consonnes adventices. Elles sont en nombre très-restreint.

Un *ž* paraît être purement intercalaire dans *awždâta-*, situé dans l'eau: cf. *ap-*, f., eau; — dans certains infinitifs, tels que *bûždyâi*, être.

Le thème *vara-*, m., enclos (accus. sing. *varem*), offre au locat. plur. la forme *varephṣva*: l'on se serait attendu à **varaêṣva* (cf. *açpaêṣu*, dans les chevaux). M. Spiegel se contente de citer cette forme comme anomale et ne la commente pas, *Gramm. der altbaktr. spr.*, 125. M. Justi admet que le *ph* est intercalaire: *Hdb.*, 364. M. Kuhn ne se prononce pas: *Ztschr.*, XV, 398. Pour mon compte, je ne sais que décider; pourtant je dois faire remarquer que le *ph* n'est point la seule difficulté, mais qu'il y a encore le *e*, au lieu duquel on voudrait avoir *aê*. Observons d'ailleurs que le mot en question se présente simplement deux fois dans l'Avesta, et coup sur coup (*Vendid.*, II, 79, 91): peut-être y aurait-il lieu à une correction **varaêṣva*. (On a voulu donner en analogie une forme *kamnaphṣvâ* [avec *â* long terminal vu qu'elle appartient au dialecte des Gâthâs], d'après un thème *kamna-*. Mais le mot dont il s'agit est le nomin. singul. d'un composé de *kamna-*, petit, et *phṣu-*; voyez Spiegel, *Comment. üb. das Avesta*, II, 368; Justi, *Hdb.*, 78; Kossowicz, *Gâtha ustavaiti*, 73.)

Le thème *kamna-*, petit, que nous venons de mentionner, a pour superlatif *kambista-*; MM. Spiegel (*Comm.*, I, 89) et Justi (*Hdb.*, 78) tiennent le *b* comme une pure consonne adventice de soutien: « *b* scheint als stütze des *m* » eingeschoben zu sein; . . . . . . ich halte *b* blos für eine » stütze des *m* ». Cela demanderait à être confirmé par quelque analogie. Faut-il croire que **kamnista-*, après avoir admis l'assimilation en **kammista-*, vit, non pas la réduction de *mm* en *m* d'après le principe de la défense de gémination, § 50, mais bien la dissimilation de *mm* en *mb*? Je suis loin de l'affirmer.

§ 64.

En parlant de chacune des voyelles et des consonnes zendes, j'ai donné le signe qui les représentait dans l'alphabet de cette langue. Voici un tableau synoptique de cet alphabet, avec le système de transcription que j'emploie.

Voyelles: *a*, *i*, *u*, *e*, *â*, *î*, *û*, *è*, *ǣ*, *ê*, *o*, *ô*, *ą*.

Demi-voyelles ou demi-consonnes: , (et dans certains manuscrits) *y*; , *v*; *w*.

Consonnes: *k*, *g*, *kh*, *gh*, *ć*, *j*, *t*, *d*, *th*, *dh*, *t*, *p*, *b*, *ph*, et *n*, *ṅ*, *ñ*, *m*, *r*, *ç*, *s*, *ṣ*, *z*, *ž*, *q*, *h*.

Ajoutez des ligatures comme *st*.

La question de l'origine même de l'alphabet zend n'est point du domaine de la linguistique et je n'ai pas à l'examiner ici.

Il est temps de passer à l'étude de la formation des mots.

LIVRE DEUXIÈME

MORPHOLOGIE

§ 65.

L'étude morphologique[1], l'étude de la formation des mots, doit être divisée en deux parties bien distinctes.

La première traite de la formation des thèmes, la seconde de la délimitation des thèmes au moyen des terminaisons indiquant les cas (déclinaison) et les personnes (conjugaison).

PREMIÈRE SECTION

La formation des thèmes

§ 66.

Nous avons à examiner ici deux procédés de formation: celui de la dérivation, celui de la composition.

PREMIÈRE SOUS-SECTION

De la dérivation

§ 67.

Cette sous-section traite d'une des parties les plus importantes de la grammaire. Pour arriver à la plus grande clarté possible, nous diviserons le présent examen en neuf chapitres; à savoir:

Chap. 1er. Notions générales. Théorie de la dérivation.

Chap. 2. Dérivation pronominale primaire.

1. Schleicher, *Zur morphologie der sprache*, 35.

Chap. 3. Dérivation pronominale secondaire.
Chap. 4. Dérivation verbale.
Chap. 5. Dérivation par éléments obscurs.
Chap. 6. Formes dérivatives exprimant le désir, la causalité, la notion inchoative, la notion passive.
Chap. 7. Comparatif et superlatif.
Chap. 8. Les noms de nombre.
Chap. 9. Racines et éléments simples.

Chapitre 1er. Notions générales. Théorie de la dérivation.

§ 68.

En dernière analyse les éléments fondamentaux du système linguistique indo-européen sont :

le verbe simple,
le pronom simple.

Exemples du premier : **ghu**, verser, répandre, d'où le gr. χέϝω, je verse, le goth. *giutan*, verser, le lat. *fons, futilis ;* — **si**, lier, d'où le sk. *sita-*, lié, le z. *hita-*, lié, le gr. ἱμάς, courroie, l'esclav. liturg. *silo*, laqueus.

Exemple du second : **ma**, moi : accus. sk. et v. perse *mâm*, z. *mãm*, esclav. liturg. *mę ;* — **ta**, celui-ci, celle-ci, ceci, d'où sk. *tat*, z. *taț*, gr. τό, cela, le (neutre), goth. *thai*, lithuan. *të*, eux, ceux-ci.

§ 69.

« Le verbe correspond à l'idée d'action comme le pronom correspond à l'idée d'être ou de substance. » Chavée, *Franç. et wallon*, 79. Voyez encore *Revue de ling.* I, 23.

Le verbe simple, le pronom simple peuvent former par eux-mêmes un mot véritable, mais ce procédé est relativement fort rare. On peut citer le relatif **ka** qui apparaît sous sa forme simple et non dérivée dans le conjonctif enclitique sk. et z. *ća*, gr. τε, § 34.

Mais le mode ordinaire est celui de la dérivation d'un élément simple par un autre élément simple.

En principe, dans la dérivation primaire, l'on se trouve en présence d'un élément verbal délimité par un élément pronominal: **pati-**, maître, sk. *pati-*, z. *paiti-*, gr. πόσι-, lithuan. *patì* . . . . . . ou bien d'un élément pronominal dérivé par un autre élément pronominal: **sama-**, même, sk. *sama-*, z. et v. perse *hama-*, gr. ὁμό-, § 4.

§ 70.

Qu'est-ce donc que la dérivation? . . . . . C'est la formation de mots par la suffixation à un élément simple d'un second élément simple qui vient déterminer le premier.

Ce conglomérat, voilà ce qu'on nomme le *thème*.

Le thème est donc l'état que présente le mot dépourvu de sa caractéristique, soit casuelle, soit personnelle, selon que ce mot appartient à la déclinaison ou à la conjugaison.

Ainsi le thème n'est pas un mot réel: ce n'est que le préparat d'un mot.

Ce mot sera-t-il décliné, sera-t-il conjugué, c'est-à-dire sera-t-il nom, sera-t-il verbe, voilà ce qu'il est totalement et absolument impossible de savoir alors que le thème se présente dans sa simplicité, sous sa forme directe, c'est-à-dire en tant que thème.

Soit le verbe simple **ta**, tendre, étendre, dérivé par l'élément pronominal **nu**, doué de, pourvu de. (Que ce dernier soit simple ou composé, peu importe: § 73.) Nous nous trouvons en présence du thème **tanu-** (le tiret est le signe thématique), au sens de « doué d'extension, étendu ».

Nous pourrons subséquemment agréger à ce thème un suffixe personnel, un suffixe casuel, et nous aurons alors un verbe, un nom. Exemple le sk. *tanumas*, nous étendons, id est *mas*, nous actifs, nous faisons ... quoi? *tanu-*, étendu: nous faisons étendu, nous étendons. Pour avoir un nom (soit substantif, soit adjectif, soit participe), il ne suffit que de recourir à un suffixe casuel: par exemple avec le *s* du nominatif singulier nous formons *tanus*, comportant secondairement l'idée de « corps ». (C'est rigoureusement le lat. *tenuis*: la qualité de substantif ou d'adjectif n'est que secondaire.)

§ 71.

Le thème est susceptible de deux sortes d'affections. Les unes n'attaquent que l'élément dérivatif et nous occuperont tout à l'heure, § 72; ces modifications sont capitales, comme nous le verrons, en ceci qu'elles tirent de son état passif primordial le conglomérat thématique pour l'amener au sens actif.

Les autres attaquent soit l'élément dérivé, soit l'élément dérivatif, mais dans ce dernier cas elles n'ont aucune importance.

J'entends par ces derniers mots la mutilation thématique. Le thème organique (secondaire) **vidata-**, divisé, d'où distingué, su, connu, se présente en zend sous la forme *viçta-* (pour **vidta-*). Mais cette mutilation ne fut pas directe: elle eut pour intermédiaire l'atténuation vocalique, c'est-à-dire que le *a* destiné à tomber, s'atténua tout d'abord en *i*: c'est à ce degré intermédiaire qu'en demeura ici le sanskrit avec son *vidita-*. Au chapitre 9 j'aurai à parler d'une façon détaillée de la mutilation thématique purement facilitative.

Quant aux affections de l'élément dérivé, elles consistent soit en la gradation vocalique, *guṇa*, *vrddhi*, § 14, soit en un redoublement, soit en une nasalisation de la voyelle.

Au sujet du redoublement, je dois renvoyer à l'étude fondamentale de M. Pott, *Doppelung*, Lemgo u. Detmold, 1862. Voyez également Benfey, *K. s. gramm.*, 49; L. Tobler, *Ueber die wortzusammensetz.*, 7, 8, 10.

§ 72.

Il importe d'en venir sans plus tarder à l'examen du mécanisme de la dérivation; alors que le jeu en sera bien exposé, mais alors seulement, il deviendra loisible de rechercher ce qu'on entend par le mot de *racine*.

Ce n'est point sous leur forme typique, **ta**, **na**, etc. . . . que toujours et sans cesse les éléments pronominaux dérivent (pour constituer un thème) un élément simple, soit pronominal, soit verbal; ils affectent encore diverses autres formes, telles que *ti*, *tu*, *tr*, *ni*.

Il y a longtemps que l'on a constaté la condition passive des dérivés en *ta* par exemple, et l'activité de ceux en *ti*, *tu*, *tr*, mais cette pure et simple constation est loin de suffire; elle réclame une explication rationelle. Ce n'est pas assez que de dire: il existe un suffixe dérivatif *ti*, un suffixe *ta*, un suffixe *ni*, un suffixe *ma*. . . Dans quelle relation concourent entre eux ces différents dérivatifs, voilà l'essentiel. Puis, quelle interprétation donner de la valeur même de ces variations diverses, voilà ce qui n'est pas moins grave. Consultez Chavée, *Franç. et wallon*, 131; *Revue de ling.* I, 25.

Soit un verbe simple, par exemple **si**, lier (sk. *sinômi*, *sinâmi*, ligo, gr. ἱμάς, lanière, esclav. liturg. *silŭkŭ*, laqueus); soit ce verbe simple dérivé par le démonstratif **ta**, voici le thème **sita-** (sk. *sita-*, z. *hita-*). Nous avons pour sens (soit masculin, soit féminin, soit neutre): « lui, elle, cela lié ».

Assurément, il n'y a encore là qu'un concept général, mais ce concept est déjà parfaitement et rigoureusement précisé quant à son caractère de passivité. (Bien entendu il n'est pas encore question de la délimitation dernière qu'apporteront les suffixes indiquant le cas ou la personne.)

Quoiqu'il en soit, nous voyons dès à présent que dans la formation du dérivé passif l'élément dérivatif reste intact.

Le passage à l'actif s'opère de deux manières différentes :

1° La voyelle de l'élément dérivatif est poussée à l'extrême, c'est-à-dire que *ta* devient soit *ti*, soit *tu*, soit *tr*.

Il suffit de considérer, même en dehors de toute restitution organique, les exemples suivants :

sk. *mita-*, editus, genitus (sens secondaire), z. *mâta-*, *mita-* : puis sk. *mâtr-*, mater, z. *mâtar-*, gr. μητέρ- ;

sk. et z. *pâta-*, protectus, defensus : puis sk. *pati-*, z. *paiti-*, gr. ποσί-, lithuan. *patì-*, lat. *poti-*, goth. *fathi-*, *fadi-*, emportant les uns et les autres soit le sens de « maître », soit, subsidiairement, celui d'« époux » ;

sk. *yâta-*, profectus, puis *yâtu-*, m., viator ; sk. *gîta-*, cantatus, puis *gâtu-*, m., cantor, etc.

Il arriva que dans la suite des temps l'abstraction envahit les dérivés par *ti*, *tu*, mais ce phénomène secondaire n'a pas, pour l'instant, à nous occuper. Il suffit, en tout cas, de rappeler les thèmes suivants :

sk. et z. *miti-*, mensura, gr. μῆτι- ;

sk. *pakti-*, coctura, gr. πέψι- pour * πεπτι- ;

sk. *sthiti-*, status, firmitas, z. *çtâiti-*, gr. στάσι- ;

sk. *drṣti-*, visus, gr. δέρξι- pour * δερκτι- ;

sk. *kṣiti-*, habitatio, z. *ṣiti-*, §§ 4, 50, gr. κτίσι- ;

lat. *statu-*, *auditu-*, etc.

Au demeurant, la notion est toujours et purement active : *sthiti-* est l'action d'arrêt, *dâiti-* l'acte de don, *auditu-* l'acte d'ouïr ; l'on traduirait avec précision par « le donner, l'ouïr, » etc.

A un moment donné, il arrivera même que l'on s'adressera précisément à ces dérivés par *ti*, *tu* pour rendre les infinitifs, supins et autres formes abstraites analogues. Les infinitifs du sanskrit tels que *yuktayê*, joindre, sont de purs datifs de noms en *ti* ; — en esclavon liturgique, en lithuanien, l'infinitif est également formé par un cas des thèmes en *ti* ; — les infinitifs sanskrits en *tum*, les supins latins en *tum*, esclav. liturg. *tŭ* (sk. *dâtum*, lat. *datum*, esclav. liturg. *datŭ*) ne sont en réalité que des noms actifs en *tu*. — Voir pour plus de détails Schleicher, *Cpd.*, 451 à 463; Benfey, *K. s. gramm.*, 234, et ci-dessous.

(Il n'est pas rare de voir un passif en *ta* fournir simultanément plusieurs formes actives. Ainsi en sanskrit les thèmes *krôṣṭr-*, *krôṣṭu-*, m., canis aureus [chacal], alternent dans la déclinaison: voyez Oppert, *Gramm. sans.* 52; — *mâtr-*, m., mensor, et *miti-*, f., mensura, judicium, sont parallèles, seulement le second est abstractivement individualisé; — *pîtu-*, m., potor (le Soleil, cf. *pîyu-*), *pîti-*, f., actio bibendi, (ce dernier pris abstractivement), sont en réalité équivalents.

2° L'attention est reportée autant que possible sur la notion verbale, par la mutilation de l'élément dérivatif. Tandis, par exemple, qu'en sanskrit *srpta-* pour **srpata-* est passif, par contre *srpat-*, serpens, est actif; de même *buddha-* pour **bhudhata-* est passif, mais de son côté *bôdhat-*, perspiciens, est actif.

A certains cas une nasale, *n*, s'intercale devant le *t*, sk. nomin. plur. *sarpantas*, serpentes, mais accus. *sarpatas*. En latin cette nasale se présente par extension à tous les cas: *serpentes* est tout à la fois nominatif et accusatif du pluriel. — Sur les cas forts et les cas faibles voyez d'ailleurs Bopp, *Gramm. comp. trad.* I, 297; Benfey, *K. s. gramm.*, 283; puis ci-dessous, § 152.

(Un certain nombre de participes latins en *tus*, *ta*, *tum* possèdent une valeur active, soit transitive, soit intransitive: *cautus*, *evasus*, *cenatus*, etc.; voyez Corssen, *Krit. nachtr.*, 53, 273. Ce phénomène est secondaire et n'a pu se produire qu'à une époque où la notion morphologique primordiale se trouvait totalement perdue. Je ne vois ici qu'une analogie malencontreuse, et ne puis mieux comparer cette évolution qu'au passage, dans la conjugaison hindoue et baktrienne, de l'intransitif au transitif: voyez ci-dessous.)

Chapitre 2. Dérivation pronominale primaire.

§ 73.

I. Dérivés par **ta-** (participes passifs du parfait):

z. *hita-*, lié = sk. *sita-*;
z. *kereta-*, fait = v. perse *karta-*, sk. *krta-*;
z. *zâta-*, produit, né = sk. *jâta-*;
z. *gata-*, allé = sk. *gata-*;
z. *zûta-*, invoqué = sk. *hûta-*;
z. *dereta-*, tenu = sk. *dhrta-*;
z. *dâta-*, établi, créé = sk. *hita-*;
z. *pâta-*, protégé = sk. idem;
z. *pereta-*, rempli, accompli = sk. *pûrta-*;
z. *çnâta-*, baigné, lavé = sk. *snâta-*;
z. *bereta-*, porté = v. perse *barta-*, sk. *bhrta-*;
z. *mita-*, mesuré = sk. idem;
z. *çtareta-*, étendu = sk. *strta-*;
z. *phrîta-*, aimé = sk. *prita-*;
z. *bûta-*, été, qui est = sk. *bhûta-*;
z. *mereta-*, mort = sk. *mrta-*;
z. *râta-*, offert = sk. idem;
z. *çtuta-*, loué = sk. *stuta-*;
z. *çtâta-*, placé debout = sk. *sthita-*;
z. *huta-*, exprimé, extrait = sk. *suta-*.

En certains cas, du sens purement concret à l'origine, se détache une notion abstraite. Par exemple de **svar**, briller, éclater, naît **svarta-**, au sens purement passif de « manifesté avec éclat » : le zend offre naturellement ici la forme *qaretha-*, mais, faisant progresser la notion dans la voie de l'abstraction, il décline ledit thème (au neutre) et lui reconnaît désormais le sens de « éclat ». Il existe un autre *qaretha-*, également neutre et au sens de « aliment » : le verbe simple est **svr**, déchirer; il n'y a qu'à se rappeler le *esca* latin, généralement rattaché à un verbe simple affectant lui aussi le concept « déchirer », et parent proche de *edere, edax, dens.*

II. Dérivés par **ti.** Peu de masculins, mais un grand nombre de féminins.

Le masculin ordinairement cité est **pati-**, maître, époux, sk. *pati-*, gr. πόσι-, lat. *poti-*, lithuan. *patì-*, goth. *fathi-*, *fadi-*.

En ce qui concerne les féminins ci-dessous cités, il est inutile de revenir sur ce fait que la plupart d'entre eux sont devenus des noms abstraits, § 72 :

z. *kereti-*, accomplissement = sk. *krti-;*
z. *jaiti-*, coup = sk. *hati-;*
z. *maiti-*, pensée = sk. *mati-;*
z. *bereti-*, acte de soutenir = sk. *bhrti-;*
z. *çtâiti-*, station = sk. *sthiti-;*
z. *şiti-*, demeure = sk. *kşiti-;*
z. *hûiti-*, expression, extraction = sk. *sûti-;*
z. *râiti-*, don = sk. *râti-;*
z. *gaiti-*, acte d'aller = sk. *gati-*.

La forme courante des infinitifs du vieux baktrien est le datif des abstraits en *ti*, à savoir *têê*. Pour en demeurer aux dérivés de premier degré, je citerai *qartêê* datif de *qareti-*, acte de manger, lequel est infinitif de *qaretu*, qu'il mange ! *qarenti*, ils mangent. C'est *zazâitêê*, datif de **zazâiti-*, f., lancement, qui est l'infinitif du redoublé *zazâmi*.

Il y a là le même phénomène qu'en sanskrit, où par exemple *yuktayê*, datif de *yukti-*, junctio, est infinitif par rapport à *yôjâmi* et *yunajmi*, jungo. — Voyez d'ailleurs, en ce qui concerne les infinitifs, le chapitre consacré aux formes nominales réputées verbales.

III. Dérivés par **tu.** Une part des mots passent encore ici à la notion abstraite :

z. *haêtu-*, m., pont, chemin = sk. *sêtu-*, m., pons;
z. *ratu-*, m., temps fixe, saison = sk. *rtu-;*

z. *khratu-*, m., sagesse = sk. *kratu-*, m., potentia[1];

z. *yâtu-*, m., enchanteur = sk. *yâtu-*, daemon (sic Spiegel, *Comment.* I, 35; Albr. Weber, *Ind. stud.* IV, 399, et *Ind.-streif.* II, 483).

IV. Dérivés par **tr**, c'est-à-dire en zend par *tar*, § 4:

mâtr-, mère, sk. *mâtr-*, gr. μητέρ-, lat. *mater-*, esclav. liturg. *mater-*, lithuan. *môter-*, z. *mâtar-*;

bhrâtr-, frère, sk. *bhrâtr-*, gr. φράτορ- (Legerlotz, *Ztschr.* VII, 436), lat. *frater-*, goth. *brôthar-*, v. perse et z. *brâtar-*.

Comparez encore les noms actifs suivants:

z. *dâtar-*, poseur, créateur = sk. *dhâtr-*;

z. *dâtar-*, m., donneur = sk. *dâtr-*;

z. *zaotar-*, m., invocateur, prêtre = sk. *hôtr-*;

z. *çtaotar-*, m., louangeur = sk. *stôtr-*;

z. *thrâtar-*, protecteur = sk. *trâtr-*;

z. *deretar-*, m., qui tient = sk. *dhartr-*;

z. *keretar-*, m., qui fait = sk. *kartr-*;

z. *baretar-*, m., porteur = sk. *bhartr-*;

z. *çraotar-*, m., qui écoute = sk. *çrôtr-*;

z. *patar-*, *pitar-*, *ptar-*, m., père = v. perse *pitar-*.

V. En ce qui concerne le suffixe **tra**, nous pouvons citer les formes *thra*, *dhra* (cf. § 37):

z. *dâthra-*, n., jugement, cf. sk. *dâtra-*, n., falcula; le verbe se retrouve dans le sk. *dâmi*, abscindo: cf. pour l'idée notre « décision », l'allem. « entscheidung »;

z. *pâthra-*, n., protection = sk. *pâtra-*, n.;

z. *mûthra-*, n., impureté = sk. *mûtra-*, n., urina;

z. *çraothra-*, n., action de chanter = (pour la forme et primordialement) sk. *çrôtra-*, n., auris;

1. Au sujet de variations de sens de mots sanskrits et zends équivalents quant à la forme, consultez Spiegel, *Comment. über das Avesta*, II, *introd.* XXVI.

z. *ṣôithra-*, n., lieu de résidence, domicile = sk. *kṣêtra-*, n., campus, §§ 14, 50.

Dans la partie syntactique de sa Grammaire, M. Spiegel, traitant du *genre*, p. 252, dit: « En vieux baktrien le fémi- » nin semble se rapprocher très-intimement du neutre (in » sehr naher beziehung zu dem neutrum) ». Nous avons de cela un exemple frappant dans *zaothra-*, sacrifice, offrande, féminin en zend, mais conservé neutre par le sk. *hôtra-*, tout comme il l'était primordialement sous la forme **ghautra-*.

De **mitra-*, neutre organiquement, neutre aussi en sanskrit, *mitra-*, amicus (sol, m., Bopp, *Gloss.*, 295), une individualisation amène en zend le genre masculin, *mithrô* (nomin.), *mithrem* (accus.), Mithra.

VI. Dérivation primaire organique par **t**. Ce n'est pas sans dessein que j'ajoute ici le mot « organique », car, du *t* primordial, en certains cas nous ne trouvons plus qu'un remplaçant; parfois même le *t* n'est plus restitué que par analogie.

J'établis ici cinq sous-sections:

1° Thèmes en *t*; 2° thèmes en *nt*; 3° thèmes en *n*; 4° thèmes en *s*; 5° thèmes en *r*. Bien entendu, je m'en tiens aux dérivés primaires (sur les traces positives d'un *t* ancien précédant *s*, voyez Benfey, *Or. und occ.* I, 246).

Les thèmes en *t* et ceux en *nt* sont étroitement conjoints en ce sens que le second n'est que la forme amplifiée du premier: le *n* n'est ici qu'une simple annexion phonique, étrangère à toute idée de dérivation: c'est selon le cas que l'on aura, dans la déclinaison d'un mot, le thème en *t* ou celui en *nt*.

A temps opportun nous verrons que les cas sont *forts*, *moyens*, *faibles*; nous verrons que les cas forts sont les nominatifs singulier, duel et pluriel, les accusatifs duel et pluriel, que les cas moyens sont les datifs, ablatifs instrumental du duel et du pluriel, plus le locatif du pluriel, que les autres cas sont faibles.

L'on sait que les thèmes en *nt*, *t* forment les participes du présent dans la voix transitive; à l'examen de la dérivation secondaire les exemples ne manqueront point. Mais ce que l'on peut remarquer dès à présent, c'est qu'ils forment également des participes d'aoristes. Soit l'aoriste simple **dãm*, je donnai, **dãô*, tu donnas, **dâṭ*, il donna, etc. (ἔδων, ἔδως, ἔδω avec l'augment perdu en zend), nous avons le thème *dat-*, amplifié *dant-*, comme participe de cet aoriste: au présent nous avons *dadat-*, *dadant-*, car le verbe dont il s'agit, se conjugue au temps présent en affectant la réduplication (sk. *dadâmi*, *dadmi*, gr. δίδωμι). — De la sorte *dant-* du zend = gr. δοντ- (nomin. sing. masc. δούς pour *δοντς, génit. δόντος), tout comme *dadant-* équivaut à διδοντ- (nomin. sing. masc. διδούς pour *διδοντς, génit. διδόντος). Dans la première hypothèse le sens est celui de «ayant donné»; il est celui de «donnant» dans la seconde.

(J'ai à faire ici deux observations. La première c'est qu'il ne faudrait pas se laisser induire en erreur par le *dant-* latin: celui-ci est bien un participe du présent. En effet, *do*, je donne, a abandonné [tout comme *sto*] la formation organique de son présent, c'est-à-dire s'est soustrait à la réduplication. — En second lieu je ferai observer que, si je parle ici de thèmes zends *dat-*, *dant-*, et non point *daṭ-*, *danṭ-*, c'est que le changement de *t* en *ṭ* n'est en aucune façon thématique. Il faut même remarquer que cette variation ne se produit dans les thèmes qui nous occupent que d'une façon réellement exceptionnelle, à l'instrumental du pluriel. Naturellement il n'y a pas à parler ici des nominatifs et accusatifs singulier du neutre. Voyez au § 154.)

L'aoriste composé et le futur forment également ainsi leur participe en *t*, *nt*, étant donné, bien entendu, le thème propre à ces deux temps.

Ma troisième sous-section comprend les thèmes en *n*. Je ne puis voir dans ceux-ci qu'un reste de thèmes en *nt*. Dans l'usage, ces thèmes sont qualifiés, non point de « thèmes » en *n* », mais bien de « thèmes en *an* ». A la rigueur cela est admissible, mais, en tout cas, il faut prendre garde que le *a* appartient parfois à une première dérivation ou la continue. C'est ainsi, par exemple, que dans le z. *arṣan-*, m., mâle = gr. ἄρσεν-, *ar* est le verbe simple *r* guné, *ṣa* = σε est un premier élément de dérivation, *n* = ν est pour *nt* forme forte de *t*. Par contre, en d'autres circonstances, le *a* n'est évidement que ligatif et euphonique.

En zend je ne trouve aucun exemple assuré de dérivation primaire par *n*. — C'est à un thème **kvat-**, d'où **kvant-**, **kvan-**, que se rattachent le gr. κύων, le sk. *çvâ* (nomin. sing.), canis. Le gothique est plus pur et conserve le *t* organique sous la forme *d* (par la filière *t*, *þ*, *đ*, *d*) dans *hunds*, nomin. sing., *hund*, accus. C'est donc à tort que l'on tient parfois ce *d* comme accessoire: Curtius, *Griech. etym.*, 151.

(M. Benfey reconnaît bien que les thèmes en *an* proviennent de formes plus amples en *ant*: *Ztschr.*, VII, 112. Mais il faut se garder de le suivre lorsqu'ensuite il voit dans les thèmes en *i* des thèmes en *an* ayant perdu leur *n*, puis ayant atténué leur *a* en *i*. *Ibid.* et IX, 115. S'il y a assurément de nombreux exemples de thèmes en *an* atténuant leur voyelle, il ne se rencontre, d'autre part, aucun fait autorisant à admettre cette prétendue chute de la nasale: les thèmes sk. *akṣan-* et *akṣi-*, oculus, sont parallèles, nullement en rapport de filiation. Cf. Joh. Schmidt, *Die Wurzel* **ak**, 38. J'en dirai tout autant de *asthan-*, *asthi-*, os, de *çakthan-* et *çakthi-*, femur, de *dadhan-* et *dadhi-*, concretum lac. Je cite ces deux derniers d'après la *Grammaire sanscrite* de M. Oppert, 40.)

Je dois faire observer que la mutilation de *nt* en *n* n'a rien d'extraordinaire. Le zend a répété ce phénomène sur son propre terrain : ainsi dans la déclinaison des thèmes en *t*, *nt*, parfois la forme renforcée perd son *t*, c'est à savoir dans les datifs, ablatifs instrumental du duel, aux datifs, ablatifs du pluriel ; voyez plus loin.

(Le sanskrit offre également des traces de ce fait. Ainsi le thème *arvat-*, renforcé *arvant-*, m., ne fait pas au nomin. sing. **arvan* d'après le principe des thèmes en *t*, mais bien *arvâ* d'après le principe des thèmes en *n*. — Il convient de ne voir qu'une variété particulière des thèmes organiquement en *t*, dans les thèmes du participe du parfait actif tels que λελυκότ-, ayant délié, εἰδότ-, ayant vu, id est sachant, τεθεικότ-, ayant posé. En grec ce thème est toujours purement en *t*, et cela, sinon par un maintien assez curieux de la forme la plus simple, la plus primordiale, du moins [et c'est ici mon sentiment] par un procédé de simple et pure analogie. En sanskrit, tantôt le thème est en *t* [*rurudvat-su*, locat. plur., ayant pleuré], tantôt il est en *s* [*rurudus-i*, locat. sing.], tantôt il admet une nasale de renforcement [*rurudvâṁsas*, nomin. plur.]. En zend cette sorte de thèmes est toujours en *h* = *s*. Exemples : *vîdhvah-*, ayant vu, id est sachant ; *dadhvah-*, ayant créé, créateur ; *vavanvah-*, ayant battu. Comparez le grec toujours en *t*. Ces deux idiomes se trouvent bien loin ici de la remarquable délicatesse du sanskrit. Je le répète, cette uniformité du zend et du grec, avec *h* constant chez l'un, *t* constant chez l'autre, me paraît être simplement une réduction par analogie. Il n'y a rien à dire du latin, qui a perdu, comme on le sait, le participe du parfait actif.)

Ma quatrième sous-section comprend les thèmes vulgairement dits thèmes en *as*. En zend je les qualifierai également de thèmes en *ah* et non point, selon la coutume, de thèmes en *añh*, car la nasalisation par *ñ* de la voyelle précédente n'est due qu'à une rencontre subséquente, rencontre naturellement inconnue au thème.

Entre autres exemples je citerai[1]:

z. *nemah-*, n., prière, adoration = sk. *namas-*, n., (indécl.), inclinatio, adoratio;

z. *payah-*, n., lait = sk. *payas-*, n., aqua, lac;

z. *manah-*, n., esprit = sk. *manas-*, n., animus, mens.

Ma cinquième section offre pour exemple le plus remarquable *hvar-*, n., soleil = sk. *svar*, n. (indécl.), coelum.

Comme formes coexistantes je citerai *aogah-* et *aogar-*, n., secours.

(A ce propos j'insisterai sur le fait que le thème des nomin. sing. grecs σκώρ, ἧπαρ, δέλεαρ, ὕδωρ, φρέαρ et autres analogues n'est en aucune façon « φρέαρτ-, ὕδαρτ-, ἧπαρτ- », laissant aux cas autres que le nomin. sing. tomber la vibrante, cf. les génit. ὕδατος, ἥπατος. Cette opinion erronée est courante: Curtius, *Griech. etym.*, 74, 233, 421, 158, *Studien zur griech. und lat. gramm.*, II, 173; Gelbke, *ibid.*, 31; Autenrieth, *Terminus in quem*, 15; Ascoli, *Ztschr.*, XVII, 405; etc. En réalité dans ces nominatifs *r* est pour *s* pour *t* et la forme thématique est ὕδατ-, etc.)

Au sujet de *r* = *s* consultez Kuhn, *Beitr.*, III, 211; Weber, *ibid.*, 392. Voyez ce que j'ai écrit à ce sujet dans la *Revue de ling.*, IV, 5.

Un fait digne d'attention est celui d'un thème organiquement en *t* donnant les formes subsidiaires en *n* et *r*, lesquelles formes permutent dans la déclinaison d'un seul et même mot. C'est ainsi qu'un **ayat-** organique donne au zend les deux formes thématiques *ayān-*, *ayar-*, n., jour. — Sur cette importante question consultez Kuhn, *Ztschr.*, I, 372; Benfey, *K. s. gramm.*, 406; *Or. und occid.*, I, 251.

VII. Dérivés par **ma**. Ils ne sont pas extrêmement nombreux au premier degré:

1. Avec *s* = *t* comparez les adjectifs sanskrits en *as* = *at*, véritables participes présents; cf. Rödiger, *Ztschr.*, XVI, 159. — Au sujet de *s* = *t* cf. également Kuhn, *Ztschr.*, XVIII, 398.

gharma-, chaud, gr. θερμό-, lat. *formo-*, z. *garema-*, § 36 (le sanskrit perdant *gharma-*, en tant qu'omnigénérique, ne l'a plus qu'au genre masculin au sens de « calor, aestus, aestas, sudor »);

sama-, semblable, sk. *sama-*, similis, aequalis, aequus, gr. ὁμό-, § 4, goth. *sama-*, v. perse et z. *hama-*: la base est pronominale;

ghima-, sk. *hima-*, m., nix (esclav. liturg. *zima*, f., hiems, tempestas, lithuan. *żëmà*, hiver), z. *zima-*, m., hiver.

Comparez encore, entre sanskrit et zend:

z. *haoma-*, m. = sk. *sôma-*, le soma, sa personnification;

z. *bâma-*, m., éclat = sk. *bhâma-*, m., lumen, splendor, sol, ira;

z. *yima-*, m. = sk. *yama-*, nom propre mythologique.

VIII. Dérivés par **na**. Les exemples sont encore en nombre restreint:

z. *dâna-*, n., don = sk. *dâna-*, n.;

z. *çtâna-*, m., lieu, place = sk. *sthâna-*, n.;

z. *çtûna-*, mf., pilier = sk. *sthûṇâ-*, f.;

z. *phrèna-*, n. (multitude) = sk. *prâṇa-*, mf., plenus;

z. *khṣaêna-*, mfn., maigre, cf. sk. *kṣiṇa-*, § 24.

D'autre part, avec base pronominale, voici **ana**, gr. ἀνά, signifiant quelquefois d'après, conformément à; goth. *ana*, vers, dans, etc.; esclav. liturg. *na*, in, versus, etc.; sk. véd. *na*; z. *ana*, sur.

IX. Je ne citerai aucun cas de dérivés primaires par **ni** actif de **na**. En sanskrit il y a bien *dhûni-*, m., motor, concussor, *yôni-*, mf., uterus, vulva, *ghṛṇi-*, m., radius, et quelques autres, mais pour le zend je ne possède aucun exemple certain. Il ne s'agit, bien entendu, que de la dérivation au premier degré. — Le féminin *çraoni-*, fesse, sk. *çrôṇî-*, *çrôṇi-*, gr. κλόνι- pour *κλοϝνι- (Curtius, *Griech. etym.*, 144), lithuan. *szlaůni-*, v. pruss. *slauni-* (Nesselmann,

Ein deutsch-preussisches vocabularium, 44), ramène à une forme organique **kraunî-** pour **kraunyâ-**, au propre «la recourbée». (Cf. pour l'analogie de sens l'allem. *flanke,* flanc, le gr. πλάγος, côté, flanc, πέρνα, jambon, le sk. *parçukâ-,* f., latus, *pârçva-,* mn., latus, tous issus d'un verbe au sens de courber, fléchir.)

X. Dérivés par **nu.**

Les formes en *nu* tendent un piége qu'il faut éviter. Parfois *nu* n'est que la condensation de *nva* pour *nava.* Ainsi *hunu-,* fils, sk. *sûnu-,* lithuan. *sûnu-,* indiquent bien un **sunu-** organique, mais celui-ci est pour **sun(a)va-**, avec *va* (doué de, praeditus) dérivant au second degré un thème en *na* dont la racine est **su**, arroser, féconder. Dans la revue *Or. und occid.,* I, 265 note, M. Benfey rétablit pour υἱό-ς la filière συνϝο, ὑνϝο, ὑιο: voilà qui coïncide à merveille avec cette opinion que *sûnu-* est pour *sûnava-* après contraction. — C'est de la même façon qu'il convient sans doute encore d'expliquer les dérivés primaires tels que sanskrit et zend *tanu-,* f., corpus (sk. fn.); z. *daênu-,* f., femelle = sk. *dhênu-;* peut-être *zaênu-,* courageux, peut-être aussi *dânu-,* discernant, sage (cf. sk. *dâmi,* scindo).

Un thème primaire par **nu** actif de **na** est le sk. *bhânu-,* m., lumen, sol, équivalent de son coexistant *bhâtu-,* m., sol. En zend je n'oserais décider si *garenu-,* m., maladie, au propre inflammation, est réellement dérivé par *nu,* ou s'il l'est par *nva* condensé en *nu.* Le sens, d'ailleurs, serait le même dans l'une comme dans l'autre hypothèse.

XI. Dérivés primaires par le déterminatif **a.**

Les déterminatifs, il est important de le remarquer, n'ont point la faculté de se modifier comme les démonstratifs dans le but d'une individualisation active. **a** et **i** comportent tout à la fois les deux concepts d'objectivisme et de subjectivisme: **bhara-** signifie «porté» mais également «portant». C'est ce que prouve le grec ὁ φόρο-ς, tribut apporté, en regard de ὁ, ἡ φορό-ς, qui porte, portant: ἡ φορό-ς, femme enceinte, χοηφόρο-ς, portant des libations funéraires. En zend nous avons *bara-*, portant, sk. *bhara-*. L'on peut citer encore comme dérivé primaire *kâra-*, f., traitement, acte, sk. *kâra-*, kara-; dans ce mot le sens est passif, mais dans le *kâra-* sanskrit il est actif (*kumbhakâra-*, m., figulus).

On rencontre d'autres exemples, mais le nombre en est assez limité:

z. *zava-*, m., appel, acte d'appeler = sk. *hava-*, m., verbe *ghu* guné;

z. *zara-*, lien = sk. *hara-*, rapiens (à la fin de composés);

z. *zaya-*, m., arme, cf. *hinômi*, immitto: verbe *ghi* guné;

z. *phrava-*, m., lavage = sk. *plava-*, m., natatio: de *pru* guné;

z. *mara-*, m., trépas, cf. sk. *mamâra*, mortuus sum: du verbe simple *mr*;

z. *mara-*, m., mot = sk. *smara-*, m., memoria: verbe simple *smr*;

z. *tara-*, traversant = sk. *tara-*, m., transitio;

z. *gara-*, m., poison = sk. *gara-*, mn.;

z. *dara-*, m., acte d'arrêter = sk. *dhara-*, ferens, tenens (à la fin de composés).

XII. Dérivés primaires par **i**.

Ce qui a été dit du précédent déterminatif vaut naturellement pour celui-ci.

L'on peut sans doute ranger sous un organique **gari-**, le sk. *giri*, m., mons, le z. *gairi-*, m. (cf. esclav. liturg. *gora*, f., mons): ce serait s'adresser à un verbe simple **gr**, d'où *gravis*, sk. *guru-*, gravis, venerandus.

Dans *zairi-*, d'or, en or, en sk. *hari-*, viridis, gilvus, flavus, le *i* n'est que la condensation de *ya*: le type organique est **gharya-** (cf. sk. *ghrnômi*, splendeo; esclav. liturg. *zelenŭ*, viridis; lithuan. *żeliù*, je verdis).

XIII. Les dérivés par **ka**, le pronom relatif, sont assez nombreux en tant que ce suffixe apparaît comme secondaire, mais comme suffixe primaire il est peu fréquent :

z. *çaoka-*, n., service;

z. *çrîka-*, beau, cf. sk. *çrîla-*, felix;

z. *vehrka-*, m., loup = sk. *vrka-*.

Nous trouvons parfois *ça* = *ka*, § 34 :

vaika-, habitation, maison, sk. *vêça-*, m., domus, gr. ϝοῖκο-, z. *vaêça-*, m.; etc.

XIV. Dérivés par **ki**.

Sous cette forme directe je n'ai pas d'exemples à citer. Mais avec *ç* = *k*, § 34, voici *içi-*, m., glace, dont il est peut-être permis d'argumenter.

XV. Dérivés par **ku**.

Je ne puis encore citer aucun exemple bien certain. Dans *paçu-*, m., bétail (sk. *paçu-*, m., animal, pecus; goth. *faihu-*, n., pecunia, Schulze, *Goth. wörterb.*, 48); — dans *diçu-*, m., animal féroce (cf. sk. *daçêra-*, m., fera, *daçati*, mordet; gr. δακνηρό-, mordant; goth. *tahjan*, lacérer); — dans *naçu-*, mf., cadavre (= gr. νέκυ-, cf. lat. *necare*). . . . le *u* est évidemment pour *va*, et il y a à reconnaître ici le procédé qui nous a occupé précédemment sous la rubrique *nu*.

XVI. Avec **ya** nous sommes plus heureux :

z. *phrya-*, § 21, cher, aimé = sk. *priya-*;

z. *mairya-*, mortel = gr. μόριο-;

z. *airya-*, éranien = v. perse *ariya-*;

z. *gaoya-* (on trouve aussi *gâvya-* avec la seconde gradation), relatif aux bœufs, aux vaches = sk. *gavya-*, bubulus, bovinus, gr. *βοϝιο- (dans ἐννεάβοιο-, qui vaut neuf bœufs : Fick, *Wörterb. der indogerm. grundspr.*, 60).

Avec *i* condensation assurée de *ya :*

z. *zairi-*, d'or, en or = sk. *hari-*, viridis, gilvus.

XVII. Dérivés primaires par **yu**:

z. *pâyu-*, m., protecteur, (cf. *pâta-*, protégé = z. idem). Dans cet exemple je ne pense pas que l'on puisse tenir *u* pour une condensation de *va*.

Peut-être est-il loisible de lui assimiler *vâyu-*, n., air (cf. sk. *vâtr-*, m., *vâti-*, m., *vâyu-*, m., ventus. C'est à tort que Bopp voit dans ce dernier mot une dérivation par *u* avec une demi-voyelle de liaison, *Vergl. accent. syst.*, 39).

XVIII. Dérivés primaires par **va**:

daiva-, divinité, dieu, démon, sk. *dêva-*, lat. *deivo-*, *dîvo-*, lithuan. *dêva-*, v. pruss. *deiwa-*, z. *daêva-*. (En face du nomin. sing. sk. *dêvas*, z. *daêvô* avec *ô* = *as* terminal, § 9, lat. *divus*, lithuan. *dêvas*, nous trouvons en vieux prussien *deiwas*, *deywis*. Dans ce dernier le *i* = *a* par atténuation vocalique. Comparez les nomin. lithuan. *vìlkas*, le loup, sk. *vrkas*, v. pruss. *wilkis*; — lithuan. *snêgas*, la neige, v. pruss. *snaigis*; — lithuan. *stógas*, le toit, v. pruss. *stogis*, etc. Cf. Nesselmann, *Ein deutsch-preuss. vocabul.*, 6, 56, passim; Pott, *Beitr.*, VI, 123);

sarva-, entier, sk. *sarva-*, gr. *ὀλϜο-, ὅλο-, lat. *salvo-*, *sollo-*, z. *haurva-*, § 19.

Comparez encore, entre autres:

z. *drva-*, ferme, solide, § 21 = sk. *dhruva-*, certus;

z. *arva-*, rapide, cf. le secondaire sk. *arvan-*, *arvat-*, m., equus.

La dérivation par le suffixe qui nous occupe, affecte une racine pronominale dans:

aiva-[1], un, gr. *οἶϜο-, οἶο-, v. perse *aiva-*, z. *aêva-*. De même dans:

ava-, celui-ci, v. perse et z. *ava-*; c'est l'esclav. liturg. *ovŭ*, hic: C. W. Smith, *Beitr.* III, 129; Bopp, *Gramm.*

1. **ai** est la première gradation du déterminatif **i**. Comparez d'ailleurs **aika-**, un, sk. *êka-*, lat. *aequo-*, égal (Chavée, *Lexiol. indo-europ.*, 117); **aina-**, un, gr. οἰνό-, lat. *oino-*, *oeno-*, *uno-* (Corssen, *Ausspr.* I, 387), goth. *aina-*.

comp. trad. II, 356; Eug. Burnouf, *Comment. sur le Yaçna*, note A.

Le thème **giva-**, doué de mouvement, se retrouve (avec ou sans allongement de la voyelle fondamentale) dans le z. *jîvya-*, vivant (Haug, *Ueb. den gegenw. stand der zendphilol.*, 15; Justi, *Abfertigung*, 11); le sk. *jîva-*, vivus, m., vita; le gr. βίϝο-, vie; l'esclav. liturg. *živą*, je vis; le lithuan. *gyvenù*, je vis; le goth. *qviva-*, vivant (Leo Meyer, *Die goth. spr.*, 372). Le verbe simple est **gi** (Chavée, *Revue de ling.* I, 261; cf. Grassmann, *Ztschr.* IX, 27; Corssen, *Ausspr.*, 390. Pour M. Kraushaar, *De radicum variatione*, 40, le verbe simple est le même ici que dans le sk. *aja-*, m., caper): il apparaît dérivé par un démonstratif dans le z. *jîti-*, f., vie.

Nous avons la condensation de *va* en *u* dans:

paru-, plein, nombreux, sk. *puru-*, multus, v. perse *paru-*, gr. πολύ-, goth. *filu-*, z. *pouru-*, avec voyelle épenthétique et *o* = *a*, § 9 (le thème plus organique *parva-* nous est conservé par le gr. *πολϝο-, πολλό-).

(J'ai pris le type pronominal *va*, comme formant le dérivatif *va*, *u*: peut-être arrivera-t-on à voir plutôt ici une dérivation par le verbe *bhu*, exister, être. L'on pourrait s'appuyer sur certains mots sanskrits, où ce fait se pourrait bien rencontrer; voir au Rig-Véda, hymne 91, str. 9; h. 92, str. 18; h. 117, str. 9; h. 160, str. 1, etc. — Cf. Benfey, *K. s. gramm.*, 240.)

Chapitre 3. Dérivation pronominale secondaire.

§ 74.

S'il a pu être utile, pour la clarté du sujet, de traiter d'une façon distincte de la dérivation primaire, il serait superflu de consacrer une section spéciale aux dérivés de second degré, une autre à ceux de troisième, et ainsi de suite. La théorie générale étant bien saisie, l'on suivra sans difficulté la filière des différentes individualisations secondaires. Examinons donc comment les tiges primairement formées poussèrent des branches, puis des rameaux, puis des rejetons, sans recourir à d'autres éléments que ceux déjà employés, mais en modifiant simplement un premier thème par un élément secondaire de dérivation, puis le thème ainsi secondaire par un troisième élément, etc., etc.

§ 75.

Mais avant tout il y a lieu de faire une remarque importante : c'est que le thème primaire s'offrant à une seconde dérivation, peut, en vue d'une simple facilitation de la parole, être mutilé. J'ai déjà fait allusion à ce phénomène, § 71.

Voici par exemple le z. *varṣni-*, m., bélier = sk. *vṛṣṇi-*, m., aries. En fin de compte le verbe simple, l'élément fondamental est **vr** (gr. ἔρση, ἕρση, ἄερσα, rosée, lat. *verres*) : un premier dérivatif est **s** = **sa** mutilé, un second dérivatif est **ni**. Ici nous savons ce qu'est le verbe simple, nous savons ce qu'est le second dérivatif ; par malheur, la raison du premier dérivatif nous échappe. Est-ce un motif pour le nier ? Assurément non. D'autant plus que le voici, non tronqué, dans le sk. *var-ṣa-*, mn., pluvia, *var-ṣa-ṇa-*, n., pluvia, *vr-ṣa-*, m., taurus, *var-ṣa-ti*, il fait l'action de *var-ṣa-*, id est : il arrose. (Ce **sa** est fréquent : il nous apparaît encore par exemple dans le sk. *mêṣa-*, m., hircus = z. *maêṣa-*, m., verbe simple **mi** d'où sk. *mêhati*, effluit, mingit, lat. *mingo, meio*.)

Autre exemple. Le sk. *pakti-*, f., coctura, le gr. * πέπτι-, πέψι-, f., nous ramènent à un organique **kakti-**, § 34 : mais ici le verbe simple est **ka**, étendre, allonger, d'où amollir ; un premier dérivatif est **k** = **ka** tronqué, un second dérivatif est **ti**. Le premier thème, nous l'avons dans le sk. *paća-*, m., coctura, *paća-ti*, coquit, au propre il fait l'acte de cuisson. De la sorte πεπτός, *coctus*, ne sont que des dérivés du second degré, tout comme le mot sanskrit *paćaka-*, m., coquus; seulement dans ce dernier il n'y a pas mutilation du premier dérivatif.

Ce très-simple procédé est presque toujours méconnu. De là provient l'admission d'une foule de voyelles prétendues ligatives. C'est ce qui apparaît surtout dans la conjugaison : voyez mon étude sur la formation du temps présent, *Revue de ling.* II, 511. La mutilation éclate d'une manière bien frappante dans ces formes doubles coexistantes en sanskrit *dadâmi* et *dadmi*, do, *marǵâmi* et *marǵmi*, abstergo, *sîdâmi* et *sadmi*, sido; dans le lat. *edit* et *est*, il mange; dans le z. *dadhâiti* et *daçti*, il place, *ćañhaitê* et *çaçtê*, il se nomme.

Je reviendrai d'ailleurs plus loin sur cette question importante, § 121, 11.

§ 76.

I. Dérivation secondaire par **ta.**

âkista-, très-rapide, sk. *âçiṣṭha-*, gr. ὤκιστο-, z. *âçista-*: au sujet des formations superlatives, voyez au § 102;

sadta-, assis, sk. *satta-* par assimilation, lat. *sesso-*, z. *haçta-*, § 51 : première dérivation par *da* tronqué, cf. sk. *sîdati*, sedet, sidit.

Les exemples sont trop nombreux pour qu'il soit nécessaire d'insister.

II. Dérivation secondaire par **ti.**

bhudhti-, connaissance, sk. *buddhi-*, f., animus, mens, sententia, gr. πύστι-, z. *buçti-*, f., § 51.

Comparez d'ailleurs :

z. *karsti-*, f., action de labourer = sk. *kṛṣṭi-*: cf. sk. *karṣa-*, m., aratio;

z. *isti-*, f., souhait = sk. *iṣṭi-*, f., desiderium;

z. *ukhti-*, f., parole, acte de parler = sk. *ukti-*, f., sermo, loquela;

z. *viçti-*, f., science, § 51 = sk. *vitti-*: premier dérivatif *da* tronqué;

z. *maçti-*, f., grandeur = goth. *mahti-*, potestas, vis.

J'ai dit, en traitant de la dérivation primaire par *ti*, que la forme ordinaire de l'infinitif zend était le datif d'un thème en *ti*. Avec *ti* dérivant secondairement, je rappelle l'infinitif *karstayê*, labourer, dû précisément à un thème qui vient d'être cité. L'on peut trouver également des formes en *-têê* et non en *-tayê*; c'est ce dont l'on se rendra compte dans l'étude de la déclinaison nominale.

Un dérivé secondaire par *ti*, dérivé fort important, est celui en *tâti-*. Ce dérivé contient outre le verbe *ta*, étendre, produire, l'élément pronominal actif *ti*. Le sens est donc: ce qui produit. Le sanskrit conserve bien ce *tâti-*; le grec et le zend laissent tomber la voyelle finale et disent, le premier τητ-, le second *tât-*; le latin a comme thématique la forme pleine *tâti-*. En sanskrit l'on trouve même quelques exemples de la forme mutilée. L'on peut citer:

sarvatâti-, intégrité, sk. *sarvatâti-*, gr. ὁλϝότητ-, z. *haurvatât-*. Voir Benfey, *Or. und occ.* II, 519. (D'ailleurs, voir également K. Walter, *Ztschr.* X, 159; Léo Meyer, *Die goth. spr.*, 100.)

Je n'ai point sous la main d'autre concordance, mais je ne doute pas que le grec n'ait pu former un *πολύτητ-, répondant à *pourutât-*, grand nombre, plénitude; un *ἀϐροτητ-, répondant à *ameretât-*, immortalité; de même que pour répondre au gr. νεϝότητ-, jeunesse, en lat. *novitati-*, le zend eût pu former un **navatât-*; pour répondre à παχύτητ-, épaisseur, un **bazutât-*, et ainsi de suite.

(Je rappellerai que ces thèmes ne doivent pas être qualifiés de thèmes en *tâṭ*, mais bien de thèmes en *tât*, avec *t*, comme le fait Schleicher, *Cpd.*, 441, et non pas avec *ṭ*, comme l'admettent MM. Benfey, *Or. und occ.*, loco citato; Spiegel, *Gramm. der altbaktr. spr.*, 91; Justi, *Hdb.*, 133. — Voyez ci-dessus au § 73, sixième rubrique.)

III. Dérivés secondaires par **tu.**

Je ne puis citer avec certitude aucun dérivé de cette catégorie. En effet, voici bien *zantu-*, m., au propre signifiant race, lequel correspond au sk. *jantu-*, m., animans, creatura: je vois bien ici le **ga**, engendrer, produire, dérivé primairement par *n* (tronqué de *na)*, mais rien ne m'assure que *tu* ne soit point un composé de *ta* + *va*, et que ce ne soit ici un *va*, doué de, pourvu de, lequel dérive tertiairement un « *ga-na-ta* », lat. *ge-ni-to-*. A ce compte, *zantu-* signifierait «doué de l'état d'être produit», et cela me paraît fort admissible, car *tu* pour *tava* donne pour le mot en question une parfaite explication que ne lui peut fournir le *tu* actif. C'est absolument le même phénomène que pour *hunu-*, fils, § 73, dixième rubrique.

IV. Dérivation secondaire par **tr.**

g(a)nâtr-, connaisseur, sk. *jñâtr-*, lat. *(g)notor*, *(co)-gnitor-*, z. *žnâtar-*, m., § 53;

ganatr-, engendreur, sk. *janitr-*, gr. γενετέρ-, lat. *genitor-*, z. *zãthar-*, m., § 12;

dhughatr-, fille, sk. *duhitr-*, gr. θυγατέρ-, § 37, lithuan. *duktèr-*, id est **dugtèr-*, Schleicher, *Hdb. der lit. spr.* I, 193, esclav. liturg. *dŭšter-* pour **dŭgter*, *Cpd.* 303, goth. *daúhtar-*, *ibid.* 335, z. *dughdhar-*, f., § 37: cf. B. Delbrück, *Ztschr. für deutsche philol.* I, 8, note;

sadtr-, qui siége, lat. *sessor-*, z. *haçtar-*, m., § 51;

vaghtr-, conducteur, sk. *vôḍhr-*. m., ductor-, bajulus, taurus (sur *ô* pour *a* voir Benfey, *K. s. gramm.*, 16), lat. *vector-*, z. *vastar-*, bête de trait.

V. Dérivation secondaire par **tra.**

z. *vaçtra-*, n., habillement, habit = sk. *vastra-*, n., vestis; première dérivation par *sa* tronqué;

z. *ustra-*, m., chameau = sk. *uṣṭra-*, m., camelus; la forme organique est **vaghtra-*: cf. Ascoli, *Ztschr.* XVII,

259, seconde note; en ce qui concerne *ṣṭ* pour *ght* en sanskrit, voyez au *Cpd.*, 181;

z. *dâçtra-*, n., § 12, dent, défense, sk. *daṁṣṭrâ-*, f., dens magnus; la nasale est adventice: *ç*, *ṣ* représentent un premier dérivatif *ka* tronqué, cf. sk. *daçyê*, je suis mordu, goth. *tahjan*, lacérer.

VI. Dérivation secondaire organique par **t**.

Avant tout, le lecteur est prié de se reporter aux cinq sous-sections établies ci-dessus sous la sixième rubrique du § 73.

Parmi les participes du présent transitif je citerai, en empruntant la forme dite forte, c'est-à-dire la forme nasalisée, la forme en *nt:*

z. *ćinvant-*, désirant avec ardeur: premier dérivatif *nu*, cf. sk. *ćinômi*, colligo, quaero;

z. *içant-*, souhaitant, premier dérivatif *ça* = *ska* élément inchoatif, § 91, cf. sk. *iććhâmi*, expeto;

z. *çpaçyant-*, veillant, surveillant: premier dérivatif *ç* = *ça* mutilé, second dérivatif *ya*.

Il est inutile, sans doute, d'ajouter que dans *ćinvant-*, et autres analogues, le *a* est purement ligatif et d'analogie. C'est ainsi qu'à la troisième personne pluriel de l'indicatif présent des thèmes sanskrits en *nu*, l'on trouve par exemple *str̥ṇvanti*, sternunt. Le *a* est absolument de facilitation: la langue commune disait *strnunti*, lat. *sternunt*. Et ce n'est pas seulement à la troisième personne du pluriel que le sanskrit insère ici un *a* adventice, il le peut faire ailleurs et dit tout à la fois:

str̥ṇômi . . . . *str̥ṇvâmi*
str̥ṇôsi . . . . *str̥ṇvasi*
str̥ṇôti . . . . *str̥ṇvati*

et ainsi de suite. Le malheur voulut que la forme tolérée et inorganique devint seule autorisée à la troisième personne du pluriel. (Aux personnes du singulier c'est précisément la voyelle furtive qui empêche la gradation de *u* en *ô*). — Même phénomène en zend: *verenvanti*, ils couvrent; en grec: δεικνύασι, mais δείκνυνται. (Je rappellerai d'ailleurs l'opinion de Bopp: «Le *a* de *strṇvanti* en réalité n'appartient pas à la désinence, mais n'est qu'une voyelle de liaison». *Vergl. accent. syst.*, 274.)

Ainsi que le dit Schleicher, *Cpd.* 401, le suffixe *vat*, *vant*, qui forme un participe parfait actif (suffixe dont l'accord du sanskrit, du zend, du grec, des idiomes slaves établit la primordialité), est sans doute formée de *va* et de *t*, *nt*. (Se rappeler le sk. *krtavat-*, *krtavant-*, ayant fait; *bhuktavat-*, *bhuktavant-*, ayant mangé).

Le zend n'admet la nasale à aucun cas et au lieu de *vat* dit *vas*, secondairement *us*. Voyez ci-dessus, au § 73, troisième sous-section de la sixième rubrique, et, plus loin, dans la déclinaison.

(On a regardé le suffixe *mat-*, *mant-* comme une forme secondaire de *vat-*, *vant-*, avec *v* = *m*. Voyez, par exemple, Bopp, *Vergl. accent. syst.*, 170; Benfey, *Ueber einige pluralbildungen*, 5; etc. . . . . . Tout en reconnaissant les rapports sérieux de *v* et de *m*, je ne puis me résoudre à ne pas voir dans *vat*, *mat* deux secondaires de *va*, *ma*, ceux-ci bien distincts organiquement l'un de l'autre. Voyez d'ailleurs Schweizer-Sidler, *Ztschr.* XIV, 154; Corssen, *Krit. beitr.*, 237, *Krit. nachtr.*, 235, *Ausspr.* I, 265).

Les dérivés secondaires les plus importants en *h* (= *s* = *t*) sont:

dvaê-ṣa-h, *ṭbaê-ṣa-h-*, n., § 37, tourment, cf. sk. *dvi-ṣa-t-*, m., inimicus;

haê-ća-h-, n., sécheresse;

ha-za-h-, n., force = sk. *sahas-*, n., robur, potestas; cf. sk. *sahati*, sustinet, sustentat, thème premier **sa-gha-*: cf. ἔχω, Curtius, *Griech. etym.*, 182, 639; Chavée, *Lex. indo-europ.*, 301;

rao-ća-h-, n., éclat = sk. *rôćis-*, n., lumen, splendor, avec *i* atténué de *a*, v. perse *raućah-*: cf. le thème primaire dans le sk. *rôćatê*, collucet;

va-ća-h-, n., mot, discours = sk. *vaćas-*, n., sermo = gr. Ϝέπες-, § 34, note; le thème primaire est mutilé dans le sk. *vaćmi*, dico, loquor, etc.

Parmi les dérivés secondaires avec *r* = *s* = *t* l'on peut citer:

ta-ća-r-, n., course, coexistant avec son prédécesseur *taćah-*: cf. le thème primaire dans le z. *taće-nti*, ils courent;

ao-ga-r-, n., secours, coexistant avec son prédécesseur *aogah-*;

thanvar-, n., arc, où *r* = *s* = *t*, tandis que dans le sk. *dhanvan-*, mn., *n* est pour *nt* renforcé de *t*, cf. *Revue de ling.*, IV, 9: le sk. dit aussi *dhanus-*, n., où *u* est condensé de *va*, et où *s* = *t* (cf. sur ce mot Weber, *Beitr.*, IV, 278; Spiegel *ibid.*, 430; Ascoli, *ibid.*, V, 213; Kuhn, *Ztschr.*, II, 237);

uruthwar-, n., croissance, coexistant avec son prédécesseur *uruthwah-*; le premier *u* est prosthétique, § 20: *th* = *dh*, § 39; cf. sk. *rôhati*, crescit.

VII. Dérivation secondaire par **ma**. Exemples:

zantuma-, mfn., relatif à la tribu, au clan: d'après *zantu-*, m. = sk. *jantu-*, m., animans, creatura; cf. Spiegel, *Comment.*, I, 41;

upama-, le plus haut, d'après *upa*, sur = sk. *upa*, ad; cf. Curtius, *Griech. etym.*, n° 393, remarque;

daçema-, dixième = sk. *daçama-*, lat. *decimo-*: le mot zend a *e* pour *a*, § 5.

VIII. Dérivation secondaire par **na**.

buna-, m., § 50, fond, terrain = sk. *budhna-*;

z. *yaçna-*, m., sacrifice, prière du sacrifice = sk. *yajña-*;

z. *vaçna-*, m., souhait = v. perse *vasna-*;

z. *qaphna-*, m., § 40, sommeil = sk. *svapna-*.

Beaucoup de noms adjectifs sont ainsi formés:
z. *açpena-*, relatif aux chevaux, d'après *açpa-;*
z. *airyana-*, arique, éranien, d'après *airya-*, aryen;
z. *apana-*, éloigné, d'après la préposition *apa;*
z. *vîçpana-*, total, d'après *vîçpa-*, tout;
z. *vahmana-*, digne de louange, d'après *vahma-*, célébration, louange.

IX. Dérivation secondaire par **ni.**

z. *varṣni-*, m., bélier = sk. *vṛṣṇi-:* nous avons le thème primaire dans le sanskrit *varṣati,* il arrose, § 75.

X. Dérivation secondaire par **nu.**

Voyez § 73, ce qui a été dit du suffixe *nu.*

Je n'oserais décider si *nu* est actif de *na,* ou s'il se trouve pour *nva* d'après *nava,* dans:

taphnu-, m., chaleur: cf. sk. *tapati,* urit; — *raokhṣnu-*, m., éclat: cf. sk. *a-ru-ća-m* (aor. simple), colluxi; — *bãṣnu-*, m., profondeur, etc.

XI. Dérivés secondaires par **a.**

L'on en peut relever un assez bon nombre. Exemples:

z. *temañha-*, mf., obscur, d'après *temah-*, n., obscurité = sk. *tamas-*, n., caligo;

z. *qarenañha-*, mfn., éclatant, majestueux, d'après *qarenah-*, n., éclat majestueux: cf. sk. *svar*, n. (indéclin.), coelum: pour *q* = *sv* voyez au § 27;

z. *raoćañha-*, brillant, d'après *raoćah-*, n., lueur, éclat v. perse *raućah-*, sk. *rôćis-*, n., lumen, splendor, avec *i* atténuation de *a.*

XII. Dérivation secondaire par **i.**

Voyez ce qui a été dit au sujet de cet élément en tant que dérivatif primaire, § 73.

XIII. Dérivés secondaires par **ka:**

kaçvika-, mfn., petit, d'après *kaçvi-*, f., petitesse;

huska-, mfn., sec = v. perse *uska-*[1], sk. *çuṣka-*, siccus, exsiccatus[2]. Le premier élément est *sa* tronqué: cf. sk. *a-çu-ṣa-m* (aor. simple), arui.

XIV. Dérivation secondaire par **ki**.

Voyez au § 73, rubrique quatorzième. Je n'oserais m'appuyer sur *uski-*, n., compréhension, qui peut être différemment interprété.

XV. Dérivation secondaire par **ku**.

Voyez au § 73, rubrique quinzième.

XVI. Dérivés secondaires par **ya**.

Les exemples se présentent nombreux. Je citerai simplement une certaine quantité d'adjectifs avec le substantif dont ils proviennent, conservant ou non (ce qui importe peu) la voyelle terminale de ce substantif:

açpya-, équestre, d'après *açpa-*, m., cheval = sk. *açva-*, § 27;

aghrya-, capital, concernant la tête, d'après *aghra-*, mfn. = sk. *agra-*, mfn., insignis, eximius, et n., cacumen, vertex (d'où *agrya-*, mfn., eximius);

aqaphnya-, sans sommeil, vigilant (*a* privatif), d'après *qaphna-*, m.;

yaçnya-, relatif au sacrifice, d'après *yaçna-*, m. = sk. *yajña-*;

haithya-, manifeste, réel, d'après *hat-*, étant = sk. *sat-* (formes fortes, z. *hant-*, sk. *sant-*, lat. *sent*, *ab-sentes*): le

1. Le vieux perse laisse parfois tomber un *h*. Nous avons ici un exemple de ce fait. Comparez encore *u*, bien = sk. *su*, z. *hu* (dans *ubarta-*, bien porté, *uphraçta-*, bien interrogé, bien jugé); — *amyi*, je suis = sk. *asmi*, z. *ahmi*; — *amahy*, nous sommes = sk. *smas*, z. *mahi*, — *amâkham*, de nous = sk. *asmâkam*, z. *ahmâkem*, etc. . . . En ossète il y a lieu de constater parfois le même phénomène: Fr. Müller, *Ueb. die stellung des osset.*, 9. De même en néo-perse: *id.*, *Beitr. zur lautl. der neupers. spr.*, 11.

2. Avec *ç* pour *s*, tout comme *çvaçura-*, beau-père; § 27. Schleicher, *Cpd.*, 177, 178.

sanskrit dit *satya-*, verus; le gr. ἐτεό- en serait l'équivalent: Curtius, *Griech. etym.*, 196, 556, 637; voyez d'ailleurs Legerlotz, *Ztschr.*, VIII, 400;

haênya-, relatif aux armées ennemies, d'après *haêna-*, f., troupe (démoniale); le sanskrit a *sêna-*, f., exercitus: dans *sâinya-*, m., bellator, miles, il y a seconde gradation vocalique, § 2; v. perse *hainâ-*, f., troupe (démoniale);

thritya-, troisième = sk. *trtîya-* (*î* furtif: Schleicher, *Cpd.*, 31), lat. *tertio-*, lithuan. *trécza-* pour **tretsza-*, **tretja-* (*ibid.*, 321; *Hdb. der lit. spr.*, I, 66): le gr. τρίτο- offre le premier thème;

maṣya-, m., homme, au propre « mortel » = sk. *martya-*, m., mortalis, homo, v. perse *martiya-*, § 58. (On a le négatif dans ἀμβρόσιο-, immortel).

Nous trouvons *ya* condensé en *i*, § 28, avec chute de la voyelle thématique du mot délimité, dans:

zarathustri-, relatif à Zarathustra, dépendant de Zarathustra, sectateur de Zarathustra;

raoghni-, huileux: d'après *raoghna-*, m., huile.

XVII. Dérivation secondaire par yu.

Je ne vois pas d'exemple assuré de *yu* actif de *ya*. Ainsi dans *mainyu-*, m., esprit (sk. *manyu-*, m., aegritudo, ira) il faut sans doute reconnaître un **mainyava-*: peu importe que de ce *mainyu-* découle subséquemment un dérivé *mainyava-*, spirituel. — Il est assez probable que *daqyu-*, *dañhu-*, f., circonscription territoriale, § 43, est pour un **dasyava-*; et ainsi de suite.

XVIII. Dérivés secondaires par va.

Les exemples sont assez faciles à rencontrer:

bunava-, bas, inférieur, d'après *buna-*, § 50;

aghrava-, capital, relatif à la tête, parallèle à *aghrya-*, étudié sous la seizième rubrique;

nava-, nouveau = sk. *nava-*, gr. νέϝο-, lat. *novo-*: d'après le thème organique pronominal *ana* aphérésé (M. Pott s'adresse à la préposition organique *anu*, de même Chavée, *Lex. indo-europ.*, 133 : on aurait dès lors un dérivé par *a)*;

erêdhwa-, § 27, élevé = lat. *ardvo-*; le premier thème est par *dha* tronqué.

Avec condensation de *va* en *u* je citerai :

erezu-, droit, juste = sk. *rǰu-*, rectus; le premier thème est par *ga* tronqué;

aku-, m., pointe = lat. *acu-*; le premier thème est par *ka* tronqué : voyez *Revue de ling.*, II, 8, I, 104;

perethu-, large = sk. *pṛthu-*, latus, magnus, gr. πλατύ-, lithuan. *platù-* : le premier thème est par *ta* tronqué, lequel se retrouve d'ailleurs dans le sk. *prătha-tê*, se explicat, *pratha-ya-ti* (causat.), pandit.

Chapitre 4. Dérivation verbale.

§ 77.

Il n'a été question jusqu'à présent, tant dans la dérivation secondaire que dans la dérivation primaire, que de dérivés à délimitants pronominaux; soit que la base se trouve être verbale (*mâ-tar-*, mère, *hu-nu-*, fils), soit qu'elle se trouve constituée par un pronom (*ha-ma-*, même, semblable, *a-va-*, celui-ci. Dans les observations préliminaires sur le sujet actuellement en question il a été dit qu'il y avait certaines séries de mots dans lesquels l'élément dérivatif se trouvait être purement verbal.

Ici l'embarras est grand, car tous ces éléments verbaux dérivatifs sont loin d'être reconnus.

A propos déjà du dérivatif **va**, j'ai cru devoir émettre un doute sur l'origine de cet élément, estimant qu'on arrivera peut-être un jour à le regarder comme un élément verbal, § 73.

Si l'on se reporte au § 76, l'on verra que le verbe simple **ta**, étendre (τάσι-ς, pour * τάτι-ς = sk. *tati-s*, extensio), a déjà été mis en cause en tant que dérivatif dans le z. *haurvatât-*, équivalent du gr. ὀλϝότητ-; je ne reviendrai point sur ce fait.

On a voulu reporter à **bha**, paraître, luire (sk. *bhâmi*, splendeo; z. *bâmya-*, mfn., éclatant; gr. φάσι-; lat. *fax)*, le sk. *abhi*, ad versus: z. *aibi*, *aiwi*, *avi* . . . . .

C'est par **sta**, stare, que M. Benfey explique *tathâ*, sic, ita, du sanskrit, et autres analogues: *K. s. gramm.*, 241, 341. Ces formes seraient purement instrumentales. Nous aurions à citer ici pour le zend les mots *yatha*, comme; *atha*, puis, etc.

De **dha**, placer, poser (sk. *dhâtr-*, m., creator; v. perse *adâ*, il posa, il établit, il créa; lithuan. *dedù*, je place), M. Benfey, *ibid.*, 343, tire le sk. *sadha*, *saha*, cum, lui donnant le sens primordial de « da gesetzt ». Il est possible que la notion d'unité se trouvant en principe rendue par le pronom, voyez au § 73, on ait eu recours au verbe simple qui nous occupe ici, pour en tirer la notion de « placé dans l'unité » id est « avec ». Le zend possède ici *hadâ*, *hadha*.

Pour **da**, même raisonnement en ce qui touche le sk. *tadâ*, alors, z. *tadha*: « comme je le suppose, dit M. Benfey (*op. cit.*, 343, note), il y a là un vieil instrumental provenant du verbe *dâ*, sans doute avec la signification de: « étant donné ».

Tout cela peut être exact, mais j'ai beaucoup plus de sécurité lorsqu'il s'agit de dérivations par le verbe **tu**, emplir, accomplir (Chavée, *Revue de ling.*, I, 162), lequel par un instrumental forme les gérondifs sanskrits, tels que *krtvâ*, en faisant, *bhûtvâ*, en étant, et sur lequel je reviendrai vers la fin de l'étude de la déclinaison, encore qu'il soit indifférent au vieux baktrien.

Les formations par **pa**, pouvoir (Benfey, *op. cit.*, 241), ont encore besoin d'éclaircissement. Enfin toute cette matière est loin de se trouver suffisamment approfondie.

Chapitre 5. Dérivation par éléments obscurs.

§ 78.

Dans le chapitre qui précède immédiatement, nous avons rencontré bien des incertitudes. Pourtant, des suppositions non-dénuées de toute vraisemblance ont pu s'y faire jour. Ici il en est différemment. L'obscurité est parfaite sur l'origine d'un certain nombre d'éléments dérivatifs.

Voici, par exemple, l'élément **ra** que l'on emploie soit comme équivalent de *va,* soit comme caractéristique du comparatif. Pour l'instant je m'en tiendrai à son premier rôle:

z. *çrîra-,* beau = sk. *çrîla-,* felix;

z. *khrûra-,* acerbe, effroyable = sk. *krûra-,* saevus, horrendus;

z. *çtaora-,* m., animal de labour, cf. sk. *sthûla-,* corpulentus, § 24,

z. *guphra-,* profond, caché: le thème primaire apparaît dans le sk. *gôpa-ya-ti* (causat.), subducit, abdit;

z. *gûzra-,* caché: le thème primaire se retrouve dans *gaozaiti,* il cache = κεύθει, p. 9, note;

z. *ćithra-,* visible, clair = sk. *ćitra-,* varius, versicolor, mirandus;

z. *tighra-,* pointu, piquant: le premier dérivatif nous apparaît sans mutilation dans le sk. (causat. § 86) *têja-ya-ti,* acuit;

z. *ahura-,* m., seigneur, Ahura = sk. *asura-:* Spiegel, *Beitr.,* V, 386, IV, 326; Fr. Müller, *Zendstudien,* I, 8.

§ 79.

Même incertitude sur l'élément **dhi.**

On pourrait, en ne considérant que le seul idiome zend, penser à la filière *ti, thi, dhi,* § 37. . . . . Mais le sanskrit et le grec possèdent eux aussi cet élément, et, tout comme le zend, le mettant au datif singulier, en font un infinitif.

On trouvera plus loin des exemples d'infinitifs zends en *dyâi*, *dhyâi*.

§ 80.

Un élément qui se présente souvent et dont l'origine est des plus obscures est **gha**.

Nous le trouvons sous la forme *za*, § 36, dans le z. *maêza-*, n., urine = sk. *mêha-*, m., urine (cf. gr. ὀ-μιχέω, j'urine, avec voyelle prosthétique; lithuan. *mýżti*, uriner);

sous la forme *gha*, § 36, dans *maêgha-*, m., nuage = sk. *mêgha-*, m., nubes (cf. gr. ὀ-μίχλη, nuage; lithuan. *miglà*, nuage);

sous la forme *ža*, § 36, dans *çnaêžâț*, qu'il neigeait, imparfait au conjonctif (cf. lat. *nix* pour **nigs*; lithuan. *snìgti*, neiger);

sous la forme *ja*, § 36, dans *drujentem*, trompant, partic. prés. à l'accus., § 36.

§ 81.

L'élément **ga** est tout aussi obscur. Nous avons à le reconnaître :

sous la forme *ja*, § 36, dans *yujyêiti*, il attelle (cf. lat. *jugum*.

sous la forme *za*, § 36, dans *azaiti*, il conduit = sk. *ajati*, mittit, gr. ἄγει, lat. *agit*.

§ 82.

Il n'y a pas moins de difficulté, à mon sens du moins, sur l'origine de **sa**. Nous le voyons en zend :

sous la forme *ṣa*, § 43, dans *ṭbaêṣah-*, n., vexation (cf. sk. *dvêṣa-*, m., odium, gr. 'Οδυσεύς, Curtius, *Griech. etym.*, 229);

sous la forme *ha*, § 43, dans *vañhaiti*, il demeure, il habite (= sk. *vasati*); cf. gr. Ϝάστυ, n., ville, goth. *visan*, demeurer.

§ 83.

Cette énumération d'éléments dont la source est incertaine n'est d'ailleurs pas limitative.

Chapitre 6. Formes dérivatives exprimant le désir, la causalité, la notion inchoative, la notion passive.

§ 84.

Ce sont de purs et simples éléments dérivatifs — soit pronominaux, soit verbaux — qui vont rendre ces différents concepts: le désir, la causalité, etc., etc. Nous nous trouvons toujours sur le terrain de la dérivation.

C'est ce qui va ressortir nettement de l'exposé même des faits.

§ 85.

Formes désidératives. — Selon Schleicher l'élément dérivatif formateur de la notion de désir est peut-être le pronom démonstratif *sa*, peut-être encore, mais avec plus de vraisemblance, le verbe *as*, être. Le savant linguiste n'a pas cru devoir étayer de quelque éclaircissement l'une ou l'autre de ces hypothèses.

M. Benfey songe à la racine sanskrite *iṣ*, souhaiter, dont le *i* se perdrait en certains cas: ainsi *bubhûṣâmi*, esse, existere volo, serait pour **bubhû-iṣâmi*; *K. s. gramm.*, 370. — Pourtant, d'après le même auteur, l'on pourrait encore penser au verbe *as*, fonctionnant ici comme il le fait, par exemple, en certains dénominatifs. Avant tout il faudrait éclaircir ce dernier fait, ce que M. Benfey ne tente même pas: *ibid.*, 64.

D'après ma propre supposition, il y aurait peut-être lieu de voir dans l'élément désidératif *sa* (tronqué *s*) le verbe simple **sa**, lancer (d'où lat. *satus, semen*). Tout ceci n'est, bien entendu, que purement hypothétique, mais hypothèse pour hypothèse, celle que j'avance en ce moment me paraît être la moins inacceptable.

N'oublions pas que l'élément *sa* ou *s* se suffixe à la racine déjà redoublée: sk. *bubhû-ṣa-ti*, esse vult; *bubôdhi-ṣa-ti*, scire vult (*bôdhi-* est pour *budha-*, cf. *budha-*, m., sciens, sapiens, moyennant guna et atténuation de *a* en *i*); *bibhrañçiṣati*, cadere vult (*bhrañçi-* est pour *bhrañça-*, avec atténuation de *a* en *i*, cf. *bhrañça-*, m., casus, lapsus).

Les textes zends présentent fort peu de formes désidératives.

De l'élément **gi**, se mouvoir (Chavée, *Revue de ling.*, I, 261), procèdent deux de ces formes. Elles se trouvent au *Vendidad*, XV, 42, 43: *jijiṣañuha*, cherche à te lier d'amitié! impératif du présent à la voix intransitive; *jijiṣâitê*, il, elle cherche à se lier, 3e pers. sing. prés. conjonct. intrans. — Dans le même « fargard » l'on rencontre encore *mimarekhṣañuha*, cherche à tuer! *mimarekhṣâitê*, il, elle cherche à tuer, conjonct. prés. intrans., cf. *merećaiti*, il tue. Dans ces deux formes désidératives le dérivatif (*ka*) est tronqué, et la transformation en *kh* est régulièrement amenée par le *ṣ* subséquent.

§ 86.

Formes causales. — La doctrine courante sur la formation des causatifs, c'est qu'ici l'élément caractéristique est *aya* intercalé entre la racine et la terminaison personnelle. Il n'en est pas ainsi. Schleicher a fort bien reconnu que le prétendu *aya* (sk. *bôdhayati*, certiorem facit, nuntiat) se doit décomposer en *a—ya* et que « *a* est le son » terminal du thème nominal ou verbal qui se trouve au

» fond du mot ». *Cpd.*, 353. En réalité, c'est tout simplement *ya*, non *aya*, qui se présente comme dérivatif causal. Plusieurs fois déjà il m'a été donné d'entrer en explication sur ce sujet (*Revue de ling.*, I, 195, II, 36), et je pense sur un point aussi grave ne pouvoir jamais trop insister. Le plus simple est d'analyser quelques exemples: je les emprunte au sanskrit. Dans *dâhayati*, comburendum curat, *ti* est élément personnel, et *ya* élément indicatif de causalité, réagissant sur le thème *dâha-*, brûlement, combustion, lequel thème nous apparaît dans *dâha-*, m., combustion, dans *daha-ti*, urit; *vâhayati*, facit ut vehat, nous offre *ya* dérivant le thème *vâha-*, lequel thème nous apparaît dans *vahâ-ka*, m., bajulus, rector; *vaha-ti*, trahit; *vahi-ta-*, deportatus; *vaha-la-*, aptus ad gestandum, validus. . . (Je laisse le *â* pour *a* de *vâhayati*, *dâhayati*: c'est là un fait tout particulier et sans intérêt pour l'instant.) La cause manifeste de l'erreur passée ici dans l'enseignement est l'adoption de l'inqualifiable théorie des racines indiennes. Plus loin j'insiste sur l'absolue nécessité de reléguer cette théorie au nombre des classifications empiriques. De *dahati*, il brûle, de *vahati*, vehit, trahit, extraire un *dah*, un *vah*, cela est un pur jeu d'esprit et des plus injustifiables: ce que nous avons réellement à en dégager, c'est un *daha-*, c'est un *vaha-*, thèmes primaires, par l'élément **gha**, des verbes simples **dha**, briller, brûler (voyez en note au § 4), **va**, mener, conduire.

En principe, dans ces formations causales, la voyelle fondamentale subit la première gradation, c'est-à-dire que *a*, *i*, *u*, *r* se développent en *â*, *ai* (sk. *ê*), *au* (sk. *ô*), *ar*: § 4. Voici quelques exemples du fait en sanskrit:

sk. *pâćayati*, coquendum curat, cf. *paćati*, coquit: thème *pa-ća-*, verbe simple *pa* pour **ka**, explicare (secondairement: étendre par la cuisson; cf. *Revue de ling.*, II, 7; Schleicher, *Cpd.*, 208, 170, 239; Corssen, *Musspr.*, I, 69; Curtius, *Griech. etym.*, 425);

sk. *sêćayati,* effundendum curat, cf. *siñćati,* effundit: thème *si(ñ)-ća-,* verbe simple **si** (zend *hinćaiti,* il verse);

sk. *môćayati,* liberandum curat, cf. *muñćati,* liberat, dimittit: thème *mu(ñ)-ća-,* verbe simple **mu** (Curtius, *Griech. etym.,* 153);

sk. *darçayâmi,* ostendo, cf. le passif non-causal *drçyê,* videor, thème *dr-ça-,* verbe simple **dr.**

Le développement n'est plus en *ê, ô, ar,* mais bien en *âi, âu, âr* (c'est-à-dire qu'il y a non-seulement *guna,* mais *vrddhi,* § 2), lorsque la voyelle fondamentale est suivie non plus d'une consonne, mais bien d'une voyelle. Ainsi nous trouvons sk. *bôdhayati,* expergefacit, certiorem facit, nuntiat, *ćêṣṭayati,* movet, *darçayati,* ostendit, etc., mais par contre nous avons *çrâvayati,* facit ut audiat, *smâyayati,* facit ut rideat, *bhârayati,* facit ut gestet.

Ainsi, je le répète car le fait est important, en sanskrit lorsque la voyelle fondamentale est suivie d'une consonne, elle admet la gunation: lorsqu'elle est suivie d'une voyelle elle admet la vriddhification (et *i* terminal, *u* terminal se transmettent naturellement en *y, v*); *Revue de ling.,* III, 157.

En zend il en est absolument de même.

Voici d'ailleurs une série d'exemples:

z. *jâmayêiti,* il fait aller; cf. *jamyâo,* puisses-tu aller! — sk. *gamês,* utinam eas! (cette forme est védique; la langue classique use de l'inchoatif *gaććhêyam);*

z. *tâpayêiti,* il fait brûler: cf. *taphta-,* brûlé; — sk. *tâpayati, tapta-;*

z. *nâmayêinti,* ils font fléchir: cf. *nemaiti,* il fléchit; — sk. *nâmayati, namati;*

z. *râmayêiti,* il tranquillise; — sk. *ramâmi,* oblector, gaudeo;

z. *vâtayâmahi,* nous enseignons, cf. *vatahi,* tu connais;

z. *hâdhayaṭ,* il faisait asseoir, cf. *hidhaiti, haçti,* § 51, il siége; — sk. *sâdayati,* facit ut sidat, *sîdâmi, sadmi* (véd.), sido;

z. *vaêdhayêmi,* je fais savoir; cf. *viçta-* pour **vidta-,* § 51, su, connu; — sk. *vêdayâmi, vidita-;*

z. *raoćayêiti,* il illumine; — sk. *rôćayati,* il illumine, *arućam* (aor. simple), colluxi;

z. *baodhayêiti,* il éveille; — sk. *bôdhayati,* expergefacit, certiorem facit, nuntiat, *budhita-* (ALBR. WEBER, *Beitr.,* VI, 104), *buddha-,* connu;

z. *(phra)şâvayêiti,* il fait avancer; cf. *şûta-,* venu;

z. *çrâvayêiti,* il fait entendre, il chante: cf. *çurunaoiti,* il entend; — sk. *çrâvayâmi,* facio ut audiat, *çruta-,* entendu;

z. *hâvayêiti,* il exprime par la cuisson: cf. *hunahi,* tu enfantes; — sk. *sâvayâmi, suta-;*

z. *kârayêiti,* il fait faire, il fait produire; — sk. *kârayati,* faciendum curat, *krta-,* factus;

z. *bârayêinti,* ils font porter; — sk. *bhârayâmi,* gestandum curo, *bhrta-,* gestatus.

Comme on le voit facilement, les neuf premiers de ces exemples admettent la première gradation, les cinq derniers la seconde; en effet chez les premiers la voyelle fondamentale est suivie d'une consonne, tandis que chez les derniers elle est suivie d'une voyelle. (A la vérité, en ce qui touche les six premiers, le *â* peut aussi bien être la seconde que la première gradation de *a,* § 2, mais l'analogie ne permet aucun doute.)

Les textes présentent parfois des voyelles radicales non développées, spécialement *ar* pour *âr:* il est manifeste qu'il y a eu alors fausse variation de quantité, brève pour longue, § 22, ou bien que les manuscrits sont incorrects. A mon sens, toute publication de textes zends doit être sur ce point rigoureusement sévère, elle doit corriger là où la correction est voulue.

§ 87.

Le mot *phraşâpayêiti,* il expulse, a été rapproché des formes sanskrites *sthâpayâmi,* sisto, colloco, *hrêpayâmi,* facio ut erubescat, *knôpayâmi,* facio ut mussitet, *arpayâmi,* facio ut eat, perveniat, etc. La question de savoir ce que c'est que l'élément *-paya-* n'est pas encore élucidée, bien qu'ayant été examinée par nombre d'auteurs. (Consultez Schleicher, *Cpd.*, § 209; Chavée, *Lex. indo-europ.*, 184; Benfey, *K. s. gramm.*, 56; *Ztschr.*, VII, 50; Curtius, *Griech. etym.*, 66; Leo Meyer, *Ztschr.*, VII, 280, *Die goth. spr.*, 56; Kuhn, *Ztschr.*, XV, 303; Ascoli, *Studj ârio-semitici,* artic. 2°, 18.)

§ 88.

En ce qui concerne la nature de l'élément causal *ya* l'on a à se décider entre une origine pronominale (le *ya-* relatif), ou une origine verbale (sk. *yâmi,* eo, *yâta-,* profectus, *yâtu-,* m., viator). Ici, et jusqu'à nouveaux renseignements, nous nous trouvons sur un terrain purement hypothétique. Peut-être y a-t-il lieu de pencher de préférence pour l'origine verbale.

En tous cas, il est manifeste que dans un certain nombre de formes verbales, un *ya* dérivatif est purement et simplement le relatif pronominal. En sanskrit, par exemple, la quatrième classe de conjugaison des grammairiens hindous n'offre en principe dans ses cent et quelques exemples de dérivés en *ya* aucun causatif: *kuçyati,* amplectitur; *nrtyati,* saltat, et autres analogues se trouvent en ce cas. Il y a là une confusion importante à éviter: en zend *kerentayêiti,* il fend, n'est pas plus causatif que *mainyêinti,* ils pensent, ils supposent. N'oublions jamais qu'avec la réduplication le causal admet gradation de la voyelle fondamentale. Les grammairiens hindous tiennent faussement *mêdhyati* comme étant de leur quatrième classe, et *mêdhayati* comme appartenant à leur dixième; l'un et l'autre ont même sens causal, le premier est seulement une forme tronquée du second, tout comme l'est en latin *est* vis-à-vis de *edit,* il mange, en zend *daçti* vis-à-vis de *dadhâiti,* il pose, il place, *çaçtê* vis-à-vis de *çañhaitê,* il se nomme.

§ 89.

Un certain nombre de causatifs zends sont formés par une composition avec le verbe **dha**, poser, établir, faire: z. *da; dâ.* (D'après Eug. Burnouf **da**, donner: *Observations sur la partie zende de la grammaire de Bopp,* 28.) Exemples:

khraoždâ (rac.), endurcir (Justi, *Hdb.*, 91), tourmenter (Haug, *Ueb. den gegenw. stand der zendphilol.*, 60), pousser des cris [1] — ou bien — endurcir (Spiegel, *Comment.*, II, 375), indurare (Kossowicz, *Gâtha ustavaiti*, 85);

çiždâ, çîždâ (rac.), faire s'en aller (Spiegel, *Comment.* II, 260).

On cite encore *qabdayêiti*, il endort. Mon avis, ici, est différent. Je pense que nous ne nous trouvons qu'en présence d'un causatif du thème *qapta-*, endormi (sk. *supta-*); ce *qapta-* serait devenu *qabda-* d'après ce qui a été dit au § 60. Je me fonde sur ce fait que *da, dâ* ne donne point **dayêiti* dans la conjugaison, mais bien *dadhâiti* ou *daçti*, § 80.

§ 90.

Et en effet, ainsi que le fait remarquer Schleicher (*Cpd.*, 357), l'élément causal *ya* peut s'attacher à des thèmes nominaux. Ainsi l'on trouve *râzayêinti*, ils mettent en ordre, d'après *râza-*, m., ordre, ordonnancement; — *nemaqyâmahi*, nous adorons (*q*, § 43), d'après *nemah-*, n., adoration (sk. *namas-*, n., indécl., veneratio, *namasyâmas*). — Cela est fort simple, car, en effet, ce sont également des thèmes nominaux que nous trouvons dans les causatifs sanskrits, tels que *nartayâmi*, facio ut saltet, *dûṣayâmi*, corrumpo, depravo, bien que *narta-, dûṣa-* ne se trouvent jamais soumis à la déclinaison.

1. Avec le sens de «pousser des cris» l'on s'en rapporte à *cluo, clueo, cliens;* avec celui de «rendre dur» à *crudus, crudelis.* Les deux racines sont bien différentes.

§ 91.

Formes inchoatives. — Je ne pense pas que l'on ait encore donné quelque bonne explication de l'élément dérivatif inchoatif **ska**.

En sanskrit cet élément devient naturellement *ćha*, puis *ććha* (Ascoli, *Ztschr*. XVI, 442; Benfey, *K. s. gramm.*, § 17; Schleicher, *Cpd.*, 169); — en grec σκο, σκε; — en latin *sco*, *sci*, *sce* (*nascor*, *nasceris*).

En zend nous trouvons légitimement *ça* pour *ççа*, § 50, assimilé de *sça* pour *ska*:

ga-ska-ti, il va, sk. *gaććhati*, gr. βάσκει, z. *gaçaiti* avec voyelle d'épenthèse.

Comparez encore les formes suivantes:

pereçahi, tu interroges = sk. *prććhasi*;

içaiti, il tend vers, il désire = sk. *iććhati*;

uçaiti, il éclaire = sk. *uććhati*.

§ 92.

Formes passives. — Ici encore l'élément dérivatif est *ya*. J'entends pour le sanskrit et le zend, en principe. D'après H. C. von der Gabelentz (*Abhandl. der königl. sächs. gesellsch. der wissensch.* VIII, 529: cf. Haughton, *Manu*, 329, Humboldt, *Kawi I. S.*, CCLXXIII, Boller, *Ausführl. sans. gramm.*, 124, 1), il faut se reporter au verbe **ya**, aller (sk. *yâmi*, eo, *yâta-*, profectus, *yâtu-*, m., viator; z. *yãç*, allant: nomin. sing. masc., § 152). Pour soutenir cette opinion, on peut invoquer les formations passives à l'aide d'auxiliaires. Ainsi en lithuanien l'on a recours au verbe « être » et à un participe; voyez Schleicher, *Hdb. der lit. spr.* I, 303. En esclavon liturgique le passif est formé soit de l'actif avec le pronom réflexif, soit du participe passif avec *byti* et *byvati*, être; voyez Schleicher, *Die formenl. der kirchenslav. spr.*, 329. Au sujet de cette formation en arménien classique consultez M. Lauer, *Gramm.*

der class. armen. spr., 57. Cf. italien, espagnol, portugais, provençal, français: *io sono amato, soy amado, son amado, sui amat, je suis aimé:* VON DER GABELENTZ, 493. M. FR. MÜLLER s'en réfère également au verbe «aller»: *Or. und occ.* II, 582.

Selon d'autres auteurs, l'élément formatif en question n'est autre que le pronom relatif *ya* (sk. et z. *ya-*, gr. ὁ-; CURTIUS, *Griech. etym.*, 368): SCHLEICHER, *Beitr.* III, 128.

Quant aux terminaisons, «l'usage des désinences per» sonnelles du moyen (intransitif) est sans doute la plus » fréquente et la plus antique», dit M. SPIEGEL, «pourtant » le vieux baktrien les admet encore moins que le sanskrit, » et recourt parfois aussi à celles de l'actif.» *Gramm. der altbaktr. spr.*, 254. Ce fait n'est point ici pour nous de premier intérêt, mais il n'est point non plus sans importance, car il donne bien une sincère idée du peu de primordialité de la notion passive, ou, pour mieux dire, de sa dépendance, de son infériorité vis-à-vis du transitif et de l'intransitif, ces deux seules voix réelles. (M. ASCOLI n'admet pas que dans l'élément *ya* réside la notion passive; à ses yeux cette notion est toute entière dans les terminaisons personnelles; *Studj ârio-sem.*, articolo secondo, 31: consultez SCHWEIZER-SIDLER, *Ztschr.* XVI, 150.)

Exemples du passif zend par *ya:*

çruyê, je suis entendu = sk. *çruyê*;

mainyêtê, il est pensé, réputé, tenu pour . . . . . ;

bairyêintê, ils sont apportés;

zâviṣi, je fus invoqué (*i* est pour *ya* et le suffixe est tombé ainsi qu'il en arrive toujours à la première personne secondaire de l'intransitif).

Avec la désinence transitive: *bairyêitića qairyêitića*, et il est porté et il est détruit; *Vendid.* V, 128.

Quoiqu'il en soit, maintes fois pour rendre la notion passive l'on ne recourt pas à cette dérivation par *ya;* l'on détourne simplement de son sens primitif l'intransitif, absolument comme en grec où τιμῶμαι donne à entendre « je suis honoré » et « je m'honore ». Cf. H. C. von der Gabelentz, *op. cit.*, 532.

Par malheur, en plus d'une circonstance, la tradition, à défaut de l'intelligence morphologique, n'a pas la puissance de maintenir la saine distinction du transitif et de l'intransitif; ce dernier en arrive parfois à se substituer au premier, et en sanskrit, par exemple, *yudhyê* remplace presque toujours *yudhyâmi*, pugno. Le fait est souvent absolu, c'est-à-dire que toute trace du transitif a disparu. Même phénomène en zend. Au surplus, cela nous occupera de nouveau à l'occasion des participes.

§ 93.

L'on ne s'étonnera pas de ne me point voir amener auprès des formes qui précèdent, l'*intensif* et le *dénominatif*.

Rien de plus simple assurément que cette exclusion, rien de plus légitime. En quoi consiste la manifestation intensive? En un redoublement. . . . Cf. Léo Meyer, *Ztschr.* VII, 200, 201. Exemples en sanskrit: *bôbhôjmi*, cf. *bhunajmi*, edo, fruor; *dardharmi*, cf. *darhâmi*, cresco. On remarquera ici que le redoublement est caractérisé par la gunation de la voyelle: cf. Oppert, *Gramm. sans.*, 176, Benfey, *K. s. gramm.*, 41. Cette particularité se retrouve parfois dans les intensifs zends:

ćarekeremahi, nous voulons acquérir par héritage (Justi, *Hdb.*, 79, Spiegel, *Av. übers.* II, 184); le premier et le troisième *e* sont adventices.

Lorsque l'on s'en tient aux principes communs de réduplication, il est bien téméraire d'avancer que l'on se trouve en présence de vrais intensifs et non pas de simples redoublés conjugués à la façon de la troisième classe des grammairiens hindous: voici, par exemple, *titaraṭ*, il allait à travers (Windischmann, *Zoroastr. stud.*, 322); ce mot nous est donné comme imparfait intensif par MM. Spiegel (*Gramm.*

der altbaktr. spr., 257, Justi, *Hdb.*, 402). Fort bien, si nous en rencontrions une forme autre que celles du présent et de l'imparfait! Mais il n'en est pas ainsi. Toutefois je reconnais que pour le mot en question la qualité d'intensif peut être soutenue par cette raison analogique que le sanskrit dit tout simplement *tarâmi*, transgredior, sans conjuguer d'après sa troisième classe avec réduplication.

Mais voici *naênižaiti*, il enlève (évidemment pour **ninaêžaiti*); ce mot est universellement donné comme intensif: Spiegel, *Gramm. der altbaktr. spr.*, 257, Justi, *Hdb.*, 402, Haug, *Essays*, 61. Je me demande pourquoi (nous n'avons en zend que cette seule forme) ce ne serait pas là un simple positif conjugué avec redoublement des temps présent et imparfait, tout comme *histahi*, tu te tiens debout? . . . . . Si tant est que nous ayons une équivalence du sk. *nênêkti*, purificat (comme le veulent les trois auteurs cités), il y a absolument la même raison à soutenir que nous nous trouvons en présence d'une simple forme de présent redoublé, qu'il y avait à soutenir tout à l'heure que *titaraṭ* était un intensif vis-à-vis du sk. *tarâmi*.

Quoiqu'il en soit, si *titaraṭ* est réellement — ce que je ne nie pas — un intensif, nous avons à remarquer que la réduplication est ici formée d'après le procédé courant, et cela, selon moi, par une fausse analogie.

D'autre part, en ce qui concerne le concept dénominatif, il me suffira de rappeler que tous les verbes conjugués, en dehors de ceux qui n'affectent que le guna ou la réduplication, sont nominaux. C'est ce que je me suis efforcé ailleurs de mettre hors de contestation (*Revue de ling.* II, 5); c'est ce à quoi je ferai encore allusion ci-dessous en traitant de la formation du temps présent.

En somme, intensifs et dénominatifs n'ont pas à nous occuper en ce moment. Cf. Schleicher, *Cpd.*, 351, 352.

Chapitre 7. Comparatif et superlatif.

§ 94.

C'est seulement sous la rubrique générale de la dérivation qu'il est rationnel et possible de traiter des degrés de comparaison. En effet, c'est bien un suffixe dérivatif, qui, du thème nominal, forme un second dérivé, lequel implique la notion comparative ou superlative.

§ 95.

Examinons d'abord le **comparatif.** Ici deux formations organiques se présentent.

La première est due à l'élément dérivatif **yas.**

Dans la première édition de la présente grammaire j'avais émis l'opinion que le thème des comparatifs tels que le grec μεῖζον- (pour *μεγιον-), θάσσον- (pour *ταχιον-), etc., avait pour élément primordial **yans.** Le sanskrit aurait, en certains cas, conservé la nasale, en d'autres cas l'aurait rejetée (*garîyas-as*, gravioris, *garîyâṁs-am*, graviorem); le zend l'aurait toujours perdue (car le *n̆* qu'il présente parfois, *vaṅhaṅh-em*, meliorem, n'est qu'un accident bien légitime, p. 74); le grec aurait toujours rejeté la sifflante pour prendre constamment fin par la nasale, μείζον-ος génit., μείζονα, accus., etc.[1]. En cela je suivais l'enseignement de Schleicher, *Cpd.*, 604, 605. J'ai déjà retiré d'une façon formelle cette appréciation: *Revue de ling.*, II, 454. En effet, la forme dite « forte » n'est autre chose qu'une extension de la forme dite « faible », *ibid.*, 452, et la forme organique se termine ici en **s**, non point en **ns.**

C'est ce qu'a compris M. F. Weihrich: « Terminatio » comparativi illam ipsam formam, quam supra posui, . . .

1. Le locatif pluriel μείζο-σι perd régulièrement la nasale. *Cpd.*, 574. Les grammaires usuelles prennent ce locatif pour un datif, mais le grec, comme l'on sait, n'a pas de datif pluriel. La notion de ce dernier est reportée sur le locatif.

» *yas* prisca aetate habuisse putanda est, quae et nasali » inserta et vocali producta in casibus fortioribus, quos » dicunt, in *yañs* et *yâñs* formas mutata est ». *De gradibus comparationis*, 59.

§ 96.

Ce n'est pas ici le lieu d'exposer quels sont les cas forts, les cas moyens, les cas faibles: cela nous occupera à temps opportun, § 151. Il nous suffit pour l'instant de nous rappeler les faits suivants: le sanskrit intercale une voyelle furtive (cf. sous le nom de nombre « second ») devant la terminaison qui nous occupe (*mah-î-yas-as*, majoris); — le grec forme tous les cas sur la forme forte perdant sa sifflante terminale [1]; — le latin part de la forme forte et par la filière *ions, ios*, arrive à *ior* ou *ius* [2].

En zend, il arrive ici que le thème n'est jamais renforcé, et que la caractéristique (pour le masculin et le neutre) est toujours *yah* pour *yas*, avec *h* = *s*. Cela, d'ailleurs, sera dit à nouveau dans le chapitre relatif à la déclinaison. Exemples:

âçyah-, plus rapide = sk. *âçîyas-*;

mazyah-, plus grand = sk. *mahîyas-* (Schleicher, *Cpd.*, 480).

Selon toute probabilité l'élément **yas** est pour une forme **yat** plus ancienne. Concernant la signification même de ce dérivatif, consultez Benfey, *K. s. gramm.*, 246, *Or. und occid.*, I, 245; Schleicher, *Cpd.*, 479.

(Nous n'avons parlé que du masculin et du neutre. Le thème du comparatif féminin est formé au moyen d'une dérivation secondaire par le suffixe *i* pour *î* (§ 22) pour *yâ*. Mais cela n'a point à nous occuper pour l'instant.)

1. Par exemple sur μειζον-. Accus. sing. μείζον-α, génit. μείζον-ος, locat. (datif) μείζον-ι; accus. plur. μείζον-ας (d'où μείζους), génit. μείζον-ων.

2. Exemple: *major-is, major-a, major-um*.

§ 97.

La seconde formation du comparatif est due aux éléments **ra** ou **tara**.

Il est clair que ce dernier est secondaire. C'est ce que démontrent les formes simples du sanskrit telles que *apara-*, alius; *avara-*, posterior, tirées de *ava*, de, ab, *apâ*, ab, de.

En zend nous trouvons les deux éléments, mais le premier, si je ne me trompe, ne se présente guère que dans les formations dont un adverbe ou une préposition constituent la base même, formations dont je parlerai ci-dessous.

Avant de citer quelques exemples de noms adjectifs comparatifs formés par l'élément *tara*, je dois prévenir de ce fait qu'en principe le *a* thématique terminal auquel s'annexe la désinence *tara* s'obscurcit en *ô*. Cette règle souffre parfois exception, mais, je le répète, elle constitue le principe. Nous retrouverons absolument le même fait dans la composition: § 128.

Quoi qu'il en soit, voici quelques exemples offrant l'obscurcissement en question:

çrîrôtara-, plus beau: *çrîra-*, sk. *çrîla-*, felix;

dužitôtara-, plus inaccessible: *dužita-*, cf. sk. *durita-*, n., peccatum, scelus, Bopp, *Glossar.*, 191;

phrithôtara-, plus aimé: *phritha-*, sk. *prîta-*, amatus.

Sans l'obscurcissement de la voyelle finale du thème, l'on trouve entre autres exemples:

akatara-, plus méchant: *aka-*, méchant, cf. sk. *aka-*, n., dolor, peccatum.

§ 98.

Ce n'est point seulement le nom adjectif qui peut recevoir la notion comparative: comme je l'ai déjà dit, les prépositions et adverbes ainsi que les noms substantifs et participes et les pronoms peuvent parfaitement s'y prêter.

§ 99.

En ce qui concerne par exemple les substantifs nous pouvons relever:

uṣaçtara-, plus à l'est, oriental: d'après *uṣah-*, § 149, aurore = sk. *uṣas-*, n., diluculum;

daoṣatara-, plus à l'ouest, occidental: d'après *daoṣa-*, f., nuit = sk. *dôṣâ-*, f., nox (*Rig Véda*, 1, 7).

Voyez des formes sanskrites analogues dans Weihrich, *De gradibus comparationis*, 81. Comparez en grec κύντερο-, plus chien, plus impudent, βασιλεύτερο-, plus roi, plus royal. *Ibid.*, 83.

§ 100.

A l'égard des prépositions et adverbes:

aiwitara- autre, étranger (Lagarde, *Beitr. zur baktr. lexicogr.*, 5), d'après *aiwi* = sk. *abhi;*

nistara-, plus externe, le plus externe, d'après *nis*, hors, dehors, arrière, au loin (*nižbereta-*, emporté): sk. *nis* (insépar.), ex;

vîtara-, plus large, plus étendu, plus développé, d'après *vi*, séparément = sk. *vi* (insépar.), ex;

phratara-, précédent, plus élevé, d'après *phra*, devant = sk. *pra* insépar.), pro; gr. πρό, πρότερο-;

adhara-, inférieur = sk. *adhara-*, inferior (cf. sk. *adhas*, infra, forme du même type pronominal);

apara-, subséquent, postérieur = sk. *apara-*, *para-*, alius, remotior, posterior, d'après *apa*, Chavée, *Français et wallon*, 168.

§ 101.

Enfin à l'égard des pronoms:

katara-, *katâra-*, § 22, lequel = sk. *katara-*, uter, gr. κότερο-, πότερο-, lat. *ut(e)ro-*, Schleicher, *Cpd.*, 270, goth. *hvathara-*: d'après *ka-*, qui;

yatâra-, lequel = sk. *yatara-*: d'après *ya-*, qui (gr. ὅ-, Curtius, *Griech. etym.*, 368).

§ 102.

Nous arrivons au **superlatif**.

Ici encore le mode de formation est double: ou bien il est simple (dérivat. **ta**, **ma**), ou bien il est composé.

Formations par **ta**. En principe, ce sont les nombres ordinaux qui nous fournissent ici les exemples. Ainsi que le dit Bopp, « l'idée du superlatif est étroitement liée à » celle des noms de nombre ordinaux au-dessus de deux, » de même que l'idée d'ordre a une grande affinité avec » l'idée marquée par le superlatif. C'est pour cette raison » que nous trouvons aussi *tama* avec les noms de nombre » ordinaux » (sk. *viṁçatitama-*, vigesimus). *Trad.*, II, 186. Cf. Weihrich, *op. cit.*, 54. — Nous avons donc de véritables superlatifs par *ta* dans la forme zende *pukhdha-*, cinquième, avec *dh* pour *th* pour *t*, § 37. (Cf. en gr. τρίτο-, τέταρτο-, πέμπτο-, etc., en sk. *ćaturtha-*, quatrième, etc.)

Formations par **ma**. Il en est absolument de même que pour les formations précédentes. Qu'il suffise de rappeler: z. *naoma-*, pour **navama-*, § 28, neuvième = lat. *nono-*, Schleicher, *Cpd.*, 510, sk. *navama-*. Voyez ci-dessous aux noms de nombre.

On peut citer d'ailleurs: *upama-*, le plus haut = sk. *upama-*, dérivé de l'adverbe *upa*; *apema-*, le dernier = sk. *apama-* (avec *e* pour *a*, § 5), les formes comparatives *upara-*, *apara-*.

Nous arrivons aux formations composées.

La formation dite en **ista** (sk. *iṣṭha*, gr. ιστο) est regardée par nombre d'auteurs comme étant une simple dérivation par l'élément *ta*. Schleicher incline à penser que la syllabe *is* n'est qu'une condensation du suffixe comparatif de la première espèce (*Cpd.*, 488); consultez également

Weihrich, *De gradibus comparationis*, 88. z. *âçyah-*, plus rapide : *âçista-*, très-rapide = sk. *âçiṣṭha-*, gr. ὤκιστο-.

Pourtant, il est permis de se demander si l'élément formatif n'est pas **sta**, pour **sata**. En effet, dans le reste du système nous trouvons la notion superlative maintes fois rendue par l'association de deux démonstratifs primordiaux : tata (χαριϝέστατο-, le plus gracieux), tama (lat. *optumo-*, *optimo-*). De la sorte le *i* de *âçista-* et d'autres analogues, ne serait qu'une atténuation de la voyelle thématique finale. — On peut opposer à cette manière de voir (je ne la donne que comme toute hypothétique) une double objection. En premier lieu l'on peut arguer des superlatifs sanskrits tels que *prêṣṭha-*, dilectissimus (Kuhn, *Ztschr.*, XV, 307), *sphêṣṭha-*, fortissimus, *sthêṣṭha-*, firmissimus, etc. . . . . Il est facile de répondre que ces formes peuvent fort bien devoir leur naissance à une analogie plus ou moins heureuse. Il faut bien penser avec les grammairiens hindous et Eug. Burnouf, (*Observations sur les mots « vahista » et « vasichtha »*, 25) que la base de *çrêṣṭha-*, *prêṣṭha-*, *sthêṣṭha-* est *çra*, *pra*, *stha* : cf. Kuhn, *Ztschr.*, XV, 307, *Beitr.*, IV, 188. La seconde objection serait tirée du gothique dont les formes superlatives telles que *armôsta-*, miserrimus, *lasivôsta-*, infirmissimus, paraissent bien formées par la simple adjonction de l'élément *ta* (qui à cause de la sifflante précédente ne peut devenir *tha*) à de simples formes comparatives : voyez, pour plus de détails, Schleicher, *Cpd.*, 490, 484. Mais il faut bien observer que ces formations en *ôsta* sont secondaires et analogiques : le vrai et pur superlatif gothique est en *sta* (*reikista-*, potentissimus), en *duma(n)*, *ibid.*, 494, etc., etc.

Quoi qu'il en soit, je citerai ici les formes zendes suivantes :

kaçista-, très-petit : *kaçu-* ;
âçista-, très-rapide : *âçu-* ;
nazdista-, très-proche : *nazda-* ;

aćista-, très-mauvais: *aka-;*

thwakhṣista-, très-actif: *thwakhṣa-*.

La formation par **tama** offre bien moins de difficultés. Nous avons à remarquer simplement l'assombrissement de *a* en *e* devant *m*, § 5, et le changement (en principe) de la voyelle *a* thématique finale en *ô*, tout comme à l'égard des comparatifs en *tara:* voyez au § 97. Exemples:

ughrôtema-, très-fort: *ughra-;*

takhmôtema-, très-rapide, très-fort: *takhma-;*

dâityôtema-, très-légal: *dâitya-;*

vahmyôtema-, très-digne d'être invoqué: *vahmya-*.

Un substantif, non plus un adjectif, forme la base des superlatifs que voici:

daêvôtema-, très-démon: *daêva-*, mf.;

zarathustrôtema-, grand-prêtre (Spiegel, *Comment.*, II, 59, génie placé au-dessus des prêtres): *zarathustra-;*

ukhdhôtema-, n., prière par excellence: *ukhdha-*, n., prière (Justi, *Hdb.*, 60).

D'autre part voici un participe au superlatif:

z. *haçtema-*, avec *çt* par dissimilation = sk. *sattama-*, quam maxime ens (*Râmây.*, VI, 101, 31).

Superlatifs dérivés d'adverbes ou de prépositions:

nitema-, le plus bas, le moindre: de *ni*, au sens d'abaissement, d'abattement = sk. *ni* (insépar.), deorsum, sub, de.

uçtema-, le plus extérieur, le plus éloigné, final = sk. *uttama-*, summus, supremus, praestantissimus;

phratema-, le premier = sk. *prathama-*, primus.

Chapitre 8. Les noms de nombre.

§ 103.

Voici encore un appendice à la section de dérivation. Tout comme pour les formations verbales désidératives, causales, inchoatives, passives, tout comme pour les comparatifs et superlatifs, les faits vont montrer d'eux-mêmes qu'il était impossible d'assigner à l'étude des noms de nombre quelque place indépendante de la morphologie.

La formation des cas dans les noms de nombre ne doit pas nous occuper ici d'une façon spéciale. Elle sera expliquée plus loin, en temps opportun.

Commençons par les NOMBRES CARDINAUX.

§ 104.

Le nombre UN:

z. *aêva-*, v. perse *aiva-*, gr. οἶο-.

Il n'y a point de difficulté au sujet de *aê* = *ai*: § 14. Le grec a eu primordialement un *οἶϝο-.

L'élément simple est le pronom déterminatif organique i guné; EBEL, *Ztschr.* XIII, 393. (Comparez les autres dérivations du même pronom: *ai-ka-*, sk. *êka-*, unus, singulus, solus, lat. *aequo-*, CHAVÉE, *Lexiol. indo-europ.*, 118; — *ai-na-*, lat. *oino*, *uno-*, CORSSEN, *Ausspr.* I, 708, gr. οἰνό-, CURTIUS, *Griech. etym.*, 298, goth. *aina-*, LEO MEYER, *Die goth. spr.*, 681.)

Nous rencontrons en zend, d'après M. JUSTI, les cas suivants:

Nomin.	*aêvô*	*aêva*	*ôium*
Accus.	*ôyum*	*aêvãm*	*aoim*
	ôim		
Locat.			*aêvahmi*
Génit.	*aêvahê*	*aêvaṅhâo*	
Instrum.	*aêva*		

Il importe de faire quelques observations sur ces différentes formes.

Les trois derniers cas ne doivent pas nous occuper. Il suffit de se reporter à la déclinaison pronominale. (Dans les Gâthas nous trouvons [*Yaçna* XLVI, 2] une forme *ôyâ* assez obscure. HAUG la tient comme contraction d'un plus ancien **avayâ*, instrum. fém. sing., avec condensation de *av* en *ô* et chute du second *a*. Cette explication est inadmissible, car **avayâ* n'eût pu donner que **aoyâ*: cf. *naoma-* pour **navama-*, § 28. En tous cas l'on ne se référerait plus au thème *aêva-*, mais à *ava-*, ce, cet, cette. *Die Gâtha's* II, 156. M. Spiegel, après avoir regardé le mot en question comme contracté de **ôyayâ* et instrumental fém. sing. de *aêva-*, penche en dernier lieu à le tenir simplement pour *ayâ*, avec obscurcissement de la voyelle initiale: *Comment.* II, 383. C'est là encore abandonner le thème *aêva-*. M. Justi, *Hdb.*, 9, donne *ôyâ* comme instrumental fém. sing. de *aêva-*, et plus loin, page 359, l'explique par un **aêvyâ* précédent: « *aêvy* devient *ôi*, exemple *ôyâ* ». Cette interprétation ne peut être acceptée au point de vue des lois phoniques, et d'ailleurs M. Justi ne la soutient par aucune analogie. J'estime que la seconde explication de M. Spiegel n'est point sans vraisemblance.)

L'accusatif sing. masc. *ôyum* rend bien un organique *aiva-m* (v. perse *aivam*): *va* s'est condensé en *u*, § 28, et le *i* de *ôi* = *aê*, § 23, est devenu *y* devant la voyelle subséquente, § 18. (Cf. *vîdôyûm*, accus. de *vîdaêva-*, antidémoniaque.) La forme *ôim* est des plus difficiles à expliquer. Dans le neutre *aoim* le *a* serait prosthétique: Spiegel, *Gramm. der altbaktr. spr.*, 177. Voilà qui est encore fort obscur.

§ 105.

Le nombre deux. — Le thème du nombre deux offre un parfait ensemble dans les différents rameaux: sk. *dva-*, gr. δυο-, esclav. liturg. et lithuan. *dva-*, goth. *tva-*, z. *dva-*; il est supposable au plus haut point que l'origine de ce nombre est purement verbale.

En même temps que ce thème *dva-*, se trouve employée une forme secondaire *dvaya-*. Celle-ci peut s'offrir, et s'offre en effet, sous six faces diverses: sa forme pure (génit. masc.); avec chute du *d* (génit. masc.); avec condensation de *va* en *u* (nomin. fém.); avec condensation de *ya* en *i*, d'où par rencontre avec le *a* précédent le groupe *ai*, secondairement *aê* (ablat. masc.); avec cette condensation et chute du *d* (ablat. neutre); avec condensation de *va* en *u* et chute du *d* (nomin. neutre). Le paradigme est le suivant :

Nomin.	*dva*	*duyê*	*uyê, vaêm*
Accus.	*dva*	*duyê*	*dva, va, vaêm*
Dat.	*vaêibya*	. . . . .	. . . . .
Ablat.	*dvaêibya*	. . . . .	*vaêibya*
Génit.	*dvayå*	. . . . .	. . . . .
	vayå	. . . . .	. . . . .

Le *i* des datif et ablatif est épenthétique. — Si l'on veut bien se reporter à la déclinaison des thèmes en *a*, l'on verra aisément que le nombre est ici celui du duel. Cela d'ailleurs s'entend de soi. Pourtant il y a une exception à faire à l'égard de *vaêm*: celui-ci, en effet, est un neutre singulier; M. Spiegel invoque un substantif *vaya-*, dualité. Si celui-ci se retrouvait quelque part ailleurs, la question serait tranchée, mais il n'en est pas de la sorte. Aussi j'ai quelque peine à accueillir cette explication. Il est plus simple, me semble-t-il, d'admettre une faute de nombre de la part des Baktriens. — En rapprochant le féminin *duyê* du féminin sk. *dvê*, l'on a voulu voir dans le premier l'équivalent du second, grâce à un *y* ligatif (Bopp, *Gramm. comp.*, *trad.* II, 217); j'ai le regret d'avoir moi aussi enseigné cette opinion. Le z. *duyê* n'est, je le répète, que le duel féminin d'un thème *dvaya-*, secondaire de *dva-*, tandis que c'est à *dva-* lui-même que se rapporte le nominatif duel fém. sk. *dvê*.

§ 106.

Le nombre trois. — Le thème du nombre trois est *tri-* (sanskrit, grec, latin, esclavon liturgique, lithuanien), z. *thri-*. — Bopp rattache cette forme à une « racine » verbale au sens de *transgredi* (sk. *tarati,* transgreditur). « La » signification étymologique serait donc : dépassant, surpas- » sant [les deux nombres inférieurs] ». *Gramm. comp., trad.* II, 221. Cf. Benfey, *K. s. gramm.*, 326. Cette explication hautement fantaisiste permettrait d'assigner *tri-* à tout nombre autre que l'unité. A vrai dire je n'ai aucune proposition nouvelle.

En sanskrit, en zend, en vieil irlandais nous trouvons un thème spécial pour le féminin : c'est à savoir sk. *tisr-* (d'où *tisar-,* lequel supprime son *a* à certains cas : nomin., accus. *tisras,* locat. *tisrṣu,* dat., ablat. *tisrbhyas,* génit. *tisrṇâm,* instrum. *tisrbhis);* en vieil irlandais : nomin. *teoir, teora,* accus. *teora,* dat. *teoraib,* génit. *teora-ñ* (Zeuss, *Gramm. celt.* ed. Ebel, I, 302 ; sur la chute d'un *s* cf. Cuno, *Beitr.* IV, 103, Schleicher, *Cpd.*, 497). — L'origine de *tisr-, tisar-* n'est point assurée. Selon Bopp, l'on aurait à faire à une forme redoublée avec *s* pour *t-* : **titr-,* **titar-* ; cela n'est justifié ni au point de vue phonétique, ni au point de vue significatif.

Quoiqu'il en soit, en ce qui concerne le zend, le paradigme des formes conservées est le suivant :

Nomin.	*thrâyô*		
Accus.	*thrâyô* . . .	*tiṣarô* *tisrô*	. . . .
Dat.	*thribyô*		
Génit.	*thrayãm* . .	*tisrãm* *tisranãm*	. . . . . *thrayãm*

Les observations à faire sur la vriddhification des nominatif et accusatif du masculin, ainsi que celles relatives au génitif masculin et neutre, viennent d'elles seules à l'esprit du lecteur. Il n'y a qu'à se reporter au paradigme masculin pluriel des thèmes en *i,* § 176. — On donne parfois pour le nominatif féminin une forme *thrâyô* (*thrâyô khṣaphna çaćãnti,* « [jusqu'à ce que] trois nuits passent », *Vend.* IX, 135 : cf. *ibid.* XVI, 21). Assurément *khṣapan-* (nomin. plur. *khṣaphna*) est du genre féminin : cf. *tisrãm khṣaphnãm* (génit. plur.), des trois nuits. Je ne puis donc voir dans *thrâyô* appliqué au féminin qu'une fausse analogie, une extension malheureuse. Il eut fallu soit *tiṣarô*, soit *tisrô*, comme à l'accusatif. — De ces deux dernières formes la seconde est évidemment contractée. — Le génitif du même genre accueille manifestement cette nasale adventice que nous trouvons au génitif pluriel des thèmes vocaliques (§§ 173, 176, 180). C'est que, en effet, si la forme *tisrãm* pour **tisarâm* est consonnantique, de son côté la forme *tisra-n-ãm* est vocalique. Quant à décider si ce *tisra-* présente ou non une métathèse, je pense que la chose est possible, à la rigueur, mais j'ai peu de penchant pour cette sorte d'explication.

§ 107.

Le nombre QUATRE. — La forme organique est incontestablement **katvar-**.

sk. *ćatvar-*, *ćatur-*, ce dernier avec condensation de *va* en *u*; gr. *κετϝαρ-, d'où *τετϝαρ-, τέτταρ-, τέσσαρ-, ou encore πέτταρ-, πέσσυρ-, etc., cf. Curtius, *Griech. etym.*, 445; — lat. *quatuor*; — esclav. liturg. *četyr-*, Schleicher, *Cpd.*, 497, *Die formenl. der kirchenslav. spr.*, 186.

Le zend présente *ćathwar-* (sur *thw* = *tv*, § 37) et le condensé *ćatur-*.

Nous n'en possédons que deux cas bien assurés, le nominatif et l'accusatif, tous deux réguliers : nomin. *ćathwaraç-ća* (et quatre) ou *ćathwârô* avec *â* comme en sanskrit (*ćatvâras*); — accus. *ćathwârô* = sk. *ćaturas*.

Quant au génitif *ćathruṣanãm*, s'il se rattache au même thème, c'est une forme bien extraordinaire. Ici encore, sans doute, on a été victime d'un malencontreux sentiment analogique. Je ne pense pas que cette forme soit encore expliquée.

Tout comme pour le nombre « trois », le sanskrit et le vieil irlandais ont également pour « quatre » une forme thématique féminine. Le zend n'en offre aucune trace.

La forme condensée *ćatur-* se retrouve dans *ćatura-*, quatre fois répété (cf. l'aphérésé *tûra-*, quadruple).

Au sujet de la métathèse *ćathru-* voyez au § 61.

§ 108.

Le nombre CINQ. — La forme thématique communément donnée (voir l'observation importante du § 118) est: z. *panćan-*, cinq = sk. *pańćan-*.

Dans ces deux formes le *p* est pour un **k** organique comme en témoigne le latin *quinque*: SCHLEICHER, *Cpd.*, 497, *Die formenl. der kirchenslav. spr.*, 186; — le grec πέμπε, πέντε serait pour * κενκε.

Le zend ne nous offre que les formes suivantes:

Nomin. *panća.* Accus. *panća.* Génit. *panćanãm.*

§ 109.

Le nombre SIX. — L'incertitude est grande sur la forme organique.

sk. *ṣaṣ*; — gr. ἕξ; — lat. *sex*; — esclav. liturg. *šes-tĭ* (*tĭ* suffixe déclinable); — z. *khṣvas.*

Entre autres explications on a avancé celles que voici:

BOPP (*Gramm. comp., trad.* II, 227). Le sk. *ṣaṣ* est pour * *kṣaṣ*; en grec et en latin il y a eu métathèse et *sex* est pour * *xes.* Cf. *Vergl. accent. syst.*, 261.

AUFRECHT (*Ztschr.* VIII, 71). Le sanskrit et le zend ramènent à un * *ksvaks.*

LEO MEYER (*ibid.* IX, 432). Le grec et le latin sont pour * *sveks.* Sic CURTIUS, *Griech. etym.*, 359.

STIER (*ibid.* X, 238). Dans * σϝέκς, *sex*, il y a une métathèse: le *ks* devait être initial et le *s* terminal, * *ksves.*

Ebel (*Beitr.* III, 270): *ṣaṣ* est pour **ksvaks.* Cf. *Jahrb. für phil. und päd.* LXXIX, 512; *Jahrb. für class. phil.* 1861, 4; *Ztschr.* XIV, 259. — Sic Schleicher, *Cpd.*, 498.

Ascoli (*Ztschr.* XVII, 411). La forme organique est **svaks:* le *kh* zend n'est qu'accessoire et secondairement développé.

En sanskrit *ṣaṣ* se décline *ṣaṭ, ṣaṭsu, ṣaḍbhyas, ṣaḍbhis, ṣaṇṇâm:* voyez Benfey, *K. s. gramm.*, 327. — En zend l'on ne possède que les formes du nominatif et de l'accusatif *khṣvaṣ.*

§ 110.

Le nombre sept. — La forme thématique communément donnée (voir l'observation importante du § 118) est: z. *haptan-*, sept = sk. *saptan-*.

Cf. gr. ἑπτά, lat. *septem.* Au sujet de la concordance voir au § 118.

On possède les formes du nominatif et de l'accusatif *hapta-.*

§ 111.

Le nombre huit. — Nous lisons à son sujet dans le *Compendium* de Schleicher qui admet un thème primordial **aktu-:* « le sk. *aṣṭu-, aṣṭan-* et le vieux baktrien *astan-* » sont d'irrégulières métamorphoses d'organiques *aktu-* et » *aktan-*, lequel fut traité comme s'il était le participe par- » fait passif d'une racine *aç.* » Voyez au § 118.

L'on ne rencontre que *asta:* nomin. et accus. — Le sanskrit dit *aṣṭa* ou *aṣṭâu.*

§ 112.

Le nombre neuf. — La forme thématique communément donnée (voir l'observation importante du § 118) est: z. *navan-*, neuf = sk. *navan-*.

Cf. gr. ἐννέα, lat. *novem.* Pour la concordance, voir au § 118.

Les cas subsistants sont ceux-ci:

Nomin.	z. *nava*	sk.	*nava*
Accus.	z. *nava*	sk.	*nava*
Génit.	z. *navanãm*	sk.	*navânâm*
Instr.	z. *nava*	sk.	*navabhis.*

Remarquons qu'en sanskrit la déclinaison, en ce qui concerne le génitif avec son *â* thématique, est celle des thèmes en *a*: pour le nombre cinq l'on a de même *pañćâ-nâm*. M. Benfey tient les cas directs comme déclinés au singulier neutre de thèmes en *an*: *K. s. gramm.*, 327.

§ 113.

Le nombre dix.

Nomin.	z. *daça*	sk.	*daça*
Accus.	z. *daça*	sk.	*daça*
Génit.	z. *daçanãm*	sk.	*daçânâm.*

Pour la concordance avec δέκα, *decem*, etc., voir, comme pour les nombres « cinq, sept, neuf », au § 118.

§ 114.

onze — dix-neuf.

z. **aêvadaçan-*, onze;
z. *dvadaçan-*, douze;
z. **thridaçan-*, treize;
z. **ćathrudaçan-*, quatorze;
z. *pańćadaçan-*, quinze;
z. **khṣvasdaçan*, seize;
z. **haptadaçan-*, dix-sept;
z. **astadaçan-*, dix-huit;
z. **navadaçan-*, dix-neuf.

Les mots restitués le sont par analogie avec les nombres cardinaux; voyez ci-dessous.

§ 115.

VINGT — QUATRE-VINGT-DIX et intermédiaires.

Le nombre «vingt» et les nombres de dizaines jusqu'à cent non compris, sont formés en sanskrit, zend, grec, latin, irlandais, au moyen d'une composition avec *daka*, tantôt dérivé par *ta*, tantôt par *ti*, tantôt par *t*: la syllabe initiale *da* tombant, c'est *çata*, etc. qui se vient annexer à *tri-*, *nava-*, etc. (BOPP, *Gramm. comp.*, *trad.* II, 238; idem, *Vergl. accent. syst.* 262; SCHLEICHER, *Cpd.*, 502):

20	*vîçaiti-*	sk. *viṁçati-*;
30	*thriçat-* / *thriçata-*	sk. *triṁçat-*;
40	*ćathwareçata-*	sk. *ćatvâriṁçat-*;
50	*panćaçat-* / *panćâçata-*	sk. *pańćâçat-*,
60	*khṣvasti-*	sk. *ṣaṣṭi-*;
70	*haptâiti-*	sk. *saptati-*;
80	*astâiti-*	sk. *açîti-*;
90	*navaiti-*	sk. *navati-*.

Quelques observations ne seront sans doute pas superflues.

VINGT. — La chute d'un *d* initial n'est point douteuse. La longueur de l'*î* dans *vîçaiti* n'a point de cause précise: voyez au § 22 ce qui a été dit de la fluctuation de quantité. (Au surplus la syllabe initiale *vi*, quelle que soit sa provenance étymologique, devient souvent *vî* en zend: cf. z. *vîçpa-*, tout = sk. *viçva-*, § 27; *vî* = sk. *vi* [insép.], contra, etc. — Le grec diphthonguifie la première syllabe: εἴκοσι, βείκατι, et cela, selon M. CURTIUS, sans raison plausible; *Griech. etym.*, 130. — Le sanskrit fait subir à cette même syllabe une nasalisation: BOPP suppose bien extraordinairement que ce *ṁ* pourrait être une dégénérescence [entartung] du *d* de * *daçati-*, «le contraire de ce qui arrive

« en lithuanien et en slave à propos du nombre **neuf** ». (Esclav. liturg. *devę-tĭ*, lithuan. *devynì, devýnios*; SCHLEICHER, *Die formenl. der kirchenslav. spr.*, 187, *Hdb. der lit. spr.*, I, 149.) *Vergl. accent. syst.*, 262, *Gramm. comp. trad.*, II, 241. Cette hypothèse est absolument gratuite.

TRENTE. — Le thème est double. D'abord *thriçat-*: cf. ASCOLI, *Di un gruppo di desin. indo-europ.*, note 39. On en a la forme nominative *thriçãç*, cf. *hãç*, étant, §§ 12, 56, 152. — Quant à l'accusatif *thriçatem* et quant au génitif pluriel *thriçatanãm*, ils sont dus à un thème *thriçata-*; (cf. *vehrka-*, loup: accus. *vehrkem*, génit. plur. *vehrkanãm*, § 181). Un thème *thriçat-* réclamerait à l'accusatif **thriçentem* et au génitif pluriel **thriçatãm*; cf. § 152.

QUARANTE. — Il n'y a aucun doute sur ce thème en *a*: nominatif neutre *ćathwareçatem*. — Le *e* est adventice, § 20.

CINQUANTE. — Comme pour « trente » le thème est encore double. La forme *panćâçatem*, *Vendid.*, VII, 125, V, 84, VIII, 266, indique *panćâçata-*, tandis que *panćaçat-* ressort clairement de l'instrumental *panćaçatbis*, *Visp.*, IX, 3.

SOIXANTE. — La forme usitée pour « soixante » correspond rigoureusement à la forme sanskrite. On en a l'accusatif *khṣastîm* avec *î* pour *i* devant *m* terminal: § 22.

SOIXANTE-DIX. — Allongement intempestif; accus. *haptâitîm*.

QUATRE-VINGTS. — Même observation; accus. *astâitîm*. — La forme sanskrite *açîti-* est obscure. Je n'en connais point d'explication concluante: voyez toutefois BENFEY, *K. s. gramm.*, 323.

Les **unités intermédiaires** sont rendues par leur précession au mot formulant la dizaine. Exemples:

thrâyaçća thriçãçća, « tresque trigintaque », tres et triginta;

panćaća vîçaitića, « quinqueque vigintique », quinque et viginti.

§ 116.

Le nombre CENT.

Zend *çata-*, cent = sk. *çata-*. — La déclinaison est celle des thèmes en *a*, § 181.

Ainsi nous trouvons entre autres formes les suivantes:

çatem . . . ava baraiti: il apporte un cent de . . . (accus. neutre); *Vendid.*, VIII, 266;

duyê çaitê: deux cents (nomin. et accus. fémin. du duel); cf. § 105;

khşvas çatâis: par six cents (instrum. plur.); *thris çatâis:* par trois cents, etc.

Cf. gr. ἑ-κατό-. (La voyelle initiale donne à entendre l'unité: Bopp, *Gramm. comp.*, *trad.*, II, 240, Schleicher, *Cpd.*, 504, Curtius, *Griech. etym.*, 130, Pott, *Sprachverschied.*, 17. M. Curtius donne la même portée au ἑ de ἕκαστο-ς qu'il traduit par « unus quotuscunque ».) — Cf. lat. *cento-*.

§ 117.

Le nombre MILLE.

L'accord entre le zend et le sanskrit est parfait:

z. *hazan̈ra-*, pour *hazan̈hra-*, p. 20 = sk. *sahasra-*.

Ce mot se décline comme les noms en *a*, § 181:

Sing. nomin. *hazan̈rem* (neutre),
accus. *hazan̈rem* (neutre),
locat. *hazan̈rê*,
dat. *hazan̈râi*.

Au duel nous avons le nominatif et l'accusatif *duyê hazan̈rê*, « duo millia » (cf. *duyê çaitê* au paragraphe précédent).

L'instrumental pluriel apparaît plusieurs fois; c'est *hazan̈râis*.

Il est inutile d'insister sur ce fait que le zend *hazan̈ra-* (plus pur: *hazan̈hra-*, p. 20) et le sanskrit *sahasra-* restituent une forme **saghasra-*.

On rattache, et non sans vraisemblance, à cette forme le pluriel grec χίλιοι. En effet la forme éolienne χέλλιο- peut, par *χεσλιο-, *χεσριο-, provenir d'un secondaire *ghasra-ya-*. Voyez Fick, *Wörterb. der indogerm. grundspr.*, 67. Cf. Schleicher, *Cpd.*, 506; Kuhn, *Ztschr.*, XV, 308.

Cette expression appliquée à l'idée de « mille » sort totalement du système quinquenno-décimal et donne probablement à entendre « une multitude, un grand nombre »[1].

Avec les autres idiomes indo-européens la concordance cesse totalement. Schleicher, *op. cit.*, 506; *Die formenl. der kirchenslav. spr.*, 188; Lottner, *Ztschr.*, VII, 25.

§ 118.

Note sur la concordance des mots qui expriment les nombres cinq, sept, huit, neuf, dix.

Ci-dessus, j'ai retardé les observations qu'il y a lieu de faire sur la concordance de ces différents noms de nombre dans les langues indo-européennes. Je rapporterai ici la récente théorie exposée par M. Ascoli dans son mémoire *Di un gruppo di desinenze indo-europee*.

Schleicher restitue comme thèmes organiques des nombres « sept, neuf, dix » les formes **saptan-**, **navan-**, **dakan-**. Le grec ἑπτά aurait perdu sa nasale, le latin *septem* aurait admis une mutation extraordinaire de *n* en *m*. Il en aurait été de même pour δέκα, *decem*, *novem*, et ἐννέα serait pour *νέϜαν. — En ce qui concerne le nombre « huit », le thème primordial aurait été **aktu-** dont le sk. *aṣṭâu*, le gr. ὀκτώ, le lat. *octo* seraient des formes duelles; le sk. *aṣṭan-*, le z. *astan-* proviendraient d'une analogie avec *saptan-*, *haptan-*, etc.

Au lieu des formes thématiques sk. *pañćan-*, *saptan-*, *aṣṭan-*, *navan-*, *daçan-*, z. *pañćan-*, *haptan-*, *astan-*, *navan-*,

1. M. Ascoli rattache le *hariur* arménien, cent, au zend *paru-*, plein, nombreux, v. perse *paru-*, sk. *puru-*. En présence du sk. *sahasra-*, mille, ce procédé de l'arménien est intéressant. *Beitr.*, V, 212.

daçan-, M. Ascoli restitue *nava-*, *daça-*, etc. . . . Les premières formes, dit-il, sont fausses: « ma solo si inferiscono » dalla somiglianza che intercede fra le figure declinative di » questi numerali e quella dei nomi il cui tema esce realmente par *-an*. Così, nel sanscrito i nomin.-accus.-voc. » *panća*, *sapta*, *nava* sembrano paralleli al nomin.-accus. » *nâma* (n., tema *nâman-*, nome), e i locativi di tipo plurale » *panća-su*, *sapta-su*, *nava-su* son paralleli a *nâma-su*, locativo » plurale dello stesso tema *nâman-*, od a *râja-su*, loc. plur. » del tema *râjan-*, re ». *Op. cit.*, 5. En ce qui concerne les formes congénères européennes, ajoute M. Ascoli, l'on trouverait les formes thématiques **saptam*, **navam*, **dakam*. Nulle difficulté pour le grec ἑπτά, ἐννέα, δέκα, la nasale tombant (comme à l'accus. sing. sk. *padam*, lat. *podem*, gr. πόδα). Rien à justifier pour le lat. *septem*, *novem*, *decem*. Or ces **saptam*, **navam*, **dakam* seraient simplement des formes immobilisées: comparez le sk. *svayam-bhû-*, per se existens. . . Il est certain qu'en adoptant des formes thématiques *saptan-*, etc., l'on trouve une grande difficulté à justifier le latin de ses *septem*, *novem*, *decem*, car *n* organique ne devient pas *m* en cet idiome. . . . Même observation sur le *m* du lithuanien (*dészim-ti*, dix) inexplicable dès que l'on part de *saptan-*, *dakan-*, etc., mais « preciosa reliquia » dès que l'on se réfère à *dakam*, *navam*, etc.

Les formes asiatiques ne répugneraient pas à ces thèmes **saptam-*, **navam-*, **dakam-*. Il n'y a qu'à supposer pour elles, dit toujours M. Ascoli, que la perte de l'élément nasal; cf. ce qui se passe dans πέντε, *quinque*. . . .

Quant à cet *am* il serait lui-même pour *av* (*saptav*, *dakav*). Le sk. *aṣṭâu*, le goth. *ahtau* (*ahtav-i*), le gr. ὀκτώ, le lat. *octo* en témoigneraient, tout comme ὄγδοϝ-ο-ς et *octâv u s*. Remarquons-le bien, *aṣṭâu*, *octo* ne doivent plus dès lors être rangés dans les formes du duel... *Op. cit.*, 9.

Et pourtant la forme *âu*, ω, *ô* du duel proviendrait également d'un *am* antérieur: seulement le *a* serait bref dans *ăm* d'où le *âu* de *aṣṭâu*, et long dans *âm* d'où le *âu* du duel, lequel *âm* apparaît encore dans le sk. *vâm*, vous deux, *âvâm*, nous deux, *yuvâm*, vous deux, et dans la terminaison *-bhyâm* de l'instrum. dat. ablat. du duel. *Ibid.*, 14. — Le nomin. sk. *asâu*, celui-ci, serait encore à *ayam* comme *aṣṭâu* à **saptam*. *Ibid.*, 15.

M. Ascoli lie à cette théorie des considérations analogues concernant la désinence de la première personne primaire et le pronom de la première personne. C'est ce qui nous occupera à temps opportun lorsqu'il sera question de la conjugaison.

En résumé, des formes organiques **saptam-*, **dakam-*, etc., se seraient immobilisées dans les idiomes européens; dans l'Inde et l'Éran la nasale terminale serait tombée, d'où les thèmes en *a* **panka-*, **sapta-*, **daka-*. (La nasale *n* du génitif pluriel sk. *pańćânâm*, *navânâm*, etc., z. *pańćanãm*, *navanãm*, etc., n'appartiendrait pas au thème, mais serait ligatif comme dans la déclinaison nominale en *a*: cf. sk. *açvâ-n-âm*, equorum = z. *açpa-n-ãm*, § 181.

§ 119.

Nous arrivons aux nombres ordinaux.

Leur nature «superlative», morphologiquement parlant, a déjà été prise ci-dessus en considération, § 102. Examinons-les successivement.

Premier. — z. *phratema-*, v. perse *phratama-*, sk. *prathama-*. L'accord est parfait entre ces trois idiomes, mais les autres langues indo-européennes ne permettent pas la restitution d'une forme réellement organique. (Gr. πρῶτο-, πρᾶτο-, premier, cf. πρόμο-, qui se trouve en tête, en avant, premier. Le goth. *fruma-n-* présente un élément accessoire fort légitime: cf. Schleicher, *Cpd.*, 507; Leo Meyer, *Die goth. spr.*, 564; le *u* est atténué de *a*. Le lat. *primo-* [*î*] n'est pas sans difficulté: voir Schleicher, *op. cit.*, 507; Pott, *Etym. forsch.*, I, 560; Corssen, *Krit. beitr.*, 434.)

En tous cas la base de ces différents mots est toujours **pra-**, pour **para-**, pour **apara-**. — En zend nous trouvons encore, à côté de *phratema-*, les formes : *pourva-*, *paourva-*, *paoirya-*, *paoiri-*. La première a pour correspondant le v. perse *paruva-* (avec *u* furtif, § 19, note). Dans le mot zend le *a* est labialisé en *o*, § 9, et le *u* est épenthétique. La forme *paourva-* est évidemment secondaire et présente un *a* accessoire. Quant à *paoirya-* je ne saurais l'expliquer d'une façon satisfaisante. La quatrième forme citée est secondaire de la troisième, avec *ya* condensé en *i*.

Second. — z. *bitya-*, v. perse *duvitiya-*, sk. *dvitîya-*. Dans ce dernier le *î* est furtif, § 96. Pour *uv*, *iy* du vieux perse voyez § 19. En ce qui concerne le *b* du zend pour *dv*, se reporter au § 27. Le grec δισσό-, double, est équivalent morphologique des trois mots précédents : *ibidem*. Contra Joh. Schmidt, *Ztschr.*, XVI, 437. (Le ευ de δεύτερο-, second, n'est pas expliqué.)

Troisième. — z. *thritya-*, v. perse *tritiya-* (sur *iy* voir sous le nombre précédent), sk. *trtîya-* (*î* furtif), lat. *tertio-*. Le gr. τρισσό-, triple, est comme δισσό- à *dvitîya-* : voyez l'alinéa précédent ; contra Joh. Schmidt, *loc. cit.* — La forme τρίτο-, troisième, présente le thème primaire non dérivé secondairement par le relatif. — Le gothique *thridja-n-* est à expliquer comme *fruma-n-* ; voir ci-dessus sous « premier ». — Le lithuanien *trécza-* est régulier pour **tretja-* : Schleicher, *Cpd.*, 321, *Hdb. der lit. spr.*, I, 66.

Quatrième. — z. *tûirya-*, sk. *turya-* ; l'un et l'autre sont manifestement pour **ćaturya-*. L'allongement de la voyelle labiale en zend n'est amené par aucune cause. — Tandis que le sanskrit et le zend dérivent ainsi le thème organique cardinal **katvar-**, § 107, par un relatif, le grec dit τέταρτο- pour *κετϝαρτο-. Le latin *quarto-* est, d'après Corssen, pour **quatvorto-* : *Krit. nachtr.*, sous **v**. En lithuanien l'on a *ketvìrta-*. Au surplus le sanskrit s'accorde aussi par un autre mot avec ces derniers, car à côté de *turya-*

il possède *ćaturtha-*. (Ajoutons une troisième forme *turîya-* avec *î* adventice, comme ci-dessus; Bopp, *Gloss.*, 172.)

Cinquième. — Le zend dit *pukhdha-*, forme ne laissant pas que d'offrir quelque difficulté. Il est évident qu'ici *dh* est pour *th* (§ 37) pour *t*, et que la forme fondamentale du mot est en réalité **pukta-*. C'est à **pankhdha-* que l'on se serait attendu, cf. gr. πέμπτο- pour *κενκτο-, lat. *quinto-* pour **quincto-*, lithuan. *pènkta-*. La difficulté en ce qui concerne *pukhdha-* est dans l'admission d'un *u* remplaçant *an* en zend: c'est là un fait tout isolé et peu aisé à justifier.

Sixième. — Quelle que soit la base du nombre cardinal (voyez au § 109), l'accord pour la dérivation ordinale se trouve parfait: sk. *ṣaṣṭha-*; gr. ἕκτο- pour *ἕξτο-, lat. *sexto-*, lithuan. *szésta-*. Le zend présente la forme *khstva-*; on suppose communément une altération et l'on restitue une forme correcte **khsvasta-*.

Septième. — z. *haptatha-*. Le sanskrit, le grec, le latin, l'esclavon liturgique s'adressent au dérivatif *ma*: sk. *saptama-*, gr. ἕβδομο- pour *ἕπτομο-, lat. *septimo-*.

Huitième. — z. *astema-*, sk. *aṣṭama-*. Le vieux lithuanien avait une forme *ászma-* pour **asztma-*, forme aujourd'hui tombée en désuétude, mais qui correspondait exactement, avec une élision vocalique, aux mots sanskrit et zend cités.

Neuvième. — z. *naoma-* pour **navama-* et secondairement *nâuma-*, § 22, v. perse et sk. *navama-*. Le lat. *nono-* serait pour **novino-*, **novimo-*. (Sic Schleicher, *Cpd.*, 510, Curtius, *Griech. etym.*, 424, 489, 497: contra Corssen, *Krit. beitr.*, 262.)

Dixième. — z. *daçema-*, sk. *daçama-*, lat. *decimo-*. Cf. gr. δέκατο- employant un dérivatif parallèle.

De onzième à dix-neuvième nous avons:

{ *aêvadaça-*,	*dvadaça-*,
{ *aêvandaça-*,	*thridaça-*,

ćathrudaça-,	*haptadaça-*,
panćadaça-,	*astadaça-*,
khsvasdaça-,	*navadaça-*.

C'est bien là le procédé hindou : *êkâdaça, dvâdaça-*, etc. — Il y a bien plus de logique dans celui du grec : ἑνδέκατο-, δωδέκατο-, etc., et du latin : *undecimo-, duodecimo-*, etc.

Vingtième. — Le zend *vîçâçtema-* me paraît être pour **viçaçtema-*, **viçattema-*, d'après un thème **viçat-* (cf. *thriçat-*, *panćaçat-*, § 115). — Le sanskrit dit *viñçatitama-* d'après son *viñçati-*, vingt, § 115.

Trentième. — z. *thriçata-*, trentième. M. Spiegel suppose que cette forme est pour **thriçatata-* : *Gramm. der altb. spr.*, 181. Le fait est possible. Toutefois je suis peu disposé à l'admettre. L'on se serait attendu plutôt à **thriçâçtema-* : cf. *vîçâçtema-*. D'ailleurs le sanskrit n'offre pas seulement ici la forme *triñçattama-*; il dit encore *triñça-* : ce dernier peut n'être que le secondaire d'un **triñçata-*, lequel répondrait bien au zend *thriçata-*. Au surplus l'on pourrait supposer des formes encore plus primitives **thriçatema-*, etc. . . . Mais ce n'est là qu'une hypothèse bien gratuite. (Au sujet d'une troisième forme hindoue *triñçin-*, pour **triñçan-*, voir au § 159 ce qui est dit concernant la source des thèmes en *n*.)

L'on ne trouve en zend les ordinaux de 100 et de 1000 qu'en composition : *çatôtemôçata-*, dont les deux *ô* n'ont pas besoin d'être justifiés; § 17; le sanskrit offre *çatatama-*. Puis arrive *hazañrôtemôhazañra-*, dont le premier thème correspond au sk. *sahasratama-*, voyez § 117.

§ 120.

Les numéraux multiplicatifs se trouvent diversement rendus. Cf. Spiegel, *Gramm. der altb. spr.*, 180.

Une fois. — z. *hakeret* = sk. *sakrt* (adv.) Il n'y a pas à douter que l'élément *ha* = *sa* ne soit le pronom démonstratif **sa** : (cf. ἅπαξ, ἁπλόο-, etc., Curtius, *Griech.*

etym., 365). Si le dernier élément est, ainsi que cela est tout-à-fait probable, le même que celui qui se trouve au fond de *creare, ceremonia*, etc., le sens de l'adverbe qui nous occupe est celui de « une fois fait » (selon Bopp, « faisant un ». *Gramm. comp. trad.*, I, 253). — Je ne serais nullement éloigné de voir une forme double de *hakereṭ* dans *hakaṭ*, en une fois, en même temps, que M. Justi rattache à *haćaiti*, il suit. Que la voyelle organique r soit souvent devenue *a* en sanskrit, cela n'est pas plus douteux qu'il ne l'est que le *r* sanskrit ne soit devenu *a, i, u* en pâli (voir Fr. Müller, *Beitr. zur kenntn. der pâli-spr.*, I, 26) : de même la voyelle en question peut avoir déjà connu cette variation sur le terrain même de l'indo-européen commun.

L'expression « pour la première fois, tout d'abord » se rend par *paoirîm*, accus. neutre pris adverbialement.

Deux fois. — Organique **dvis** : z. *bis*, sk. *dvis*, gr. δϝίς, lat. *bis*. Sur le *b* du zend et celui du latin voyez au § 27. — La forme zende *bižvaṭ*, deux fois, a reçu deux explications. La première est celle de la dérivation de *bis* par *vaṭ* = *vat* : c'est celle de M. Justi (*bižvaṭ*, von *bis*, *Hdb.*, 214, *thrižvaṭ*, von *thris*, *ibid.*, 139) et de M. Spiegel, *op. cit.*, 180. D'après M. Joh. Schmidt, il convient d'analyser en *bi-ž-vaṭ, thri-ž-vaṭ* : *Ztschr.*, XVI, 436. L'élément *ž*, pour *ža*, représenterait le **gha* organique qui se présente dans le gr. διχῶς, τριχῶς, doublement, triplement. Le *dh* du sk. *dvidhâ, tridhâ*, en deux, en trois, serait pour *gh*.

L'expression « pour la seconde fois, en second lieu » se rend par *âdhbitîm*. Encore un accusatif adverbe, mais il y a précession de la préposition *â* = sk. *â*, vers, à. Le groupe *dhb* = *dv* de **dvitya-* devenant *bitya-*, deuxième. L'on trouve encore *ana bitîm*.

Trois fois. — Organique **tris**, z. *thris*, sk. *tris*, gr. τρίς. — Au sujet du zend *thrižvaṭ* voir à l'alinéa précédent.

Touchant *âthritîm* « pour la troisième fois, en troisième lieu » cf. *âdhbitîm*. — L'on rencontre également *ana thritîm*.

Quatre fois. — z. *ćathrus*; d'après *ćathru* pour *ćatur*, § 107.

L'expression « pour la quatrième fois, en quatrième lieu » est rendue par *âkhtûirîm* qui est manifestement pour **â-ćatûirîm* après chute de la voyelle fondamentale.

Six fois. — z. *khṣvažaya*.

Neuf fois. — z. *naomaya, nâumaya*.

Vingt fois. — z. *vîçaitivat-*, « zwanzigfältig » (nomin. sing. masc. *vîçaitivâo*, § 152).

Trente fois. — z. *thriçathwat-*: cf. le précédent.

Cent fois. — z. *çatâyu-*, « hundertfältig ».

Mille fois. — z. *hazanrâyu-*, « tausendfältig ».

Dix mille fois. — z. *baêvarâyu-*, « zehntausendfältig ».

Des sept derniers mots le troisième et le quatrième (20, 30) sont seuls bien clairs et bien explicables.

Pour « six fois, neuf fois », il y a une grande difficulté dont je n'aperçois pas la solution.

En ce qui concerne « cent fois, mille fois, dix mille fois », M. Justi reconnaît dans leur dernière part le nom *âyu-*, n., temps, vie = sk. *âyu-*, m., tempus, vitae tempus, durée: cf. *âyus-*, n., même sens.

Chapitre 9. Racines et éléments simples.

§ 121.

Après ce qui vient d'être dit de la dérivation, nous pouvons aborder maintenant l'examen de la question des racines. Qu'est ce qu'une racine?

Les grammairiens hindous ayant embrassé d'une façon synthétique les différentes familles de mots dont la parenté était évidente, prirent pour tâche de dégager ce qui leur semblait être dans chacune de ces familles l'élément invariable, du moins l'élément fondamental, et cet élément ils lui donnèrent le nom de dhâtu, mot que l'on a traduit par celui de racine.

C'est ainsi que de *svapimi*, dormio, *svapsyâmi*, dormiam, *svapna-*, m., somnium, ils dégagèrent une racine *svap*; — de *tanômi*, extendo, *tanu-*, tenuis, une racine *tan*; — de *diva-*, n., coelum, *divâ*, die, *divi*, in aere, une racine *div*; et ainsi de suite. (Peu importaient les faits de redoublement, *suṣvâpa*, dormivi, *tatâna*, extendi, et de gradation vocalique, *dêva-*, divus.)

C'est une étrange méthode que celle qui a présidé à cette classification des grammairiens hindous. On se demande, en effet, comment ils ont pu ranger sous une formule TAN (*tanômi*, *tanu-*) des mots tels que *tata-*, extensus, *tati-*, extensio, *atata*, sese explicavit; sous une formule DIV (*diva-*) des mots tels que *dina-*, mn., dies, et ainsi de suite. Assurément rien ne peut les justifier.

Une fois engagés dans cette voie, que ne l'ont-ils parcourue jusqu'au bout (si tant est qu'elle puisse avoir une fin), dégageant une racine **mant** d'après *mantra-*, m., consilium, *mantûyati*, meditatur, *mantr*, m., qui cogitat, monitor, *mantrika-*, m., consiliarius? Une racine **dîpt** d'après *dîpta-*, n., aurum, *dîpti-*, f., lux, splendor, splendeur? . . . Il n'y aurait plus à la vérité de théorie de la dérivation, mais on aurait mille et dix mille fois étendu la liste des racines indiennes si religieusement cultivées.

§ 122.

On ne saurait trop le répéter, les éléments simples du système indo-européen, tant verbaux que pronominaux, sont tous constitués de l'une des trois façons suivantes:

α) une voyelle: I, aller; A, celui-ci, ceci;

β) une consonne suivie d'une voyelle: DI, briller; SU, arroser; MA, moi;

γ) deux consonnes puis une voyelle; STU, chanter; SRU, couler; SKU, couvrir.

Une syllabe toujours ouverte à la fin, telle est la forme, et cette forme ne souffre aucune exception.

Mais que penser de *kar,* agere, facere, *star,* sternere, expandere, *var,* circumdare, tegere? . . .

La réponse est facile. Ces formes sont de pures extensions de primitifs *kr, str, vr:* en un mot, la voyelle linguale est parfaitement organique, quoi que l'on en ait dit. Il y aurait sur ce fait nombre d'arguments à donner. Le sanskrit védique possède des formes où se présente la voyelle en question, formes n'ayant plus dans l'idiome classique que le développement *(ar)* de cette voyelle. Ce fait n'est point la base de mon argumentation, mais il ne doit pas non plus être perdu de vue, car il apporte une preuve irrécusable.

La grande raison est celle-ci: dans la conjugaison sanskrite

$$ar : r \;\; \ldots \begin{cases} \hat{e} : i \\ \hat{o} : u \end{cases}$$

Or si nous nous rappelons que *ê* et *ô* sont pour *ai, au,* véritables gunas, il faudra bien que *ar* soit le guna de *r,* c'est-à-dire soit secondaire à cette voyelle *r.*

Le tableau que voici va du reste expliquer le fait. Je prends comme exemples les redoublés sanskrits *bibharmi,* fero, *juhômi,* diis lito, *nênêkti,* lavo, purifico, conjugués au mode indicatif du temps présent:

SING.	*bibharmi*	*juhômi*	*nênêjmi*
	bibharṣi	*juhôṣi*	*nênêkṣi*
	bibharti	*juhôti*	*nênêkti*
DUEL	*bibhrvas*	*juhuvas*	*nênijvas*
	bibhrthas	*juhuthas*	*nênikthas*
	bibhrtas	*juhutas*	*nêniktas*
PLUR.	*bibhrmas*	*juhumas*	*nênijmas*
	bibhrtha	*juhutha*	*nêniktha*
	. . . . .	. . . . .	. . . . .

Là où l'accent se trouve placé sur l'élément verbal celui-ci se trouve guné, c'est-à-dire que *r* devient *ar,* que *u* devient *ô*, que *i* devient *ê* (aux trois personnes du singulier); là où la terminaison personnelle est lourde, c'est-à-dire accentuée (au duel et aux deux premières personnes du pluriel) la voyelle radicale demeure, n'est point augmentée.

N'est-ce point là un fait irrécusable?

Quant aux prétendus verbes simples **an**, souffler *(animus)*, **as**, être (est, lithuan. *ésti*, goth. *ist)*, **ad**, manger *(edo)*, je pense les avoir décomposés d'une façon satisfaisante au tome II de la *Revue de ling.*, fasc. 3.

En somme, ne perdons point de vue ce fait fondamental que tout élément simple ne peut être constitué que de l'une des trois façons établies ci-dessus et demeure en tout cas ouvert à la fin, c'est-à-dire terminé par une voyelle.

§ 123.

Étant admise cette forme terminale rigoureusement vocalique pour les éléments simples du parler indo-européen, et étant seule admise cette espèce de forme, qu'avons-nous à penser des racines hindoues se terminant par une consonne, c'est à savoir, par exemple, *div*, splendere, *tan*, extendere, expandere, *iṣ*, desiderare, velle, *sić*, humectare, irrigare, *pat*, dominari, etc., etc.[1]?

Une seule chose: la consonne terminale est la consonne initiale d'un élément dérivatif.

Le fait est bien simple à démontrer.

Soit l'aoriste sk. *asićam*, aspersi: l'augment *a*, l'élément personnel *m̥* nous indiquent le temps aoriste à la première personne du singulier, à savoir: «je fis»: mais que «fis-je»? Réponse: *sića*, arrosement: id est j'arrosai. Ce *sića* n'existe en sanskrit qu'à l'état conjugué, mais n'en existe pas moins.

1. Il convient de faire exception pour les cas où la consonne terminale est un *m*. Celui-ci en effet peut être pour *v* = *u* et former avec le *a* dont il se trouve précédé le véritable guna de *u*, à savoir *av* = *au*.

Soit le sk. *janayati,* facit ut nascatur, gignit: *ti* est l'élément personnel «il», *ya* l'élément factitif, d'où «il fait», *jana* est un thème nominal signifiant «homme, personne, être produit»; sur ce thème réagit la notion causative, *ya*, le tout est individualisé par le suffixe personnel et nous avons comme sens total «*il fait jana*», id est: il engendre, il fait naître.

Inutile de fournir d'autres exemples. Si je voulais m'étendre sur ce point je n'aurais qu'à reproduire toute l'étude sur le Temps Présent, que j'ai publiée au commencement du deuxième volume de la *Revue de linguistique.*

§ 124.

Mais il me faut insister ici sur un procédé que les divers idiomes indo-européens mirent fréquemment en usage, à savoir l'ATTÉNUATION VOCALIQUE.

Le fait est facile à saisir. Une forme primordiale étant donnée, par exemple * *svapati,* il dort, le sanskrit en fait *svapiti,* atténuant le second *a* en *i.*

Mais l'atténuation n'est qu'une première facilitation: la facilitation parfaite est la chute complète de la voyelle déjà atténuée. C'est ce qui arrive, par exemple, dans le sk. *dvêṣṭi,* aversatur, lequel est pour * *dvêsiti,* pour * *dvêsati,* pour * *dvaisati.*

Ce qu'il y a d'intéressant ici, c'est de rencontrer en une foule de cas des formes coexistantes, les unes pures, c'est-à-dire n'ayant pas souffert de l'atténuation, les autres atténuées, les dernières enfin mutilées.

En sanskrit, par exemple, voici:

mârjâmi . . . . *mârjmi,*
abstergo,
svapâmi . . . . *svapimi,* . . . .
dormio,
ćikêtati . . . . *ćikêtti,*
scit,

. . . . *çakita-*, ... *çakta-*.
perfectus.

Etc., etc.

(Voyez de nombreux exemples dans mon opuscule: *Racines et éléments simples dans le système linguistique indo-européen.*)

En latin on peut citer:

. . . . *edit*, ... *est* (* *ed-t*).
il mange.

En zend, entre autres exemples, voici:

dadhâiti, ... *daçti*,
il pose,
hidhaiti, ... *haçti*,
il siége,
çanhaitê, ... *çaçtê*,
il se nomme,
pata, ... *pita* . . . . *pta*.
père (nomin. sing.).

Comme on le voit, dans ce dernier cas l'atténuation s'en prend à l'élément fondamental, tandis que dans *daçti* c'est la racine même qui est mutilée.

Sur les quelques mots zends qui viennent d'être cités un certain nombre d'explications peuvent être nécessaires.

Dans *dadhâiti* nous avons un *i* épenthétique; *daçti* a *çt* par dissimilation: § 51. — La forme *çanhaitê* indique un **kasatai* primordial, et *çaçtê* offre *ç* pour *s* comme cela arrive souvent devant *t*.

§ 125.

Il n'y a point à douter que l'admission des prétendus éléments simples clos par une consonne, ces *sad*, sidere, *pat*, dominari, *stigh*, ascendere, lesquels, d'après les tables indiennes, se comptent par centaines, ne soit imputable à la méconnaissance du fait de l'atténuation et de la mutilation des suffixes dérivatifs.

Une fausse analyse amène donc ces êtres de raison, ces entités, les racines.

Voici, par exemple, le participe passif sanskrit *svanita-*. Comment avons-nous à le résoudre? De la façon suivante: l'élément verbal est **sva** (composé ou non, peu importe), le premier thème **svana-**, son (sk. *svana-*, lat. *sono-* avec chute régulière de *v* après *s*); le second thème **svanata-**, sonné, au propre «ce qui est fait *svana*». Le sanskrit, atténuant la voyelle du premier dérivatif, offre *svanita-*, que la grammaire hindoue analyse:

svan, racine verbale,
i, voyelle de liaison,
ta, élément dérivatif.

Autre exemple. Le sanskrit *janitr-*, m., genitor, pater, indique un organique **ganatr-**; l'analyse de celui-ci est des plus simples: l'élément verbal simple **ga** est dérivé par le pronom **na**, d'où **gana** engendré; le **tr** actif (p. 123) délimite ce thème, de là le sens de «faiseur de *gana*», id est, engendreur. — Le grammairien hindou voit naturellement dans *jan* l'élément verbal, dans *i* une ligature, une voyelle de liaison, dans *tr* le suffixe unique. Pour nous, au contraire, *ni*, atténuation de *na*, forme avec le simple **ga** le dérivé *ga-na*, et le démonstratif à l'état actif réagit sur le thème *ga-na-*, donnant de la sorte naissance à un thème secondaire.

§ 126.

Somme totale, dans nos analyses et dans nos classifications, nous avons à regarder comme de véritables racines les racines indiennes terminées par une voyelle: *i*, ire, *si*, ligare, *kr*, facere, *su*, effundere, et autres analogues; mais pour ces *krt*, findere, *stigh*, ascendere, *pat*, dominari, *rud*, flere, *jan*, gignere, *man*, cogitare, et semblables, gardons-nous de les tenir pour autre chose que d'imaginaires et maladroites abstractions.

A entendre sainement la chose, ces *stigh, man, pat* ne nous présentent pas un état amplifié de *sti, ma, pa*, ces derniers ne sont point « primaires », les autres ne sont point « secondaires » ; *sti, ma, pa* sont les matériels et les réels éléments simples (verbaux) du langage [1] : *stigh, man, pat* sont purement des membres de mots découpés de la façon la moins judicieuse, membres informes, agglomérations sans valeur de sons et d'articulations, et qui ont été malencontreusement amenés à la dignité d'éléments fondamentaux.

Fallacieuse théorie que les procédés méthodiques ont peu de peine à ruiner!

Si l'on admet les considérations diverses résumées dans les quelques pages qui précèdent, une distinction se trouve nécessairement à introduire lorsqu'il s'agit de qualifier, soit les éléments simples, soit les entités.

De même que nous dénommons *pronom simple* le type pronominal indécliné, **ka, ta, ma,** qui, il, moi, pourquoi de même ne dénommerions-nous pas *verbe simple* le pur type verbal non conjugué **sru, i, di,** couler, aller, briller? . . . Cette appellation, proposée par Chavée, ne me semble pouvoir soulever aucune objection; *Français et wallon*, 62, *Revue de ling.*, I, 23.

Dès lors, la qualification de racine ne s'appliquerait plus qu'à ces extractions de fantaisie, abstraites empiriquement par des grammairiens inexpérimentés, à ces imaginaires *tan, stigh, bhid* incapables absolument de servir d'en-tête à une classification quelconque.

Sur toute cette question des racines je prends la liberté de renvoyer le lecteur au mémoire plus haut cité:

1. Il est possible que le nombre des éléments tenus actuellement pour simples se trouve, dans l'avenir, réduit d'une façon plus ou moins notable. En tout cas la fameuse théorie dite des préfixes me paraît être un système hypothétique complétement subjectif et fort dangereux. M. Pott, comme on le sait, a poussé à l'extrême cette sorte d'analyse. M. Curtius s'est élevé avec raison contre un procédé aussi téméraire; *Griech. etym.*, 34, 41.

Racines et éléments simples dans le système linguistique indo-européen. J'indique également l'écrit de M. Ascoli, *Studj ârio-semitici,* art. 2.

On pourrait consulter aussi mon *Mémoire sur la primordialité du R-vocal sanskrit.* M. Miklosich, dans l'introduction du tome second de sa grammaire comparée des langues slaves (*Vergleichende stammbildungslehre der slavischen sprachen,* 1875), reconnaît expressément la primordialité d'un *r* voyelle. Consultez L. Havet, *Revue critique* du 30 novembre 1872.

SECONDE SOUS-SECTION

De la composition

§ 127.

Tandis que la dérivation prend une seule et unique racine, et modifie la valeur primitivement indéterminée de cette racine, à laquelle elle donne soit un sens actif, soit un sens passif, soit un sens désidératif, soit un sens causal, soit quelque autre sens encore, la composition, de son côté, prend le mot ainsi constitué, le mot dérivé, et l'allie intimement à un autre mot, tout fait déjà lui aussi. « La composition crée de nouvelles formes secondaires qui seront » soumises, comme les formes simples et primitives, à » l'influence désinentielle. Le verbe **sta**, par exemple, qui » exprime l'idée d'*être fixe*, de *se tenir debout*, est complété » par la dérivation de manière à appliquer cette idée primi- » tive à toutes choses dans le temps et l'espace, mais il » n'exprime jamais d'autre idée que celle contenue dans » **sta**; si maintenant on vient, par la composition, ajouter » à ce verbe **sta** le préfixe **pra**, qui signifie « en avant »,

» on forme ainsi un nouveau verbe qui participe également » du sens de ses deux formatifs, et est soumis, comme le » simple **sta**, aux lois de la dérivation. » A. DE CAIX DE S. AYMOUR, *La langue latine* I, 206.

Inutile de faire observer combien ce procédé est moins important que celui de la dérivation. En quelques pages il est aisé de réunir les principes présidant à la formation des composés.

M. SPIEGEL relate dans sa *Grammaire* une dizaine de principes applicables aux variations désinentielles du premier thème. Les voici, avec citation d'un certain nombre d'exemples.

§ 128.

Pour l'ordinaire les thèmes en *a* obscurcissent cette voyelle en *ô*, alors qu'ils forment le premier membre du composé. (Se rappeler ce qui a lieu dans les formations comparatives et superlatives, §§ 97, 102.) Exemples:

açpôdaênu-, f., jument (sk. *açva-*, m., equus, § 27; *dhênu-*, f., vacca lactaria), d'après *açpa-*, cheval;

daêvôdâta-, créé par les démons (sk. *dêva-*, divus; *dhita-*, *hita-*), d'après *daêva-*, démon;

vîçpôpaêça-, de toute espèce (sk. *viçva-*, omnis, § 27: pour le second terme cf. sk. *pêçala-*, pulcer = gr. ποικίλο-, bigarré), d'après *vîçpa-*, tout;

maṣyôjata-, battu par les hommes (sk. *martya-*, § 58; *hata-*), d'après *maṣya-*, m., homme;

ustrôdaênu-, f., chamelle (sk. *uṣṭra-*, m., camelus, § 76 rubrique V; *dhênu-*, f., vacca lactaria), d'après *ustra-*, m., chameau.

§ 129.

Mais souvent, contre la règle, cet obscurcissement n'a pas lieu:

daêvayaçna-, incrédule (SPIEGEL, *Beitr.* I, 137);

haurvaphṣu-, m., troupeau entier: §§ 19, 52;

ughrazaoṣa-, ayant un ferme vouloir;
ukhdhavaćah-, n., mot prononcé;
kathwadaênu-, f., ânesse (?).

§ 130.

Parfois c'est *â* que l'on rencontre:
hvâvaçtra-, ayant son propre vêtement;
hvâraokhṣna-, brillant par lui-même;
skyaothnâvareza-, accomplisseur de (mauvaises) actions, pécheur;
vaêdhyâpaiti-, m., seigneur de la sagesse;
haithyâvarsta-, effectuant manifestement.

§ 131.

Le *i* des thèmes en *i* ne souffre pas de variation:
ažićithra-, serpente genitus;
zairigaona-, auricolor;
derezitakathra-, forti celeritate praeditus.

§ 132.

Quant à *u*, en principe il demeure invariable:
bâzuçtaoyah-, m., fort du bras:
âçukairya-, effectuant rapidement;
naçupâka-, brûlant les cadavres;
pereçumaçah-, de la grandeur d'une côte.

§ 133.

S'il s'allonge, ce n'est que très-rarement:
vohûmad-, pourvu d'une bonne science. On cite deux autres exemples.

§ 134.

Pour la désinence *an* apparaît souvent *ô*:
çpôjata-, tué par les chiens: d'après *çpan-*;
zrvôdâta-, fondé par le temps: d'après *zrvan-*;
râmôdâiti-, f., création de plaisance: d'après *râman-*;
râmôṣiti-, f., résidence de plaisance.

En tous cas je ne pense pas qu'il y ait eu mutation directe de *an* en *ô*. A mon sens, il ne faut pas ici perdre de vue ce fait que les noms en *n* (en *an*, comme l'on dit communément) perdent leur nasale dans la déclinaison aux cas moyens (datif, ablatif, instrumental du duel; locatif, datif, ablatif, instrumental du pluriel), fait sur lequel ne laisse subsister aucun doute la comparaison avec le sanskrit, encore que le baktrien n'en puisse absolument témoigner par lui-même (cf. *Revue de ling.* III, 160, note). Le même phénomène, me semble-t-il, se serait produit ici, et l'on voit aisément comment le *a*, dès lors terminal, aurait admis la régulière variation en *ô*: § 128. Donc ce serait *a*, non pas *an*, qui deviendrait *ô*. Mon explication est basée sur une analogie fort admissible, tandis que la labialisation directe de la syllabe *an*, labialisation communément admise, ne se peut présenter que comme un fait tout isolé au milieu des principes phoniques.

Quant aux thèmes vulgairement dits en *ant*, l'on conçoit que les composés dont ils constituent le premier nombre sous la forme désinentielle *ô*, n'ont pas *ô* pour *ant*, forme forte, ni pour *an*, forme faible, mais simplement qu'ils l'ont pour *a* après chute de la nasale, par analogie avec les thèmes dits en *an*. Ceci n'est qu'une simple conséquence de ce qui a été exposé dans le précédent alinéa.

§ 135.

Si les thèmes en *h* prennent la désinence *ô*, cela n'est que parfaitement légitime, vu le principe de *ô* = *as* terminal.

Exemples:

aênômanah-, n., esprit de vengeance;
ayozaya-, armé avec du fer;
avôdâta-, fait pour la protection;
ţbaêşôtaurvat-, vainquant les tourments;
nemôbara-, apportant vénération, croyant;
vaçôkhşathra-, dominant selon sa volonté.

Dans *temaçćithra-*, issu de l'obscurité, la désinence est protégée par le *ć* suivant, faisant du *s* terminal organique un *ç*. (Cf. le nomin. sing. *açpô*, equus, et *acpaçća*, equusque).

§ 136.

Le classement des composés en :

composés copulatifs : *paçuvîra* (nomin. et accus. du duel), hommes et bestiaux [1] ;

composés attributifs ou déterminatifs : *açpô-daênu-*, f., jument ; — *dareghôjîti-*, f., longue vie [2] ;

composés de dépendance : *vîrôvaçtra-*, n., habit d'homme ;

composés relatifs : *temaçćithra-*, issu de l'obscurité ; ce classement, dis-je, ne touche en rien à la question morphologique proprement dite, et n'a pas à nous arrêter. Voyez au besoin les tables dressées par M. Justi, *Hdb.*, 378.

§ 137.

Quant à la composition par ce qu'on appelle au sens étroit du mot les *préfixes*, c'est-à-dire les prépositions et certains adverbes, il est sans doute également inutile d'insister.

On peut noter toutefois, au nombre des plus fréquents de ces préfixes, ceux que voici :

dus (péjoratif) : *dusmanah-*, ayant mauvaise pensée ; — *dužvaćah-*, parlant mal ;

ud (marquant exclusion, extraction) : *uçtâna-*, étendu, déployé ; — *uzdâta-*, enlevé ;

aiwi (marquant tendance et entourage) : *aiwigaiti-*, f., arrivée ; — *aiwivarena-*, m., revêtement ;

vî (marquant séparation) : *vîdaêva-*, anti-démoniaque ; — *vîthaêsah-*, n'éprouvant pas de mal ;

1. C'est le composé dit « *dvandva* » en sanskrit : Benfey, *K. s. gramm.*, 251.

2. Le composé sanskrit « *karmadhâraya* ».

ni (marquant abaissement): *nidhâiti-*, f., acte de déposer, d'abandonner;

paiti (marquant tendance): *paitidîti-*, f., regard;

hãm, han (marquant simultanéité, concordance, annexion): *hãmpatana-*, m., attroupement; — *handâiti-*, f., composition;

phra (marquant priorité, progression, surabondance): *phrapitu-*, m., surabondance; — *phraćar-*, m., qui précède;

anu (marquant subséquence): etc., etc.

§ 138.

En réalité c'est la même composition que nous offrent encore les *ana, an, a* dits privatifs.

Ordinairement l'on regarde *a* comme le privatif primordial, et *an* comme un secondaire admettant une nasale euphonique. Il n'en est pas ainsi.

La forme organique est **ana**, base de toutes les négations avec *n*: Chavée, *Franç. et wallon*, 170. C'est là un dérivé du déterminatif *a* par *na* démonstratif des choses éloignées: idem, *Lexiol. indo-europ.*, 141. La forme *an* n'en est que secondaire, la forme *a* tertiaire.

Devant les consonnes nous trouvons soit *ana*, soit *a:* devant les consonnes nous avons *a*. Exemples:

anazãtha-, non né, pas encore né: au propre « sans naissance » (car *zãtha-* est le substantif masculin « naissance » et ne doit pas être confondu avec *zâta-*, né = sk. *jâta-:* § 12, note);

anamarežāika-, non miséricordieux;

anaqaretha-, sans nourriture.

Première forme mutilée. Exemples:

anupaêta-, f., vierge (cf. *upaêta-*, f., viri haud expers);

anaghra-, sans commencement;

anaṣa-, impur;

anãzah-, non anxieux, non tourmenté.

Seconde forme mutilée. Exemples:
ameretât-, f., immortalité;
amaṣya-, vide d'hommes;
ameṣa-, immortel;
açraoṣa-, n'entendant pas;
ahuta-, dont le suc n'a pas été exprimé;
aqaphnô ahi abañhô tûm yô ahurô mazdâ, id est: sans-sommeil tu-es sans-ivresse toi qui (es) Ahura mazdâ, *Vendid.* XIX, 68.

Parfois *a* privatif devient *e* devant *v:*
evîçpôqaphna-, m., sommeil non entier;
evîdhvah-, ne sachant pas;
evîça-, n'ayant pas de ménage;
everezika-, ne travaillant pas.

Mais ce fait n'est pas général; l'on trouve:
avaretha-, sans défense,
avaćah-, sans voix:
avañhu-, pas bon; etc.

§ 139.

D'après ce qui a été dit au commencement du paragraphe précédent touchant le **ana** organique, l'on comprend comment le z. *nâñhaithya-*, m., nom d'un démon, et son exact équivalent le sk. *nâsatya-*, dénomination des Açvins, remontent par **na* + *a* + *satya-* à un plus organique **ana* + *ana* + *satya-*, « haud haud veridicus ». Rien d'ailleurs ne nous autorise à avancer que cette dernière forme ait existé: ce n'est qu'une reconstitution théorique.

SECONDE SECTION

Les terminaisons indiquant les cas et les personnes.

§ 140.

La dérivation nous a mis sous les yeux de véritables mots, des mots bien vivants, mais auxquels il manquait un dernier élément formatif. Un thème quelconque, alors qu'il n'est ni décliné ni conjugué, n'est, dans le système linguistique indo-européen, qu'un mot incomplet.

La déclinaison, la conjugaison fixent une trop vague et trop large notion. Au moyen de suffixes personnels ou casuels, le thème va se définir enfin dans son sujet, son objet, sa localité, sa provenance et ainsi de suite.

L'on ne s'attend point à trouver ici l'histoire analytique de ces éléments derniers. Il nous faut les supposer connus, et quant à leur forme même et quant à leur portée significative.

La formation du nom décliné et celle du verbe conjugué étant aussi anciennes l'une que l'autre, il est indifférent d'aborder en premier lieu soit la déclinaison, soit la conjugaison; cf. SCHLEICHER, *Die deutsche sprache*, 241.

§ 140 *bis*.

La langue commune indo-européenne possédait trois nombres, sept cas, trois genres.

1° Trois nombres: le singulier, le duel[1], le pluriel. — Peu importe que le duel soit ou non tout-à-fait

1. FR. MÜLLER, *Der dual im indogerm. und sem. sprachgebiete.*

primordialement organique: cf. SCHLEICHER, *Die deutsche sprache*, 242.

2° Sept cas: nominatif (dits cas droits ou directs);
accusatif " " " " "
locatif (dits cas indirects);
datif " " "
ablatif " " "
génitif " " "
instrumental " " "

Le vocatif n'est pas un cas: il n'est distingué en effet par aucun suffixe particulier. Organiquement il est formé du simple thème; c'est une pure interjection nominale. Consultez SCHLEICHER, *Cpd.*, 515, *Die deutsche spr.*, 216; FROHWEIN, *Studien zur griech. und lat. gramm.*, I, 67; CURTIUS, *Chronolog. trad.*, 102.

3° Trois genres: le masculin, le féminin, le neutre. (SCHLEICHER, *Cpd.*, 517—520.)

Le zend possède les trois nombres, les sept cas, les trois genres.

Pour des raisons que le développement subséquent des faits fera comprendre aisément, il importe de traiter séparément de la déclinaison nominale et de la déclinaison pronominale. SCHLEICHER, *Cpd.*, 516.

La déclinaison nominale comprend les différentes espèces de noms, à savoir les substantifs, les adjectifs, les participes[1]. La déclinaison pronominale comprend tous les pronoms, tant

1. Le participe indique uniquement un moment d'action, non point la constance et la perpétuité de cette action, comme le marquent l'adjectif et le substantif, ce dernier au plus haut degré. Ainsi *dupant* est participe et ne se peut appliquer qu'à l'action de tel moment bien précis, nullement au caractère général, comme l'adjectif *dupeur*; de même *dupé* est participe et n'implique aucune idée de constance. Entre le substantif donnant à comprendre l'état habituel et le participe indiquant le fait fugitif, l'adjectif tient en quelque sorte une place moyenne. En bien des cas cette distinction est délicate, et en réalité, au point de vue morphologique, elle n'existe point. CHAVÉE, *Lexiol. indo-europ.*, 89.

personnels qu'impersonnels. On sent aisément que cette division ne préjuge en rien la question d'origine fondamentale. Il est vrai que tous les pronoms déclinés ont pour base un pronom simple, mais il se peut, par contre, qu'un nom offre, comme base de son thème, non point un verbe simple, mais bien un pronom simple. Ainsi dans le sanskrit *katama-*, qui de tous, un véritable nom au superlatif, la base est bien pronominale; de même dans le grec πότερό-, qui de deux, comparatif; de même dans l'adjectif sk. *tatraya-*, qui se trouve ici, dans le substantif neutre *tadâtva-*, le fait d'exister alors, dans le gothique *samaleiks*, semblable, etc.

PREMIÈRE DIVISION

Déclinaison nominale.

§ 141.

Il n'existe qu'une seule et unique espèce de suffixes casuels, c'est-à-dire qu'il n'existe en fait qu'une seule et unique déclinaison; mais les manières différentes dont les thèmes prennent fin rendent indispensables des sections diverses dans l'étude de la déclinaison. Cf. Schleicher, *Die deutsche spr.*, 243.

Ou bien le thème est consonnantique, c'est-à-dire finissant par une consonne, comme **manas-**, esprit, pensée, sk. *manas-*, z. *manah-*, gr. μένες-; ou bien il est vocalique, c'est-à-dire finissant par une voyelle, comme **sarva-**, entier, sk. *sarva-*, z. *haurva-*, gr. ὅλϝο-, lat. *salvo-*, *sollo-*, § 19.

Schleicher dit, dans son *Compendium*, 521: « Les » thèmes consonnantiques souffrent, en plusieurs idiomes, » abréviation ou allongement de leur syllabe terminale, cela » devant tels et tels cas. Ils se divisent ainsi en thèmes » fixes et en thèmes variables. Les voyelles *u*, *i*, qui » deviennent aisément *v*, *y*, sont celles qui se rapprochent » le plus des consonnes. Après les thèmes consonnantiques

» se présentent donc, dans la série, les thèmes diphthon-
» guiques (par exemple les thèmes en *âu* ou *âv*), puis
» viennent ceux en *u* et *i* (avec voyelle courte et allongée).
» Les thèmes en *a* ont pour caractère distinctif qu'ils ne se
» peuvent jamais développer en une consonne. Aussi pos-
» sèdent-ils, par rapport aux autres thèmes, certaines parti-
» cularités. »

Le plan de la division des thèmes est donc celui-ci:

Thèmes consonnantiques	1° invariables,
—	2° en *s* (*h*, § 43),
—	3° en *t*, *nt*, *ns*,
—	4° en *n*,
—	5° en *r*.
Thèmes vocaliques	6° diphthonguiques,
—	7° en *û*, *î*,
—	8° en *u*,
—	9° en *i*,
—	10° en *a*.

Le sanskrit seul, ainsi que cela a déjà été dit (§§ 1, 122), a conservé le son organique lingual *r* et les autres idiomes n'en présentent plus que le développement sous les formes *ar*, *er*, etc. Or, en réalité, le 5° comprend des thèmes en *r* voyelle. Le thème des nominatifs sanskrits *mâtâ*, gr. μήτηρ, lat. *mater*, est non point *mâtar-*, mais bien *mâtr-*. C'est une forme postérieure que celle de *mâtar-* vis-à-vis de *mâtr-*. S'il était ici directement question du sanskrit, la chose aurait une importance considérable; mais le zend ayant perdu la voyelle *r*, et ne prenant les thèmes actifs en *tr* que dans leur forme seconde *-tar*, il est loisible d'admettre une section de thèmes en *r*.

§ 142.

Dans la première édition de ce livre j'avais placé les thèmes en *n* avant ceux en *t*, *nt*, *ns*. Je suis revenu sur cette façon d'envisager les choses. En effet, me semble-t-il, après les thèmes invariables il convient de présenter les thèmes dits communément thèmes en *as*, mais que je qualifierai simplement de thèmes en *s*, car le *a* appartient ici soit à un premier dérivatif, soit à l'élément fondamental; le *s* en question n'est que le *t* des thèmes de la catégorie suivante. C'est ce qui va s'expliquer tout-à-l'heure.

En troisième lieu j'étudierai les thèmes en *t*. Ces thèmes comportent dans leur déclinaison trois formes, dites habituellement forme forte, forme moyenne, forme faible. Je tiens la forme dite faible pour la plus simple: *barat-;* vient ensuite la forme dite forte, à savoir *barant-;* en dernier lieu la forme dite moyenne, *baran-*. La différence entre mon enseignement et l'enseignement habituel est celle-ci: l'on tient communément la forme forte comme fondamentale, et les deux autres en procéderaient par la perte soit de la nasale (forme faible), soit de l'explosive (forme moyenne). Je pense, au contraire, que la forme organique est celle en *t*, que la forme en *nt* n'est qu'un renforcement de la précédente, enfin que la forme en *n* n'est qu'un troisième mode d'être obtenu par la chute de l'explosive. Il conviendrait, d'après cela, de remplacer l'expression de forme faible par celle de forme simple, celle de forme forte par celle de forme renforcée, enfin celle de forme moyenne par celle de forme renforcée mutilée.

L'on sent pour quel motif j'ai placé cette catégorie après celle des thèmes en *s:* c'est que, malgré ce sifflement de la caractéristique dérivative *(s* pour *t)*, l'on ne s'en trouve pas moins toujours en présence de formes naturelles, de formes simples, tandis que les thèmes en *t*, rangés en second rang, accueillent parfois la forme secondaire nasalisée par renforcement, puis la mutilation (forme dite moyenne) de cette dernière.

(La nasalisation que les thèmes en *s* admettent à certains cas, ainsi que nous le verrons, n'a rien de commun avec l'introduction d'une nasale qui caractérise la forme dite forme des thèmes de notre troisième série. — Arrivent en quatrième lieu les thèmes communément dits thèmes en *an*.)

Chapitre 1er. Thèmes consonnantiques fixes.

§ 143.

Nous prendrons pour composer un paradigme les thèmes *çpaç-*, m., espion, et *vîç-*, f., maison, famille, clan.

(Les formes restituées par analogie se trouvent précédées d'un astérisque.)

SINGULIER :	Nomin.	*çpas,*
	Accus.	*çpaç-em,*
	Locat.	*vîç-i,*
	Dat.	*vîç-ê,*
	Ablat.	*vîç-aṭ,*
	Génit.	*vîç-ô,*
	Instrum.	*vîç-a.*

L'observation la plus importante que nous ayons à faire ici concerne le nominatif. La première forme baktrienne a sûrement été **çpaç-s :* par assimilation en provint un **çpas-s,* puis, intervenant le principe qui veut que de deux éléments semblables l'un seul soit rendu, il fallut bien en arriver à *çpas*. Si *vîç-* offrait un nominatif singulier, ce serait évidemment un **vîs.*

A l'accusatif *e* = *a* devant *m*, § 5.

Au datif *ê* = *ai* terminal, § 7. (Cf. les datifs sanskrits de la même espèce de thèmes : *vâć-ê;* à la parole *yudh-ê,* au combat, *hṛd-ê,* au cœur.)

Au génitif *ô* = *as* terminal. (Cf. sk. *vâć-as,* de la voix, *hṛd-as,* du cœur, *yudh-as,* du combat ; gr. ὀπ-ός = *Fοκ-ος.)

A l'instrumental *a* terminal est pour *â,* § 22, que conserve seul le dialecte des Gâthas. (Cf. sk. *vâć-â, hṛd-â, yudh-â.*)

Duel :

Nomin. Accus. **çpaç-âoç(-ća)*, **çpac-âo*, **çpaç-â* (gâth.), **çpaç-a*,
Locat. **çpaç-ô*,
Génit. **çpaç-âo*,
Dat. Ablat. Instrum. . . . . . .

Schleicher pense que la désinence ancienne des cas directs du duel a été **as**. En sanskrit la finale serait d'abord tombée: ancienne forme *vâć-â*; puis ce *â* serait devenu subséquemment *âu* par « assombrissement (trübung) ». [1]

En grec ε serait pour *â*, pour *âs* (ὄπ-ε = *Fοκ-ε). — En zend la forme en *âoç[-ća]* rendrait le **âs** primordial: celle en *âo* aurait perdu la sifflante, de même que celle (plus pure d'ailleurs) en *â*. Concernant *âo* = *â* voyez au § 11.

Il est certain que les formes zendes en *âoç[-ća]*, par exemple *ameretâtâoç-ća*, sont d'un fort appui pour la restitution d'un *âs* organique. — Lorsque la désinence est en *â* (dialecte gâthique), c'est que la sifflante terminale a tombé. Avec la désinence *a* nous avons l'abréviation ordinaire de la voyelle finale: § 22. M. B. Delbrück regarde cela comme très-douteux (*Lit. centralbl.*, 13 mars 1869), mais malheureusement ne produit aucune raison à l'appui de son dire. (Le sanskrit védique abrège parfois aussi le *â* du duel en *a*: cf. Ad. Regnier, *Prâtiçâkhya du Rig-Véda* IV, 39, pp. 186, 229; Kuhn, *Beitr.* III, 120.)

D'après M. Ascoli (*Di un gruppo di desin. indo-europ.*, 12) il faudrait remonter à un *âu* organique. Le *âo* zend le reproduirait, et dans *âoç-[ća]* la sifflante serait une pure intrusion inorganique. Ce dernier fait, ainsi que l'équivalence *âo* = *âu*, me semblent radicalement inacceptables.

1. La série de *âs*, *âv*, *â* proposée par Bopp, est repoussée légitimement par M. Albr. Weber d'après les principes de la phonétique. *Beitr.* III, 395. Sur *âu* secondaire à *â* voyez Schleicher, *Cpd.*, 537; Leo Meyer, *Gedrängte vergleich. der griech. und lat. declin.*, 60.

Cf. Fr. Müller, *Der dual,* 6. Au surplus, pour M. Ascoli, *âu* ne serait lui aussi que pour un *âm* encore plus primordial. Voyez pour les détails son propre mémoire, 12 à 14.

Pluriel :

Nomin.	**çpaç-aç[-ća],*	*çpaç-ô,*	**çpaç-a*
Accus.	**çpaç-aç[-ća],*	*vîç-ô,*	**çpaç-a*
Locat.		. . . . .	
Dat.		*vîž-i-byô*	
Ablat.		*vîž-i-byô*	
Génit.		*vîç-ãm*	
Instrum.		**vîž-i-bis.*	

L'on rencontre aux cas droits *vać-a*, les paroles, les discours, à côté de *vać-aç[-ća]* et de *vać-ô.* Cette forme *vać-a* est manifestement secondaire. La difficulté est de savoir comment elle s'est produite. (Cf. sk. *yudh-as,* les combats, *vâć-as*, les paroles, les discours; gr. ὄπ-ες pour *Ϝοκ-ες.)

Au génitif *ã* = *â,* d'après le § 12.

Pour le *i* qui apparaît aux trois autres cas, il y a une certaine difficulté. L'exemple cité, *vîžibyô,* **vîžibis* n'est d'ailleurs pas unique en son espèce. Il est évident que le *i* se trouve secondaire. La preuve en est dans *ž* pour *ç*. Si en effet la voyelle dont il s'agit, n'avait pas été introduite subsidiairement, le *ç* ne serait pas devenu *ž*: rien n'aurait pu causer la variation d'un prétendu **vîçibyô* en *vîžibyô*; c'est donc après le changement de *ç* en *ž*, — changement très-vraisemblablement produit par le *b*, — que la voyelle *i* a été furtivement intercalée. Cf. Eug. Burnouf, *Observat. sur la partie zende de la gramm. comp. de Bopp,* 47. (A la mutation de *ç* en *ž* que présente cet exemple, on peut comparer celle de *s* également en *ž* dans *çnaithižibya*, d'après *çnaithis-*, n., arme pour frapper. Ici encore il y a voyelle adventice.)

§ 144.

Jusqu'ici il n'a été parlé que de masculins et de féminins. Mais dans cette section se rencontrent également des neutres : *uç-*, intellect, volonté, etc.

Je reconnais volontiers avec M. Delbrück (*Lit. centralbl.*, 13 mars 1869) que le nominatif singulier *us* n'est point formé directement comme le nominatif singulier masculin *çpas*. En effet, ce dernier est, ainsi que nous l'avons vu au paragraphe précédent, pour **çpass*, pour **çpaç-s*, mais *uç-* étant du genre neutre n'a pu directement admettre le suffixe casuel du masculin, à savoir *s*.

Toutefois je ne me rends à cette observation que sous bénéfice du mot « directement », car, comme il m'est absolument impossible de découvrir en zend un principe phonique changeant à la fin des mots *ç* en *s*, je me trouve amené à la conclusion que voici : *us*, s'il n'est pas directement formé comme *çpas*, l'est sans doute indirectement par analogie.

§ 145.

Je donnerai ici quelques-uns des thèmes appartenant à cette section en rappelant leurs formes déclinées :

kerep-, f., corps : sing. nomin. *kerephs*, accus. *kehrpem*, génit. *kehrpô*, instrum. *kehrpa*; plur. génit. *kehrpãm*;

druj-, f., nom propre d'un démon : nomin. *drukhs* (devant *s* nous savons que *k*, *ć*, *g*, *j* deviennent *kh*), accus. *drujem*, dat. *drujê*, ablat. *drujaṭ*, génit. *drujô*;

erez-, juste, précis, nomin. sing. masc. *eres* pour **eress*, pour **erez-s*;

îṣ-, f., souhait; accus. *îṣem*, génit. *îṣô*;

âp-, *ap-*, f., eau : sing. nomin. *âphs* (*ph* pour *p* devant *s*), accus. *âpem*, *apem*, ablat. *apaṭ*, génit. *apaç(-ća)*, *âpô*; plur. nomin. et accus. *apaç(-ća)*, *âpô*, dat. *aiwyô* (pour **awyô*, **awwyô* après défense de gémination, **apwyô* après assimilation, **apbhyô* après changement de *bh* en *w*), génit. *apãm*;

vać-, vâć-, m., parole, discours: sing. nomin. *vâkhs*, accus. *vâćem*, instrum. *vaća*; plur. nomin. *vâćô, vaća*, accus. *vaćaç(-ća), vaćô, vaća, vâćô, vâća*, génit. *vaćãm*. Les datif et ablatif *vaghžebyaç(-ća), vaghžebyô, vâghžibyô* sont difficiles à expliquer. L'embarras ne consiste point en la voyelle de liaison, *e, i* (cf. ci-dessus *vîžibyô*), mais bien dans le groupe *ghž*. Il y a manifestement ici superfétation et l'on se serait attendu soit simplement à *gh*, soit simplement à *ž*. Peut-être après un ancien **vâghbyô* en est-on arrivé à *vâghžibyô* par une fausse analogie avec *vîžibyô*. En tous cas l'intercalation de *ž* ne peut être repoussée de prime abord; cf. Justi, *Hdb.*, 364. Haug pense que *ž* est adventice; *Essays*, 93.

Chapitre 2. Thèmes en s (h).

§ 146.

Presque tous les exemples appartiennent au genre neutre. Remettons à tout-à-l'heure les quelques masculins ou féminins, et déclinons *nemah-*, vénération (sk. *namas-*, indéclin.), *raoćah-*, éclat, lumière (sk. *rôćis-*, avec atténuation de *a* en *i*; comparez le z. *hadhis-* au sk. *sadas-*, séance, lieu de séance, où le fait est renversé).

Ci-dessus j'ai dit pourquoi je prenais en tant que formes thématiques *raoćah-, nemah-*, etc., et non *raoćañh-, nemañh-*, contrairement à l'usage commun.

Singulier:	Nomin.	*nemaç(-ća), nemô,*
	Accus.	*nemô,*
	Locat.	*nemah-i,*
	Dat.	*nemañh-ê,*
	Ablat.	**nemañh-aṭ,*
	Génit.	*nemañh-ô,*
	Instrum.	*nemañh-a.*

Aux cas directs *ô* = *as* terminal.

Au locatif le *i* suivant *h* empêche la nasalisation par *ṅ*: § 12.

Duel:	Nomin. Accus.	**raoćah-i,*
	Locat.	**raoćaṅh-ô,*
	Génit.	**raoćanh-ꜵ.*

En ce qui touche le premier groupe, il suffit de citer le sk. *manas-î,* les deux esprits, *çiras-î,* les deux têtes.

Les locatif et génitif nous ramènent à leurs parallèles des autres sections.

Pluriel:	Nomin.	*raoćꜵ̧ç(-ća), raoćꜵ,*
	Accus.	*raoćꜵ̧ç(-ća), raoćꜵ,*
	Locat.	*raoćô-hva,* **raoćô-hu,*
	Dat.	**raoćê-byô,*
	Ablat.	*raoćê-byô,*
	Génit.	*raoćaṅh-ãm,*
	Instrum.	*raoćê-bis,*

Je ne pense pas que l'on ait encore donné une explication précise du passage plus ou moins direct de *as* en *ê*. (Cf. *yê, kê,* § 11.)

Dans la seconde forme locative *hva* est condensé en *hu,* § 28.

Aux cas droits, les formes *raoćꜵç(-ća), raoćꜵ* sont difficiles à expliquer. Elles indiquent manifestement un pré-baktrien **raoćâs;* Schleicher suppose la perte du suffixe casuel, *Cpd.,* 546, mais cela ne justifierait en rien *ꜵ,* voyelle longue. Haug (*Essays,* 94 D) et M. Kuhn (*Ztschr.,* XVIII, 342) pensent que l'on a ici « a contraction of a fuller form ».

Peut-être cette forme bizarre est-elle encore explicable par une fausse analogie.

§ 147.

Voici, avec leurs formes subsistantes, d'autres neutres de cette classe:

manah-, pensée, esprit (= sk. *manas-*, gr. μένες-): sing. nomin. *manô*, accus. *manaç(-ća)*, *manô*, locat. *manahi*, dat. *manañhê*, génit. *manañhaç(-ća)*, *manañhô*; plur. nomin. et accus. *manâ̊*, génit. *manañhãm*;

çravah-, mot, prière (= sk. *çravas-*, auditio, véd. gloria, gr. κλέϝες-): sing. nomin. *çravô*, locat. *çravahi*, instrum. *çravañha*; plur. accus. *çravâ̊ç(-ća)*, *çravâ̊*, génit. *çravañhãm*.

Déclinez de même:

razah-, solitude (= sk. *rahas-*, secretum, locus occultus);

aojah-, force (= sk. *ôjas-*, vis, potestas);

avah-, protection (= sk. véd. *avas-*);

payah-, lait (= sk. *payas-*, aqua, lac);

vaćah-, mot, parole (= sk. *vaćas-*, sermo, gr. ϝέπες-);

varećah-, éclat: le *e* après *r* est adventice (= sk. *varćas-*, splendor);

temah-, obscurité (= sk. *tamas-*, caligo), etc.

§ 148.

Une extension factice a fait passer au genre masculin quelques-uns de ces mots, et cela surtout en composition. C'est ce qui apparaît dans *dusmanah-*, possédant un mauvais esprit: en sanskrit le même fait se produit dans *durmanas-*, en grec dans δυσμενές-. Ces différents thèmes peuvent être déclinés au masculin. La diversité ne portera naturellement au singulier que sur le nominatif (sk. *durmanâs*, gr. δυσμενής, z. **dusmanâ̊*), l'accusatif (sk. *durmanasam*, gr. δυσμενῆ [pour μενεσα, μενεα], z. **dusmanañhem*); au pluriel sur le nominatif (sk. *durmanasas*, gr. δυσμενεῖς [pour μενεσες], z. **dusmanañhô*), sur l'accusatif (sk. *durmanasas*, gr. δυσμενεῖς [pour -μενεσας], z. *dusmanañhô*): au duel sur le nominatif et l'accusatif, sk. *durmanasâ*, forme antique, gr. δυσμενῆ [pour -μενεσε], z. **dusmanañha*. Ce qui revient à dire, sur les cas directs.

Voici d'ailleurs le paradigme du genre masculin. La première colonne offre le zend, la seconde le sanskrit, la troisième le grec :

SINGULIER :

Nomin.	**dusmanå*	*durmanâs*	δυσμενής,
Accus.	**dusmanaṅhem*	*durmanasam.*	*δυσμενεσα, δυσμενῆ,
Locat.	**dusmanahi*	*durmanasi*	*δυσμενεσι, δυσμένει,
Dat.	*dusmanaṅhê*	*durmanasê*	. . . . . .
Ablat.	**dusmanaṅhaṭ*	. . . . . .	. . . . . .
Génit.	*dusmanaṅhô*	*durmanasas*	*δυσμενεσος, δυσμένους,
Instrum.	**dusmanaṅha*	*durmanasâ*	. . . . . .

DUEL :

Nom. ac.	**dusmanaṅha*	*durmanasâ* / *durmanasâu*	*δυσμενεσε, δυσμενῆ.

PLURIEL :

Nomin.	**dusmanaṅhô*	*durmanasas*	*δυσμενεσες, δυσμενεῖς,
Accus.	*dusmanaṅhô*	*durmanasas*	*δυσμενεσας, δυσμενεῖς,
Locat.	**dusmanôhva*	*durmanaḥsu*	δυσμένεσϜι,
Dat.	**dusmanèbyô*	*durmanôbhyas.*	. . . . . .
Ablat.	**dusmanèbyô*	*durmanôbhyas.*	. . . . . .
Génit.	**dusmanaṅhãm*	*durmanasâm*	*δυσμενεσων, δυσμενῶν,
Instrum.	**dusmanèbis*	*durmanôbhis*	δυσμένεσφι (?)

Avec la même extension de sens, comparez les masculins :

aênah-, vindicatif (accus. sing. *aênaṅhem)* à *aênah-*, n., vengeance (accus. sing. * *aênô);*

daožah-, trompeur (nomin. sing. *daožå)* à *daožah-*, n., tromperie (nomin. sing. * *daožô).*

L'on décline encore au genre masculin :

huçravah-, renommé ;

dužvaćah-, parlant mal ;

aiwiaojah-, doué d'une force majeure ;

aiwiqarenah-, plein de majesté. Etc.

§ 149.

La même extension existe pour le féminin, ainsi que cela se trouve dit déjà ci-dessus.

Mais de plus nous avons à noter ici le thème *uṣah-*, aurore, ayant passé directement du neutre au féminin. Le sanskrit *uṣas-*, diluculum, est neutre et féminin : cf. Bopp, *Glossar.*, 59, Schleicher, *Cpd.*, 469. — Le zend *uṣah-* offre les cas que voici : sing. accus. *uṣâoñhem ;* plur. accus. *uṣâo,* locat. *uṣahva,* génit. *uṣañhãm.* Il y a ici quelques particularités à noter. L'accusatif singulier représente un **uṣâsam* pour *uṣasam,* c'est-à-dire offre *â* pour *a :* est-ce une extension analogique appliquée à cause du genre ? Le locatif pluriel devrait être **uṣôhva* avec *ô* pour *as.* Évidemment l'application au féminin du système thématique en *as,* foncièrement neutre, est la cause de ces variations, qui, d'ailleurs, sont à peu près insolites.

§ 150.

Parallèles à ces thèmes dits communément en *as,* il existent quelques thèmes en *-is* et *-us,* avec *i* et *u* pour *a.* Ce sont en principe des neutres tout comme leurs frères en *ah* dont ils ne sont en réalité qu'une forme secondaire, grâce à une atténuation vocalique. Exemples :

hadhis-, n., demeure (sk. *sadas-,* v. perse *hadis-) :* accus. *hadhis,* génit. *hadhiṣô ;*

çnaithis-, n., arme : nomin et accus. *çnaithis,* instrum. *çnaithiṣa,* génit. plur. *çnaithiṣãm ;*

barezis-, n., couverture, paillasse (sk. *barhis-),* nomin. et accus. *barezis,* instrum. *bareziṣa ;*

aredus-, n., péché de la vengeance préméditée (Spiegel, *Avesta trad.*, I, 95, note, III, 209) : instrum. sing. *areduṣa ;* génit. plur. *areduṣãm.*

Les noms propres *manus-, hañhaurus-, paêsis-* sont les deux premiers masculins, le troisième féminin.

Chapitre 3. Thèmes en **t, nt, ns.**

§ 151.

Ici les variations thématiques sont fort importantes.

D'après ce qui a été dit au § 73, rubrique VI, l'on sait que les thèmes organiques en *t* purent admettre un renforcement nasal, d'où les thèmes en *nt*, puis que ces derniers purent perdre leur explosive terminale, d'où les thèmes en *n*.

Or il arrive dans la déclinaison des thèmes communément dits en *ant*, que parfois se présente une forme thématique avec *t*, parfois une forme avec *nt*, parfois une forme avec *n*.

On a ici divisé les cas en cas forts, en cas moyens, et en cas faibles:

Cas forts: nominatif singulier,
accusatif „
nominatif duel,
accusatif „
nominatif pluriel.

Cas moyens: datif duel,
ablatif „
instrum. „
locatif pluriel,
datif „
ablatif „
instrum. „

Cas faibles: les cas indirects du singulier,
locatif duel,
génitif „
accusatif pluriel,
génitif „

Dans la classe des thèmes en *t, nt*, le principe de la variation du thème selon les cas est celui-ci:

1° Les cas forts présentent le thème en *nt* (sauf la variation spéciale au nominatif singulier);

2° Les cas moyens perdent soit le *n*, soit le *t;*

3° Les cas faibles n'offrent que le thème en *t*.

§ 152.

Voici d'ailleurs un paradigme. Soient (au masculin) les thèmes *hat-*, étant, *ayat-*, allant, *barat-*, portant, *ṭbiṣyat-*, persécutant, *berezat-*, élevé.

SINGULIER :

Nomin.	*hãç, ayãͦ, barô,*
Accus.	*ayant-em, barent-em,*
Locat.	**hait-i,*
Dat.	**hait-ê,*
Ablat.	**hat-aṭ,*
Génit.	*berezat-ô,*
Instrum.	*berezat-a.*

DUEL :

Nomin. Accus.	*berezant-a,*
Locat.	**berezat-ô,*
Génit.	**berezat-ãͦ,*
Dat.	*berezen-bya,* **berezaṭ-bya,* **berezadh-bya,*
Ablat. Instrum.	**berezen-bya,* **berezaṭ-bya,* **berezadh-bya.*

PLURIEL :

Nomin.	**barant-ô, barent-ô,*
Accus.	*hat-ô,*
Locat.	**haçu,*
Dat.	*ṭbiṣyan-byô,* **ṭbiṣyaṭ-byô,* **ṭbiṣyadh-byô,*
Ablat.	*ṭbiṣyan-byô,* **ṭbiṣyaṭ-byô,* **ṭbiṣyadh-byô,*
Génit.	*ṭbiṣyat-ãm,*
Instrum.	**haṭ-bis, hadh-bis.*

En premier lieu, débarrassons-nous des accidents tels que l'épenthèse des locatif et datif singulier, et reportons-nous enfin pour l'explication des suffixes casuels à ce qui a déjà été dit et répété plus haut.

Nominatif singulier. Cas fort. La filière a été sans doute celle-ci : **sant-s** (lat. *ab-sens* = **ab-sent-s*), **hant-s*, **hanth-s*, **hanth-ç*, **hanç-ç*, **hanç*, *hãç* : §§ 12, 56. Peut-être bien le rejet de *n* sur *a* (*ã*, § 12) se sera-t-il produit tout d'abord ; peu importe. — Quant à la forme en *ô* elle indique *as* terminal : **baras*, pour **baras-s*, pour **barath-s*, ou quelque filière analogue ; mais la nasale ? Cela est obscur. — En ce qui concerne *ayâo* il est vraisemblablement pour **ayâ*, pour **ayâs*, § 11 (= *ayãs?*), pour **ayanth-s*, pour **ayant-s*.

Accusatif singulier. Cas fort : *nt*. Parfois le a précédant ce groupe se change en *e* ; § 5.

Locatif singulier. Cas faible : simplement *t*.

Datif, ablatif, génitif, instrumental du singulier. Idem. — Parfois cependant l'on a *nt*, mais cela n'est que le résultat d'une très-malencontreuse analogie : *barentê*, *ṭbiṣyantaṭ*, etc., sont faux en principe et, purement parlant, devraient être remplacés par *baraitê* (*i* épenthétique), *ṭbiṣyataṭ*.

Nominatif duel. Cas fort : *nt*.

Accusatif duel. Idem.

Locatif duel. Cas faible : *t* (restitution analogique vu le manque d'exemples).

Datif duel. Cas moyen : soit *n*, soit *t* (dans **berezadh-bya*, *dh* = *t* : cf. l'instrumental pluriel).

Ablatif, instrumental du duel. Cas moyens : idem. (Restitution analogique.)

Nominatif pluriel. Cas fort : *nt*.

Accusatif pluriel. Cas faible : *t*. — Par malheur une fausse analogie laisse souvent place à *nt*.

Locatif pluriel. Cas moyen : soit *t*, soit *n*. La forme **haçu* (analogiquement restituée, cf. *Yaçna*, XXIX, 5, XLIII, 14) est pour **hat-su*, d'où **hath-su*, **hath-çu*, **haç-çu* par assimilation : enfin vient **haçu* grâce à la défense de gémination.

Datif, ablatif du pluriel. Cas moyens: idem.

Génitif pluriel. Cas faible: *t*. Parfois, mais encore par une analogie malencontreuse, se présente le groupe *nt*.

Instrumental pluriel. Cas moyen: soit *n*, soit *t*. Ce dernier devient *ṭ* d'où *dh*: § 37.

Voici d'ailleurs la déclinaison d'un de ces masculins avec son correspondant sanskrit. Soit **bharat-**, ferens, sk. *bharat-*, z. *barat-*:

SINGULIER:	Nomin.	*bharan*	* *barãç,*
	Accus.	*bharantam* . .	*barentem,*
	Locat.	*bharati*	* *baraiti,*
	Dat.	*bharatê*	* *baraitê,*
	Ablat.	. . . .	* *baratat,*
	Génit.	*bharatas*. . . .	* *baratô,*
	Instrum.	*bharatâ*	* *barata;*
DUEL:	Nomin.	*bharantâ* [1]. . .	* *barenta,*
	Accus.	*bharantâ* [1]. . .	* *barenta,*
PLURIEL:	Nomin.	*bharantas* . . .	*barentô,*
	Accus.	*bharatas* . . .	* *baratô,*
	Locat.	*bharatsu* . . .	* *baraçu,*
	Dat.	*bharadbhyas* [2].	* *baraṭbya,*
	Ablat.	*bharadbhyas* .	* *baraṭbya,*
	Génit.	*bharatâm* . . .	* *baratãm,*
	Instrum.	*bharadbhis* . .	* *baraṭbis.*

§ 153.

Ce qui vient d'être dit des masculins dits communément en *-at* vaut naturellement pour ceux en *-mat* et en *-vat*. Mais dans ce dernier cas peut apparaître la condensation de *va* en *u*.

Plus loin l'on trouvera des exemples.

1. Forme antique: § 143. La forme plus récente est *bharantâu*.
2. La consonne thématique terminale s'accommode à la consonne initiale désinentielle.

§ 154.

Si, abandonnant les masculins, nous nous tournons vers les neutres, notre attention est attirée, comme de juste, sur les cas directs. Au singulier les nominatif et accusatif sont par exemple: *berezat*, élevé; *hat*, étant, et ainsi de suite.

Sur le duel et le pluriel règne quelque incertitude.

Au duel le sanskrit dit *bharant-î*, *sarpant-î* (d'après *bharat-*, portant, *sarpat-*, rampant).

Schleicher suppose que le zend a dû posséder **barant-i*, **barent-i*. Du moins allègue-t-on la forme *qairyant-i* d'après *qairyat-*, mangeable (?).

Au pluriel nous avons la forme accusative *hâta*, évidemment pour **hat-a*: le sanskrit dit *bharant-i*, *sarpant-i*. Cette forme *hât-a*, en présence du grec φέροντ-α (part. prés.), λύσαντ-α (part. de l'aoriste comp.), laisse planer un fort soupçon sur la nature du *qairyanti* plus haut cité. — En tous cas rien ne nous certifie que *hâta* soit bien légitime et nous ne devons pas perdre de vue les formes nomin. et accus. plur. du neutre telles que *nãmèn-i*, § 161.

§ 155.

A côté des thèmes en *-ant* doivent se placer ici ceux en *-ans* pour *-ant*. Il est éminemment probable, presque évident même, que, dans un certain nombre de ces cas, *s* final est pour *t*. C'est ce que prouve bien le sanskrit qui, par exemple, à côté du thème *vidvaṣ-*, savant, sachant, a *vidvat-*, qu'il emploie l'un et l'autre dans le seul et même paradigme: locat. sing. *viduṣ-i*, locat. plur. *vidvat-ṣu*. Le primitif était en *-vat*, *-vant*, comme en témoigne le grec Ϝειδϝότ-, nomin. sing. εἰδώς pour *Ϝειδϝοτ-ς, locat. sing. εἰδότ-ι, génit. plur. εἰδότ-ων. . .

Prenons pour dresser un paradigme les thèmes zends *vîdvah-*, sachant, *vavanvah-*, ayant battu, *dadhvah-*, créateur. Au masculin nous avons:

SINGULIER :	Nomin.	*vavanvâ̊,*
	Accus.	*dadhvâ̊ṅh-em,*
	Locat.	**vîduṣ-i,*
	Dat.	*vîduṣ-ê,*
	Ablat.	*dathuṣ-at,*
	Génit.	*dathuṣ-ô,*
	Instrum.	*vîduṣ-a.*
PLURIEL :	Nomin.	*vîdhvâ̊ṅh-ô,*
	Génit.	*vaonuṣ-ãm.*

Il est inutile de s'appesantir sur les phénomènes phoniques, par exemple *u* = *va*, § 28, *th* = *dh*, § 37, *ô* = *as* terminal. (Au génitif pluriel *-ao-* est pour *-au-* pour *-ava-*.)

Un simple coup d'œil comparatif laissera bien voir que la confusion est impossible entre cette sorte de thèmes et ceux du § 146.

§ 156.

Dans la première édition de ce livre j'avais rangé ici la déclinaison des comparatifs tels que *âçyah-*, plus rapide. Je la reporte au supplément.

§ 157.

Le féminin des thèmes qui nous occupent en ce moment ne doit pas attirer ici notre attention. En effet le thème de ces féminins est tout autre que celui des masculins et des neutres.

En effet, le thème ici est étendu par l'accession du dérivatif *yâ* (*yâ̂, î*). Pour l'instant cela n'a pas à nous retenir. Il suffit de citer, en zend :

hat-, m., étant . . . . . *hait-i*, f.,
drvat-, m., courant . . *drvait-i*, f.,
barat-, m., portant . . *barent-i*, f.,
bavat-, m., étant . . . { *bavait-i*, / *bavaint-i*, } f.

Ainsi qu'on le voit, tantôt c'est la forme en *t*, tantôt celle en *nt* qui est prise pour base.

L'on peut encore citer parmi les thèmes dans lesquels *va* devient *u:*

vîdhvah-, m., sachant . . . . *vîthuṣ-i*, f.,

ćićithwah-, m., ayant expié. . . *ćićithuṣ-i*, f., (Spiegel, *Comment.*, I, 409).

§ 158.

Comme paradigmes de déclinaison pour les masculins et neutres de la section que nous venons d'étudier, l'on peut prendre :

jaçat-, venant *(jaçaiti,* il vient = sk. *gaććhati,* § 91);

naçyat-, disparaissant *(naçyêiti,* il disparaît = sk. *naçyati);*

uçat-, désirant, voulant *(vaçemi,* je désire, je veux = sk. *vaćmi);*

ćarat-, faisant un pas, avançant *(ćaraiti,* il va = sk. *ćarati);*

histat-, se tenant *(histaiti,* il se tient = sk. *tiṣṭhati);*

çrâvayat-, récitant *(çrâvayêiti,* il récite = sk. *çrâvayati,* il fait entendre, il dit).

De même les dérivés par *vat* tels que :

ṭbaêṣavat-, tourmentant;

daêvavat-, dévoué aux démons;

puthravat-, ayant des fils;

berezvat-, plein de puissance;

vaçtravat-, pourvu de vêtements.

Concernant la valeur des éléments dérivatifs *va, vat,* voyez p. 118.

De même enfin ceux en *vah:*

râmainivah-, réjoui;

hikvah-, sec, aride;

biwivah-, effrayant;

jaghnvah-, battant, brisant. Etc.

Chapitre 4. Thèmes en n.

§ 159.

Dans la précédente section nous avons vu la terminaison thématique affectée déjà dans sa manière d'être par la rencontre avec le suffixe casuel. Nous allons trouver ici tantôt le phénomène d'un *i* épenthétique, tantôt le *n* terminal du thème, tantôt la chute totale de ce même *n*.

Rien à dire touchant l'épenthèse: voir § 19. Quant à la chute de *n*, elle se présente en certains cas déterminés. Aux nominatif et accusatif du singulier, aux nominatif et accusatif du duel, au nominatif du pluriel, l'on donne le nom de « cas forts ». On appelle cas « moyens » les datif, ablatif, instrumental du duel, les locatif, datif, ablatif, instrumental du pluriel. Sont qualifiés « faibles » les autres cas, à savoir: au singulier les locatif, datif, ablatif, génitif, instrumental; au duel les locatif et génitif; au pluriel les accusatif et génitif. C'est ce qui a déjà été dit au § 151. — Les cas « moyens » perdent tous le *n* terminal du thème. Les cas forts, à l'exception du nominatif singulier, allongent le *a* précédant *n* terminal du thème. Les cas faibles gardent toujours *n* et n'allongent pas le *a* qui le précède. L'on remarquera que les cas forts une fois écartés, la division en cas moyens ou faibles est bien facile à établir: là où la terminaison casuelle commence par une voyelle ou consiste en une voyelle, *-i*, *-a*, *-ãm*, etc., le cas est faible; là où elle commence par une consonne, *-byô*, *-hva*, etc., le cas est moyen, et alors le *n* thématique final tombe.

Il faut observer que l'allongement de *a* précédant *n* n'est qu'un phénomène secondaire et que bien souvent on ne le rencontre pas; il est, en somme, à peu près indifférent de décliner avec *a* ou *â*. Quant aux idiomes congénères, sanskrit, grec et autres, ils témoignent sans conteste d'un simple *a* organique.

A l'égard des neutres qui se rencontrent dans la présente catégorie, leur accusatif singulier est, bien entendu, semblable au nominatif: le *a* n'est pas allongé et le *n* tombe.

Prenons comme paradigmes *arṣan-*, mâle, taureau (ἀρσεν-), *çpan-*, chien (sk. *çvan-*), *urvan-*, âme.

Singulier :	Nomin.	*arṣa,*
	Accus.	*arṣân-em,*
	Locat.	**arṣain-i,*
	Dat.	*urun-ê,*
	Ablat.	**arṣan-a,*
	Génit.	*urunaç(-ća), arṣn-ô,*
	Instrum.	*urun-a.*

Nominatif. — La forme organique était certainement **arsan-s**. Dans le grec ἄρσην, d'où ἄρρην, il y a allongement par compensation: le sanskrit agit de même, témoins *râjâ, açmâ*, nomin. des masc. *râjan-*, rex, *açman-*, lapis. — Le latin a eu d'abord la voyelle finale longue dans les thèmes de cette sorte. Dans la suite des temps on l'abrégea, mais pourtant avec facilité de la maintenir longue: cf. *homô, Lucr.*, I, 67, *homŏ*, ibid., VI, 652; *nemô, Mart.*, I, 98, *nemŏ*, id., VIII, 11.

Accusatif; cas fort. Allongement de *a*. Parfois cet allongement n'a pas lieu, mais cela est irrégulier.

Locatif; cas faible. Garde *n* mais n'allonge pas *a*.

Datif, ablatif, génitif, instrumental; idem.

Duel :	Nomin.	**çpân-a,*
	Accus.	**çpân-a,*
	Locat.	**arṣan-ô,*
	Génit.	**arṣan-âo.*

Se reporter à ce qui a été dit pour le duel des thèmes invariables.

Pluriel :	Nomin.	*arṣân-ô,*
	Accus.	**arṣan-ô,*
	Locat.	**arṣa-hu,*

Pluriel : Dat. **arṣa-byô,*
Ablat. **arṣa-byô,*
Génit. *arṣn-ãm,*
Instrum. **arṣa-bis.*

Nominatif; cas fort. Allongement de *a*.

Accusatif; cas faible. Garde *n* et n'allonge pas *a*. L'on trouve parfois l'allongement, mais cela est fautif et ne provient sans doute que d'une confusion avec le nominatif.

Locatif, datif, ablatif; cas moyens. Perdent *n*. Voyez au § 160.

Génitif; cas faible. Garde *n* et n'allonge pas *a*: cette dernière voyelle est même supprimée dans l'exemple de notre schème.

§ 160.

Je dois faire remarquer que l'on rencontre au datif un *urvôibyô*: l'obscurcissement de *a* en *ô* est dû sans doute aux deux labiales *v*, *b*, puis il y a *i* épenthétique: mais peut-être cette forme est-elle pour **urvaibyô* avec *i* épenthétique et *ôi* = *ai*. — Nous pouvons également supposer des locatif, datif, ablatif, instrumental **arṣôhu*, **arṣôibyô*, **arṣôibis*, ces deux derniers avec *i* d'épenthèse et *ôi* = *ai*.

La forme dative *raçmaoyô* (d'après *raçman-*) ne peut être regardée ainsi que le fait M. Spiegel (*Comment.*, II, 513) comme une abréviation (verkürzung) d'un **raçmabyô*. L'explication fort simple est celle-ci: *raçmaoyô* = **raçmavyô* = **raçmawyô*; comparez les formes coexistantes *bâzuwê*, *bâzubya*, § 42.

§ 161.

Jusqu'à présent ce qui a été dit n'a trait qu'aux masculins. Or, il existe bien des noms neutres à ranger dans cette classe. La seule différence entre ceux-ci et les masculins touche les cas directs. Au singulier, nominatif et accusatif sont semblables. Soit *nãman-*, nom :

Singulier. Nomin. et accus. *nãma;*
Duel. Nomin. et accus. **nãma;*
Pluriel. Nomin. et accus. *nãmèni, nâmãn, nãma.*

Point de difficulté en ce qui concerne le singulier: cf. sk. *nâma.*

Au duel le sanskrit offre *nâman-î, nâmn-î.* En fait d'exemple, l'on n'a en zend que *dãma,* les deux créatures (d'après *dãman-,* n. = sk. *dhâman-,* n., domus, corpus). Il faut sans doute supposer **dãmani,* **nãmani,* d'après les formes du pluriel.

Le pluriel *nãmèni* correspond bien au sk. *nâmâni,* avec *è* = *â.* Évidemment *nâmãn, nãma* en sont des formes mutilées. Les voyelles *â, ã* semblent avoir changé de syllabe dans *nâmãn.* Comparez le nomin. sing. *dãma,* créature, et l'accus. plur. *dâmãn.*

§ 162.

Voici plusieurs masculins de cette classe, avec quelques-unes des formes qu'ils présentent:

ukhṣan-, taureau: sing. accus. *ukhṣânem,* génit. *ukhṣnô* (sk. *ukṣan-,* m., bos, taurus, goth. *aúhsan-,* m.: sur *aú* pour *u* consultez Schleicher, *Cpd.,* 156, Leo Meyer, *Die goth. spr.,* 579, 582);

açan-, pierre: sing. accus. *açânem;* plur. nomin. *açânô* (sk. *açan-,* cf. Joh. Schmidt, *Die wurzel* **ak**, 4, 76);

adhwan-, chemin: sing. accus. *advânem, adhwanem,* génit. *adhwanô* (sk. *adhvan-,* m., via).

Les féminins offrent absolument la même déclinaison. En tant que substantifs ils sont d'ailleurs fort rares.

§ 163.

Il y a dans cette classe quelques noms qui réclament une considération particulière. Ainsi *khṣapan-,* f., nuit, alterne avec *khṣap-:* cf. Justi, *Hdb.,* 94; *açtan-,* os, avec *açta-, açti-,* cf. Spiegel, *Gramm. der altbaktr. spr.,* 155,

Justi, *op. cit.*, 36: (en sk. *asthan-*, perdant la voyelle de l'élément dérivatif, est réservé aux cas dits « faibles », les autres cas ont *asthi-* pour base; cf. Oppert, *Gramm. sans.* 40).

Le mot *âtharvan-*, m., prêtre du feu (d'après *âtar-*, m., feu), a pour formes déclinées: sing. nomin. *âthrava*, accus. *âthravanem*, *athaurunem*, dat. *athaurunê*, génit. *athaurunô*; plur. nomin. *âthravanô*, génit. *athaurunãm*. Nous avons à remarquer tout d'abord la condensation de *va* en *u* à certains cas, puis, à ces mêmes cas, l'épenthèse de *u* devant *r*, § 19. D'autre part nous nous trouvons parfois en présence d'une métathèse de *ar* en *ra*.

§ 164.

Le phénomène de l'atténuation de *a* en *i* apparaît dans quelques-uns des thèmes zends qui primordialement étaient des thèmes en *an*.

En sanskrit les thèmes de cette sorte se déclinent absolument comme ceux dont ils n'offrent qu'une atténuation: *râjan-*, roi (masc.), et *nâman-*, nom (neutre), font au nominatif singulier *râjâ*, *nâma*; or *dhanin-*, riche, donne à ce même cas au masculin *dhanî*, au neutre *dhani*. En zend ces sortes de thèmes ne nous offrent point de documents pour tous leurs cas, mais ce qu'ils en présentent les mettent autant que possible en accord avec les formes non atténuées. Exemples:

yâhin-, vaillant: sing. nomin. *yâhi*;

perenin-, ailé, oiseau: sing. dat. *pereninê*;

hãmin-, été: sing. accus. *hãminem*.

kainin-, f., fille, jeune fille: sing. nomin. *kaini*, accus. *kaininem*; plur. nomin. *kainînô*, accus. *kaininô*, dat. *kainibyô*. (Ne pas confondre ce thème avec *kanya-*, f. = sk. *kanyâ-*, *kanî-*, f., puella.)

Chapitre 5. Thèmes en r.

§ 165.

Avant tout il importe de se rappeler ce qui a été dit au § 141 sur le rapport de *ar* à *r*. Le lecteur doit se reporter au passage en question et il est inutile de le remettre ici sous les yeux.

Le suffixe **tr** d'où **tar** forme soit des noms de parenté, soit des noms d'agent. Au fond, les noms de parenté dont il est ici question, ne sont eux aussi que des noms d'agents: cf. Bopp, *Vocalismus,* 182, note.

Mais la distinction qui sépara cette sorte de mots d'avec les noms d'agents proprement dits se produisit dans la suite des temps à une époque où le sentiment morphologique était manifestement obscurci, et les ancêtres linguistiques des Hindous, Éraniens, Hellènes, Italiotes, allongèrent le *a* de *tar* dans la série des noms vulgairement dits d'agents, en certains cas du moins, comme nous le verrons.

(Les noms de parenté sanskrits *svasr-,* sœur, *naptr-,* petit-fils, participèrent à cet allongement. Remarquons bien que cette double exception n'appartient qu'au domaine hindou. — L'accusatif singulier de *duhitr-,* fille, se présente également avec un allongement intempestif, à savoir *duhitâram.)*

§ 166.

En premier lieu examinons les dérivés par *tar,* dérivés dits de parenté.

Peu importe de s'adresser à un seul ou à différents thèmes, *mâtar-,* f., mère; *brâtar-,* m., frère; *dughdhar-,* f., fille.

Singulier:	Nomin.	*mâta,*
	Accus.	*mâtar-em,*
	Locat.	*dughdhair-i,*
	Dat.	*brâthr-ê,*

Singulier :	Ablat.	**brâthr-aṭ,*
	Génit.	*brâthraç(-ća), brâthr-ô*
	Instrum.	**brâthr-a.*
Duel :	Nomin. Accus.	*brâthr-a,*
	Locat.	**brâthr-ô,*
	Génit.	**brâthr-æ̊,*
	Dat. Ablat. Instrum.	**brâtare-bya.*
Pluriel :	Nomin.	*mâtar-ô,*
	Accus.	*mâtar-ô,*
	Locat.	**brâtare-ṣva, *brâtare-ṣu,*
	Dat.	**dughdhare-byô,*
	Ablat.	**dughdhare-byô,*
	Génit.	**brâthr-ãm,*
	Instrum.	*dughdhare-bis.*

Il y a ici peu d'observations à faire. — Inutile de revenir sur *ô* = *as* terminal. — A quelques cas le *t* devient *th* devant *r*, d'après ce qui a été dit au § 37. — Parfois nous avons après *r* un *e* adventice. — Au locatif singulier il y a *i* épenthétique : § 19.

§ 167.

La seconde série des thèmes qui nous occupent, ceux constituant les noms d'agents non génériques, puisera son paradigme dans les diverses formes de *dâtar-*, m., donneur (sk. *dâtr-*, m., dator) ; *thrâtar-*, m., sauveur (sk. *trâtr-*, m., servator) ; *zaotar-*, m., nom sacerdotal (sk. *hôtr-*, m.).

Singulier :	Nomin.	*dâta,*
	Accus.	*zaotâr-em,*
	Locat.	**dâthr-i,*
	Dat.	*zaothr-ê,*
	Ablat.	**dâthr-aṭ,*
	Génit.	**dâthr-ô,*
	Instrum.	**dâthr-a.*

DUEL :	Nomin.	**thrâtâr-a,*
	Accus.	*thrâtâr-a,*
	Locat.	**zaòthr-ô,*
	Génit.	**zaothr-ǣ.*
PLURIEL :	Nomin.	*dâtâr-ô,*
	Accus.	*dâtâr-ô.*

Si nous tenons compte, en faveur du nominatif singulier, du fait d'abréviation de la voyelle finale, § 22, nous constaterons que les cas directs allongent le *a* de *tar*, c'est-à-dire donnent *târ*. . . Que se passe-t-il à ce sujet en sanskrit? Le même phénomène: nomin. sing. *dâtâ,* accus. *dâtâram,* nomin. et accus. duel *dâtârâ* (ancien; forme plus récente *dâtârâu),* nomin. plur. *dâtâras.* En sanskrit c'est à ces cas seulement que l'allongement a lieu; nous nous trouvons donc en présence d'un principe assuré. Seulement, il nous faudra remarquer que le zend étend à l'accusatif du pluriel *(dâtârô)* l'allongement en question. Plus haut, l'analogie ne faisait-elle pas traiter trois cas forts comme s'ils étaient faibles?

(Le sanskrit nous offre *çaṁstaram,* flatteur, panégyriste, au lieu de **çaṁstâram* [accus.]. Mais c'est là une exception toute isolée.)

§ 168.

Quelques remarques secondaires.

Au nominatif singulier l'on trouve avec *pita,* le père, la forme *pitô;* ce fait est explicable par la supposition que l'on s'adresse ici, malencontreusement, à un thème *pita-.* En effet, à côté du thème correct *dâtar-,* créateur, il faut bien également admettre un thème erroné *dâta-,* d'où le nominatif *dâtô,* l'accusatif *dâtem.*

Comparez: *beretem,* accus. sing. de *bereta-,* porteur, pour *beretar-* (sk. *bhartr-,* m., qui sustentat, nutritor); — *meretô,* nomin. sing. de *mereta-,* qui rappelle; — *zaretô,* nomin. sing. de *zareta-,* vexateur; — *éistô,* nomin. sing.

de *ćista-*, qui enseigne; — *drustô*, nomin. sing. de *drusta-*, trompeur; etc.

§ 169.

Le thème *âtar-*, m., feu, se présente avec les formes suivantes: nomin. sing. *âtars*, accus. *âtarem*, dat. *âthrê*, ablat. *âthraṭ*, génit. *âthrô*; accus. plur. *âtarô*, dat. *âtarebyô*, génit. *âthrãm*. Le premier examen révèle qu'il n'appartient point à la seconde catégorie des thèmes en *-tar*, mais bien à la première; cela s'entend par le non-allongement de *a*. Reste l'explication du nominatif qui dans la forme *âtar-s* est purement organique. M. Justi voit dans cet exemple le débris d'une époque pré-baktrienne. Cela me semble hors de tout conteste possible. Cf. Benfey, *Or. und occid.*, I, 250.

Comme on le voit, la déclinaison de ce thème offre deux grands témoignages d'antiquité. D'abord la forme du nominatif singulier. En second lieu le non-allongement de la voyelle de l'élément dérivatif *tar*, bien que l'on ait affaire à un nom d'agent proprement dit, c'est-à-dire n'étant pas devenu nom de parenté.

§ 170.

Voici quelques thèmes de cette série avec leurs formes subsistantes principales:

patar-, m., père (v. perse *pitar-*, avec atténuation de la voyelle radicale, goth. *fadar-*, gr. πατέρ-): sing. nomin. *pata*, *pita* (avec atténuation), accus. *patarem*, *pitarem*, *ptarem*, dat. *pithrê*; plur. nomin. *patarô* ou *ptarô*;

pâtar-, m., protecteur: sing. nomin. *pâta*; duel accus. *pâtâra*;

çâçtar-, dominateur (sk. *çâsitr-*, m., dominator): sing. nomin. *çâçta-*, accus. *çâçtârem*; plur. nomin. *çâçtârô*;

jantar-, m., meurtrier (sk. *hantr-*, m., occisor): sing. nomin. *janta-*, accus. *jantârem*;

çtaotar-, m., donneur de louanges (sk. *stôtr-*, m.): sing. nomin. *çtaota*, accus. *çtaotârem*; plur. nomin. *çtaotaraç(-ća)*, avec voyelle brève.

Chapitre 6. Thèmes diphthonguiques.

§ 171.

Le zend n'offre que deux de ces thèmes.

L'un est *raê-* ou *râi-* (avec la première ou la seconde gradation de la voyelle fondamentale *i*), f., éclat.

Singulier:	Accus.	*raêm*	(sk. *râyam*),
	Instrum.	*raya*	(sk. *râyâ*).
Pluriel:	Accus.	*râyô*	(sk. *râyas*),
	Génit.	*rayãm*	(sk. *râyâm*).

Il existe encore une forme *raês*: M. Justi, dans son dictionnaire, la tient pour un accusatif pluriel (pour **rayas* sans doute, avec *ya* condensé en *i*, puis *aê* pour *ai*); M. Spiegel, de son côté, en fait un nominatif singulier.

Sur les rapports de l'idée d'éclat, de lueur ou de divinité, ce qui est tout un, à celle de richesse, voyez Schleicher, *Beitr.*, IV, 359, à propos de l'esclav. liturg. *bogŭ*.

Le second thème est *gao-*, *gâu-*, tantôt masculin, tantôt féminin (bœuf, vache).

Nous trouvons les formes suivantes:

Singulier:	Nomin.	*gâus*	sk. *gâus*	gr. βοῦς,
	Accus.	*gaom*, *gâum*		gr. βοῦν,
	Dat.	*gavê*	sk. *gavê*	
	Ablat.	*gaoṭ*		
	Génit.	*gaos*, *gèus*	sk. *gôs*	gr. βοϜός,
	Instrum.	*gava*	sk. *gavâ*	
Pluriel:	Génit.	*gavãm*	sk. *gavâm*	gr. βοϜῶν,
	Instrum.	*gaobis*	sk. *gôbhis*	

A l'accusatif singulier l'on a également *gãm* = sk. *gâm*: consultez Benfey, *K. s. gramm.*, 302, § 495, II; Schleicher, *Cpd.*, 541.

Chapitre 7. Thèmes en î, û.

§ 172.

Ainsi que le fait observer Schleicher, le vieux baktrien n'a presque seulement que des polysyllabiques en *î*, répondant à *yâ* organique: il y a donc lieu de renvoyer au § 10. Comme appartenant à la présente section, le même auteur cite le sk. *bhrû-*, f., sourcil, le gr. ὀ-φρύ-, f., sourcil, le lat. *sû-* (*sŭ-*), mf., porc, truie.

Chapitre 8. Thèmes en u.

§ 173.

Masculins et féminins suivent le même paradigme. Composons notre schème au moyen des thèmes suivants:

tanu-, f., corps (sk. *tanu-*, fn., corpus); — *bâzu-*, mf., bras (sk. *bâhu-*, m., brachium, gr. πῆχυ-, § 4); — *paçu-*, m., animal (sk. *paçu-*, m., animal, pecus, goth. *faihu-*, n., pecunia: cf. Schulze, *Goth. wörterb.*, 48); — *naçu-*, mf., cadavre (gr. νέκυ-).

Singulier:	Nomin.	*naçu-s*,
	Accus.	*naçû-m*, *naçâu-m*, **naçao-m*,
	Locat.	*tanv-i*,
	Dat.	*tanv-ê*, **tanav-ê*, *tanu-y-ê*,
	Ablat.	*tanv-aṭ*, *tanaoṭ*,
	Génit.	*tanv-ô*, **tanaos*, *naçâvô*, *paçèus*,
	Instrum.	*bâzv-ã*, **bâzu*.

Plusieurs points doivent fixer notre attention.

Accusatif. — Nous avons *û* pour *u* d'après un principe exposé au § 22. La forme *naçâum* est due, me semble-t-il, à une malheureuse analogie avec certaines formes du génitif. Je restitue **naçaom* d'après *dañhaom*, accusatif de *dañhu-*, f., district.

Locatif. — Au locatif régulier en *i*, tel que *pithw-i* d'après *pitu-*, m., repas (*w* = *v*, p. 45), s'adjoignent des formes en *â̊* et en *ô* telles que *khratâ̊*, dans la sagesse; *paçâ̊*, dans le troupeau; *taphnô*, dans la chaleur; *haêtô*, sur le pont. On peut supposer que ces deux derniers auraient dus être régulièrement **taphnv-ô*, **haêthw-ô*, et, de la sorte, ne sont que des génitifs pris locativement, ce qui n'aurait rien d'étrange. Les formes *dañhv-ô*, dans la circonscription, *ratav-ô*, au temps précis, donnés comme locatifs ne seraient que des génitifs pris dans la conception dite «absolue»: elles du moins ont conservé *u* ou bien sa gradation. En ce qui concerne *khratâ̊*, *paçâ̊* et leurs semblables, l'on pourrait supposer que leur *â̊* est faussement pour *ô*, et expliquer **paçô* comme vient de l'être *haêtô*. Cette hypothèse est bien gratuite, mais je la crois plus acceptable que l'opinion de Schleicher, qui paraît regarder *â̊* comme répondant à la désinence des locatifs sanskrits tels que *paraçâu*, dans la hache. Quant à la forme isolée *añhva*, dans le monde, son *a* est manifestement pour un *ô*: l'on a également *añhvô* et *añhô* (ce dernier avec chute du *v*, cf. *haêtô*). Avec la désinence *a* l'on cite encore *bàresna*, mais il n'est pas prouvé que ce soit là un locatif de *bareṣnu-*, f., sommet: cf. Spiegel, *Comment.*, II, 519.

Datif. — A côté des formes *gaêtavê*, à la parenté, *paçavê*, au troupeau, *zantavê*, à la famille, à la parenté, apparaissent *khrathwê* (pour *kratvê*), *rathwê* (pour *ratvê*), *paçvê*. Sans aucun doute, ces dernières formes ont une antériorité bien marquée sur *paçavê*, *quaêtavê* et autres. Mais dans *paçavê*, tenir le *a* pour voyelle de liaison est, me semble-t-il, avancer une opinion plus que téméraire et ne s'étayant sur aucune analogie. Qu'y a-t-il d'extraordinaire à ce que le *u* se soit, devant *ê*, guné en *au* d'où *av*?

Absolument rien. Dans les formes coexistantes telles que *tanuyê,* il y a bien une intercalation, mais simple, celle-ci, et d'ailleurs tout naturellement placée entre la désinence thématique et l'élément casuel. — Si nous jetons un regard sur les idiomes congénères nous voyons que le sanskrit admet le guna de la désinence thématique au genre masculin (*paraçav-ê,* à la hache, *bhânav-ê,* au soleil); de même au féminin (*sindhav-ê,* au fleuve, *dhênav-ê,* à la vache), mais avec facilité, pour ce genre, de joindre au thème la désinence *âi* (*sindhv-âi, dhênv-âi*); en ce qui concerne le neutre, il y a intercalation d'une nasale (*paçu-n-ê,* à l'animal).

Ablatif. — Des deux formes citées, la première est assurément la plus organique. J'avais supposé autrefois, pour expliquer la seconde, *tanaoṭ,* que le *u* de **tanu-aṭ* s'était d'abord développé en *au,* d'où *ao,* puis que le *a* subséquent s'était absorbé dans la labiale *o.* Je renonce à cette hypothèse dont le dernier terme est inadmissible: je pense plutôt qu'après le développement de **tanu-aṭ* en **tanav-aṭ* le groupe *va* se condensa en *u,* § 28, d'où **tanauṭ,* c'est-à-dire *tanaoṭ.* — Nous voyons le grec admettre également la gradation de la voyelle thématique terminale *u* dans les formes ταχέϝ-ως, promptement, ἡδέϝ-ως, agréablement, θρασέϝ-ως, audacieusement, etc., véritables ablatifs: Schleicher, *Cpd.,* 552. Kissling, *Ztschr.,* XVII, 196, in fine. — On sait qu'en sanskrit l'ablatif ne s'est maintenu que dans les thèmes masculins et neutres en *a.* (Les formes *vidyôt* et *didyôt* ne sauraient être légitimement invoquées: cf. Albr. Weber, *Beitr.,* III, 389.)

Génitif. — La forme *tanv-ô* est manifestement la plus simple: comparez le grec νέκυ-ος, ἰχθύ-ος, βότρυ-ος, etc.; le ος est pour *as* représenté naturellement en zend par *ô,* § 9. — Dans **tanaos, diçaos* (*diçu-,* m., bête féroce), *draos* (*dru-,* n., bois), etc., nous avons purement de plus anciens **diçav-as,* **drav-as:* la voyelle thématique a subi gradation, *au, av,* le groupe *va* s'est condensé en *u,* enfin le groupe *au* est naturellement devenu *ao;* cette série **diçau-as*, **diçav-as*, **diçaus*, *diçaos* nous représente exactement un phénomène que nous avons constaté déjà à l'ablatif à propos de *tanaoṭ*. — Nous devons remarquer que le zend n'est pas le seul des idiomes indo-européens admettant ici la gradation. Nous avons vu tout-à-l'heure la voyelle thématique persister pure et simple dans le grec νέκυ-ος, χέλυ-ος, eh bien, la voici développée dans πελέκεϝ-ος, ϝάστεϝ-ος, etc. (l'attique allonge ος en ως, mais peu importe). Dans le sanskrit classique nous avons de même *paraçôs* pour **paraçaus*, **paraçav-as* (après condensation de *va* en *u*), *bhânôs* thèmes *paraçu-*, m., hache, *bhânu-*, m., soleil): mais nous trouvons des formes védiques plus anciennes qui maintiennent le *u*: *paçv-as*. — Dans *naçâv-ô* l'on est arrivé à la seconde gradation; il en est de même de *paçèus* pour **paçâus*, **paçâv-as*.

Instrumental. — Les formes telles que *bâzv-a* sont les plus primitives: cf. le féminin sanskrit *dhênv-â* (*dhênu-*, vacca lactaria = z. *daênu-*). Parfois le groupe *va* se condense en *u*, § 15: *gâtu* (*gâtu-*, m., lieu = v. perse *gâthu-*, lieu, place); *dańhu* (*dańhu-*, f., circonscription, district = v. perse *dahyu-*). La forme *bâzvô* est manifestement faussée.

Duel:	Nomin. Accus.	**paçu*, **paçû*,
	Locat.	**paçv-ô*,
	Génit.	**paçvå*,
	Dat. Ablat. Instrum.	*bâzu-bya*, *bâzu-wê*,

En ce qui concerne les deux cas directs, comparez le sanskrit *paraçû* (*paraçu-*, m., securis = gr. πέλεκυ-), *dhênû* (*dhênu-*, f., vacca lactaria = z. *daênu-*).

Pour les datif, ablatif et instrumental se reporter au § 42.

Pluriel:

Nomin. *paçv-aç(-ća)*, **paçv-ô*, **paçv-a*, **paçus*, **paçûs*, **paçavaç(-ća)*, *paçav-ô*, **paçav-a*, **paçâv-ô*,

Pluriel :	Accus.	Idem.
	Locat.	**tanu-ṣva, tanu-ṣu,*
	Dat.	*tanu-byô,* **tanuiwyô,*
	Ablat.	Idem.
	Génit.	*paçv-ãm, tanu-n-ãm,*
	Instrum.	**naçu-bis.*

Nominatif. — Il gune le *u* thématique dans la forme *paçavô,* les animaux, *erezavô,* les doigts, *yâtavô,* les sorciers. Le sanskrit, comme on le sait, n'obscurcit pas le *as* final en *ô,* et dit *paraçavas,* les haches, m., *sûnavas,* les enfants; dans ces exemples il gune tout comme le zend le *u* final thématique. Mais la vieille langue des Hindous offre *sûnv-as* et autres analogues, dans lesquels ce guna ne se présente point: de même le zend à côté de *paçav-ô,* possède *paçv-ô* et autres; entre les deux formes il n'y a évidemment pas à hésiter pour la question d'antiquité, et la plus simple l'emporte naturellement sur celle qui n'est en réalité que son extension. Les formes accompagnées du *ća* enclitique, telles que *iṣavaç-ća (iṣu-,* m., pieu, dard = sk. *iṣu-,* mf., sagitta = v. perse *içu-)* présentent naturellement dans toute sa correction le as organique, cf. gr. νέκυ-ες, σύ-ες, etc. — Dans les formes en *us* telles que *gâtus,* les lieux, *dañhus,* les districts, il y a eu condensation de *va* en *u.*

Accusatif. — Nous devons remarquer que l'accusatif pluriel zend des thèmes en *u* ne reproduit point la forme organique: celle-ci était en effet le thème plus *ms,* rendu fidèlement par le gothique dans *sunu-ns,* m., les fils, par le sanskrit dans *paraçû-n,* m., les haches, avec la longueur de la voyelle compensant la perte de la sifflante terminale, signe du pluriel. Le zend suit erronément l'analogie avec le nominatif du même nombre. Le même fait va se reproduire dans les thèmes en *i.*

Datif, Ablatif. — Dans la seconde hypothèse *w* = *bh* organique, § 42, et le *i* est épenthétique devant *w,* § 19.

Génitif. — La forme logique du génitif est évidemment le thème plus *ãm*, ainsi que cela se présente dans *paçvãm*, *rathwãm* (pour **ratvâm)*; mais un *n* intercalaire fait naître *paçu-n-ãm*, *tanu-n-ãm*, *naçu-n-ãm*. On trouve coexistant *yâthwãm* et *yâtunãm*, des sorciers. Ce fait d'intercalation de *n*, au génitif pluriel, entre la voyelle finale thématique et l'élément casuel se présente en sanskrit, et non pas seulement dans les thèmes en *u*; exemples: *agnînâm*, des feux *(igni-)*, m., *çrôṇînâm*, des fesses (κλόνι- pour κλόϝνι-), f., *paraçûnâm*, des haches (πέλεκυ-), *sindhûnâm*, des fleuves; même phénomène en vieux perse: *parunâm*, des nombreux.

§ 174.

Le neutre ne nous intéresse naturellement qu'aux cas indirects.

Au singulier, le thème demeure à ces cas sous sa forme pure; *perethu*, amplum; *vohu*, bonum; *âçu*, citum.

Au duel point de distinction d'avec les masculins et féminins, c'est-à-dire *û* et *u*. Mêmes terminaisons *û*, *u* du pluriel.

§ 175.

Voici quelques thèmes de cette série avec leurs formes subsistantes principales:

pitu-, m., aliment: sing. accus. *pitûm*, locat. *pithwi;*

diçu-, m., bête féroce: sing. nomin. *diçus*, génit. *diçaos;*

yâtu-, m., sorcier (sk. *yâtu-*, m., daemonum genus): plur. nomin. *yâtavô*, accus. *yâtûs*, *yâtus*, *yâtava*, génit. *yâtunãm*, *yâthwãm;*

zantu-[1], m., confédération (sk. *jantu-*, m., animal, creatura): sing. accus. *zantûm*, dat. *zantavê*, ablat. *zantaoṭ*, génit. *zantèus*, instrum. *zantu;* plur. génit. *zantunãm;*

1. Sur le sens de ce mot voyez Spiegel, *Erân*, 298, *Comment. üb. das Avesta*, I, 41.

zanu-, m., genou (sk. *jânu-*, n., lat. *genu-*): sing. accus. *žnûm*, § 53; plur. accus. *zanva*;

bânu-, éclat (sk. *bhânu-*, m., lumen): duel instrum. *bânuwê*; plur. dat. et ablat. *bânubyô*;

merethyu-, m., mort, trépas (sk. *mṛtyu-*, mfn., Bopp, *Gloss.*, 301, mors): sing. accus. *merethyûm*, génit. *merethyâus*;

ratu-, m., temps précis [1] (sk. *ṛtu-*, m., anni tempus): sing. accus. *ratûm*, génit. *rathwô*; plur. accus. *ratûs*;

pâyu-, m., protecteur: sing. nomin. *pâyus*, accus. *pâyûm*; duel accus. *pâyû*;

tâyu-, m., voleur: sing. nomin. *tâyus*, accus. *tâyûm*, génit. *tayaos*; plur. génit. *tâyunãm*;

bareṣnu-, f., hauteur, cime: sing. accus. *bareṣnûm*; plur. nomin. *bareṣnavô*, accus. *bareṣnus*, *bareṣnûs*, *bareṣnava*, *bareṣnavô*, locat. *bareṣnuṣva*.

Chapitre 9. Thèmes en ***i***.

§ 176.

Ne nous occupons d'abord que des masculins.

Notre thème sera *gairi-*, montagne, pour **gari-*, grâce à un *i* épenthétique, § 19; le sanskrit offre *giri-*, m., mons, pour corrélatif.

Les cas précédés d'un astérisque sont restitués analogiquement.

Singulier:	Nomin.	*gairi-s*,
	Accus.	*gairî-m*,
	Locat.	*gara*,
	Dat.	**garêê*,
	Ablat.	*garôiṭ*,
	Génit.	*garôis*,
	Instrum.	**gairi*.

1. Spiegel, *Comment. üb. das Avesta*, II, 18, 33, 72; Justi, *Hdb.*, 252; Haug, *An old zend-pahlavî gloss.*, 115.

Voilà qui, au premier coup d'œil, semble nous éloigner considérablement des thèmes déclinés jusqu'ici. Et pourtant rien de bien extraordinaire.

Accusatif. — Le *i* devient *î* à cause du *m* terminal. Il a été dit au § 22 que cet allongement n'était qu'exceptionnel lorsque le *i* se trouvait précédé d'un *r*: dans *gairîm* nous avons une de ces exceptions.

Locatif. — Le locatif, dit M. Spiegel, « est fortement » mutilé. Je ne doute point qu'il n'ait eu *ayi* pour termi-» naison primordiale, mais il perdit cette terminaison et » prend fin maintenant soit par *â* ou *a*, soit par leur assom-» brissement *ô* ». Sans doute j'admets avec Schleicher que la forme organique a été **garay-i*, le *i* thématique se trouvant porté à la première gradation: c'est ainsi que les locatifs grecs πόλει, φύσει, μάντει, sont pour *πολεί-ι, *φυσεί-ι, *μαντεί-ι (πόλι-, f., ville; φύσι-, f., nature; μάντι-, m., devin). Mais je n'en persiste pas moins à penser que *gara* équivalant à **garayi* par chute de *yi*, se trouve un phénomène bien extraordinaire. Dans les *Heidelb. jahrb.* (1869, n° 18) M. Spiegel maintient sa manière de voir, mais sans l'étayer d'aucun fait. De son côté, M. Justi partage mon avis contre la prétendue chute de *yi* (*Gött. gel. anz.*, 1869, p. 443): d'après lui nous aurions dans *gara* et autres analogues les équivalents des locatifs sanskrits tels que *dêvy-âm*, dans la déesse, *nady-âm*, dans le fleuve. Le *m* final serait tombé et le *â* (devenant *a* en zend), § 22, aurait supplanté la désinence thématique. Dans le vieux sanskrit, en effet, nous trouvons également *ûrmâ*, locatif de *ûrmi-*, f., unda, fluctus, *nâbhâ*, locatif de *nâbhi-*, f., umbilicus. Évidemment il y a là des faits corrélatifs, mais comment les expliquer? L'interprétation de M. Justi me semble manquer de force concluante; il faudrait d'autres preuves.

Datif. — La forme organique fut **garay-ai*. Avec *aê* pour *ai*, l'on obtint d'abord la forme **garay-aê*. Pour arriver à **garèê* il faut bien supposer la chute de *y* entre les deux *a*, qui, se réunissant, devinrent *â*, § 18, d'où *è*, § 11. Avec l'enclitique *ća* les formes apparaissent dans leur plus grande pureté : *patayaê-ća*, et au maître, toujours naturellement avec *aê* pour *ai*. Nous lisons dans la *Grammaire* de Bopp que la terminaison *ĕê* est une contraction de *ayê*, en sorte que le *è* contient le *a* de *ayê*, avec la semi-voyelle suivante vocalisée en *i*. Mais nous n'avons point d'exemple de *ay* devant *è*. . . . Dans les *Beiträge* (IV, 204), M. Kuhn compare les datifs baktriens en *ĕê* aux datifs sanskrits en *aiê*, sans entrer malheureusement en aucune explication sur le passage de *ayai* en *ĕê*.

Ablatif. — La forme organique a été sans nul doute **garay-at*, avec le *i* thématique soumis à la première gradation. J'ai autrefois expliqué la forme zende par la succession phonique **garay-at*, **garait* (*ya* se condensant en *i*, § 28), puis *garôiṭ* (avec *ôi* = *ai*). Malgré la critique de M. Justi (*Gött. gel. anz.*, 1869, p. 443) je persiste dans mon opinion. M. Justi prétend que l'élément *ay* = *ai* s'est changé en *ôi* et que le *a* subséquent a été apostrophé : c'est d'une façon analogue que j'avais d'abord expliqué les ablatif et génitif des thèmes en *u* (§ 173), faussement me semble-t-il aujourd'hui. Pour soutenir son opinion, M. Justi avance la forme ablative *âkhstaêdha* (de *âkhsti-*, f., paix, concorde) ; mais il n'en résulte aucune preuve en sa faveur, et, ici également, je suppose la filière **âkhstay-aṭ*, **âkhstaiṭ* (avec *i* = *ya*), puis **âkhstaêṭ*, *âkhstaêdha*, avec *aê* = *ai*.

Génitif. — En ce qui touche le génitif, après ce qui vient d'être dit sur l'ablatif, il ne réclame point en principe d'explication : *vârṣni-*, bélier (sk. *vṛṣṇi-*, m., aries), donne *varsnôis* pour **varsnais*, **varsnay-as*. — Si le thème *vi-*, m., oiseau (sk. *vi-*, m., avis) fait au génitif *vayô*, l'explication de ce fait est, me semble-t-il, que, dans le **vay-as* organique, le *as* terminal s'est tout d'abord changé en *ô*, § 9 : autrement l'on aurait eu **vaês* ou **vôis* pour **vais* pour **vay-as* avec *ya* se condensant en *i*.

Instrumental. — L'on est parti de **gari-â*, **gary-â*, pour arriver par **gairy-â* (avec épenthèse), **gairy-a* (voyelle terminale abrégée), à *gairi* (avec *ya* condensé en *i*).

Duel :	Nomin. Accus.	**gairi*,
	Locat.	**gairyô*,
	Génit.	**gairyâo*,
	Dat. Ablat. Instrum.	**gairi-bya*.

Il est probable qu'aux cas droits le *i* a été précédé de *î*. Cf. en sk. *agnî*, les deux feux *(igni-)*, *patî-*, les deux maîtres πόσι-, z. *paiti-)*. Les textes offrent l'instrum. *vayaêibya*, mais celui-ci est du thème *vaya-*, non de *vi-*.

Pluriel :	Nomin.	*garay-ô*, **garaya*, **gairîs*,
	Accus.	*gairîs*, *gairi*, *garay-ô*, **garaya*,
	Locat.	**gairi-şva*, **gairi-şu*,
	Dat.	*gairi-byô*,
	Ablat.	**gairi-byô*,
	Génit.	**gairy-ãm*, *gairi-n-ãm*,
	Instrum.	**gairi-bis*.

Nominatif et accusatif. — Les différentes formes citées sont faciles à comprendre d'après ce qui a été dit pour les mêmes cas des thèmes en *u*. — En ce qui concerne l'accusatif, il importe de remarquer qu'ici encore le zend suit une marche fautive. En effet il l'identifie avec le nominatif. Le sanskrit lorsqu'il dit *agnîn*, les feux, *avîn*, m., les moutons, est bien autrement régulier et reproduit par sa nasale et par l'allongement vocalique le groupe organique *ms* caractéristique de l'accusatif pluriel. Le grec suit, comme le zend, l'analogie avec le masculin. Le gothique par contre reste rigoureux comme le sanskrit (témoin l'accusatif *gastin*, m., les étrangers, lat. *hosti-)*; il en est de même du latin : Corssen, *Ausspr.*, I, 738 à 746. Voyez ci-dessus ce qui s'est passé pour l'accusatif pluriel des thèmes en *u*.

Génitif. — Nous trouvons ici le même phénomène que pour les thèmes en *u* : se rappeler *yâthwãm* et *yâtunãm*.

(Cette nasale euphonique n'est pas si extraordinaire qu'on a voulu le faire admettre: Kern, *Ztschr. der deutsch. morgenl. gesellsch.*, XXIII, 228; nous la retrouvons en bavarois: Weinhold, *Bairische gramm.*, 174.) — En sanskrit nous avons à ce cas: *agnî-n-âm*, d'après *agni-*, m., ignis; *kavî-n-âm*, d'après *kavi-*, m., vates: on doit y observer l'allongement de la voyelle thématique.

§ 177.

On sait que le sk. *sakhi-*, m., amicus, est irrégulièrement décliné; son correspondant zend, *hakhi-*, réclame lui aussi une attention particulière.

Voici les formes corrélatives dans les deux idiomes:

Singulier:	Nomin.	*sakhâ* . . .	*hakha*,
	Dat.	*sakhyê* . . .	*haṣê*, *haṣa*,
Pluriel:	Nomin.	*sakhâyas* . .	*hakhayô*, *-a*,
	Accus.	*sakhîn* . . .	(idem),
	Génit.	*sakhînâm* . .	*haṣãm*.

En sanskrit l'accusatif et le génitif pluriel sont réguliers (cf. *agnîn*, *agnînâm*): au singulier le nominatif se décline comme d'après un thème *sakhan-*, et le datif manque de guner sa désinence thématique (cf. *agnayê*). Il n'y a rien d'extraordinaire dans l'emprunt à un thème *sakhan-*: rappelez-vous le parallélisme de *akṣan-* et de *akṣi-*, § 73; le zend *hakha* est en parfait rapport avec son correspondant sanskrit: § 159. Quant à *haṣê*, pour le mettre en rapport avec son corrélatif sanskrit, il faudrait trouver quelque exemple de *khy* devenant *khṣ* d'où *ṣ*. L'explication serait la même pour le génitif pluriel, car le *n* qui apparaît ici en sanskrit est purement adventice. L'irrégularité du nominatif pluriel sanskrit consiste dans le *â* pour *a* (cf. *agnayas*); le zend, de son côté, est exact (cf. *garayô*), et l'accusatif, en s'identifiant au nominatif, suit le procédé de tous les thèmes en *i* sur le terrain zend.

L'on sait qu'en sanskrit le mot *pati-*, maître, est lui aussi irrégulier. Nous ne possédons en zend que deux cas assurés du thème correspondant, à savoir l'accus. *paitîm* et le génit. *patôis*. Rien de plus régulier, et il faut observer ici que si le sanskrit dit régulièrement *patim* à l'accusatif (cf. *agni-m, kavi-m*), il offre précisément au génitif l'irrégulier *patyus* (tout comme *sakhyus*).

§ 177 *bis*.

Les féminins demandent un double schème.

Le premier sera absolument celui des masculins. Ainsi, pour *maiti-*, f., pensée (sk. *mati-*, f., animus, mens), nous restituerons *maitis, maitîm, mata, matêê* ou *matayê, matôiṭ* ou *mataêdha, matôis, maiti*.

Seulement, au génitif l'on rencontrera parfois, rarement à la vérité, la désinence *ȧ̊*: exemples *pûity-ȧ̊*, de la putréfaction, *âhity-ȧ̊*, de la saleté. Ici évidemment la voyelle thématique finale ne s'est point gunée, et *ȧ̊* représente d'une façon ou d'une autre le *as* casuel. C'est ainsi qu'agissent un certain nombre de féminins sanskrits, tels que *avy-âs*, de la brebis, *çrôṇy-âs*, de la fesse.

Point de différence au duel non plus qu'au pluriel.

Les féminins qui se trouvent tellement analogues aux masculins correspondent aux féminins sanskrits en *i*. Mais ceux, également en *i*, qui répondent aux féminins sanskrits en *î*, et n'ont *i* que pour *î*, réclament une exposition particulière. Cette exposition il n'est point encore lieu de la donner, car le thème véritable est ici en *ya*: c'est ce que nous verrons plus loin.

§ 178.

Les neutres en *i* ne nous intéressent encore qu'aux cas directs. Au singulier la désinence est *i*: tandis par exemple que les cas directs de *darṣi-*, violent, sont au masculin *darṣis* et *darṣîm*, ils seraient au neutre **darṣi*.

Au duel et au pluriel nous avons *î*: l'accusatif pluriel neutre de *varezi-*, tributaire, est *varezî*.

§ 179.

Voici quelques thèmes de cette série avec les principales formes que nous en possédons:

isti-, *îsti-*, f., souhait (sk. *iṣṭi-*, f., desiderium): sing. nomin. *îstis*, accus. *îstîm*, génit. *îstôis*;

aži-, m., serpent, dragon (sk. *ahi-*, m., serpens, gr. ἔχι-): sing. nomin. *ažis*, accus. *ažîm*, génit. *ažôis*; plur. nomin. *ažaya*, génit. *ažinãm*;

aṣi-, f., pureté: sing. nomin. *aṣis*, accus. *aṣîm*, génit. *aṣôis*, instrum. *aṣi*;

âphriti-, f., parole de bénédiction: sing. nomin. *âphritis*, accus. *âphritîm*, ablat. *âphritôiṭ*, génit. *âphritôis*, instrum. *âphriti*;

ṣâiti-, f., joie: sing. accus. *ṣâitîm*, génit. *ṣâtôis*, instrum. *ṣâiti*;

ṣiti-, f., habitation (sk. *kṣiti-*, f., habitatio): plur. nomin. *ṣitayô*;

qareti-, f., acte de manger: sing. nomin. *qaretis*, dat. *qaretêê*; plur. génit. *qareitinãm*;

yaokhṣti-, force: plur. accus. *yaostayô*, dat. *yaokhṣtibyô*, génit. *yaokhṣtinãm*;

bûmi-, f., terre, pays (sk. *bhûmi-*, f., terra, v. perse *bumi-*); sing. accus. *bûmîm*, génit. *bûmyå*;

bûiri-, n., plénitude: sing. accus. *bûiri*, génit. *bûrôis*;

âhiti-, f., saleté: sing. nomin. *âhitis*, accus. *âhitîm*, génit. *âhityå*, instrum. *âhiti*.

Chapitre 10. Thèmes en a.

§ 180.

Ici une distinction doit être faite tout de suite: sous la rubrique générale de « thèmes en *a* » il faut entendre, avec l'auteur du *Compendium*, en premier lieu les thèmes en *a* simple, en second lieu les thèmes en *ya*. C'est ce qui se justifiera de soi-même.

§ 181.

Examinons d'abord les thèmes en *a* simple.

Nous nous occuperons en premier lieu des masculins. — Pour paradigmes prenons *vâta-*, vent (sk. *vâta-*, m., ventus), *zaçta-*, main (sk. *hasta-*, m., manus), *vehrka-*, loup (sk. *vrka-*, m., lupus).

Singulier:	Nomin.	*vâtaç(-ća), vâtô,*
	Accus.	*vâtem,*
	Locat.	**vehrkê,*
	Dat.	**vehrkâi,*
	Ablat.	*vehrkâț, *vehrkâdha,*
	Génit.	*vâtahê,*
	Instrum.	*vâta.*

Locatif. — Au lieu des formes régulières en *ê*, nous trouvons parfois des terminaisons en *aya:* par exemple *zaçtaya*, dans la main; il n'y a là qu'une analogie fautive avec le féminin: voyez ci-dessous. — Inutile d'ajouter que *ê* représente ici *ai* organique terminal: § 7; ainsi le sanskrit offre *ê* également, *hastê, vrkê, vâtê,* pour **ghasta-i*, **vrka-i*, **vâta-i*. — Les formes zendes telles que *açpaê-ća* (*açpa-*, cheval = sk. *açva-*, m., equus, § 27) ont *aê*, et non *ê*, pour *ai* organique parce que l'enclitique empêche en réalité *ai* d'être terminal.

Ablatif. — A côté des formes telles que *vehrkâț*, *qaphnâț*, formes régulières (cf. sk. *vrkât, açvât,* etc.), le zend nous présente *qaphnâdha* (*qaphna-*, sommeil = sk. *svapna-*, m., somnium, § 27) et autres analogues. Voyez ce qui en a été dit au § 32. — Parfois au lieu de *âț* l'on n'a que *aț:* cette abréviation est fautive.

Génitif. — La terminaison *hê* est pour une désinence organique **sya:** ainsi z. *açpahê*, sk. *açvasya*, gr. ἵππου =

* ἰκϝοσιο sont pour un akva-sya organique. Voyez d'ailleurs au § 27, et, en ce qui concerne la non-nasalisation du *a* thématique final, au § 12.

Instrumental. — A ce cas, *a* est naturellement pour *â*, cf. les vieilles formes sanskrites *vṛkâ* par le loup, *açvâ* par le cheval, *dêvâ* par le dieu, en sanskrit classique *vṛkêna*, *açvêna*, *dêvêna*.

Duel:	Nomin. Accus.	*zaçta*,
	Locat.	*zaçtayô*,
	Génit.	*vehrkayâo*,
	Dat. Ablat. Instrum.	*vâtaêibya*, * *vâtôibya*, *vehrkaiwê*.

Les cas droits offrent *a* pour *â* terminal: cf. le sk. véd. *açvâ*, les deux chevaux, *dêvâ*, les deux dieux.

Le *y* des locatif et génitif (cf. sk. *açvayôs*) est difficile à expliquer autrement que comme étant d'intercalation furtive.

J'explique *vâtaêibya* par la série * *vâtabya*, * *vâtaibya*, * *vâtaêbya*, *vâtaêibya*. Au second degré il y aura eu épenthèse, puis le groupe *ai* sera devenu naturellement *aê*; enfin après *aê* nouvelle épenthèse. — Dans les formes en *wê* pour *bya*, *ê* répond à *ya* terminal, § 7.

Pluriel:	Nomin.	*vehrkâoṅhô*, *vehrka*,
	Accus.	*vâtãn*, * *vâtãç(-ća)*, * *vâtã*, * *vâta*, * *vâtâo*, * *vâtèç(-ća)*, * *vâtè*,
	Locat.	* *vehrkaêṣva*, *-ṣu*,
	Dat.	*zaçtaêibyô*, * *zaçtôibyô*,
	Ablat.	*vâtaêibyô*, * *vâtôibyô*,
	Génit.	*vehrka-n-ãm*, * *vehrkâ-n-ãm*, * *vehrkãm*
	Instrum.	*vâtâis*.

Nominatif. — Accord de *vehrkâoṅhô*, *açpâoṅhô* avec le v. sk. *vṛkâsas*, *açpâsas* (formes classiques *vṛkâs*, *açpâs*); sur *âo* = *â* voyez § 11, sur *ṅ* § 12; *ô* = *as* final. Puis, par l'intermédiaire de * *vehrkâ*, * *açpâ*, l'on arrive (avec *a* = *â* final) à *vehrka*, *açpa*. Il est manifeste qu'ici toute la terminaison des mots a sombré; c'est à peu de chose près ce qui se passe en sanskrit.

Accusatif. — La forme organique fut **akva-ns** (pour *akva-ms?*): le sanskrit dit *açvân,* compensant par un allongement vocalique la perte de la sifflante terminale. Le grec ἵππους est pour ἵππονς, gardé par certains dialects, pour ἴκϜονς: le passage de ον en ου est bien connu et n'a pas à nous arrêter ici. Le lat. *equos,* avec *o* long, est pour **equons.* Le zend a tout d'abord les formes *vehrkãn, açpãn;* c'est absolument, sauf *ã* pour *â,* § 12, le fait du sanskrit. Puis on trouve *vehrkãç-ća, açpãç-ća* où la sifflante organique demeure, et où le *n* se rejette sur *â* qui le précède. En troisième lieu dans *verhkã, açpã* plus de trace que par leur résultat sur le *a* des *n, s.* Dans *verhka, açpa* le *ã,* c'est-à-dire *â,* s'est abrégé à la fin du mot. Inutile d'insister sur *è, â̊* pour *â,* § 11.

Les locatif, datif, ablatif nous présentent encore cet *aê* que nous avons vu aux datif, ablatif, instrumental du duel; mais tandis qu'en face de ces derniers le sanskrit donnait *vrkâbyam, açvâbyam,* ici, en concordance avec le zend, il donne *açvêbyas* aux datif et ablatif, puis *açvêṣu* au locatif.

Génitif. — Dans *vehrka-n-ãm, açpa-n-ãm,* arrive un *n* intercalaire, tout comme dans le sk. *açvâ-n-âm; vrkâ-n-âm.* Comparez les génitif pluriel des thèmes en *i* et en *u,* tels que *gairi-n-ãm,* des montagnes, *tanu-n-ãm,* des corps. Quelques formes ne prennent pas la nasale furtive: ainsi, pour *çtaora-,* animal domestique de trait, nous avons non-seulement *çtaoranãm,* mais encore *çtaorãm.* — Nous devons remarquer, en outre, que devant la terminaison *n-ãm,* le zend allonge parfois la voyelle finale thématique et parfois la laisse brève; le sanskrit l'allonge rigoureusement: *açvânâm.*

Instrumental. — En sanskrit nous avons *vrkêbhis, açvêbhis,* j'entends le vieil instrumental (la langue classique dit *vrkâis, açvâis)*: des deux côtés le *a* thématique final a été l'objet d'une annexion, tout comme par exemple aux datif et ablatif du même nombre. Les formes zendes sont donc parallèles aux formes du sanskrit classique. — Ainsi que le veulent Schleicher *(Cpd.,* 583) et M. Kuhn *(Ztschr.,* XVIII, 372), les formes classiques proviennent sans doute des formes védiques, mais le passage n'est pas encore expliqué d'une façon bien éclatante. — Le zend a eu aussi la terminaison *bis* pour les thèmes en *a*, témoin la forme du v. perse *bagaibis (baga-,* deus = z. *bagha-)* que présentent plus d'une fois les inscriptions cunéiformes. Mais, en fait, les textes zends ne nous la fournissent point au masculin; M. Justi cite la forme dialectale *garôibîs,* mais cette forme appartient non pas à un thème *gara-,* m., mais bien à *garah-,* n. = gr. γέρας-.

§ 182.

Parlons maintenant des féminins.

Leur *â* terminal devient naturellement *a*, § 22.

Formons le paradigme avec *daêna-,* loi.

Singulier:	Nomin.	*daêna,*
	Accus.	*daênãm,*
	Locat.	**daênaya,*
	Dat.	*daênayâi,*
	Ablat.	**daênayâț,*
	Génit.	*daênayåç(-ća), daênayå,*
	Instrum.	*daênaya, daêna.*

Nominatif. — Abréviation de *â* terminal que garde le sanskrit: *açvâ,* jument. (Il est difficile de savoir pourquoi ne se présente pas dans cette classe la caractéristique du cas, à savoir *s*.)

Accusatif. — Le *â* n'étant point terminal reste long, mais devant *m* il devient *ã*: § 12.

Locatif. — Le sanskrit nous donne *açvâyâm:* le zend lui répond bien avec son *daênaya,* perdant la nasale et abrégeant dès lors le *â* devenu terminal. En tous cas il y a eu là un développement de la forme organique qui a dû être * *akvâ-i*.

Datif. — Même développement secondaire qu'au locatif. Le datif organique a dû être * *akvâ-ai* d'où * *akvâi*: le vieux sanskrit possède encore *açvâi*, mais le sanskrit classique donne *açvâyâi*. Le zend répond strictement à ce dernier.

Ablatif. — Encore le même développement.

Génitif. — Le sanskrit dit *açvâyâs*; le zend lui répond donc encore parfaitement.

Instrumental. — La forme organique fut évidemment * *akvâ-a*, d'où * *akvâ*. Le vieux sanskrit possède encore *açvâ*, mais la langue classique recourt à la même extension que tout-à-l'heure et dit *açvayâ* (en abrégeant toutefois la voyelle thématique). — La seconde forme zende est mutilée de la première.

Duel :	Nomin. Accus.	* *daênê*,
	Locat.	* *daênayô*,
	Génit.	* *daênayå*,
	Dat. Ablat. Instrum.	* *daênâbya*.

Pour les cas droits il y a parfaite concordance avec le sanskrit : *hitê*, les deux placées; *açvê*, les deux juments; *dattê*, les deux données.

Pour les locatif et génitif on sait que le sanskrit a *hitayôs*, *dattayôs*, *açvayôs*, encore avec le *y* furtif : les formes zendes sont parfaitement correspondantes d'après la restitution proposée, mais il faut dire qu'aucun exemple n'appuie cette restitution.

Pluriel :

Nomin.	* *daênåç(-ća)*, *daênå*,
Accus.	*daênåç(-ća)*, *daênå*,
Locat.	* *daênâhva*, *-hu*,
Dat.	* *daênâbyaç(-ća)*, *daênâbyô*, * *daênèbyô*, * *daênâvyô*,
Ablat.	idem,

Génit. * *daênânãm*, * *daênãnãm*, * *daênanãm*, * *daênãm*,
Instrum. * *daênâbis*.

Nominatif. — Comparez le sk. *hitâs*, les placées; *açvâs*, les juments. L'idiome védique offre encore *açvâsas*, forme plus primitive.

Datif. — Les diverses formes sont faciles à saisir: *è* = *â*, § 11; *v* = *b*. — Le *â* thématique reste long n'étant pas terminal.

Génitif. — S'en référer à ce qui a été dit pour le génitif pluriel des masculins de cette catégorie, § 181, au sujet de * *daênãm*.

§ 183.

Les neutres en *a* se déclinent comme les masculins, sauf les nominatif et accusatif du singulier admettant la finale obscure *m*, devant laquelle *a* devient *e*, § 5. Exemples: nomin. *çrûtô*; * *çrûta*, * *çrûtem*, entendu, renommé (sk. *çruta-*, gr. κλυτό-); accus. * *çrûtem*, * *çrûtãm*, * *çrûtem*. — Au pluriel *çrûta* avec *a* final pour *â*, au nominatif et à l'accusatif.

La désinence en *å* pour *â* est exceptionnelle, et je pense qu'elle tient uniquement à une fausse analogie. En effet, le thème *şôithra-*, n., lieu d'habitation, nous montre par son nominatif pluriel *şôithråç(-ća)* qu'on l'a malencontreusement traité comme un féminin. Ce *şôithråç(-ća)* nous donne évidemment la clef de ces prétendus cas droits en *å* de thèmes en *a*: *şôithrå*, *vaçtrå*.

§ 184.

La seconde catégorie des thèmes en *a* comprend également des masculins, des féminins, des neutres. Mais seuls les féminins réclament un paradigme, vu que les masculins et les neutres en *ya* suivent en sanskrit et en zend la déclinaison des thèmes en *a* pur et simple.

L'adjectif *vañhu-*, bon, forme son féminin (ainsi que quelques autres adjectifs en *u*, voyez Spiegel, *Gramm. der altbaktr. spr.*, 173) en accueillant l'élément *ya*. Nous allons prendre *vañhuya-*, bonne, pour former un paradigme. Parfois nous aurons l'interversion *vañuhya-*, selon ce qui a été dit au § 30.

Singulier :	Nomin.	*vañuhi*,
	Accus.	*vañuhîm*, *vañhvîm*,
	Locat.	* *vañuhya*,
	Dat.	*vañuhyâi*,
	Ablat.	* *vañuhyâṭ*,
	Génit.	*vañhuyâo*,
	Instrum.	* *vañuhya*.
Duel :	Point de documents.	
Pluriel :	Nomin.	*vañuhîs*,
	Accus.	*vañuhîs*,
	Locat.	* *vañuhiṣu*,
	Dat.	*vañuhibyô*,
	Ablat.	* *vañuhibyô*,
	Génit.	*vañuhi-n-ãm*,
	Instrum.	* *vâñuhi-bis*.

Nominatif singulier. — Le *i* est abrégé de *î*, § 22, pour *yâ*, § 28. Ainsi le sanskrit dit *bharantî*, portant, pour * *bharantyâ*. Cf. Misteli, *Ztschr.*, XVII, 161.

Accusatif singulier. — La voyelle s'allonge devant *m* terminal. Dans *vañhvîm* le *u* est devenu demi-voyelle, § 18, in fine.

Il se peut qu'au nominatif singulier l'on ait pour désinence, non pas *i*, mais bien *ê*. Ainsi correspondant au sanskrit *kanyâ* et *kanî*, la jeune fille, nous avons en zend la forme *kainê*: le *ê* terminal est pour *ya*, phénomène dont il a été parlé au § 28. Mais on aurait pu tout aussi bien avoir * *kani*. (Dans *kainê* le *i* est épenthétique.)

§ 185.

Les féminins des comparatifs en *yah* dont il a été parlé au § 95 se forment également par l'annexion de *i* = *yâ* organique. De plus le *ya* de la syllabe précédente se change en *yê* pour l'ordinaire : § 28. Ainsi *maçyah-*, plus grand, a pour thème féminin régulier *maçyêhi-*, plus grande.

On trouvera d'ailleurs des exemples au paragraphe suivant.

§ 186.

Voici quelques thèmes des diverses sections de cette série, avec leurs formes subsistantes principales.

Masculins en *a* simple :

daêva-, m., démon (sk. *dêva-*, m., deus) : sing. nomin. *daêvaç(-ća)*, *daêvô*, accus. *daêum* pour **daêvam*, § 28, génit. *daêvahê*, instrum. *daêva*; plur. nomin. *daêvâoṅhô*, *daêva*, accus. *daêvãn*, *daêvèç(-ća)*, *daêva*, ablat. *daêvaêibyô*, génit. *daêvanãm*, instrum. *daêvâis*;

bagha-, m., dieu (v. perse *baga-*) : sing. nomin. *baghô*, accus. *baghem*; plur. génit. *baghanãm*;

maêgha-, m., nuage (sk. *mêgha-*, m., nubes) : sing. accus. *maêghem*; duel ablat. *maêghaêibya*; plur. nomin. *maêgha*;

mahrka-, m., mort, trépas : sing. nomin. *mahrkô*, accus. *mahrkem*, dat. *mahrkâi*, ablat. *mahrkâṭ*, génit. *mahrkahê*; plur. accus. *mahrka*;

qaphna-, m., sommeil (sk. *svapna-*, m., somnium) : sing. accus. *qaphnem*, ablat. *qaphnâṭ*, *qaphnâdha*;

açpa-, m., cheval (sk. *açva-*, m., equus, § 27) : sing. nomin. *açpaç(-ća)*, *açpô*, locat. *açpaê(-ća)*, génit. *açpahê*; duel accus. *açpa*, ablat. *açpaêibya*; plur. nomin. *açpâoṅhô*, *açpa*, locat. *açpaêṣu*, génit. *açpanãm*;

aêçma-, m., brandon : sing. nomin. *aêçmô*, accus. *aêçmem*, locat. *aêçmê*; plur. nomin. *aêçma*, accus. *aêçmãn*, *aêçmãç(-ća)*, *aêçmã*, *aêçma*, ablat. *açmaêibyô*, génit. *açmanãm*.

Féminins en *a* simple:

astra-, f., poignard aigu: sing. nomin. *astra*, accus. *astrãm*, instrum. *astraya*; plur. nomin. *astrå*;

gaêtha-, f., monde: sing. accus. *gaêthãm*, dat. *gaêthayâi*; plur. accus. *gaêthåç(-ća)*, *gaêthå*, locat. *gaêthâhva*, dat. *gaêthâbyô*, *gaêthâvyô*, génit. *gaêthanãm*;

urvara-, f., plante: sing. nomin. *urvara*, accus. *urvarãm*, ablat. *urvarayâṭ*, génit. *urvarayå*; plur. nomin. *urvaråç(-ća)*, *urvarå*, locat. *urvarâhu*, ablat. *urvarâbyaç(-ća)*, génit. *urvaranãm*;

nåñha-, f., nez, narine (sk. *nâsâ-*, f., nasus): sing. instrum. *nåñhaya*; duel instrum. *nåñhâbya*.

Neutres en *a* simple:

aṣa-, n., pureté: sing. nomin. accus. *aṣem*, locat. *aṣaê(-ća)*, *aṣaya*, dat. *aṣâi*, ablat. *aṣâṭ*, génit. *aṣahê*;

vaçtra-, n., vêtement (sk. *vastra-*, n., vestis): nomin. accus. *vaçtrem*, ablat. *vaçtrâṭ*, génit. *vaçtrahê*; plur. nomin. accus. *vaçtra* (touchant *vaçtrå* voir au § 183), dat. *vaçtraêibyô*, génit. *vaçtranãm*;

nmâna-, n., maison, demeure: nomin. accus. *nmânem*, locat. *nmânê*, ablat. *nmânâṭ*, génit. *nmânahê*; plur. accus. *nmâna*, *nmânå*, locat. *nmânaêṣu*, ablat. *nmânaêibyô*, génit. *nmânanãm*.

Féminins en *i* pour *ya*, *yâ*, de comparatifs en *yah-* (cf. *vañuhi-*, bonne):

phrâyahi-, plus nombreuse (dérivé de *phrâyah-*, plus nombreux), plur. accus. *phrâyahîs*;

aojyêhi-, plus forte, plur. accus. *aojyêhîs*,

vahêhî-, meilleure (cf. *vaqyah-*, meilleur), plur. accus. *vahêhîs*;

çtaoyêhi-, plus puissante, sing. nomin. *çtaoyêhi*.

Chapitre 11. Thèmes excentriques.

§ 187.

I. — Il y a un certain nombre de thèmes qui ne sont pas déclinés et qui paraissent présenter à tous les cas la forme thématique pure et simple. On cite, entre autres, *hama-*, m., été, et un certain nombre de noms propres.

En tous cas il faut se garder de tenir comme une véritable liste de noms indéclinés la table d'une centaine de mots dressée par M. Justi, (*Hdb.*, 387). Beaucoup de formes qui semblent n'être pas déclinées n'ont fait que perdre accidentellement leurs désinences casuelles.

II. — On rencontre quelques masculins en *â*, par exemple *mazdâ-* (*ahura mazdâ*, Ormazd, Ormuzd):

Nomin.	*mazdåo*,
Accus.	*mazdãm*,
Dat.	*mazdâi*,
Ablat.	*mazdåo*,
Génit.	*mazdåo*.

A l'égard du nominatif, nous savons que *åo* peut représenter *â* devant *s*, soit que celui-ci persiste, soit qu'il tombe à la fin du mot, ce qui est ici le cas: soit encore dans une autre hypothèse, § 11. — A l'accusatif *ã* pour *â* devant *m* final, cf. *gavãm* au § 12. — Il est probable que l'ablatif n'est que le génitif pris par extension, comme cela arrive souvent en sanskrit[1].

On cite également *rathaêstâ-*, guerrier (à côté duquel existe le thème *rathaêstar-*): nomin. *rathaêståo*, accus. *rathaêstãm*, dat. *rathaêstâi*, génit. *rathaêståo*.

1. Et d'une façon régulière: *agni-*, m., feu (*igni-*), a pour génitif *agnês; paraçu-*, m., (πέλεκυ-), *paraçôs; paçu-*, n., animal (goth. *faihu)-*, *paçunas; mâtr-*, mère (*mater-*), *mâtus; bhrâtr-*, m., frère (*frater-*), *bhrâtus; nâu-*, f., vaisseau (ναῦ-), *nâvas;* etc. Ces formes *agnês, paraçôs, paçunas, mâtus, bhrâtus, nâvas* servent aussi d'ablatifs.

III. — Les thèmes en *r* peuvent ne pas être tous dus au suffixe dérivatif *tar*.

Ce qu'il y a ici d'intéressant à constater c'est que, dans le cours des âges, ces thèmes tendent à devenir indéclinables. Ainsi *daçvar-*, santé, donne à l'accusatif le décliné *daçvar-em* et l'indécliné *daçvare*. L'instrumental est décliné, *daçvar-a;* le datif ne l'est pas, *daçvare*.

SECONDE DIVISION

Déclinaison pronominale.

Chapitre 1er. Pronoms personnels.

§ 188.

Voici tout d'abord le paradigme des pronoms de la première et de la seconde personne au singulier :

Nomin.	*a-zèm,*	*tûm, tû,*
Accus.	*mã-m, mâ,*	*thwã-m, thwâ,*
Locat.	*mê* et *môi,*	*tê* et *tôi* ou *thwôi,*
Dat.	*mai-byâ, mai-byô,* / *mâvôya, mâvaya,*	*tai-byâ, tai-byô,*
Ablat.	**ma-ṭ,*	*thwa-ṭ,*
Génit.	*mana,*	*tava,*
Instrum.	. . . . . .	*thwâ.*

Nominatif. — La forme organique est **agam**, sk. *aham* [1], v. perse *adam* [2], gr. ἐγώ, lat. *ego,* goth. *ik.* La

1. Le *gh* que restituerait le sanskrit n'est nullement organique : les idiomes congénères s'accordent tous trop formellement à rétablir un simple g. Les Hindous ont admis ici une aspiration secondaire tout comme dans *hanu-*, mâchoire (cf. γένυ-ς, lat. *gena)*. Voyez Curtius, *Grundz. der griech. etym.*, p. 460; B. Delbrück, *Ztschr. für deutsche philol.*, I, 149.

2. Cette variation est régulière. Cf. v. perse *daçta-*, main = z. *zaçta-*. Voir Fr. Müller, *Beitr. zur kenntniss der neupers. dial.*, III, 11; *Beitr. zur lautl. der neupers. spr.*, II, 2; *Ueb. die stellung des osset.*, 5.

seconde personne, organiquement, est **tvam**, sk. *tvam*. En zend *va* se condense en *u*, § 28, lequel s'allonge devant la nasale finale, § 22. Comparez le béotien τούν. — Accusatif. La forme *mãm*, § 12, est plus rigoureuse que *mâ*. A la seconde personne *thwo* est pour *tv*. — Datif. La forme *maibyâ*, avec *i* épenthétique, concorde bien avec le sk. *mahyam* pour **mabhyam*. La voyelle terminale de *maibyô* est difficile à expliquer. Quant aux deux autres formes du même cas et de la même personne, M. Spiegel voit chez elles un changement de *b* en *v*, puis l'intrusion d'une voyelle de liaison. Cette opinion ne semble pas suffisamment fondée; cf. *Ztschr. für vergl. sprachf.*, XVIII, 374. — Génitif. Le sk. *mama* ne laisse point de doute que dans *mana*, tout comme dans l'esclav. liturg. *mene*, le *n* ne soit pas dissimilation pour *m*.

Les formes *mê*, *môi*, *tê*, *tôi* ou *thwôi* peuvent à la vérité servir de génitifs et datifs, mais elles sont de vrais locatifs. L'organique était **ma-i**, **tva-i**, **ta-i**. Pour *ê* = *ai*, voir § 7. Le vieux sanskrit dit *mê*, *tvê* et *tê*; le grec μο-ί, σο-ί pour σϝοι = τϝοι.

Duel. Génitif de la seconde personne, *yavâkem*.

Toutes les autres formes sont perdues et irrestituables pour l'instant. De plus, les suppositions pour l'interprétation de *yavâkem* n'ont pas plus de base que celles qui ont été faites pour l'éclaircissement du duel des pronoms personnels dans les divers idiomes indo-européens.

Pluriel :

Nomin.	*vaêm*,	*yûžem*, *yûs*,
Accus.	*ahma*,	. . . .
Locat.	. . . . .	. . . .
Dat.	*ahmaibya*, *ahmâi*,	*yûşmaibya*, *yûşmaoyô*,
Ablat.	*ahmaț*,	*yûşmaț*,
Génit.	*ahmâkem*,	*yûşmâkem*,
Instrum.	*ěhmâ*, (dial. gâth.),	. . . .

Des difficultés considérables s'élèvent pour l'explication du pluriel des pronoms personnels. Rien de précis, rien de certain n'a été encore dégagé de la comparaison des divers idiomes indo-européens sur cet obscur sujet. Il y a donc lieu à glisser ici le plus rapidement possible. Je dirai toutefois que dans la seconde forme du datif (2e personne) le *o* me semble être pour *u*, pour *v*, pour *w*, pour bh. D'autre part, il suffira de rappeler que *vaêm* est pour *vayam*, forme que présentent et le sanskrit et le vieux perse : voyez ci-dessous le démonstratif *aêm* rapproché du sk. *ayam*. — A tous les autres cas de la même personne apparaît l'élément intercalaire *hma* = *sma* du sanskrit, *asmân*, nous, accus. *asmâsu*, en nous, *asmabhyam*, à nous, etc.[1]. A la seconde personne on rencontre également le paradigme :

Nomin.	*khşmâ*,
Dat.	*khşmaibya*,
	khşmâvôya,
Ablat.	*khşmat*,
Génit.	*khşmâkem*,
Instrum.	*khşmâ*.

Enfin, et dans les deux personnes, se montre une forme dite enclitique, *nô*, *nâ* pour la première, *vô*, *vâ* pour la seconde : dialectiquement *nè*, *vè*. On a reconnu le sanskrit *nas vas*, le lat. *nos*, *vos*. Elles servent aux accusatif, datif, ablatif, génitif, instrumental ; le sanskrit n'emploie *nas* et *vas* qu'aux accusatif, datif, génitif : mais chez lui un *nâu*, un *vâm* s'appliquent à tous les cas du duel.

Chapitre 2. Pronom réflexif.

§ 189.

Le type réflexif est sva. En grec ἕ et ϝέ, accus. (Curtius, *Grundz.*, p. 352) ; οἷ, ἑοῖ, locat., etc., en latin *se* pour *sve*, comme d'habitude, *sibi*.

1. Sur l'élément en question voyez Schleicher, *Cpd.*, § 264.

En sanskrit, le réflexif n'entre comme pronom non dérivé qu'en composition. Chez les Hindous l'on connaît *svadharma-*, n., droit personnel; *svabhû-*, m., existant par soi; *svarûpa-*, mfn., se trouvant dans sa forme naturelle; *svastha-*, mfn., maître de soi. En zend la forme est double, *qa*, avec *q* = *sv*, p. 45, et *hva* avec *h* = *s*.

En zend *qa-* et *hva-* existent bien à l'état décliné, mais ils diffèrent de leurs correspondants grecs, latins et autres, en ce que ces derniers suivent la flexion des pronoms personnels. Les *qa-*, *hva-* baktriens adoptent au contraire, jusqu'à un certain point, l'analogie avec les thèmes pronominaux impersonnels, **ka**, qui, **ta**, il, lui, etc. Ils connaissent donc les trois genres, à la différence des pronoms personnels, qui, comme nous l'avons vu, sont sous ce rapport totalement indifférents.

Paradigme pour le masculin :

SINGULIER :	Nomin.	*hvô* . . . . *qè* (dial.),
	Accus.	. . . .
	Locat.	*qa-hm-i*.
	Dat.	*hvâvôya*,
	Ablat.	*qatô*,
	Génit.	*qa-hê*,
	Instrum.	. . . .

Telles sont les seules formes que nous livrent les manuscrits. Pour l'accusatif on peut supposer *qem*, avec *e* = *a* devant *m* terminal, ou bien *hûm* ou *hum*, § 13.

Le nominatif ne réclame aucune explication, *ô* = *as* final. — Le locatif est en parfaite analogie avec le relatif *ka-hm-i*, en qui; *hm* représente *sm* du sanskrit. — Le datif est difficile à interpréter. M. SPIEGEL le tient pour formé comme *mâvôya*; voir plus haut p. 239 : il serait donc pour **hvâwôya*, **hvâwya*, **hvâbya*. — Dans le *qatô* de l'ablatif, évidemment *tô* est équivalent du *tas* sanskrit, que nous trouvons dans *yatas*, d'où, depuis quand, depuis que, *atas*, de là, dès lors, donc, *itas*, d'ici, etc. Cf. Benfey, *K. s. gramm.*, p. 342. — De la même façon que *qatô*, par soi, est formé le mot *aiwitô*, d'à l'entour (= sk. *abhitas*). — Le génitif *qahê* est pour **qasya*, pour **svasya*, avec *q* = *sv*, *h* = *s*, *ê* = *ya* terminal.

Duel: Accus. *hva*.

C'est la seule forme masculine de ce nombre. Comparez *açpa*, les deux chevaux, *vîra*, les deux héros.

Pluriel: Locat. *qaêṣu*,
Instrum. *qâis*.

Ici encore il n'y a qu'à se reporter dans la déclinaison nominale à ce qui concerne les masculins en *a*. Exemples: *maṣyâis*, par les hommes; *vîraêṣu*, dans les héros.

Au féminin nous trouvons:

Singulier: Nomin. *qè* (dial.),
Accus. *qyãm* (?), *hvãm*,
Dat. *qaqyâi*, *haoyâi*,
Génit. *qaqyâo*, *haoyâo*,
Instrum. *hva*.

Le génitif *qaqyâo* est manifestement pour **svasyâo*; voir ce qui a été dit au sujet des féminins en *a*.

La forme génitive *haoyâo*, la forme dative *haoyâi* peuvent être expliquées du moment que l'on accueille encore ici *o* comme voyelle de liaison, et chute du *v* entre *h* et *a*. Mais ce dernier accident ne me paraît point admissible faute d'analogues. D'autre part, enfin, *sv* ne peut être que *q* ou *hv*.

Nulle trace pour le féminin de duel ni de pluriel.

Du neutre, on ne trouve au singulier que l'instrumental *qâ*, le datif *qâi*.

Le thème *sva-* admet en sanskrit la forme étendue *svayam*: avec chute de *m* final et dès lors *ê* pour *ya*, § 28, le zend *qaê* est l'équivalent de *svayam*.

Chapitre 3. Pronoms démonstratifs.

§ 190.

Le zend use de six démonstratifs.

Le plus simple est le **ta** organique, que nous retrouvons par exemple dans l'accus. sing. sk. et gr. *ta-m*, τό-ν.

Dans le paradigme suivant les trois genres sont mis en présence.

Singulier :

Nomin.	. . . . . .	. . . . .	*ta-ṭ.*
Accus.	*te-m,*	*tã-m,*	*ta-ṭ,*
Locat.	**ta-hm-i,*	**ta-hmya,*	**ta-hm-i,*
Dat.	**ta-hmâi,*	**ta-hyâi,*	**ta-hmâi,*
Ablat.	**ta-hmâṭ,*	**tań-hâṭ,*	**ta-hmâṭ,*
Génit.	*ta-hê,*	**tań-hâo,*	**ta-hê,*
Instrum.	*tâ* (dial.),	**tâ,*	*tâ* (dial.).

Observations. — Pour le nominatif du masculin et celui du féminin tombés en désuétude, rappelez-vous ce qui qui se passe en sanskrit, en grec, en gothique: *sa(s), sâ, tat;* ὁ, ἡ, τό; *sa, sô, thata.* — Le locatif, le datif, l'ablatif nous offrent l'élément intercalaire *sma* que possède également le sanskrit[1]. Devant *i,* ce *sma* est *sm:* locat. sk. *ta-sm-in*[2], z. **ta-hm-i.* A l'ablatif le *a* en devient *â,* comme dans les noms en *a.* On comprend que *tasmâi* = *ta-sma-ai.* Le locatif féminin offre cette même terminaison obscure que présentaient plus haut les noms féminins en *a.* En tous cas, il semble que le zend l'emporte ici sur le sanskrit qui dans *tasyâm* aurait laissé perdre *m* après *s;* mais peut-être bien est-ce le zend qui, par une fausse analogie, a introduit le *m:* remarquez qu'il ne l'a point au datif. — Le génitif masculin neutre indique clairement le *tasya* sanskrit

1. Masc. et neutre, locat. *tasmin,* dat. *tasmâi,* ablat. *tasmât.*

2. Le *n* terminal n'est nullement organique et a été annexé par les Hindous.

le τοῦ grec pour τοῖο, *τοσιο. Au féminin la voyelle est nasalisée, d'où le thème *tań :* la terminaison *-hå* est parallèle à celle du sk. *-syâs,* dans *tasyâs,* d'elle. Le *s* est tombé et *â* est devenu *å.* Il est évident qu'il faut admettre en zend la chute d'un *y* après le *h :* nous savons que si *h* précédé de *a* est suivi de *y,* celui-ci tombe et que paraît, comme nasalisation précédant le *h,* non point *ṅ,* mais *ń.* La série a donc été *tasyâs, tasyå, tańhyå, tańhå, tańhå.* Le gr. τῆς est pour *τάας, *ταιας, *τασιας, le second *a* étant long. — Après ce qui vient d'être dit sur le génitif féminin, inutile d'insister sur l'ablatif du même genre. Le sanskrit se sert pour ce cas du génitif, mais il a évidemment possédé un **tasyât* auquel le z. **tańhâṭ* est comme **tańhå* à *tasyâs.*

Duel :

Nomin. Accus.	*tâ, tå,*	*tê,*	*tâ, tê,*
Locat. Génit.	. . . .	. . . . .	. . . . .
Dat. Ablat. Instrum.	**taêibya,*	**tâbhya,*	**taêibya*

Aux cas droits *â* et *å* sont pour un *â* organique ; mais un *s* final est tombé. Le *tê* du féminin représente un *tai* organique, en sanskrit *tê,* elles deux. — Pour les trois derniers cas, voir ce qui a été dit touchant les noms en *a.*

Pluriel :

Nomin.	*taê, tôi, tê,*	*tå,*	*tâ,*
Accus.	*tã,*	*tå,*	*tâ,*
Locat.	**taêṣu,*	**tâhu,*	**taêṣu,*
Dat.	*taêibyô,*	**tâbyô,*	**taêibyô,*
Ablat.	**taêibyô,*	**tâbyô,*	**taêibyô,*
Génit.	**taêṣãm,*	**tåńhãm,*	**taêṣãm,*
Instrum.	*tâis,*	**tâbis,*	*tâis.*

L'explication de ces différentes formes est donnée par les observations plus haut consignées touchant le pluriel des noms en *a.*

Au nominatif, *taê, tôi, tê* représentent un **tai** organique, sk. *tê,* ceux-ci, ils, en grec τοί, en gothique *thai.* —

Au génitif, en sanskrit, nous trouvons *têṣâm*, d'eux, au fémin. *tâsâm*, d'elles; dans la déclinaison nominale en *a*, le *s* ici apparaissant n'existe point: mais le pronom l'emporte ici sur le nom d'une manière notable; voir SCHLEICHER, *Cpd.*, p. 561. — Inutile de revenir sur le *ṅ* du génitif féminin.

Le thème du second démonstratif est *ha-*: on reconnaît le **sa** organique. Nous avons vu ci-dessus qu'en sanskrit, en zend, en grec, en gothique, le type **sa** suppléait dans la déclinaison pronominale au nominatif du singulier, masculin et féminin; on connaît également chez les Latins l'accus. sing. *sum, sam*, lui, elle, au plur. *sos, sas*; il existe également un *sapsa*, elle, elle-même.

Ainsi qu'on le va voir dans le paradigme de quelques formes subsistantes, c'est tantôt *ha*, tantôt *hi* qui s'offre pour forme thématique.

SINGULIER: Nomin. *his*, *hî* (dial.) . . . . . .
Accus. *hîm*, *hîm* . . . . . .

L'on se trouve, de plus, en présence d'une forme *hê* servant aux datif, ablatif, génitif, instrumental du masculin, aux datif, génitif du féminin, au génitif neutre; puis d'un *hôi* usité aux datif et ablatif masculins, au datif féminin: ces deux formes semblent essentiellement locatives.

DUEL: On n'a trace que de l'accusatif neutre *hî* (dial.).

PLURIEL: Je citerai ici le nominatif masculin *hîs* et l'accusatif pour les trois genres également *hîs*.

Viennent encore comme démonstratifs en zend trois formes primordialement et fondamentalement déterminatives.

La première est *aêm, îm, imaṭ* (nomin. sing.). La base est, comme il est aisé de s'en convaincre, soit le déterminatif **a**, soit le déterminatif **i**, ce dernier parfois guné (par exemple aux cinq derniers cas du pluriel masculin).

SINGULIER:

Nomin.	*aêm*,	*îm*,	*imaṭ*,
Accus.	*imem*,	*imãm*,	*imaṭ*,

Locat.	*ahmi,*	*âya, aṅhê(?),*	*ahmi,*
Dat.	*ahmâi,*	*aṅhâi, aqyâi,*	*ahmâi,*
Ablat.	*ahmâț,*	*aṅhâț,*	*ahmâț,*
Génit.	*ahya, ahê,*	*aṅhâo,*	*ahya, ahê,*
Instrum.	......	*âya,*	......

Nominatif. — On reconnaît aisément dans *aêm* le frère du sk. *ayam:* le *ya* organique s'est condensé en *i,* et *ai* a fait *aê.* Au féminin *iyam* devait par la même raison devenir *îm;* le sanskrit a encore *iyam.* Mais, bien entendu, le *îm* zend est pour *im:* deux *i* ne font que *i,* § 18; mais *i* devant *m* final devient souvent *î,* comme ici-même, § 22. — L'élément *hma, hm,* des locatif, datif, ablatif, nous reporte à la déclinaison du type démonstratif *ta.* — Le féminin *aṅhâi, aṅhâț, aṅhâo* répond on ne peut plus rigoureusement au sk. *asyâs, asyai:* voir ce qui a été dit au sujet de *taṅhâț, taṅhâo,* p. 245. — Dans le génitif *ahê, ê* est pour *ya:* forme organique **a-sya,* en sk. *asya;* cf. *tahê* et *tasya,* de lui. — Pour l'instrumental féminin il y a analogie avec les noms féminins en *a.* — Au locatif féminin analogie avec la déclinaison nominale dans *âya.*

Duel: D'après M. Justi *(Hdb.,* p. 7), l'on ne trouve que l'accusatif masc. *ima,* les génitifs du masculin et du neutre, à savoir *ayâo,* le nominatif neutre *î,* puis l'instrumental du féminin, *âbyâ* (dial.). M. Spiegel ne donne que le nominatif et accusatif masc. *ima,* le génitif (et locatif) *ayâo.* La forme *ima* est fort rationnelle d'après l'analogie des thèmes nominaux en *a,* le *â* final devenant *a.* Le sanskrit a bien *imâu,* mais celui-ci n'est que secondaire à un *imâ,* tout comme *açvâu,* les deux chevaux, l'est au védique *açvâ.* Voir Schleicher au *Compendium:* Trübung von *â* zu *âu,* p. 33.

Pluriel:

Nomin.	*imê*	*imâo*	*imâo*
Accus.	*imã, îs*	*imâo*	*imâo, ima*
Locat.	*aêṣva, aêṣu*	*âhva*	*aêṣva, aêṣu*

Dat.	*aêibyô*	*âbyô*	**aêibyô*
Ablat.	*aêibyô*	*âbyô*	*aêibyô*
Génit.	*aêṣãm*	*âoṅhãm*	*aêṣãm*
Instrum.	*aêibis* ou **âis*	*âbis*	**aêibis* ou *âis*

Les explications plus haut fournies à l'égard des datif, ablatif, locatif valent naturellement ici.

Un second déterminatif passé à l'état démonstratif est *aêṣô*, *aêṣa*, *aêtaṭ* (nominatif). Le sanskrit dit *êṣa*, *êṣâ*, *êtad*. (L'élément fondamental est le pronom i guné.)

Le paradigme est le suivant:

Singulier :

Nomin.	*aêṣô*, *aêṣa*	*aêṣâ* (dial.), *aêṣa*	*aêtaṭ*
Accus.	*aêtem*	*aêtãm*	*aêtaṭ*
Locat.	*aêtahmi*	. . . . .	*aêtahmi*
Dat.	**aêtahmâi*	. . . . . .	*aêtahmâi*
Ablat.	*aêtahmâṭ*	**aêtaṅhâṭ*	*aêtahmâṭ*
Génit.	**aêtahê*	*aêtaṅhâo*, *aêtayâo*	*aêtahê*
Instrum.	*aêta*	*aêtaya*	*aêta*

On voit que l'élément déterminatif est ici dérivé (sauf en ce qui concerne le nominatif du masculin et du féminin) par le démonstratif *ta-*: c'est à la déclinaison de celui-ci qu'il faut donc s'en rapporter. Il est probable que le locatif féminin était **aêtahmya*, le datif du même genre **aêtahyâi*, mais peut-être aussi **aêtaṅhâi*.

Duel et pluriel : Inutile de recommencer une transcription de la déclinaison des duel et pluriel de *ta-*. Les seules différences sont qu'au nominatif masculin l'on ne trouve que la forme en *tê*, *aêtê*; qu'au nominatif neutre l'on a *aêtê*; qu'à l'accusatif masculin l'on trouve, non pas **aêtã*, mais bien *aêtê*.

Au génitif pluriel neutre, à côté de la forme voulue *aêtaêṣãm* se rencontre employée au même genre que le féminin *aêtaṅhãm*.

Le troisième des démonstratifs à base déterminative a pour thème *ava-* [1] bien connu dans les langues slaves: esclav. liturg. *ovŭ*, celui-ci, *ovŭgda*, alors.

On le possède décliné sous les formes suivantes:

Singulier:

Nomin.	. . . . .	. . . . .	*aom*
Accus.	*aom*	*avãm*	*aom*
Ablat.	. . . . .	*avańhâṭ*	. . . . .
Génit.	*avańhê*	*avańhâo*	*avańhê*
Instrum.	*ava*	. . . . .	. . . . .

Pluriel:

Nomin.	*avê*	. . . . .	*avê*
Accus.	*avê*	*avâo*	*avâo*, *ava*
Dat.	. . . . .	*avábyô*	. . . . .
Génit.	*avaêṣãm*	. . . . .	*avaêṣãm*
Instrum.	*avâis*	. . . . .	. . . . .

Inutile, après ce qui a été fait d'observations sous les précédents paradigmes, d'entrer ici en des détails plus précis.

« Nous devons encore », dit M. Spiegel, « faire ici » mention d'un fréquent démonstratif enclitique, que le vieux » baktrien n'a pas en commun, il est vrai, avec le sanskrit, » mais qu'il retrouve chez le vieux perse. C'est le démons- » tratif *di*. Nous le connaissons à l'accusatif singulier masc. » et fém. *dim* (l'on ne rencontre qu'une fois le neutre *diṭ*), » et à l'accusatif pluriel masc. et fém. *dis* ou *dîs*. Ce thème » enclitique, autant que je sache, ne se lie en vieux baktrien » qu'à des noms et des prépositions, mais non pas à des » verbes comme il le peut faire en vieux perse. » *Gramm.*,

1. La langue des Achéménides, le vieux perse, use fréquemment de ce pronom: *baga vazraka Auramazdâ hya imâm bumim adâ hya* avam *açmânam adâ*, « divus potens A. (est), qui hanc terram condidit, qui hoc coelum condidit ».

§ 167. J'ai traité ailleurs de l'origine de ce pronom : *Revue de linguistique* II, 462.

Chapitre 4. Pronoms relatifs.

§ 191.

Le premier type est **ka**, sk. *kā-*, lat. *quo-*, goth. *hva-*. Voici le paradigme de sa déclinaison.

Singulier :

Nomin.	*kô, kè* (dial.), *kâ*		*kaṭ*
Accus.	*kem*	*kãm*	*kaṭ* et *kem*
Locat.	**kahmi*	. . . .	*kahmi*
Dat.	*kahmâ*	*kahyâi*	*kahmâi*
Ablat.	**kahmâṭ*	**kaṅhâṭ*	*kahmâṭ*
Génit.	*kaṅhê* / *kahê*	*kaṅhâo*	**kaṅhê* / **kahê*
Instrum.	*kâ*	**kâ*	*kâ*

Les observations faites sur les différents thèmes ci-dessus exposés dans leur déclinaison dispensent de passer à l'examen de ces formes du pronom relatif.

Point de vestiges du duel.

Pluriel :

Nomin.	*kôi*	**kâo*	**kâ, kâo*
Accus.	*kãn*	**kâo*	**kâ, kâo*
Locat.	**kaêṣva*	**kâhu*	**kaêṣva*
Dat.	*kaêibyô*	. . . . .	**kaêibyô*
Ablat.	**kaêibyô*	**kabyô*	**kaêibyô*
Génit.	*kãm*	*kâoṅhãm*	**kãm*
Instrum.	**kâis*	**kâbis*	**kâis*

L'on peut d'ailleurs supposer au locatif masc. neutre *kaêṣu;* à l'accusatif masc. *kã;* à l'ablatif masc. neutre *kaêibis.*

De même qu'en sanskrit à côté de **ka** il existe *ki* (gr. *τί-*, lat. *qui-*), de même à côté du *kô* zend existe *ćis*, nominatif.

Il s'en présente fort peu de formes. Au masculin sing. le nomin. *ćis*, l'accus. *ćim*, *ćîm*, le neutre *ćiṭ*.

Bien que ceci regarde particulièrement la syntaxe de la langue, il est bon de remarquer que le zend fait presque toujours passer le type **ka** du sens relatif au sens secondaire interrogatif; c'est seulement par exception qu'il lui garde sa valeur organique qui est celle de la relation. Le pronom en question peut également passer au sens démonstratif: cf. Sonne, *Ztschr.* XII, 275; *Vendidad*, XVIII, 4.[1]

C'est d'une seconde racine, de la racine **ya**, que le zend se sert de préférence pour indiquer la relation. On retrouve cette racine en sanskrit, *ya-*, et en grec, ὁ- (avec esprit rude pour *y* initial).[2]

Inutile de présenter ici un schème complet: *yô*, *yâ*, *yaṭ* se déclinent comme *kô*, *kâ*, *kaṭ*.

Les observations suivantes suffiront.

Singulier: Le neutre n'a point la facilité, aux cas droits, de s'adresser à la désinence *-m*. L'accusatif masculin est *yim*. — Le génitif féminin fait non pas **yańhâ*, mais bien *yêńhâ* avec *ê* pour *a* après *y*, § 2. Au même cas même justification du masculin et neutre *yêńhê*. — L'ablatif féminin est *yêńhâdha*, forme difficilement explicable: *Beiträge* de Kuhn et Schleicher, II, 28. — Les autres cas des différents genres gardent *a* après *y*, tel le datif masc. neutre *yahmâi*.

Duel: Les deux cas droits masculin neutre sont *yâ*; le génitif des mêmes genres *yayâ*. Cela engagerait à supposer **kâ* et **kayâ* pour le précédent relatif.

Pluriel: Absolument comme celui de *ka*. Aucun changement de *a* en *ê* après *y*.

1. Sur les déviations de l'idée primitive de relation, consulter Chavée, *Lexiol. indo-europ.*, 59.

2. Le vieux perse ne présente cette racine relative que dans des mots tels que *yathâ*, comme, z. *yatha*. Le nominatif sing. *hya*, *hyâ*, *tya* est un composé.

Chapitre 5. Pronom déterminatif.

§ 192.

Le type *anya*, manifestement pour **anaya**, dérivé au second degré du déterminatif **a**, est le seul déterminatif zend. Ici le type **a** a donc bien gardé sa valeur primordiale, organique, et n'a point passé au sens démonstratif comme dans *ahê*, de lui (génit.).[1]

SINGULIER :

Nomin.	*anyô*		*anyaṭ*
Accus.	*anyêm, ainîm*	*anyãm*	*anyaṭ*
Dat.	*anyahmâi*		
Génit.	*anyêhê*		
Instrum.	*anya*		

Au DUEL nous n'avons que la forme *anya*.

PLURIEL :

Nomin.	*anyê, anya*	*anyå*	*anya*
Accus.	*anyê, anya*	*anyå*	*anya*
Dat.	*anyaêibyô*		
Ablat.	*anyaêibyô*		
Génit.	*anyaêṣãm, anyãm*, pour les trois genres		
Instrum.	. . . . .		*anyâis*

C'est affaire au lecteur que de restituer ici le paradigme complet, d'après la déclinaison du relatif *yô, yâ, yaṭ*.

Comme dérivés des précédents, l'on peut citer les thèmes *avat-, aêtavat-, avavat-*, un pareil; *havat-, hâvat-*, égal; *yavat-*, quantus.

L'on sait qu'en sanskrit les dérivés par *vat-* à souche pronominale sont assez fréquents; de même en grec. Comme

1. Touchant les rapports du sk. *anya-*, du gr. ἐνιο-, ἀλλο-, du lat. *ali-, alio-*, du goth. *ali-*, voir CURTIUS, *Grundz.*, 321, 278, SCHLEICHER, *Cpd.*, 225. Ces deux linguistes professent une opinion défavorable au rapprochement du sk. *anya-* et de *alio-* latin. Voyez aussi CORSSEN, *Krit. beitr.*, 295, *Ausspr.* I, 224; BENFEY, *Ztschr.* VII, 113.

exemple il n'y a qu'à citer sk. *yâvat-*, combien nombreux, combien grand = gr. ἑϝοτ- (ἕως).

Du démonstratif **sa**, parallèle de **ta**, naît en zend *hama-*, égal, pareil, sk. *sama-*, gr. ὁμο-; cf. lat. *similis*, *simulare*.

§ 193.

Bien entendu, l'on ne classera pas parmi les pronoms le thème *haurva-*, en sanskrit *sarva-*, en grec ὁλο- pour ὁλλο- pour ὁλϝο-, en latin *sollo-*, *salvo-*, **sarva-**, lequel n'est évidemment qu'un nom dérivé par *va*, avec *u* épenthétique. Il est vrai que dans l'usage on fait passer ce nom à l'état de pronom indéfini, absolument comme nous faisons en français du *homo* latin dans notre « on »; mais la notion morphologique ne doit point être perdue de vue. L'acception secondaire de *haurva-* est celle de « un chacun », absolument comme *sarvas, sarvâ, sarvam* en sanskrit.

J'en dirai tout autant de *vîçpa-*, lequel a tout à fait le même sens, et correspond naturellement au sanskrit *viçva-*; organique **vikva-**, § 27.

En sanskrit *sarva-* et *viçva-* sont regardés comme des « adjectifs pronominaux », et ils ne suivent point la déclinaison ordinaire nominale. En zend, ce qui reste des formes déclinées de *haurva-*, tout, ne peut trancher la question de savoir si la déclinaison de ce mot diffère de la déclinaison nominale. A l'égard de *vîçpa-*, il faut reconnaître qu'une forme est détournée de la déclinaison nominale et passe à celle des pronoms: c'est le génitif du pluriel masculin, *vîçpaêṣãm*. Ce fait est exceptionnel, car, enfin, au datif masculin du singulier, par exemple, nous avons non pas un « *viçpahmâi* » en analogie avec *ahmâi* (déclinaison pronominale), mais bien *vîçpâi* en analogie avec *vehrkâi* (déclinaison nominale). Quoiqu'il en soit, ce fait a beau se trouver exceptionnel et même, chose curieuse, se présenter à côté d'un *vîçpanãm* (cf. *vehrkanãm*), ce n'en est pas moins un fait et qu'il faut accueillir comme tel. Il se pourrait, mais je ne donne ceci que comme une pure hypothèse, il se pourrait que *vîçpa-* et *haurva-* ayant passé de bonne heure tout comme *viçva-* et *sarva-* du sanskrit à la déclinaison en question, le zend dans la suite des temps n'ait pas su persister dans cette bizarrerie et en soit revenu à la déclinaison nominale, conservant simplement par incurie la forme *vîçpaêṣãm* à côté du *vîçpanãm* reconquis. Mais ce n'est là qu'une simple hypothèse. — Plusieurs fois déjà j'ai eu à mentionner des phénomènes appartenant au lithuanien et à les mettre en présence de phénomènes analogues appartenant au zend. Ici je puis rappeler que ce que fait le sanskrit à l'égard de *viçva-* et de *sarva-*, le lithuanien l'opère en ce qui concerne *pàts* (nomin. sing. masc.): ce mot correspondant au sk. *patis*, z. *paitis* (nomin. sing. masc.), etc. p. 107) perdit sa valeur primordiale et fut appliqué à la notion réflexive, c'est-à-dire prit le sens de « même », et au masculin il passa en partie à la déclinaison pronominale. Voyez Schleicher, *Hdb. der lit. spr.* I, 199.

TROISIÈME DIVISION.

Supplément à la déclinaison.

§ 194.

Les trois ou quatre questions traitées dans le présent appendice auraient pu trouver leur place dans l'étude de la déclinaison; il m'a semblé toutefois que, pour plus de clarté, il était préférable de les examiner d'une façon particulière.

Des comparatifs en yah-.

§ 195.

J'ai émis, dans la première édition de ce livre, l'opinion que le thème des comparatifs grecs tels que μείζον-, avait pour élément primitif la forme « *yans* ». Le sanskrit aurait en certains cas conservé la nasale, en d'autres cas l'aurait rejetée (*garîyas-as*, gravioris, *garîyãms-am*, graviorem); le zend l'aurait toujours perdue (car le *ń* qu'il présente ici en certains cas, *vańhańhem*, meliorem, n'est qu'un accident bien connu de nasalisation); le grec aurait toujours rejeté la sifflante pour terminer le mot par la nasale: μείζον-ος, μείζον-α, etc.[1] En cela je suivais l'idée générale. Je retire formellement cette opinion. En effet, la forme dite forte n'étant à mes yeux qu'une extension de la forme dite faible, le thème organique se termine ici en *s* et non pas en *ns*. La nasale qui apparaît en grec à tous les cas, est le résultat de l'analogie. En somme nous avons à faire ici à des thèmes en **yas-**, z. *yah-*.

Pour former un paradigme de déclinaison, je prendrai *kaçyah-*, plus petit, *âçyah-*, plus rapide, *phrâyah-*, un plus grand nombre, *vańhah-*, meilleur.

Singulier :	Nomin.	*vaqyâo*
	Accus.	*vańhańh-em*
	Locat.	**kaçyah-i*
	Dat.	*kaçyańh-ê*
	Ablat.	**vańhańh-aṭ*
	Génit.	**vańhańh-ô*
	Instrum.	**vańhańh-a.*
Duel :	Nomin., Accus.	*âçyańh-a*
	Dat., Ablat., Instrum.	* *âçyè-bya.*
Pluriel :	Nomin.	**phrâyańh-ô,*
	Accus.	**phrâyańh-ô,*
	Locat.	. . . .
	Dat.	**phrâyè-byô,*
	Ablat.	**phrâyè-byô,*
	Génit.	*vańhańh-ãm,*
	Instrum.	*phrâyè-bis.*

1. Le locatif pluriel μείζο-σι perd régulièrement la nasale; *Cpd.*, 574.

Sur la voyelle terminale *âo* du nominatif singulier voir § 11 in fine.

Au neutre singulier l'on a *ô* pour *as* final: *nazdyô*, plus proche, *mazyô*, plus grand, *phrâyô*, en plus grand nombre, etc.

Il a été dit ci-dessus, § 96, que le féminin des comparatifs dont il s'agit était formé au moyen d'une dérivation secondaire.

§ 196.

Du vocatif.

Ainsi qu'il a été plus haut remarqué, le vocatif n'est point un cas: c'est le nom en forme d'interjection (Schleicher, *Cpd.*, p. 591). Le thème, abrégé, allongé ou admettant la gradation du *guṇa*, forme le vocatif. Cette forme interpellative est exprimée au duel et au pluriel par le nominatif, comme dans les autres idiomes indo-européens. Parfois même on trouve au singulier cet étrange détournement du premier des cas directs.

Recherchons quelle est la forme du vocatif propre à chacune de nos dix sections nominales.

Thèmes consonnantiques fixes. — Ici le nominatif sert de vocatif. Exemple: *drukhs*, nom propre d'un démon féminin: « en zend les thèmes terminés par une consonne, » s'ils ont un *s* au nominatif, le gardent au vocatif », Bopp, *Trad.*, I, 443.

Thèmes en *h* (= *s*). — Le thème change naturellement son *as* final en *ô*: si *nemah-*, *raoćah-*, etc., offraient un vocatif, ce ne pourrait être que **nemô*, **raoćô*.

Thèmes dits en *t*, *nt*, etc. — De *gaomat-*, riche en viande, provient *gaoma*; telle devrait être la forme pour tous les thèmes de cette classe: pourtant on trouve comme vocatif de *arethamat-*, juste, la forme simple thématique *arethamat*. Notons que *drvant-*, courant, nomin. *drvâo*, donne au vocatif *drvô*, et que *vîdvah-*, sachant, nomin. *vîdvâo*, offre au vocatif une forme identique à son nominatif.

Thèmes en *n*. — La nasale tombe: *arṣan-* donnerait * *arṣa*.

Thèmes en *r*. — Ils reçoivent un *e* terminal purement adventice: *dâtare,* ô créateur! *nare,* ô homme!

Thèmes diphthonguiques. — On trouve la forme *gaos*.

Thèmes en *û, î*. — Point d'exemples.

Thèmes en *u*. — M. Justi cite les quatre formes suivantes: *vañhu,* ô bon! *mainyû,* ô esprit! *erezvô,* ô véridique! *kukhratavô*, ô très-intelligent! La première est à coup sûr la plus simple, la plus naturelle; je ne pense point qu'on ait tenté l'explication des dernières. L'on trouve encore *(añra) mainyô,* ô Ahriman!

Thèmes en *i*. — Tantôt il est simplement en *i*, comme dans *aži,* ô serpent! tantôt en *ê,* comme dans *nmânôpaitê,* ô maître de la maison! *(nmanâ-,* n., maison).

Thèmes en *a*. — Ici l'on trouve simplement la désinence thématique: *Zarathustra,* ô Zarathustra! *vâçtrya,* ô laboureur! *vahista,* ô le meilleur!

§ 197.

Locatif et génitif du duel.

Pour le premier de ces cas, j'ai reproduit la désinence *ô,* pour le second la désinence *âo,* avancées l'une et l'autre par M. Justi. Dans sa *Gramm. comp. trad.,* II, 32, Bopp ne connaît point cette distinction. D'autre part, M. Spiegel dit simplement (§ 114): « En face du sk. *ôs,* un *aos* paraît » avoir été usité en vieux baktrien: jusqu'à cette heure, » pourtant, je ne puis avancer cette terminaison que pour un » thème en *u,* auquel thème elle se trouve attachée par un » *y* ligatif: *añhuyaos* [1]. Beaucoup plus usitée est la dési- » nence *âo*: *pâdhayâo* [2]. . . Les thèmes en *a* semblent aussi » avoir admis *ô* en place de *âo,* témoin *zaçtayô* [3]. »

1. Deux mondes.
2. Deux pieds.
3. Deux mains.

Ainsi, d'après M. Spiegel, génitif et locatif du duel n'ont qu'une terminaison pour eux deux, à savoir *âo*, parfois *ô*. M. Justi relève bien la forme *aos* indiquée par M. Spiegel; mais il assigne, ainsi que je l'ai dit, *ô* au locatif, *âo* au génitif. De plus il considère manifestement cette dernière comme ayant perdu un *s* final, puisque l'on retrouve un *hâvanayâoç-ća*, et des deux pilons, un *daênayâoç-ća*, et des deux lois, un *ameretâtâoç-ća*, etc. . . M. Schleicher n'accepte la distinction entre le génitif et le locatif que sous le bénéfice d'un point d'interrogation; en fait c'est l'accueillir avec réserve, et tel me paraît être, jusqu'à plus ample information, le meilleur parti à suivre. Toutefois de ce que le sanskrit ne possède plus pour les deux cas qu'une désinence, il n'y a point à conclure que le zend ait dû, lui aussi, laisser sombrer soit le locatif, soit le génitif, et reporter l'un sur l'autre. Ne voyons-nous pas dans les thèmes en *u* le sanskrit fondre l'ablatif dans le génitif, tandis que le zend respecte rigoureusement l'autonomie des deux cas? . . . . L'esclavon liturgique ne nous est malheureusement ici d'aucun secours, n'offrant plus, comme le sanskrit, qu'une désinence.

QUATRIÈME DIVISION

Formes nominales réputées verbales.

Chapitre 1er. Infinitifs.

§ 198.

L'infinitif n'est qu'un nom, à l'un quelconque de ses cas. Exemples.

Datif d'un thème neutre en *h* (= *s*):

yaçaiti avanhê, « il prie de protéger », *Vendid.*, XVIII, 43: thème *avah-*, protection = sk. *avas-*; voyez également au *Vispered*, XII, 33.

Datifs de thèmes en *ti:*

qaretêê, manger, pour manger: thème *qareti-*, f., acte de manger;

vî-kantêê, graver, enfouir: thème *vî-kanti-*, f.;

zazâitêê, lancer;

apañharstêê, émettre, faire remise: thème *harsti-*, f. = sk. *sṛṣṭi-*; pour la nasalisation du son terminal du préfixe *apa*, voir au § 12;

Datifs de thèmes en *di, dhi:*

jaidyâi, tuer, pour tuer: cf. *jata-*, tué;

phra-verendyâi, protéger;

verezidyâi, opérer, faire: cf. *varsta-*, fait;

vaêdyâi, savoir: cf. *vaêda* (prf.), je sais.

vazaidhyâi, conduire, véhiculer.

Le sanskrit possède un infinitif analogue en *dhyâi: pṛṇadhyâi*, remplir, *duhadhyâi*, traire; le grec fournit ici ses infinitifs en σθαι: λελύσθαι, avoir été délié, δηλοῦσθαι, être montré. Le *s* du grec est sans doute organique; le sanskrit ne l'offre point, à la vérité, mais le zend, à côté des formes plus haut citées, offre une forme *bûždyâi*, être (cf. *bûta-*, été), et l'on s'est demandé si le *ž* ne rendait pas ici un *s* organique. M. Benfey a avancé l'affirmative: *K. s. gramm.*, 236. Schleicher demeure dans l'indécision, *Cpd.*, 463, et fait observer que la sifflante du grec peut parfaitement provenir d'une analogie (rapprochez en effet ἵστα-σθαι, se placer, de ἵστα-ῖ-σθον, que vous vous plaçassiez tous deux, ἵστῆσθε [* ἵστα-α-σθε], que vous vous placez, etc.). Schleicher a malheureusement gardé le silence à l'égard de *bûždyâi*. J'avoue que pour ma part le *ž* me semble inorganique. Il vient d'être parlé d'analogie à propos du grec, eh bien! je pense que *bûždyâi* peut avoir été formé par une fausse analogie avec *merăždyâi*, tuer (*merenćaiti*, il tue), *vôiždhyâi*, savoir (*vaêda*, je sais, parf.), *çazdyâi*, apprendre (*çañhaitê*, il se dit), *âždyâi*, tendre vers, désirer (*azda-*, désiré), dans lesquels *z*, *ž* remplacent légitimement une autre consonne par suite d'influence phonique.

Locatifs de thèmes en *a*:

çraoṣânê, entendre, pour entendre;

hañhânê, être digne, pour être digne;

içê, souhaiter: cf. *içenti*, ils souhaitent;

ni-jènê, tuer: *ni-jènê buyê*, « que je sois pour tuer! » id est « puissé-je tuer! »;

nâṣê, atteindre, obtenir.

Accusatif de thème en *a*:

yô nars çnathem uçehistaiti, celui qui s'élève pour combattre un homme (pour le combat d'un homme).

L'on trouve parfois pour le même verbe deux formes nominales déclinées de différente manière et se doublant véritablement. Ainsi à côté de *çrâvayêidhyâi* il y a *çrâvayañhê*; tous deux sont causatifs: le premier appartient à un thème *çrâvayêidhi-*, le second à un thème *çrâvayah-*.

Chapitre 2. Participes.

§ 199.

Les participes zends peuvent être classés en neuf groupes différents, les uns actifs (soit transitifs, « donnant, voyant », soit intransitifs, « se donnant, se voyant »), les autres passifs.

1° Le participe du temps présent, dans la voix transitive, est en *at*, thème fort *ant*, cf. § 151. Exemple: *barat-*, portant, nomin. sing. masc. *barô*, accus. *barentem*; nomin. plur. *barentô*.

2° Le participe du temps futur (toujours à la voix transitive, et étant donné le thème du futur, voyez ci-dessous) admet le même élément formatif que le temps présent, c'est-à-dire que l'on a affaire ici encore à des thèmes en *at, ant*.

Ainsi le participe futur de *bavaiti*, il est, est *bûṣyat-, bûṣyant-*, cf. le sk. *bhaviṣyâmi*, je serai.

3° Le participe de l'aoriste (voix transitive) ne se rencontre que s'il s'agit de l'aoriste simple: thème *dat-, dant-*, ayant donné (= gr. δούς, δοῦσα, δόν), nomin. sing. masc. *dãç*, donnant.

4° Le participe du présent dans la voix intransitive est, en principe, formé par *mna*, mutilé de *mana*, lequel d'ailleurs se retrouve encore. Je rappellerai simplement le gr. μενο: διδό-μενο-, se donnant, ἱέ-μενο-, s'envoyant; le sanskrit, allongeant la première voyelle, offre *mâna: tudamâna-*, se frappant.

Je citerai les formes baktriennes suivantes: *khṣayamna-*, cf. *khṣayêtê*; *pereçemna-*, cf. *pereçê*; *vaêdemna-, dražemna-*; puis avec la forme plus primitive: *paretamana-*. Au surplus, nous aurons lieu de voir qu'à une certaine époque l'intransitif, perdant son sens premier, affecta la signification transitive[1]: nous trouverons donc sans étonnement dans les textes baktriens *vaêdemna-*, au sens transitif de « connaissant », *dražemna-*, « saisissant ».

Le participe présent intransitif peut encore se terminer en *âna*, absolument comme en sanskrit: *çtarâna-, hvažâna-*.

Remarquons d'autre part que l'intransitif actif passe également au sens passif; M. Spiegel cite (p. 259 de sa *Grammaire*) un certain nombre de ces sortes d'évolutions. En grec le fait est absolument le même: λύομαι, je me délie, je suis délié, δεικνυμένη, se montrant, se trouvant montrée.

5° Participe du futur intransitif: *zâhyamna-*, devant naître, allant naître.

1. Cf. *Ztschr.*, XIII, 110.

6° Le participe transitif du temps parfait est en *vah*, nomin. sing. masc. *vå*; je citerai *čikithwå*, ayant en conscience, *jaghnvå*, ayant battu.

7° A l'intransitif du parfait, nous avons soit *mna*, soit *âna*, annexés (comme de juste) au thème redoublé : *çuruçruṣemna-*, ayant prêté attention ; le premier *u* est épenthétique, le *ṣ* est un indice fréquentatif (*çru*, écouter, *çruṣ*, se tenir aux écoutes) ; *dadarâna-*, ayant conservé, avec évolution de l'intransitif au transitif.

8° Le participe parfait passif est formé par *ta*, comme dans les divers idiomes indo-européens : **bhadhta-**, lié, sk. *baddha-*, v. perse et z. *baçta-*; **kruta-**, entendu, sk. *çruta-*, gr. κλυτό-, z. *çrûta-*, etc. Nous pouvons en baktrien rencontrer parfois *th* pour *t*, puis *dh*.

9° Enfin le participe futur passif est formé par le dérivatif *ya*. L'on cite *phraçtairya-*, *åñhairya-*, devant être, etc. La nature du suffixe en question est encore obscure ; cf. Benfey, *K. s. gramm.*, p. 223.

Chapitre 3. Gérondifs.

§ 200.

En sanskrit une forme abstraite que l'on qualifie de « gérondif » prend naissance par le fait de l'adjonction de l'élément *tvâ*[1], au verbe (non composé). Lorsque le verbe est composé, c'est-à-dire préfixé d'un *abhi*, vers, *prati*, vers, en retour, *apa*, hors de, loin, ou quelque autre élément de même sorte, ce n'est plus *tvâ*, mais bien *ya* que l'on rencontre suffixé : *abhigamya*, en abordant, *sampûrya*, en remplissant, *krtvâ*, en faisant, *bhûtvâ*, en étant. L'on ne cite de gérondifs baktriens qu'appartenant à des verbes composés ; l'élément est celui qu'emploie le sanskrit en semblable

1. Sans doute un instrumental de la racine *tu*, remplir, accomplir, faire.

occurrence, *aibigairya*, en saisissant, *paitirićya*, en abandonnant. Cet élément *ya* ne semble pas éclairci d'une façon satisfaisante; cf. Benfey, *op. cit.*, p. 229.

CINQUIÈME DIVISION

Formes déclinées fixées.

Chapitre 1er. Adverbes.

§ 201.

Les adverbes sont d'origine nominale ou d'origine pronominale. Les adverbes d'origine nominale sont moins anciens que les autres. Ici, un nom, à l'un quelconque de ses cas, se trouve immobilisé. C'est ainsi que le lat. *noctu*, durant la nuit, est un ablatif[1]. Voici, en zend, les plus importants: *dûrâț*, de loin, ablat. de *dûra-*, éloigné (le *dûra-* sanskrit donne comme adverbes son locat. *dûrê*, au loin, son accus. *dûram*, loin); *paçkâț*, après, postérieurement; encore un ablatif, mais tiré de la préposition *apa*, aphérésée (le sanskrit dit *paçćâț*; à propos du *post* latin, voyez *Ztschr.*, VI, 448); *thwâșem*, vite, rapidement, accus. de *thwâșa-*, rapide; *dareghem*, lentement, accus. de *daregha-*, lent; *bâdhistem*, au plus, accus. de *bâdhista-*, le plus; *dașina*, à droite, instrum. de *dașina-* (sk. *dakșiṇâ*, au midi, id est à droite en regardant le soleil levant); *hâvôya*, à gauche (instrum. de *hâvôya-*), gauche; *taț*, alors, accus. neutre du pronom démonstratif *ta-*; *kaț*, quand, accus. neutre du relatif *ka-*; *iț*, précisément, accus. neutre du déterminatif organique *i*; *yavata*, jusqu'à ce que, instrum. de *yavat-*, *yavant-*; *yahmya*,

1. Corssen, *Krit. beitr.*, 382, 276, 462. Voir également *Studien zur griech. und latein. gramm.*, I, 65; *Ztschr. für vergl. spr.*, XVII, 195: *Die verwendung der casus zur adverbialbildung im griechischen.* Curtius, *Chronologie*, p. 111.

où, locat. fém. de *ya*, le relatif; *ahmya*, ici, tiré du déterminatif *a*.

« Plus fréquente que l'emploi du simple thème pro-» nominal », dit M. Spiegel, 199, « est la dérivation, d'après » ces thèmes, de nouveaux mots. Le suffixe le plus usité » dans cette formation est *dha*. . . . Nous avons déjà vu » *bâdha* (toujours) avec *bât*: c'est ainsi que le vieux bâk-» trien possède encore conjointement *tadha* avec *taṭ* (puis, » alors), *kadha* avec *kaṭ* (quand), *aêtadha* avec *aêtaṭ* (alors)... » En ce qui concerne les formes en *thra* (pour *tra* = *tara*) ce sont évidemment des formes comparatives. Le zend donne ici: *athra*, *avathra*, là, *ithra*, ici, etc.

Chapitre 2. Prépositions.

§ 202.

« Le pronom marque à la fois l'être individuel et la » place qu'il occupe. La préposition, qu'on nomme préfixe » quand elle s'attache au verbe, n'est qu'un demi-pronom, » car elle n'indique jamais que des positions dans l'espace, » et, par suite, des directions de mouvement. » Chavée, *Franç. et wallon*, p. 165. — L'on ne compte en latin que trois ou quatre prépositions issues d'origine verbale: *dis, di, bis, bi; versus; circum*. En zend, comme dans tous les idiomes indo-européens, il en est absolument de même et la presque totalité des prépositions sont de source pronominale. L'on peut voir dans la *Vollständige s. gramm.* de M. Benfey, p. 342, ss., la distribution des propositions sanskrites en accusatifs, locatifs, etc. Passons en revue celles du vieux baktrien, les principales du moins, en les classant sous leur type pronominal.

Il importe, avant tout, de remarquer qu'il se présente souvent ici un phénomène d'aphérèse. Sous le type déterminatif **a** on va voir, en effet, se grouper les formes *para*, *paiti*, etc., etc. L'aphérèse est d'autant plus regrettable en cette occasion qu'elle emporte précisément la partie essentielle, la partie radicale du mot. En tous cas, la comparaison des formes en question avec d'autres formes rend tout-à-fait certain le fait de cette aphérèse. C'est ainsi, par exemple, que nous trouvons coexistantes, en sanskrit, les formes *apara-* et *para-*, alius, remotior.

Dérivés de **a.** Il faut noter en premier lieu *â* (peut-être pour **at*) neutre du pronom et signifiant « vers ». Pour M. Benfey ce *â* est un instrumental. Il se peut que *âi*, vers, en soit un locatif. Si nous nous adressons au type **ana**, dérivé de **a** au premier degré, nous trouverons *ana* au sens de « après », et *ana*, sur : comparez le goth. *ana* avec ses nombreux sens. La forme *antare*, entre (*inter*), n'est qu'un comparatif, avec mutilation du premier élément d'un organique *ani* locatif de *ana*; comparez le sk. *antar*. Un autre dérivé de **ana** fut **anava** d'où **anu** : z. *anu*, après. D'autre part *ni*, en bas, est pour **ani**, tout comme en sanskrit; *niṣ* signifie dehors : je n'en saurais fournir une interprétation satisfaisante. — La dérivation du même déterminatif par **pa** donne de nombreux mots aux prépositions. En premier lieu *apa*, de, hors de, marquant la provenance (sk. *apa*, gr. ἀπό, goth. *af*) : le locatif en est *aipi*, sur (ἐπί) : en sanskrit nous avons *api*, et avec aphérèse *pi*. C'est un comparatif que le *para*, aphérésé, au sens de « plus loin, devant ». Quant à *phra*, il équivaut étymologiquement au précédent, c'est le sk. *pra*, le lat. *pro*. La forme *pairi* [1], autour (περί, sk. *pari*), n'en est manifestement que le locatif [2]. Au gr. προτί, au sk. *prati*, vers, contre, correspond bien un *paiti* zend, lequel a laissé choir le *r*, tout comme le gr. ποτί; M. Benfey y voit une forme locative. Je citerai enfin *paçnê*, en arrière de, locatif d'un inusité **paçna-* : comparez

1. Voyez *Ztschr. für vergl. spr.*, XIV, 15 ss.

2. Je ne crois pas que *parô*, avant, soit pour *para* avec obscurcissement de la voyelle terminale; je pense plutôt qu'il remplace un **paras* (voyez ci-dessous *tarô*).

l'adverbe *paçkât* ci-dessus étudié. — Il est probable que *aiwi (avi, aibi)*, autour, est une forme locative. — Avec dérivation par le démonstratif **ta** on peut citer la forme locative *âiti*, vers. Quant à *tarô* = sk. *tiras*, c'est simplement un comparatif aphérésé; CHAVÉE, *Franç. et wallon*, p. 167; avec l'enclitique *ča* on trouve-la forme plus pure *taračča*. — La dérivation de **a** par **va** est encore fort importante en ce qui concerne les prépositions: *ava* signifie «dehors, hors de». Lorsqu'elle est dérivée, cette forme devient *u* (après aphérèse et avec condensation de *va* en *u*): de là *uç*, dehors (employé seulement en composition). La forme *upa*, vers (sk. *upa*), est manifestement pour **avapa*. Tout d'abord le sens paraît s'opposer à cette dérivation, mais la comparaison avec le sanskrit donne une explication satisfaisante; en effet le sk. *upa* donne à entendre aussi, tout comme *ava* et une bonne part de ses dérivés, l'infériorité, la position en dessous: il suffit de citer les composés *upahasati*, il sourit, *upakâra-*, soutien, *sub*vention; on a reconnu le ὑπό grec. La forme *upairi*, sur, par-dessus (sk. *upari*, gr. ὑπέρ, goth. *ufar*), est locative du comparatif. — La dérivation de **a** par **dha** offre en exemple le comparatif au locatif *adhairi*, sous: comparez l'adjectif *adhara-*, sk. *adhara-*, le dernier, inférieur. — Si je ne me trompe, ce n'est point au type **adha**, mais bien à celui **ada** que se rattache l'aphérésé *dè*, vers: je suis porté à cette opinion par le souvenir du gr. ἀγορήνδε, vers la place, οἴκαδε, vers la maison. Comparez la forme *da* dans *vaêçmenda*, vers la maison.

Si je m'adresse au type démonstratif **sa**, substitut de **ta**, je trouve *hadha*, puis *ham* ou *hãm*, au sens de «ensemble». Dans le dernier on reconnaît le sk. *sam* (selon l'occasion *saṅ-*, *saṅ*, *saṁ-*): il est bien présumable que nous avons à reconnaître ici le cas accusatif du pronom. A l'égard de *hadha*, il est équivalent du sk. *sadha*, secondairement *saha*.

Comme préposition d'origine verbale, je citerai *vî, vi,* marquant la division, la séparation, et équivalant au sk. *vi* (*vikarômi,* je défais, *vitanômi,* je développe).

C'est affaire au dictionnaire que d'enseigner les cas régis par ces diverses prépositions, que de distinguer entre elles et celles dont l'emploi n'est autorisé qu'avec alliance inséparable du verbe (*ni*), et celles pouvant directement s'appliquer à un nom (*ava*).

Je ne puis m'étendre non plus sur les formes secondaires dues à ces prépositions, telles par exemple que *aiwitô,* à l'entour (adv.), en sk. *abhitas,* avec *ô* égalant *as* final.

Voici quelques exemples de l'emploi de ces différentes prépositions, soit qu'elles fonctionnent isolément, soit qu'elles agissent annexées à un verbe :

â dim pereçaṭ, il l'interrogea;

âbarenti, ils apportent;

phraṣuçaṭ raoćâo â, il s'en alla vers les étoiles;

âpem âi anâpem kerenaoiti, il fait de l'eau pour (le pays) qui n'a pas d'eau;

ana barezis, sur la natte;

nâo antare, entre nous, chez nous;

anu mãthrem, d'après la sainte parole;

nijatô nijanâitê, qu'il (conjonctif) soit abattu;

nižbarenti, ils emportent;

niždvaraiti, il s'enfuit;

apajaçô, (imparfait) tu t'en allas;

apabaraiti, il emporte;

aipi zãthem, au moment de la naissance;

para açmen para âpem para zãm, avant le ciel, avant l'eau, avant la terre;

paradathaṭ (imparfait), il livra;

yâ phrataćaiti, elle qui s'avance;

phradhâta-, procréé;

nmâna pairi, à l'entour des maisons;

pairitaćaṭ (imparfait), il courut autour;

ahmâț parô, devant lui;

phrabarôis (optatif) *zãm paiti*, porte vers la terre;

vîçem paiti uşaonhem paiti jaçaiti, à chaque aurore (tous les matins) il arrive;

paçnê âpô, derrière l'eau;

yatha maçyaô kaçyanhãm aiwi verenvaiti, de même qu'un plus grand recouvre un plus petit; *Vendidad*, V, 73;

tarô yâre meretô (nomin. masc.), mort depuis plus d'un an;

thriçćit tarô peretûm, trois fois à travers le pont;

nmânem uzdaçti, il édifie une demeure;

uzjaçaiti, il arrive (evenit);

yô nars çnathem uçehistaiti, celui qui s'élève pour le combat d'un homme, pour combattre un homme;

uçtânâis zaçtâis, avec les mains étendues;

upa tãm kehrpem (accus. fémin.), vers ce corps;

thwâ upa mruyê, je t'invoque;

upa tãm vanãm (accus. fémin.) *aêiti*, il va vers cet arbre;

yô vaçtrem upanharezaiti upairi aêtem iristem, celui qui jette un vêtement sur ce mort;

adhairi kakhem nivôiryêitê, sous la plante des pieds il est foulé;

çatâis hadha, avec cent;

hãmbarâmahi, nous portons ensemble, sk. *sambharâmas*;

handâta-, placé avec, composé, sk. *samhita-*;

vâtô âthrô baoidhîm vîbaraiti, le vent emporte l'odeur du feu;

vî mruyê, je conteste.

Chapitre 3. Conjonctions.

§ 203.

Les principales d'entre elles sont *ća* (sk. *ća*, gr. τέ, lat. *que)* venant du pronom relatif **ka**, dont elle serait, selon

M. Benfey, l'instrumental (*Vollst. s.-gramm.*, p. 346); *na*, explétif, dû au démonstratif **na**: *ka-na*, quiconque, accus. masc. *kem-na*; *zî*, donc, car, correspondant au sk. *hi* pour *ghi*; *vâ*, ou bien, sk. et v. perse *vâ*, lat. *ve*: ce disjonctif provient du type **ava**, dont il semble n'être que l'instrumental. Exemples:

kana zaya, par quelle arme?

zî açti ahûmća ratûmća yô ahurô mazdâo, car il est et-le-seigneur et-le-chef (lui) qui (est) Ahura mazdâ; *Vispered*, II, 18;

âaṭ yaṭ pitô para irithyêiti mâta vâ para irith. . . ., alors que le père meurt ou (que) la mère meurt; *Vendidad*, XII, 1.

Conjugaison

§ 204.

Toute forme conjuguée n'est, comme toute forme déclinée, qu'une forme dérivée. Les éléments de la dérivation pourront seulement être mis à deux rôles bien distincts dans le verbe conjugué et dans le nom. Ainsi le *ti* dérivatif actif que dans *pai-ti-s*, maître (nomin. sing. masc.), *çtûi-ti-*, louange, action de louer, nous voyons dériver directement la partie simple fondamentale, ce même élément dans le verbe conjugué servira de suffixe personnel et de dernier délimitant. Soit le verbe simple **bhu**, exister, être, dont la forme gunée (*bhau-*, d'où *bhav* devant une voyelle) forme avec le déterminatif **a** le thème **bhava-**; en adjoignant à ce dernier élément **ti** de la troisième personne du singulier, on forme le mot **bhavati**, il existe, il est: z. *bavaiti* (avec *i* épenthétique, § 19). L'on voit aisément que l'élément **ti** de *bavaiti*, il est, et que le **ti** des thèmes nominaux *paiti-*, *çtûiti-* sont le même et unique élément dérivatif.

La langue commune indo-européenne n'admet réellement au fond de sa conjugaison qu'un verbe *actif*. Et, en effet, ainsi que nous le constaterons à son heure, le passif, sk. *daçyê*, je suis mordu, n'est qu'une forme dérivée. Mais l'action se distinguait en transitive ou en intransitive : intransitive, si elle s'appliquait au sujet lui-même, sk. *yuñjmahê*, nous nous joignons, gr. τίθενται, ils se posent; transitive dans le cas contraire, sk. *yuñjmas*, nous joignons, gr. τιθεῖσι, ils posent. Telles sont les deux voix que caractérisent, ainsi que nous le verrons, les suffixes personnels.

Le MODE est la manière d'être de l'activité verbale, considérée en dehors de toute idée de précision quant au temps où se passe l'action. Par exemple le mode optatif ou potentiel : Puissé-je accomplir tel acte! à présent ou plus tard, peu importe.

Le TEMPS est la forme indiquant, indépendamment de toute idée de mode, l'époque de l'action accomplie : J'ai dit hier, je dis aujourd'hui, je dirai plus tard.

Le SUFFIXE PERSONNEL s'accole enfin au thème tel que ce thème lui est livré, c'est-à-dire emportant les notions de mode et de temps. Il le délimite par l'indication du sujet : je, tu, nous, nous deux, etc. ; et va, lorsque l'action est intransitive, jusqu'à désigner également le régime : je me . . ., ils se . . ., nous nous . . ., etc.

Examinons à tour de rôle suffixes personnels, temps, modes.

PREMIÈRE DIVISION

Suffixes personnels.

§ 205.

La personne est triple : je, tu, il. Le *nombre* est également triple pour chaque personne : je, nous deux, nous (plus de deux) ; tu, vous deux, vous ; il, eux deux, eux. Singulier, duel, pluriel.

Les suffixes personnels de la voix transitive nous occuperont tout d'abord.

Ils sont de trois espèces: suffixes primaires, suffixes secondaires, suffixes du parfait.

Première personne du singulier. — Étant donné le pronom personnel *ma*, sous sa forme passive, nous trouvons ici, d'après ce qui a été dit ci-dessus, p. 104, la forme active *mi*. Exemple: **asmi**, je suis, sk. *asmi*, gr. εἰμί (pour ἐσμι), esclav. liturg. *jesmĭ*, lithuan. *esmì*, z. *ahmi* (avec *h* = *s*, p. 74). En latin cette désinence *mi* n'a plus laissé de trace que dans les formes *sum* et *inquam*. — L'opinion communément reçue est que devant le suffixe primaire de la première personne du singulier *(mi)*, comme devant les suffixes primaires de la première personne du duel *(vasi)* et de la même personne du pluriel *(masi)*, le thème s'il prend fin par un *a*, allonge cette voyelle. Ainsi avec le sk. *vahâmi*, le z. *vazâmi*, le gr. ἔχω, le lat. *veho*, le goth. *viga*, on restitue une forme **vaghâmi*; au duel **vaghâvasi* (sk. *vahâvas*); au pluriel **vaghâmasi* (sk. *vahâmas*, lat. *vehimus*, esclav. liturg. *vezemŭ*, goth. *vigam*). Cette voyelle *a* allongée *(â)* est ce qu'on appelle l'*a* majestatique. Faut-il faire remonter cet allongement de la voyelle thématique finale à la période de l'indo-européen commun? M. Ascoli s'est élevé contre cette opinion. D'après lui, dans cet idiome commun on ne disait point **bharâmi*, je porte, **vaghâmi*, etc., etc., mais bien **bharami*, **vaghami*; à la première personne du duel **bharavasi*; à la première personne du pluriel **bharamasi*. Je ne puis entrer ici dans une critique étendue de cette appréciation; je renvoie au texte lui-même *(Di un gruppo di desinenze indo-europee*, extrait des Mémoires de l'Institut Lombard, t. IX), à la note que j'ai publiée à ce sujet *(Revue de ling.*, II, 340), et j'ajoute que je partage, tant qu'elle n'aura pas été sérieusement réfutée, l'opinion de M. Ascoli. L'allongement de la voyelle thématique finale en sanskrit et en zend *(vahâmi*, *bharâmi; vazâmi, barâmi)* devrait être regardé comme un phénomène tout secondaire. Les formes grecques ἔχω, φέρω seraient pour *ἔχομι, *φερομι (et non pas pour *ἔχωμι, *φερωμι). Consultez *Revue de ling.* II, 342. — La forme secondaire est *m* (tronquée de la forme primaire): organique *asyâm*, puissé-je être! sk. *syâm*, gr. εἴην pour *ἐσιημ, lat. *sîm* (pour *siem*), z. *qyèm* (§ 43); organique *adadâm*, je donnais, sk. *adadâm*, gr. ἐδίδων, z. *dadhãm* (avec chute de l'augment). — Au parfait la désinence de la première personne a toute entière disparu: z. *vavaća*, j'ai dit = sk. védique *vavâća*, classique *uvâća*; z. *dâdareça* (pour *dadareça*), j'ai vu = sk. *dadarça*; z. *tataṣa*, j'ai fabriqué = sk. *tatakṣa*. Il est difficile d'admettre, comme on le fait communément, que la désinence de la première personne singulier du parfait soit *a* pour *ma*. Consultez Curtius, *Studien zur griech. und lat. gramm.* I, 246; Misteli, *Ztschr.* XV, 340.

Seconde personne du singulier. — La forme primaire organique est *si*. Exemples: *bharasi*, tu portes, *vaghasi*, tu véhicules, tu mènes. En zend nous trouvons cette forme rendue par *hi* ou *ṣi* (§ 43): *pereçahi*, tu interroges, *hunahi*, tu répands, tu exprimes, *kerenûiṣi*, tu fais. — La forme secondaire est *s*, forme abrégée. Ici nous avons une concordance constante du sanskrit, du grec, du latin, du gothique, du zend. Ce dernier, naturellement, observe ses propres lois phonétiques; tandis, par exemple, que la langue indo-européenne commune dit *adhâs*, tu posas, sk. *adhâs*, le zend dit *dâo* (avec perte de l'augment), § 11; de même *dadâo*, tu donnais = sk. *adadâs*, gr. ἐδίδως, organique *adadâs*. — La désinence du parfait est, en sanskrit, *tha* pour **ta*. Le zend possède *ta*, et *tha* entre deux voyelles, § 37: *dadâtha*, tu as donné, sk. *daditha*.

Troisième personne du singulier. — La forme primaire organique est *ti*. Organique *asti*, il est, sk. *asti*, gr. ἐστί, lithuan. *ésti*, z. *açti*. — Forme secondaire, *t*, forme mutilée:

potentiel *azôiṭ*, puisse-t-il mener! *buyâṭ*, puisse-t-il être! *dâyâṭ*, puisse-t-il créer! — La forme du parfait a sombré tout comme à la première personne, si bien que *dadha*, il créa, est pour **dadha-ta; dh* pour *d*, § 38.

Première personne du duel. — Forme primaire *vasi*. Plus pur que le sanskrit *vas* (*bharâvas*, nous deux nous portons, *dviṣvas*, nous deux nous haïssons), le zend dit *uçvahî* (dialecte gâthique), nous deux nous sommes satisfaits (trad. Spiegel et Justi). — La forme secondaire est *va*, comme en sanskrit. La forme du parfait était également *va* en sanskrit, mais en zend rien n'autorise à la restituer.

Seconde personne du duel. — Aucune trace.

Troisième personne du duel. — Le sanskrit offre *tas*, le zend *tô* pour *tas*; *çto* = sk. *stas*, ils sont tous deux; voilà pour la forme primaire. Secondaire: *tâm* en sanskrit, *tem* en zend, avec *e* pour *a* devant *m* terminal: *taurvayatem*. La forme du parfait est encore bien obscure. Le sanskrit, comme l'on sait, dit *bibhida-tus*, ils ont fendu tous deux, *pêća-tus*, tous deux ils ont cuit [1], etc.; le zend offre la terminaison *tarè*, puis devant celle-ci allonge le *a*: *vâvarezâ-tarè*, ils ont fait tous les deux (thèmes *varga-*, *vraga-*, *vrga-*, cf. sk. *vraja-ti*, il fait, gr. Ϝέργο-ν, œuvre, goth. *vaúrkjan*, opérer). Voir au sujet de l'élément *rè*, Schleicher, *Cpd.*, 277.

Première personne du pluriel. — Forme primaire *masi*. Sk. védique *masi*, classique *mas*, z. *mahi*. Sk. *dadhmas*, nous plaçons, z. *dademahi*; sk. *prînîmas*, nous aimons, z. *phrînâmahi*. Forme secondaire organique: *mas*, tronquée de la précédente; ici sanskrit, zend n'ont plus que *ma*, lithuan. *me*, exemple: sk. *syâma* = z. *qyâma*, puissions-nous être! potentiel. — Au parfait également *ma*: z. *çuçruma*, nous avons entendu, tout comme en sanskrit.

1. La terminaison est manifestement *tus* et non *atus*. Le *a* appartient au thème.

Seconde personne du pluriel. Au sanskrit *tha* correspond le zend *ta, tha.* Sk. *stha* = z. *çta,* vous êtes, lithuan. *éste.* — Secondaire, sk. et z. *ta,* potentiel sk. *syâta* = z. *qyâta,* puissiez-vous être! — Au parfait point de trace.

Troisième personne du pluriel. — Forme organique primaire **nti**: *barenti,* ils portent (avec *e* pour *a,* § 5), cf. *barâmahi,* nous portons; *histenti,* ils se tiennent debout, cf. *histahi,* tu te tiens debout. — Forme secondaire **nt,** dont le *t* tombe en zend comme en sanskrit: lat. *sint* (pour **sient),* qu'ils soient, z. *qyèn.* — Au parfait on trouve une terminaison en *re* dont l'explication est assez difficile: *bâbvare,* ils ont été; *vaonare* (pour **vavanare),* ils ont battu; *irîrithare,* etc., etc. L'interprétation de cette forme est vraisemblablement la même que celle des formes thématiques en *r* remplaçant un *t* primitif, p. 109. Consultez d'ailleurs *Ztschr.* XII, 288, XV, 399, XX, 155, et particulièrement James Darmesteter, *Mémoires de la société de linguistique,* III, 99.

§ 206.

Arrivons aux suffixes personnels de la voix intransitive. Ils sont de deux espèces, primaires et secondaires.

Première personne du singulier. — Le type primaire organique fut **mai,** ainsi que l'indique le grec μαι. Ce n'est point ici le lieu de rechercher quelle forme put précéder ce *mai*. Tandis que le grec dit δίδο-μαι, je me donne, ἵστα-μαι, je me place, etc., le sanskrit dit *dadê,* je me donne, *tiṣṭhê,* je me tiens ferme, etc. Ces *dadê* et *tiṣṭhê* sont évidemment pour **dadai* et **tiṣṭhai,* mais ceux-ci, à leur tour, sont-ils pour **dadâmai, *tiṣṭhâmai?*... Évidemment non; rien ne justifierait un devenir semblable. Ce qu'il y a de plus simple, est de supposer après les thèmes *dadâ, tiṣṭhâ,* etc., chute totale du suffixe personnel *mai* = μαι; puis l'avancement dans la ligne palatale de *â* à *ê,* simplement par raison d'analogie avec les seconde et troisième personnes primaires singulier de la même voix, *-sê, -tê.* Ce qui vient d'être dit pour le sanskrit vaut pour le zend où nous trouvons par exemple *bairê,* avec *i* épenthétique = sk. *bharê* = gr. φέρομαι, je me porte. — Le secondaire, quel qu'il fût organiquement, tomba également en sanskrit et en zend; ainsi lorsque l'Hindou dit *tudêya*[1], puissé-je me frapper! potentiel intransitif il ne donne à entendre que le thème plus l'élément *ya* du mode potentiel, mais point de suffixe personnel. Il en est de même en zend: *tanu-ya,* puissé-je m'étendre! Mais, chose curieuse, en certaines occasions le secondaire passe au primaire: sk. *abharê,* pour **abhara*, z. *pereçê,* pour **pereça.* Il n'y a là qu'une extension par analogie; voir Schleicher, *Cpd.,* p. 688.

Seconde personne du singulier. — La forme primaire **sai** est restituée par le sk. *sê,* le z. *hê,* le gr. σαι. Z. *râmayê-hê,* tu portes au repos, avec *ê* = *a* après *y,* p. 49. — En d'autres cas, l'on trouve bien *h,* mais la voyelle précédente prend la nasalisation, p. 20: *dãoṅhê.*

La forme secondaire est *sa,* mais peut aussi être *ha* avec nasalisation de la voyelle précédente, ou bien *ṣa.* Exemples: *khṣaêṣa,* puisses-tu dominer! potentiel; *uçzayaṅha,* tu étais enfanté, imparfait. L'on sait que le grec possède σο; ainsi ἐλύου, tu te déliais, imparf., est rigoureusement pour *ἐλύε-σο.

Troisième personne du singulier. — La forme primaire organique était **tai**; gr. λύε-ται, il se délie, δηλοῦ-ται, il se montre. En principe sanskrit et zend disent *tê: zanaitê,* il naît, *baodhaitê,* il exhale. (Il va être dit plus loin que les désinences primaires servent dans la voix intransitive de désinences du parfait; je dois faire observer toutefois que la troisième personne du singulier suit ici l'analogie de la première: *dadrê,* il s'attacha, il adhéra, *vaoćê* = **vavaćê,* il parla. Je ne pense pas me tromper en attribuant ce

1. Pour **tuda-i-ya* dont le *i* n'est que furtif.

phénomène, évidemment secondaire, à un calque fort maladroit sur le transitif. Il convient de faire observer, au surplus, que le sanskrit commet absolument la même maladresse: *bibhidê*, je me suis fendu, il s'est fendu. Le grec seul est logique avec ses formes λέλυ-μαι, λέλυ-ται.) — En grec la forme secondaire est -το, c'est *-ta-* en sanskrit et en zend: potentiel, sk. *bharêta* = gr. φέροιτο = z. *baraêta*, puisse-t-il se porter! *uçzayata*, il était enfanté.

Première personne du duel. — Aucune trace.

Seconde personne du duel. — Aucune trace.

Troisième personne du duel. — En sanskrit nous trouvons *tê*; exemples: *dadhâtê*, tous les deux ils se donnent, *yuñjâtê*, tous les deux ils se lient; en zend nous avons *tê* ou *thê*: *phraćarôithê*, tous deux ils s'avancent (cf. *phraćaraiti*, il progresse, il avance); *dazdê*, tous deux ils se posent (pour **dadhthê*, par dissimilation). — En ce qui concerne la forme secondaire nous trouvons encore *thê*.

Première personne du pluriel. — La forme primaire organique **madhai** est restitué par le sk. *mahê* et le z. *maidhê*. Exemple: z. *dademaidhê*, sk. *dadmahê* (avec suppression de la voyelle de l'élément radical). Parfois, en zend le suffixe dont il s'agit est non pas *maidhê*, mais bien *maidê*. Sur les relations de *dh* et de *d* voir §§ 38, 39. — La forme secondaire est la même en zend; vraisemblablement par analogie. (C'est de même par analogie que μεθα sert, en grec, de suffixe personnel primaire et secondaire: τιθέμεθα, nous nous posons, ἐτιθέμεθα, nous nous posions.)

Seconde personne du pluriel. — Point de trace de la forme primaire. — La forme secondaire est en sanskrit *dhvam*: exemple l'imparfait *ayuṅgdhvam*, vous vous joigniez, *astṛṇudhvam*, vous vous étendiez; en zend nous trouvons soit *dûm*, soit *dhwem*. Dans le premier, *va* est condensé en *û*, § 28; dans le second nous avons *e* pour *a* devant *m* final, *dh* pour *d* et *w* pour *v*, p. 45. Exemples : *râmôidhwem*, puissiez-vous vous réjouir !

Troisième personne du pluriel. — La forme organique primaire est **ntai**, d'où ντai en grec, *ntê* en zend : *dadentê* = δίδονται. — En grec la forme secondaire est ντο ; en zend l'on trouve *nta*. En principe le sanskrit offre également *nta*. En certaines circonstances la nasale tombe ; ainsi *adadhata* = ἐτίθεντο, ils se plaçaient. Mais cela est du domaine particulier de la grammaire sanskrite et n'a pas à nous occuper ici. — Les formes primaires de la voix intransitive servent, comme nous le verrons, pour le temps parfait. Or, en zend, à la troisième personne du pluriel de ce temps il y a exception ; le suffixe est *rê* : cf. le *re* de la même personne dans la voix transitive.

§ 207.

Voici un tableau synoptique de ces différents suffixes casuels.

α. Suffixes de la voix transitive.

Singulier :

1re personne, suff.	primaire	𐬨𐬌
„	secondaire	𐬨
„	du parfait	.
2e personne, suff.	primaire	𐬵𐬌 ou 𐬴𐬌
„	secondaire	𐬯
„	du parfait	𐬙𐬀 ou 𐬚𐬀
3e personne, suff.	primaire	𐬙𐬌
„	secondaire	𐬙
„	du parfait	.

Duel :

1re personne, suff.	primaire	𐬬𐬀𐬵𐬌
„	secondaire	𐬬𐬀
„	du parfait	?

2e personne, suff. primaire ?
„ secondaire ?
„ du parfait ?

3e personne, suff. primaire 𐬙𐬋
„ secondaire 𐬙𐬆𐬨
„ du parfait 𐬙𐬀𐬭𐬆

Pluriel :

1re personne, suff. primaire 𐬨𐬀𐬵𐬌
„ secondaire 𐬨𐬀
„ du parfait ?

2e personne, suff. primaire 𐬙𐬀
„ secondaire 𐬙𐬀
„ du parfait ?

3e personne, suff. primaire 𐬥𐬙𐬌
„ secondaire 𐬥
„ du parfait 𐬭𐬆.

ε. *Suffixes de la voix instransitive.*

Singulier :

1re personne, suff. primaire (𐬉)[1]
„ secondaire .

2e personne, suff. primaire 𐬵𐬉
„ secondaire 𐬯𐬀 ou 𐬢𐬵𐬀 ou 𐬵𐬀

3e personne, suff. primaire 𐬙𐬉
„ secondaire 𐬙𐬀

Duel :

1re personne, suff. primaire ?
„ secondaire ?

2e personne, suff. primaire ?
„ secondaire ?

3e personne, suff. primaire 𐬙𐬉 ou 𐬚𐬉
„ secondaire 𐬚𐬉

1. N'est pas véritablement un suffixe, voir p. 274.

Pluriel :

1re personne, suff. primaire		𐬨𐬀𐬌𐬜𐬉 ou 𐬨𐬀𐬜𐬉
„	secondaire	𐬨𐬀𐬌𐬜𐬉 ou 𐬨𐬀𐬌𐬛𐬉
2e personne, suff. primaire		?
„	secondaire	𐬜𐬬𐬆𐬨 ou 𐬛𐬆𐬨
3e personne, suff. primaire		𐬥𐬙𐬉
„	secondaire	𐬥𐬙𐬀

§ 208.

Dans quelles circonstances a-t-on recours aux formes primaires, secondaires, ou du parfait?

Les formes du parfait s'appliquent naturellement au temps parfait. Les formes primaires s'appliquent au temps présent en ses modes indicatif et conjonctif : de même au temps futur. Les formes secondaires s'appliquent aux temps admettant la précession de l'augment, imparfait, aoriste : de plus à tous les potentiels. — La voix intransitive n'a point de types spéciaux pour le temps parfait : celui-ci admet les formes primaires.

§ 209.

Plus loin, dans un appendice traitant de l'impératif, je dirai quels sont les suffixes personnels particuliers à ce mode.

§ 210.

Le passif n'est pas une voix : il a été dit plus haut, p. 141, que les formations passives ne sont autre chose que des formes dérivées, grâce à un élément *ya*. Exemple : *bairyêintê*, ils sont portés (les deux *i* sont épenthétiques, § 19, et *yê* est pour *ya*, p. 49) : cf. *baraiti* (*i* épenthétique), il porte, du thème *bara-*, p. 115. Le passif admet, non pas les suffixes personnels de la voix transitive, mais bien ceux de la voix intransitive : *çruyê*, je suis entendu ; *qairyêtê*, il est mangé ; *bairyêintê*, ils sont portés.

§ 211.

Avant de quitter la question des éléments personnels, je dois signaler à l'attention des lecteurs les études diverses que l'on trouvera sur ce sujet au quinzième volume de la *Zeitschrift* de M. Kuhn, et la dissertation de M. Benfey, *Ueber einige pluralbildungen*, Göttingen, 1867.

SECONDE DIVISION

Les temps.

§ 212.

Considérés sous le rapport de leur formation, les temps sont simples ou composés.

Temps simples: présent, parfait, aoriste simple, imparfait.

Temps composés: aoriste composé, futur.

Tous ces temps sont organiques, c'est-à-dire ont appartenu à la langue commune indo-européenne: on a pu les restituer grâce à l'accord des différents idiomes auxquels cette langue commune a donné naissance.

Dans la suite des âges, des temps nouveaux ont été formés par ces divers idiomes; ainsi l'imparfait latin en *bam (amabam)*, le parfait en *vi (audivi)*, le futur en *bo (monebo)*.

Chapitre 1er. Le présent.

§ 213.

Le temps présent n'est caractérisé par l'adjonction d'aucun élément spécial. Mais ici les terminaisons personnelles peuvent se joindre:

soit au verbe simple (dont la voyelle persiste telle quelle, ou bien est gunée, p. 4), **i-masi**, nous allons, **ai-ti**, il va, sk. *imas, êti;*

soit au verbe simple redoublé, **dada-masi**, nous donnons, z. *dademahi*, gr. δίδομε(ν);

soit enfin à des thèmes nominaux mutilés ou non, **bhara-ti**, il porte, sk. *bharati*, z. *baraiti*, lat. *fert* (thème *bhara-*, p. 115).

Voyez sur la morphologie du temps présent *Revue de ling.*, II, 5.

Voici quelques exemples, en zend, rappelant les différentes hypothèses ci-dessus énumérées de la formation de ce temps.

Rentrent sous la première, les formes:
aêiti, il va (déjà cité ci-dessus);
çaêtê, il gît = sk. *çêtê*, gr. κεῖται;
vâiti, il souffle = sk. *vâti*.

Rentrent sous la seconde:
dadhâiti, il donne = sk. *dadâti*, gr. δίδωσι;
dadhâiti, il place = sk. *dadhâti*, gr. τίθησι.

Rentrent sous la troisième:
baraiti, il porte (déjà cité ci-dessus);
hinćaiti, il répand = sk. *sińćati*;
bavaiti, il est = sk. *bhavati*;
kerenaomi, je fais = sk. véd. *kṛṇômi*;
çurunaoiti, il entend = sk. *çṛṇôti*;
pereçaiti, il interroge = sk. *prććhati*;
phrînâmahi, nous aimons = sk. *prîṇîmas*.

§ 214.

Les verbes simples qui sont conjugués d'après la première façon (c'est-à-dire au moyen de l'accession immédiate du suffixe personnel à l'élément verbal), lorsqu'ils ont pour voyelle un *i* ou un *u*, gunifient (p. 4) cette voyelle aux trois personnes du singulier de l'indicatif présent (voix transitive). Comparez le sk. *êmi*, je vais, *êṣi*, tu vas, *êti*, il va, *ivas*, tous deux nous allons, *imas*, nous allons.

§ 215.

En ce qui concerne les verbes conjugués de la seconde manière (c'est-à-dire avec réduplication de l'élément verbal), on peut dire que les principes du redoublement sont fort simples.

La voyelle de la syllabe redoublante ne peut être que brève :

z. *dadhãmi,* je donne = δίδωμι,

z. *dadhâhi,* tu places = τίθης.

Si la syllabe à redoubler commence par un groupe de deux consonnes, la syllabe redoublante ne conserve que la première de ces deux consonnes, tout comme en grec. Ainsi *histaitê,* il se tient debout, équivaut à ἵσταται : tous les deux représentent **sistatai,* pour **sastatai,* pour **stastatai.* — Parfois, mais rarement, la voyelle radicale *a* est redoublée par *i* (comme précisément dans *histaitê*). La forme *vaoćâmi,* je parle, est pour **vaućâmi,* pour **vavaćâmi,* le second *va* se condensant en *u,* § 28, et *ao* tenant lieu de *au,* § 15. (Le sanskrit védique mutile l'élément dérivatif et dit *vavaćmi;* le sanskrit classique dit simplement *vaćmi.*)

§ 216.

Un certain nombre des verbes formant leur présent d'après la troisième façon indiquée ci-dessus, admettent la gradation vocalique (p. 4) à toutes leurs formes. Exemple : *bavaiti,* il est, *bavainti,* ils sont, d'après *bu* (pour **bhu**), être. Notons bien qu'ici c'est dans les deux voix qu'à toutes les formes du présent paraît le guna, et que ce sont là les seuls verbes admettant légitimement le guna à toutes les formes.

Les thèmes nominaux formés au moyen de l'élément dérivatif *nu* (pp. 115, 127), développent par le guna (p. 4) la voyelle de cet élément dérivatif aux trois personnes du singulier de l'indicatif présent de la voix transitive.

Exemple: *kerenaomi*, je fais, *kerenaoiti* (le premier *i* est épenthétique, § 19), il fait. Mais *u* doit reparaître au duel, au pluriel, et n'être jamais guné à l'intransitif; je dis « doit reparaître » pour bien formuler le principe qui, assurément, fut respecté aux premiers temps de la langue dans toute sa rigueur. Parfois également la mobilité vocalique amène *û* pour *ao* guna de *u*; exemple *kerenûiṣi*, tu fais. (Un *û* baktrien pour *ao*, en face d'un *ô* sanskrit, c'est-à-dire *au* organique, n'est point difficile à rencontrer.)

Les verbes conjugués tirés des thèmes nominaux en *na* (p. 114) doivent allonger la voyelle de cet élément dérivatif aux personnes du singulier: *mithnâiti*, il approche.

Chapitre 2. Le parfait.

§ 217.

La caractéristique du temps parfait est le redoublement de la racine. A l'élément radical redoublé viennent s'adjoindre les éléments qui ont pour fonction d'indiquer la personne.

Ci-dessus, p. 282, j'ai indiqué les principes du redoublement.

J'ajouterai qu'au mode indicatif (voyez ci-dessous) du temps parfait, les trois personnes du singulier de la voix transitive ont leur voyelle radicale gunée (p. 4).

§ 218.

Tout comme le temps présent, le parfait peut être formé, non pas seulement d'une racine verbale et d'éléments personnels, mais encore d'un thème nominal (c'est-à-dire d'une racine dérivée) et des suffixes indiquant la personne (cf. § 207).

Mais il y a lieu de faire ici une remarque importante concernant la formation du parfait dans la voix transitive.

Les thèmes nominaux finissant par *a* perdirent la désinence de la première et de la troisième personne du singulier. C'est ainsi que les thèmes *tu-da-*, *pa-ta-*, *bhu-ga-*, *var-sa-*, *mu-ka-*, *va-pa-*, *di-va-* ont formé les parfaits sanskrits *tutôda*, *papâta*, *bubhôja*, *vavarṣa*, *mumôća*, *uvâpa* (pour **vavâpa*), *didêva*.

Quant aux suffixes indiquant les autres personnes nous avons dit plus haut quels ils étaient: § 207.

§ 219.

On trouve parfois, en zend, que la voyelle de la syllabe redoublante est allongée: *tûtava*, il a pu; *dâdareça*, j'ai vu. Ce fait est tout à fait inorganique et la voyelle en question devrait être brève.

§ 220.

On peut restituer un paradigme plus ou moins complet avec les formes suivantes:

Voix transitive.

Singulier,	première	personne:	*dâdarêça*, j'ai vu (= sk. *dadarça*); *tataṣa*, j'ai fabriqué (= sk. *tatakṣa*).
„	deuxième	„	*dadâtha*, tu as donné.
„	troisième	„	*vavaća*, il a dit; *jigaurva*, il a saisi (*u* épenthétique, § 19); *tûtava*, il a pu.
Duel,	troisième	„	*vâvarezâtarè*, tous deux ils ont accompli (cf. *verezyâmi*, j'accomplis; *vaoćâtarè*, tous deux ils ont dit.
Pluriel,	première	„	*çuçruma*, nous avons entendu.
„	troisième	„	*åoňhare*, ils ont été; *vaonare*, ils ont battu (pour **vaunare*, pour **vavanare*, cf. *vanâmi*, je bats).

En ce qui concerne les éléments indiquant la personne, voir au § 207.

A l'intransitif nous avons, ainsi qu'il a été dit plus haut, § 208, les terminaisons primaires, sauf à la troisième personne du singulier qui suit l'analogie de la première, sans doute, comme je l'ai fait remarquer également (loco citato) par un calque malheureux sur le transitif, sauf encore à la troisième personne du pluriel, voyez p. 277.

§ 221.

Jusqu'ici nous ne sommes pas sortis du mode indicatif. Il y a, dans la voix transitive, des exemples de conjonctifs et de potentiels du temps parfait. Voyez ci-dessous, à l'étude spéciale de ces modes.

Chapitre 3. L'aoriste simple.

§ 222.

Dans le système linguistique de l'indo-européen commun le temps aoriste simple se forme, tout comme le présent, de trois façons:

1° Augment, verbe simple, suffixe personnel;

2° Augment, verbe simple redoublé, suffixe personnel;

3° Augment, thème nominal, suffixe personnel.

Ainsi qu'il a été dit, c'est aux éléments personnels secondaires que s'adresse le temps aoriste.

Quant à l'augment, il consiste en un *a*, gr. ἐ, sur la nature duquel il n'est point ici lieu de s'étendre. (Voir Benfey, *K. s. gramm.*, § 155, première remarque; *Beiträge* de Kuhn et Schleicher, I, 8; Schleicher, *Cpd.*, 749 et 752; Bopp, III, *Introd.* LX.)

L'augment ne se montre qu'au mode indicatif (voyez ci-dessous). Mais à ce mode lui-même il tombe, en zend, tout comme dans le slave ecclésiastique.

§ 223.

Nous trouvons ici que dans les trois personnes du singulier la voyelle radicale est tantôt gunée (p. 4), tantôt conservée telle quelle.

Voici le paradigme de l'aoriste simple du verbe « donner » en sanskrit, en zend, en grec, à la voix transitive :

Singulier.

adâm	*dãm*	ἔδων
adâs	*dâo*	ἔδως
adât	*dâṭ*	ἔδω

Duel.

adâva	**dâva*	
adâtam	. . . .	ἔδοτον
adâtâm	**dâtem*	ἐδότην

Pluriel.

adâma	*dâma*	ἔδομε(ν)
adâta	*dâta*	ἔδοτε
adus	*dãn*	(forme spéciale).

Dans la voix intransitive nous avons, en sanskrit et en zend :

Singulier.

adi	**di*	cf. *zâviṣi*
(forme spéciale) . .	**dâha*	cf. *mèn̂ha* (ἔδοσο)
adâta	*dâta*	

Duel.

adâvahi . . . .
adâthâm . . . .
adâtâm . . . .

Pluriel.

adâmahi	**dâmaidê*	
adâdhvam	**dâdûm* . . .	cf. *çrûdûm*
adata	*dâta*	

Chapitre 4. L'imparfait.

§ 224.

L'imparfait se distingue de l'aoriste simple en ceci: l'aoriste simple est formé du radical pur et simple, l'imparfait est fondé sur le thème propre au temps présent. En sanskrit, par exemple, la racine *dha*, poser, placer (forme allongée *dhâ*), fait à l'aoriste simple *adhâm*, je posai; l'imparfait fait *adadhâm*, je posais, car le présent fait *dadhâmi*, je pose, en redoublant la racine. Comparez, en grec, l'aoriste simple (dit aoriste second) ἔθην, le présent τίθημι et l'imparfait ἐτίθην. En somme ce dernier temps n'est qu'un aoriste simple formé sur le thème du temps présent.

Voici l'aoriste simple du sk. *bharati*, il porte, du z. *baraiti*. Auprès des formes restituées (signalées par un astérisque) j'ai mis des formes réellement existantes.

Singulier.

abharam	**barem* . . .	cf. *côiṣem*
abharas	**barô*	cf. *ukhṣyô*
abharat	*baraṭ*	

Duel.

abharâva	**barâva* . . .	cf. *jvâva*
abharatam		
abharatâm	**baratem* . .	cf. *taurvayatem*

Pluriel.

abharâma	**barâma* . .	cf. *skyâma*
abharata	**barata* . . .	cf. *çirinaota*
abharan	*baren*	

Voilà pour le mode indicatif. Au mode conjonctif, il n'y a lieu, comme nous le verrons plus loin, qu'à un simple allongement de voyelle:

Indicatif *baraṭ*	Conjonctif *barâṭ*
„ *histaṭ*	„ *histâṭ*

Indicatif *kerenaon* Conjonctif *kerenavãn*

„ *hidhaṭ* „ *hidhâṭ*

Arrivons à la voix intransitive. Au mode indicatif l'on peut restituer :

Singulier.

**barê* . . . . cf. *pereçê*

**baraṅha* . . . . cf. *zayaṅha*

barata

Duel.

. . . .

. . . .

**barôithê* . . . . . . cf. *zayôithê*

Pluriel.

. . . .

**baradûm* . . . . . cf. *thwârôždûm*

**barenta* . . . . . . cf. *uruthenta.*

A la première personne du singulier le *ê* représente naturellement *a-i* (p. 15), cf. sk. *abharê*, je me portais, z. *nemôi*, je m'inclinais. — A la troisième personne du duel le *i* est épenthétique. — Comparez d'ailleurs en sanskrit : 1 *abharê*, 3 *abharata*, 2 *abharadhvam*, 3 *abharanta*. — A la seconde personne du singulier correspond le gr. ἐφέρου pour *ἐφερε-σο ; le sanskrit avec son *abharathâs* use d'une formation spéciale.

Voici quelques exemples de l'imparfait zend :

baraṭ, il portait, forme organique **abharat*, gr. ἔφερε : cf. présent *baraiti*, il porte ;

jaçô, tu venais, avec *ô* = *as* terminal : cf. présent *jaçaiti*, il vient ;

mraom, je disais, *mraos*, *mraoṭ* : cf. présent *mraomi*, je dis ;

dadham, je faisais, *dadhâo*, *dadhâṭ* : cf. présent *dadhâiti*, il place. L'aoriste qui n'est point formé sur le thème du présent ne redouble point la racine : *dâo*, tu fis, *dâṭ*, il fit. Cf. τίθημι, ἐτίθην, ἔθην ;

jaidhyen, ils priaient: cf. présent *jaidhyêinti*, ils prient; *kerenaot*, il faisait, *kerenaon*, ils faisaient: cf. présent *kerenaoiti*, il fait;

pereçô, tu interrogeais: cf. prés. *pereçahi*, tu interroges; *taurvayatem*, tous deux vous tourmentiez, cf. présent *taurvayêiti*, il tourmente.

Chapitre 5. L'aoriste composé.

§ 225.

Nous quittons les temps simples pour examiner les deux temps composés.

On enseigne communément que l'élément formatif qui entre dans la composition de ces deux temps (aoriste premier ou composé, et futur) est la racine **as**, être.

Cette formule ne me semble pas exacte. Je pense avoir suffisamment démontré dans une étude sur le verbe **as**, être, et sur la formation de l'aoriste composé [1], que la racine en question provient d'un élément plus simple **sa**, qui n'a le sens d'« être » que d'une façon secondaire. C'est cet élément verbal **sa** qui est le formatif du temps qui nous occupe. Dans le système organique la racine (précédée de l'augment) est immédiatement suivie de cet élément composant, puis viennent à la fin du mot les désinences indiquant la personne. Exemple, **a-kar-sa-m**, je fis:

Singulier: *a-kar-sa-m, a-kar-sa-s, a-kar-sa-t;*

Duel: *a-kar-sa-va, a-kar-sa-tam, a-kar-sa-tâm;*

Pluriel: *a-kar-sa-mas, a-kar-sa-tas, akar-sa-nt.*

Par la suite des âges l'élément formatif *sa* pourra voir sa voyelle atténuée et devenir *i*; l'on pourra dire, par exemple, non plus *akarsat*, mais bien *akarsit*. Puis, parfois, il y aura suppression complète de la voyelle déjà atténuée, et *akarsava*, après avoir passé par la forme *akarsiva*, en arrivera à *akarsva*.

1. *Revue de ling.*, II, 271, 276.

Si nous examinons ce qui se passe en sanskrit, nous verrons que souvent, dans cette langue, se présentent à côté l'un de l'autre les trois états: état organique *sa*, état d'atténuation *si*, état de mutilation *s*. Exemple: *akârṣam* (1), *akârṣîṣ* (2), *akârṣît* (2), *akârṣva* (3), *akârṣṭam* (3), *akârṣṭâm* (3), *akârṣma* (3), etc.

Parfois l'élément **sa** peut être redoublé. C'est ce qui apparaît dans le sk. *a-jñâ-sisa-m*, je connus, *a-jñâ-sis(a)-ma*, nous connûmes.

Le zend n'a laissé qu'un fort petit nombre d'exemples d'aoristes composés.

Je citerai *naêṣaṭ*, il conduisit (= sk. *anâiṣît*, avec la seconde gradation pour la première, p. 4, et *î* atténué de *a*).

Chapitre 6. Le futur.

§ 226.

Ici apparaissent, non plus un seul élément de composition comme dans le temps qui précède, mais bien deux éléments: **sa**, dont il vient d'être parlé au § 225, et la racine verbale **ya**, aller[1]. La langue commune indo-européenne disait, par exemple: **dâ-sya-si**, tu donneras (sk. *dâsyasi*, gr. δώσεις), **dâ-sya-ti**, il donnera (sk. *dâsyati*, gr. δώσει); **dâ-sya-nti**, ils donneront (sk. *dâsyanti*, gr. δώσουσι pour *δωσουντι). Au mode intransitif: **dâ-sya-tai**, **dâ-sya-ntai** (gr. δώσεται, δώσονται).

Le zend ne présente qu'un nombre assez restreint de futurs, car, dans l'usage, il remplaça de bonne heure le temps futur par le présent au mode conjonctif (Spiegel, *Gramm.*, § 308). Je citerai cependant:

vakhṣyâ (pour **vakhṣyâmi*), je parlerai, je dirai (sk. *vakṣyâmi*, cf. *vaćmi*);

1. Voir, sur le futur, Sonne, *Ztschr.*, XII, 343; Hirzel, *ibid.*, XIII, 215; Schleicher, *Cpd.*, § 298.

dâoñhâ (pour **dâoñhâmi),* je donnerai = sk. *dâsyâmi:* sur la chute de *y* voir p. 20;

çpâoñhaiti pour **çpâsyati,* p. 20, cf. le prés. *çpayêiti.*

TROISIÈME DIVISION

Les modes.

§ 227.

Au point de vue du mode d'être, et quel que soit le temps (présent, futur, etc.), il y a quatre façons d'envisager une action quelconque.

En premier lieu, l'affirmation pure et simple de cette action. C'est le mode «indicatif»: je suis, je dis.

En second lieu, la contingence. C'est le mode «conjonctif» (ou subjonctif): [je ne pense pas] que cela soit; [je veux] que cela soit.

En troisième lieu le vœu, le souhait. C'est le mode «potentiel» (ou optatif): puissé-je dire!

Enfin vient le mode «impératif», dont il sera traité un peu plus loin, dans un chapitre spécial.

Nous connaissons déjà les éléments formatifs des temps, il nous reste à connaître les éléments formatifs des modes.

Chapitre 1er. Le mode indicatif.

§ 228.

Il s'agit ici d'une notion élémentaire, d'une notion aussi simple que possible et nul élément spécial ne vient caractériser le mode indicatif.

Ainsi le thème des six temps énumérés ci-dessus est au mode indicatif, s'il se présente tel quel et sans accession de quelque élément nouveau.

Temps présent au mode indicatif: *baraiti,* il porte, thème *bhara-;*

Temps parfait au mode indicatif: *çuçruma*, nous avons entendu, thème *çuçru-*, redoublé de *çru*;

Temps aoriste simple au mode indicatif: *dâṭ*, il plaça, il créa, gr. ἔθη;

Temps imparfait au mode indicatif: *baraṭ*, il portait;

Temps aoriste composé au mode indicatif: *naêṣaṭ*, il conduisit;

Temps futur au mode indicatif: *vakhṣyâ* (pour **vakhṣyâmi*), je parlerai, je dirai.

Ci-dessus, en étudiant les différents temps, je n'ai cité que le mode indicatif, le plus simple de tous, puisqu'il ne s'exprime que par l'absence de tout élément particulier.

Chapitre 2. Le mode conjonctif.

§ 229.

C'est un **a** qui est l'élément formatif du temps en question. Ainsi, dans le système organique indo-européen l'indicatif du présent **asti**, il est, a pour conjonctif **asati**; l'indicatif **bharati**, il porte, a pour conjonctif **bharâti**, c'est-à-dire **bhara + a + ti.**

Voici quelques exemples du conjonctif du temps présent, en zend:

ĵaçâiti = sk. *gaććhâti*, forme organique *gaskâti* (§ 91): cf. indicatif *ĵaçaiti* = sk. *gaććhati*, gr. βάσκει;

bavâ̊nti, conjonctif de *bavanti*, ils sont;

iṣâ̊nti, conjonctif de *iṣenti*, ils souhaitent.

Dans la voix intransitive:

nâmâitê, conjonctif de *nâmaitê*, il se courbe;

yazâitê, *yazâ̊ntê*, conjonctif de *yazaitê*, *yazentê*, il sacrifie, ils sacrifient.

Au conjonctif du parfait de *ahmi*, je suis, on trouve la troisième personne du singulier *â̊n̄hâṭ* (cf. l'indicatif du parfait *â̊n̄ha* = sk. *âsa*, il a été); la seconde personne du duel *â̊n̄hâtem*; la première du pluriel *â̊n̄hâma*. — Les livres de l'Avesta ne présentent pas d'exemples de conjonctif du parfait dans la voix intransitive.

Conjonctif de l'aoriste simple: *vîdâ* pour **vîdâmi,* cf. l'indicatif du même aoriste *vîdãm,* le présent **vî* + *dadhãmi.* La terminaison personnelle était celle des suffixes primaires (§ 208) et est tombée.

Conjonctif de l'imparfait dans la voix transitive:

baraṭ, il portait: *barâṭ;*

hidhaṭ, il s'asseyait: *hidhâṭ;*

çadayaṭ, il venait: *çadayâṭ.*

Dans la voix intransitive nous trouvons: *verenâta,* qu'il eut choisi (intransitif pour transitif): *mainyâta,* qu'il eut pensé (intransitif pour transitif).

Voyez du reste ce qui a été déjà dit à propos du temps imparfait, § 224.

Conjonctif de l'aoriste composé. On peut citer *çtâoñhâṭ* (cf. l'indicatif présent *histaiti, histenti*). Le texte (*Vendidad,* VII, 132) présente *a* et non pas *â,* mais nous devons opérer ici une rectification.

Pour le conjonctif du temps futur on cite *nâṣâiti,* cf. l'indicatif du présent *naçyêiti,* il disparaît.

Chapitre 3. Le mode optatif.

§ 230.

Nous avons dit ci-dessus que les terminaisons personnels du mode optatif, ou potentiel, étaient, à tous le temps, les terminaisons secondaires, § 208.

L'élément caractéristique de ce mode est **ya** (dans lequel on voit communément la racine verbale au sens de « aller, tendre vers »). Parfois cet élément est allongé *(yâ),* parfois il se condense en *i* ou *î.*

On peut citer dans la voie transitive:

daidh-yã-m (1) . . . . . τιθε-ίη-ν,

daidh-î-s (2). . . . . τιθε-ίη-ς,

daid-î-ṭ (3) . . . . τιθε-ίη-(τ),
daidh-î-tem (2) . . . . . . τιθε-ιη-την;

et parmi les formes du pluriel:

q-yâ-ma . . . . εἴημεν pour * ἐσιημε,
q-yâ-ta. . . . . εἴητε pour * ἐσιητε,
q-yè-n . . . . . εἶεν pour * ἐσιεν [1].

Parmi les exemples que fournissent les textes de l'Avesta, on peut citer encore: *jaidhyãm*, puissé-je implorer! *kerenuyâṭ*, puisse-t-il faire! *jamyâma*, puissions-nous aller! *jamyãn*, puissent-ils aller! *qyâo* (avec *âo* = *as* terminal), puisses-tu-être!

Dans la voix intransitive nous trouvons:

1. *tanu-ya*, puissé-je m'étendre!
2. *daidh-î-sa* = τιθεῖο pour *τιθε-ι-σο.
3. *daid-î-ta* = τιθε-ῖ-το.
3. *içô-i-thê*, tous deux puissent-ils souhaiter! (intransitif pour transitif).
1. *vaênô-i-maidê*, puissions-nous vous garantir! [2].
2. *râmô-i-dhwèm*, puissiez-vous vous réjouir!

A l'égard de la troisième personne pluriel M. Spiegel donne *bâra-ya-nta* (puissent-ils se porter!) qui équivaudrait bien à φέρο-ι-ντο si la voyelle fondamentale était *a* et non *â*. Mais en réalité elle est *â* et Schleicher la rend illégitimement par *a* dans l'appendice à sa *Chrestomathie* p. 372. Je crois bien plutôt avec M. Justi que *bârayanta* est la troisième personne pluriel intransitive de l'imparfait causal. — Inutile de faire remarquer qu'à la première personne du singulier la désinence personnelle est tombée. Le même fait se produisit en sanskrit: *tudêya*, puissé-je me frapper! *bharêya*, puissé-je me porter! Dans ces deux exemples le *ê*

1. Plus usité que la forme artificielle εἴησαν.

2. Verbe *vi*, savoir, voir, thème guné *vaêna-*. M. Justi donne ici une racine *vaên*: c'est absolument le système hindou donnant une racine *vêṇ* d'après *vêṇâmi*, je perçois, je pense.

se compose 1° de la voyelle thématique *a*, 2° d'une voyelle intercalaire *î* (comparez ce qui se passe au comparatif, p. 145); *ya* est la caractéristique du mode. Le grec dit régulièrement φερο-ί-μην, τιμαο-ί-μην, διδο-ί-μην. — Le groupe *ôi* est pour *ai* dans *içôithê, vaênôimaidê.*

Le parfait n'est employé au mode optatif, dans l'Avesta, que dans la voix transitive. L'élément verbal *şu*, aller, donne les formes suivantes :

Singulier :	*şuşuyãm,*
	**şuşuyâo,*
	**şuşuyâţ.*
Duel :	**şuşuyâva,*
	. . . . . .
	**şuşuyâtem.*
Pluriel :	**şuşuyâma,*
	**şuşuyâta,*
	**şuşuyãn.*

Les textes offrent encore :

bawryãm, puissé-je avoir porté ! cf. *bawrare,* ils ont porté ;
tûtuyâo, puisses-tu avoir pu ! cf. *tûtava,* il a pu ;
vaonyaţ = * *vavanyâţ,* puisse-t-il avoir battu !

Optatif de l'aoriste simple : *buyâo,* fusses-tu ! *buyâţ,* fût-il ! *buyama,* fussions-nous ! *buyata,* fussiez-vous ! *buyãn,* fussent-ils ! Ce qui nous montre qu'il s'agit ici d'un aoriste, c'est que l'élément radical n'a pas sa voyelle gunée (p. 4), comme il l'a au présent *(bavaiti,* il est) et à l'imparfait *(bavaţ,* il était). Cf. § 224.

Il n'y a point d'exemples de l'optatif de l'imparfait, de l'aoriste composé et du futur.

QUATRIÈME DIVISION

Supplément à la conjugaison.

Chapitre 1er. Le mode impératif.

§ 231.

L'impératif ne possède pas plus d'élément formatif particulier que n'en possède le mode indicatif (p. 291). Comme le dit SCHLEICHER, il ne se distingue de ce dernier que par la fonction vocative de ses propres désinences personnelles.

Ces désinences particulières à l'impératif sont, dans la voix transitive :

Première personne du singulier. — Comme en sk. *ni*, origine fort obscure.

Seconde personne du singulier. — Sk. *dhi*, en certains cas *hi* (BENFEY, *K. s. gramm.*, 93), gr. θι, z. *di* d'où *dhi*, p. 67. Origine également obscure[1].

Troisième personne du singulier. — Z. *tu* = sk. *tu*. Ce dernier idiome possède encore une forme *tât* correspondant au τω(τ) des Grecs (λυέ-τω)[2].

Troisième personne du duel. — Z. *tem* = sk. *tâm*, gr. των (λυέ-των).

Première personne du pluriel. — Comme en sanskrit *ma*.

Seconde personne du pluriel. — Z. *ta* = gr. τε. C'est le sanskrit classique *ta* (cf. λύε-τε).

Troisième personne du pluriel. — Z. *ntu* = sanskrit classique *ntu*.

Dans la voix intransitive :

Première personne du singulier. — N'existe qu'en zend et sous la forme *nê*. Cf. le transitif.

Seconde personne du singulier. — En sanskrit nous trouvons *sva*, en grec σο, sans doute pour σϝο (λύεσο deve-

1. Consultez ASCOLI, *Beitr.*, V, 95.
2. Consultez CURTIUS, *Ztschr.*, VIII, 296.

nant λύου). Le zend offre ici trois formes possibles; ou bien *ṣva;* ou bien *hva;* ou enfin *uha,* précédé de la nasalisation vocalique par *ṅ*, p. 50.

Troisième personne du singulier. — Sk. *tâm,* z. *tãm.*

Seconde personne du pluriel. — Sk. *dhvam,* zend soit *dhwem,* soit *dûm* (voir la seconde personne pluriel intransitif des suffixes servant aux modes autres que l'impératif), soit même *zdûm,* difficile à éclaircir.

Troisième personne du pluriel. — Sk. *ntâm* (en principe), z. *ntãm.*

Voici quelques-unes des formes du mode qui nous occupe, dans les textes zends:

Impératif du présent: *aêni,* que j'aille! (cf. *aêiti,* il va); *dazdi,* donne! (cf. *dadhãmi,* je donne); *baratu,* qu'il porte! (cf. *baraiti,* il porte); *jaçaêtem,* qu'ils aillent tous deux! (cf. *jaçaiti,* il va); *barâma,* portons! *qarata,* mangez! (cf. *qarenti,* ils mangent); *barentu,* qu'ils portent! — Voix intransitive: *yazânê,* que j'offre[1] un sacrifice: (cf. *yazaitê,* il offre un sacrifice); *çnayañuha,* p. 50, lave! *verezyãtãm,* qu'il opère! *thrâzdûm,* protégez! *jaçentâm,* qu'ils aillent!

Impératif du parfait. M. JUSTI ne cite qu'une forme *ćićithwa,* montre-toi! Encore dans le paragraphe consacré à *ćit,* donner, proclamer, exposer, penser, un point d'interrogation accompagne-t-il le présent mot. La forme organique étant *sva,* ainsi qu'il a été dit, l'on peut supposer en zend un changement de sifflante et tenir qu'ici *th* est pour *s.* Au sujet de cette espèce de mutation, voyez p. 85, et sur *w* = *v* après *th,* p. 45.

Impératif de l'aoriste simple. Au transitif: *dâidi,* gr. δός[2], aie donné! (cf. *dât,* il donna). A l'intransitif *yaoždânê,* que je me sois purifié! *dâhva,* sois-toi donné! gr. δόσϝο.

1. Il a été parlé plus haut déjà de ce passage de la signification intransitive à la valeur transitive.

2. Pour δόθι. Cf. πρός pour προτί, voir CURTIUS, *Griech. schulgramm.*, § 67.

Point de trace du mode impératif à l'imparfait, non plus qu'à l'aoriste composé.

Au futur on trouve *nâṣâma*, cf. l'indicatif du présent *naçyêiti*, il disparaît. Comparez le conjonctif du futur *nâṣâiti*, § 229.

Chapitre 2. Le prétendu conditionnel du zend.

§ 232.

On sait qu'en prenant pour base son futur, le sanskrit forma un conditionnel. Il recourut pour ce faire à l'emploi de l'augment et des désinences personnelles secondaires: *bôdhâmi*, je remarque, futur *bôdhiṣyâmi*, je remarquerai, conditionnel *abôdhiṣyam*, je remarquerais. Comme le dit M. Benfey, il y a là un véritable imparfait du futur.

En zend on cite un mot qui serait formé de la même façon; le zend aurait lui aussi un temps conditionnel. Le mot en question est *dareṣat*, signifiant au propre « il verrait ». Mais cette forme est obscure; M. Spiegel pense que c'est un aoriste et que *ç* (cf. *dareçĕm*, je voyais) est ici devenu *ṣ* par l'influence de la consonne précédente *r* (*Comment.*, II, 276). Peut-être pourrait-on penser à un conjonctif d'aoriste composé et rétablir la filière * *dareçṣâṭ*, * *dareṣṣâṭ* * *dareṣâṭ* * *dareṣaṭ*, avec *a* pour *â* comme dans *çtǣṅhaṭ*, § 229. C'est une hypothèse que je ne soutiens, d'ailleurs, en aucune façon. Haug croit qu'il s'agit ici d'un « adjectif verbal » au sens de « visible » (*Die Gâthâ's*, I, 206). En somme il règne sur cette forme une incertitude complète et elle ne peut autoriser à parler d'un conditionnel zend.

Chapitre 3. Le prétendu parfait participial.

§ 233.

En finissant l'étude des différents temps, M. Spiegel consacre un paragraphe spécial au « participialperfectum » et s'exprime ainsi à ce sujet: «Nous avons enfin à men- »tionner un temps particulier: le PARTICIPIAL-PARFAIT. Ce »temps s'offre également en vieux perse, se présente dans »les idiomes plus modernes de l'Éran, et je ne puis douter »de son apparition dans le baktrien, encore que les formes »en soient assez rares. Ce temps affecte la désinence *ta;* »la plupart des exemples que nous possédons sont de la »troisième personne du singulier, parfois de la seconde. »Sans aucun doute, cette même forme valait pour toutes »les personnes; le sens général dit seul de quelle personne »il s'agit.»

J'ai supposé dans la première éditon de ce livre que l'on avait peut-être affaire ici, non point à un temps véritable, mais bien à des formes nominales absolues. J'abandonne complétement cette hypothèse et je pense que le soi-disant parfait participial doit s'expliquer très-naturellement au moyen des formes grammaticales ordinaires. Il est vraisemblable qu'on se trouve avec *vanta, irita, bereta,* et autres analogues, en présence d'une troisième personne du singulier d'aoristes simples intransitifs. Cette opinion qui est, si je ne me trompe, celle de M. ALBR. WEBER, se vérifiera probablement.

Les formes dont il s'agit se trouvent aux chapitres V (6), VIII (112), XV (41), XVI (36), XVIII (37) du *Vendidad,* et dans les *Yasts* XIII (87) et XXI (2); peut-être encore dans un ou deux autres passages.

Appendice relatif au dialecte des Gâthas.

§ 234.

Le mot *gâtha-*, f., veut dire cantique. Il y a dans l'Avesta cinq cantiques principaux, formant les XXVIIIᵉ à XXXIVᵉ, les XLᵉ à XLVᵉ, les XLVIᵉ à XLIXᵉ, le Lᵉ et le LIIᵉ chapitre du *Yaçna*. Ces morceaux dont le sens est parfois des plus obscurs, sont écrits dans un dialecte particulier, qu'on appelle, de leur nom, le dialecte des Gâthas, le dialecte des cantiques. Les prières *ahuna vairya* (l'honover), *aṣem vôhu, yêñhê hâtãm*, qui jouent dans la religion mazdéenne un rôle important, sont écrites en ce même dialecte; de même encore les chapitres XII, XIII, LVII du *Yaçna*.

On a cherché à établir que l'idiome des Gâthas appartenait à une période linguistique plus ancienne que le zend ordinaire. Westergaard le considérait comme le dialecte de la Sogdiane (au nord de l'Oxus), tandis que la patrie de l'autre dialecte était à ses yeux la Baktriane.

C'est particulièrement en ce qui concerne la phonétique que le dialecte des Gâthas se distingue du zend ordinaire. Tandis que ce dernier, ainsi qu'il a été dit ci-dessus, abrège les voyelles longues organiques lorsqu'elles sont à la fin des mots, l'idiome des Gâthas, au contraire, veut qu'à la fin d'un mot toute voyelle soit longue, quelle que soit l'origine de cette voyelle. Exemples:

ahmi, ahi, açti, je suis, tu es, il est, se présentent sous la forme *ahmî, ahî, açtî;*

vohu, bon, nomin. sing. neutre, est dans les Gâthas *vohû*;

le vocatif *ahura* (première partie du nom d'Ormuzd) est dans les Gâthas *ahurâ*.

Toutefois les diphthongues terminales *âi*, *ôi*, *âu* restent telles quelles.

La voyelle *è* (ξ, p. 16) est beaucoup plus fréquente dans l'idiome en question que dans l'idiome ordinaire. Les formes du potentiel *qyèm*, puissé-je être! *qyèn*, puissent-ils être! appartiennent aux cantiques. Ceux-ci disent également *kè*, lequel, là où le zend vulgaire dit *kô* (pour **kas*, cf. *kaçčit)*, nominatif singulier.

M. Spiegel remarque encore avec juste raison que dans ce dialecte particulier les *a*, *â* se changent plus souvent en *ô* que dans le dialecte courant (*Gramm. der alt-baktr. spr.*, p. 343). Ainsi le préfixe verbal *phra* devient parfois *phrô*.

En ce qui concerne les demi-voyelles il est intéressant de remarquer que le dialecte des cantiques conserve parfois un *y* organique, là où le dialecte ordinaire se débarrasse de cette demi-consonne. Exemple: *vaqyâo* (nomin. sing. masc.), meilleur, comparé à *vañhô* (pour **vasyas*, p. 20).

Touchant les consonnes, nous trouvons en face des formes ordinaires *añhra-*, *añra-* (p. 20), première partie du nom d'Ahriman, *çeñhaitê*, il se nomme, *dañhra-*, *dañra-* (sk. *dasra-)*, sage, les formes *angra-* (nomin. *angrô)*, *çènghaitê*, *dangra-*, propres au dialecte des Gâthas.

Il a été dit ci-dessus (§§ 35, 38) que la langue zende ordinaire faisait parfois des explosives pures (par exemple *g*, *d)* des explosives aspirées *(gh*, *dh*, passant plus tard à la condition de sifflantes). En principe le dialecte des Gâthas ne se prête pas à cette évolution. Il dit: *dadê*, je donne (intransitif pour transitif), *advânem*, viam (accus. sing.), *idâ*, ici, *kadâ*, quand, *dugedâ*, filia (nomin. sing.), *genâ*, femina (nomin. sing.), *bâgem*, partem (accus. sing.), là où le zend ordinaire dit: *daidhê, adhwanem, idha, kadha, dughdha, ghenâo* (accus. plur.), *baghem* (accus. sing.).

En ce qui concerne la formation des mots, la déclinaison et la conjugaison il n'y a à faire aucune remarque véritablement essentielle.

Correction

P. 141, l. 11, lisez: *jaçaiti*.

TABLE ANALYTIQUE

Abstraction. Du sens organiquement concret naît une notion abstraite, 107. Forme abstraite gérondive, 262. Le parfait participial n'est qu'un abstrait nominal, 298.

Actif. Dérivés actifs. Deux façons de passer dans la morphologie du passif à l'actif, 104. La notion active est transitive ou intransitive, 261. L'actif est seul organiquement primordial, 270.

Adjectif. N'est qu'un nom comme le substantif et le participe; en quoi il en diffère, 186.

Adverbes. Ils sont d'origine nominale ou pronominale; les premiers ont moins d'ancienneté que les autres, 263.

Allongement. Allongement des voyelles, 4. Allongement passé en règle, 38. Allongement majestatique aux premières personnes, 211. Allongement fautif d'une voyelle réduplicative, 284.

Alphabet. L'alphabet zend, 94.

Aoriste composé. Son mode de formation vulgairement méconnu, 289.

Aoriste simple. Se compose organiquement de trois façons; admission de l'augment au mode indicatif. En quoi il se distingue de l'imparfait, 285.

Aphérèse, 264.

Aspirées. Principe phonétique particulier aux aspirées, 9. Perte immédiate en zend de l'aspiration organique, 61, 67, 69. Les aspirées zendes *kh*, *th*, *ph* arrivent à l'état de siffiantes, 65, 82 en note.

Assimilation, 78.

Atténuation vocalique, 39, 174.

Augment. En quoi il consiste, 285; sa chute en zend, *ibid.* Ne sort point du mode indicatif, *ibid.*

Cas: forts, moyens, faibles, 109, 199. Sept cas organiques, 186.

Causatif. Les formations causatives appartiennent au domaine de la dérivation, 135. Élément formatif de la notion causale, *ibid.*

Chute de voyelles, 36, 120; de consonnes, 92.

Comparatif. Appartient au domaine de la dérivation, 145, 254. Deux formations organiques comparatives, 146.

Composition, 178. Principes applicables dans la composition aux variations désinentielles du premier thème, 179.

Condensation vocalique, 47, 117, 119.

Conditionnel. Faut-il admettre un conditionnel zend? 298.

Conjonctif. Formation de ce mode, 292. Dans l'usage le zend remplace de bonne heure le futur par le conjonctif du présent, 290.

Conjonctions, 268.

Conjugaison. N'est qu'un mode de dérivation, 269.

Consonnes. Système consonnantique zend, 51. Variations consonnantiques de la forme organique au zend, 56. Tableau d'équivalence des consonnes organiques et des consonnes baktriennes, 77. Principes euphoniques relatifs aux consonnes, 78. Choc de deux consonnes semblables; influence de l'élément suivant sur l'élément précédent, 78. Thèmes consonnantiques, 187. Consonne intercalaire, 221, 226, 231.

Déclinaison, 185. Déclinaison nominale, 187. Il n'existe en fait qu'une seule déclinaison nominale, 187. Déclinaison pronominale, 239. Supplément à la déclinaison, 254.

Demi-voyelles. D'où leur vient ce nom, 42. Relations de *y* avec des consonnes, 43. Relations de *v* avec des consonnes, 44. Relations de *y* et de *v* avec des voyelles, 47. Demi-voyelle furtive, 49. Métathèse de demi-voyelle, 50.

Démonstratifs (pronoms). Le zend en connaît six; leur déclinaison, 214.

Dénominatif. Tous les verbes conjugués en dehors de ceux qui n'affectent que le guna ou la réduplication, sont nominaux, 144.

Dérivation. Ce que c'est, 99. Théorie de la dérivation, 103. Dérivés primaires par *ta*, 106; par *ti*, 107; par *tu*, 107; par *tr*, 108; par *tra*, 108; par *t*, *nt*, *n*, *s*, *r*, 109; par *ma*, 113; par *na*, 114; par *ni*, 114; par *nu*, *a*, 115; par *i*, 116; par *ka*, *ki*, *ku*, 117; par *ya*, 117; par *yu*, 118; par *va*, 118. Éléments dérivatifs d'origine obscure, *ra*, *dhi*, 132. Dérivation secondaire, 119. Dérivés à délimitants verbaux, 130. Dérivés désidératifs, 134. Dérivés causatifs, 135. Dérivés inchoatifs, 141. Dérivés passifs, 141. Le comparatif et le superlatif appartiennent au domaine de la dérivation, 145.

Désidératif. Les formations désidératives tombent dans le domaine de la dérivation, 134. Élément formatif de la notion désidérative, *ibid.*

Déterminatif. Les pronoms déterminatifs comportent les deux notions d'objectivisme et de subjectivisme, 115. Le déterminatif zend et sa déclinaison, 252.

Diphthongues, 22.

Dissimilation, 80.

Duel. Locatif et génitif du duel; n'ont-ils à eux deux qu'une terminaison? 257.

Éléments simples du parler indo-européen, 171. Distinction de la racine et de l'élément simple, 170, 177.

Épenthèse, 30.

Explosives. Énumération des explosives organiques, 56. S'aspirent en certains cas, 58, 60, 64, 66, 68. Passent directement par dissimilation à l'état de sifflement, 80.

Futur. Caractérisé par un élément composé, 290. Le zend le remplace de bonne heure dans l'usage par le présent au conjonctif, *ibid.*

Gâthas. Particularités du dialecte des Gâthas, 300.

Génitif pris locativement, 217. Au duel le locatif est-il distinct du génitif? 257.

Genre. Rapport du féminin au neutre, 109. Trois genres organiques, 186. Extension factice amenant un changement de genre, 197.

Gérondif. Forme nominale abstraite; ne se présente en zend que dans des mots composés, 262.

Gradation vocalique, 4, 22, 25.

Guna. Premier développement vocalique, 4. Guna dans la conjugaison, 280, 281.

Hiatus, 9.

Imparfait. En quoi il se distingue de l'aoriste simple, 287.

Impératif. Suffixes personnels de ce mode, 296. Les désinences le distinguent profondément d'avec les autres modes, *ibid.*

Inchoatif. Les formations inchoatives appartiennent au domaine de la dérivation, 141. Élément formatif de la notion inchoative, *ibid.*

Indicatif. Ce mode n'est rendu par aucun élément spécial, 291.

Infinitif. Cas de noms, 107, 122, 218.

Intensif. La manifestation intensive est étrangère au terrain de la dérivation, 143.

Interrogatif. La notion relative engendre celle de l'interrogation, 251.

Intransitif. Affecte, comme le transitif, la notion active, et passe, dans la suite des âges, à la signification transitive, 261, 293.

Labialisation vocalique, 15, 147, 151, 179; consonnantique, 58, 79.

Locatif. Le locatif du duel est-il, dans la langue zende, distinct du génitif? 257.

Métathèse, 50, 92.

Mode. Manière d'être de l'activité verbale en dehors de certaines autres contingences, 270. Trois modes en dehors de l'impératif, 291. Étude spéciale du mode impératif, 296.

Morphologie. Deux procédés morphologiques, 99.

Mutilation. Procédé de facilitation appliqué aux formes thématiques, 102, 120, 174. Formes mutilées coexistant avec des formes intégrales, 37, 175.

Nasales. Consonnes nasales du zend, 74, 75. Voyelles nasalisées, 18. En certains cas la nasale dentale organique se rejette sur le *a* qui la précède, 75.

Nasalisation des voyelles, 18, 75.

Négation, 5.

Nom. Déclinaison nominale, 187. Les noms sont substantifs, adjectifs ou participes, 186. Formes nominales réputées verbales, 258.

Nombre. Les noms de nombre étudiés sous la section de la dérivation, 151. Trois nombres organiques, 185.

Palatales, faussement appelées gutturales, 9 en note.

Participe. Le participe n'est qu'un nom, comme l'adjectif et le substantif; en quoi il en diffère, 186. Le zend offre neuf classes de participes, 260.

Passif. Les formations passives appartiennent au domaine de la dérivation, 141. Élément formatif de la notion passive, *ibid.* Dérivés passifs, 103. Dans la morphologie il s'offre deux manières de passer du passif à l'actif, 104. Suffixes personnels admis par le passif, 279.

Perse. Ne possède avec le zend qu'un rapport collatéral, IV.

Personnes. Elles sont au nombre de trois, 270. Suffixes personnels, *ibid.*

Potentiel. Caractéristique de ce mode, 293.

Préfixes, 182, 264.

Prépositions. Leur presque totalité est d'origine pronominale, 264. La préposition n'est qu'un demipronom, *ibid.*

Présent. Ce temps ne réclame pour sa formation aucun élément fixe particulier, 280. Triple classification des formes du temps présent, *ibid.*

Privatif, 183.

Pronom. Le pronom simple est l'un des éléments du parler indo-européen. Sa position dans le procédé le plus ordinaire de formation de mots, 100. Modifications dont est susceptible le pronom simple dans la dérivation, et raison de ces modifications, 103. Déclinaison pronominale, 239. Pronoms personnels, *ibid.* Réflexif, 241. Pronoms démonstratifs, 244. Pronoms relatifs, 250. Pronom déterminatif, 252.

Quantité. Variation de quantité des voyelles, 38.

Racine. Théorie bizarre des racines indiennes, 171, 176. Racines et éléments simples, 170, 176.

Redoublement. Principes de réduplication, 282. Est la caractéristique du parfait, 283. Redoublement possible du thème aoristique, 285.

Réflexif. Déclinaison du pronom réflexif, 241.

Relatifs (pronoms). Déclinaison des pronoms relatifs, 250. La notion relative donne naissance à celle d'interrogation, 251.

Sifflantes. Sifflantes du zend, 51. Échange des sifflantes, 85. Traitements multiples appliqués par le zend à la sifflante organique, 70. Principes euphoniques particuliers aux sifflantes, 87.

Substantif. N'est qu'un nom comme l'adjectif et le participe; en quoi il en diffère, 186.

Suffixes casuels ou personnels fixent la notion vague formulée dans le thème par la dérivation, 184. Les suffixes personnels sont de trois espèces, 270. Dans quelles circonstances a-t-on recours à chacune de ces trois formes? 127. Suffixes personnels admis par le passif, 127. Perte de la désinence personnelle au parfait en certaines occurrences, 131.

Superlatif. Appartient au domaine de la dérivation, 145. Deux formations organiques superlatives, *ibid.*

Temps. Notion qu'il indique, 270. Il existe organiquement quatre temps simples et deux temps composés, 280.

Thème. Ce que c'est, 101. Thèmes mutilés, 102, 120. Thèmes consonnantiques, thèmes vocaliques, 187. Thèmes excentriques, 238. Thèmes indéclinés, *ibid.*

Transitif. Affecte, comme l'intransitif, la notion active, 261.

Triphthongues, 30.

Verbe. Le verbe simple est l'un des deux éléments fondamentaux du parler indo-européen, 100. Correspond à l'idée d'action, *ibid.* Peut former par lui-même un mot significatif, *ibid.* Verbes nominaux, 144. Formes nominales réputées verbales, 114.

Vibrante. Le zend n'en connaît point la forme affaiblie, 76.

Vocatif. Ce n'est point un cas, 186. Formes diverses du vocatif en zend, 256.

Voix. Deux voix organiques, mais toutes deux actives, 270.

Voyelles. Voyelles organiques, 3. Voyelles zendes, 5 ss. Principes vocaliques, *ibid.* Obscurcissement vocalique, 10. Labialisation vocalique, 15, 27. Règles pour la rencontre des voyelles, 28. Voyelles adventices, 30, 34, 133, 135. Prosthèse vocalique, 35. Chute de voyelles, 36. Variation de quantité, 37. Influence des demi-voyelles sur les voyelles, 47. Thèmes vocaliques, 177.

Vrddhi, second développement vocalique, 4.

Zend. Distinction du zend proprement dit d'avec l'idiome des Gâthas, 300. Ne possède avec le perse qu'un rapport collatéral, IV.

Imprimerie d'Adolphe Holzhausen à Vienne.

Du même auteur.

La théorie spécieuse de *Lautverschiebung*.

Introduction à l'étude de la linguistique indo-européenne.

Euphonie sanskrite.

Mémoire sur la primordialité et la prononciation de r-vocal sanskrit.

Observations sur un passage d'Hérodote concernant certaines institutions perses.

Les deux principes dans l'Avesta.

Ahura mazdâ.

Morale de l'Avesta.

Le chien dans l'Avesta. Son éloge; les soins qui lui sont dus.

Les médecins et la médecine dans l'Avesta.

L'Avesta. Zoroastre et le mazdéisme.

Études de linguistique et d'ethnographie. (En collaboration avec J. Vinson.)

La linguistique. Deuxième édition. (Forme le second volume de la *Bibliothèque des Sciences contemporaines.*)

Vienne. — Imprimerie Adolphe Holzhausen.